영국문화 바로 알기

영국문화 바로 알기

최희섭 · 한일동 共著

도서출판 | 동인

머리말

　　요즈음은 소위 문화의 시대라고 할 만큼 우리 생활의 각 분야를 문화현상으로 파악하는 경향이 강하다. 음식문화, 주택문화, 교통문화, 인터넷문화 등등 우리의 생활 어느 분야도 문화의 범주에 들어가지 않는 것이 없다. 우리는 문화 속에 살고 있으며, 문화가 우리의 생활을 지배하고 있다고 해도 과언이 아니다.

　　우리의 생활이 국제화되면서 외국의 문화를 이해할 필요성 또한 높아지고 있다. 역사적 전통이 깊은 영국의 문화를 이해하는 것은 국제적인 감각을 기르는데 필수적이라고 할 수 있다. 영국문화라는 것이 너무나 폭넓고, 다양하기 때문에 한 권의 책으로 엮는다는 것은 매우 어려운 일이다. 문화의 정의도 학자들에 따라 다양하게 매겨지고 있으므로 영국의 어느 측면을 문화라고 할 것이며, 그 중에서 어느 것을 선정하여 책으로 엮어낼 것인가를 정하는 것은 쉬운 일이 아니다.

　　그렇기 때문에 국내에 영국문화에 대한 체계적인 서적이 거의 없고, 혹시 있다고 하더라도 영국문화를 포괄적으로 다루지 못하고 있다. 영국에서 나온 서적도 각각 어느 한 분야를 집중적으로 다루고 있을 뿐이고 전반적인 문화를 체계적으로 다룬 것은 없다. 이는 문화의 정의가 다양하듯이 문화현상도 다양하기 때문에 간략하게 정리하기가 어렵기 때문일 것이다.

필자는 이 책에서 영국문화의 기본을 다소라도 체계적으로 정리해보고자 하였다. 문화의 현상을 하나 하나 이해하기보다는 그 뿌리를 아는 것이 중요하다고 생각되어 각각의 문화 현상을 설명하기보다는 역사적, 사회적 맥락을 설명하려 하였다. 그 과정에서 필자의 능력 범위를 넘어서거나 지면의 제한 때문에 다루지 못한 분야가 많이 있다. 특히 건축이나 미술 또는 최근의 사회 현상은 여기에서 다루지 못하고 다음 기회로 미루게 되었다. 그렇지만 영국과 인접해 있으면서 영국문화의 발전에 큰 역할을 한 아일랜드는 포함시켰다.

열심히 자료를 수집하여 정리한다고 했지만, 미비한 점이 많을 줄로 생각된다. 미비한 점은 모두 필자의 과문한 소치로 너그러이 보아주길 바란다. 본 저서를 집필함에 있어 많은 도움을 주신 선후배 및 동료 학자 여러분들에게 심심한 감사를 표한다. 또한 시간을 함께 하지 못하는 아쉬움을 기꺼이 참은 가족들에게도 감사한 마음을 전한다. 끝으로 이 책이 발간되기까지 물심양면으로 협조해주신 도서출판 동인 이성모 사장님과 직원 여러분에게 감사를 표한다.

2007년 10월

필자

목차

1

영어의 발달

1. 고대영어(449-1100)

역사 기록에 남아 있는 영국의 첫 민족은 켈트족이다. 유럽에 살던 켈트족(브리튼족)은 청동기가 시작된 기원전 2000년경에 영국으로 이주하였다. 이들의 언어가 켈트어인데, 오늘날 아일랜드, 스코틀랜드, 웨일즈에서 사용되고 영어에는 일부 지명이나 하천명으로 남아있다.

　　로마의 영웅 시저가 기원전 55년에 영국을 정복했다. 이후 영국은 약 500년 간 로마의 지배 하에 놓여 있었다. 로마인들은 픽트족과 스콧족을 막기 위해 스코틀랜드의 경계지역에 성을 쌓고 로마식 길을 만들었다. 라틴어가 공식 언어였고 켈트어는 하층민의 언어였다. 로마의 군대가 450년경에 영국에서 완전히 철수했다. 이 때 앵글

시저

앵글로 색슨 시기

7왕국: 802년

로색슨족으로 이루어진 게르만 민족의 대이동이 있었다.

영국에 건너온 게르만족 중에서 제일 먼저 온 것이 쥬트족(449)이며, 477년에 색슨족이 서섹스에 정착했고 495년에 다시 많은 색슨족이 웨섹스에 정착했다. 547년에 앵글족이 동해안에 상륙해 앵글리아왕국을 세웠다. 로마인은 지배하기 위해서 켈트족을 몰아냈지만 게르만인은 브리튼 영토에 정착하기 위해 켈트족을 몰아내고 자기 땅으로 만들었다. 켈트족이나 로마인들은 이들을 색슨족이라 불렀다. 많은 브리튼인들은 웨일즈와 콘월지방으로 도주하였으며 일부는 아일랜드로 건너가 스콧족을 정복했고 스콧족은 스코틀랜드로 밀려났다.

결국 켄트, 에섹스, 웨섹스, 서섹스, 이스트 앵글리아, 머시아, 노썸브리아라는 7개의 왕국이 건설되었다. 이 왕국들이 흥망성쇠를 거듭하다가 9세기에 웨섹스의 에그버트 왕으로부터 시작하여 손자인 알프레드대왕에 의해 하나의 왕국으로 통합되었다. 알프레드대왕의 후계자들은 그가 899년에 서거한 후 그를 "영국의 왕"이라 칭하였다.

잉글리시와 잉글랜드라는 명칭은 앵글족을 가리키는 앵글

알프레드대왕 동상: 윈체스터

그레고리교황

에서 유래했다. 앨프레드대왕의 『앵글로색슨연대기』에 따르면 앵글족들은 부족 전체가 영국으로 이주하였다.

앵글족의 영도자인 오파 일세는 슐레스윗히에 있던 본거지를 떠나 영국에 와서 머시아 왕국을 건설하였다. 한편 켈트인들은 대륙에서 건너온 침략자들을 전부 색슨이라고 불렀다. 로마인들도 영국에 정착한 앵글로색슨을 삭소네스라고 불렀고, 그들이 건설한 나라를 삭소니아라고 하였다. 색슨의 왕인 애셀스탄은 934년에 자기를 앵글로색슨의 왕이라고 불렀다. 그 후 앵글리 및 앵글리아라는 명칭이 나타나기 시작했다. 켄트의 왕인 애셀버트는 601년에 그레고리 교황으로부터 앵글리아의 왕이란 의미의 렉스 앙글로룸이라는 칭호를 받아 앵글이라는 이름이 영국 전체를 가리키는 이름으로 확대되었다. 이리하여 앵글리아 또는 앵글리라는 명칭이 자주 쓰이게 되었다.

국민이나 나라이름은 색슨과 앵글 두 가지가 사용되었으나, 언어의 명칭은 엥글리쉬였다. 이후 약 1000년경부터 영국을 '앵글라란드'라고 부르게 되었다. 앵글라란드는 앵글인들의 나라라는 뜻이고 이것이 잉글랜드로 변하였다.

고대영어에 끼친 가장 두드러진 라틴어의 영향은 기독교를 통해 이루어졌다. 7세기경에 앵글로색슨은 그들의 종교를 버리고 기독교로 개종했다. 이들이 기독교로 개종한 후에 영국 및 앵글로색슨인들은 여러 분야에 걸쳐서 상당한 변화를 겪었다. 첫째 앵글로색슨인들은 게르만 민족의 야만성 내지 미개성에서 탈피하여 로마의 문명과 접촉하게 됨으로써 유럽 문화권 내에 참여하게 되었다. 영국에 기독교가 도입됨에 따라 도처에 교회가 건설되었고, 기독교의 의식에 쓰이는 라틴어가 영국에서 세력을 확장하게 되었다. 또한 각 교회에 부속학교가 설치되어 기독교의 교리를 연구하고, 희랍어, 라틴어 등 고전어를 가르쳤다. 어학적인 관점에서 기독교의 도래는 영어 발달사에 커다란 영향을 끼쳤다. 기독교의 개념과 교리에 따른 이론과 논리는 많은 새로운 낱말을 영어에 추가하였다.

　　게르만인들이 대륙에서 배웠거나 앵글로색슨이 켈트인들을 통해 영국에서 배운 라틴 어휘는 대체로 소박하고 일상 생활에서 사용하는 낱말이었다. 그러나 종교를 통한 낱말들은 정신적이며 추상적인 개념이 강조된 것으로써, 직접 눈으로 보는 물건 대신 눈으로 볼 수 없는 사물 또는 이론적이며 추상적인 개념을 나타내는 낱말이 많다.

　　기독교가 도입됨에 따라 고대영어에 없는 많은 새로운 개념이 들어와 이것을 표현할 필요성이 생겼다. 새로운 개념을 나타내기 위하여 고대영어는 낱말의 뜻을 수정하거나 기존에 있던 낱말을 두 개 또는 그 이상 연결시켜 복합어를 생성하였으며 혹은 라틴어가 그대로 영어로 사용되었다.

　　고대영어는 앵글로색슨어를 바탕으로 하고 라틴어가 상당수 차용되어 이루어졌다. 그러므로 어휘나 문법이 현대영어와는 상당히 달랐다. 고대영어의 특성은 다음과 같이 다섯 가지로 요약할 수 있다. 첫째 현대영어와 다른 발음 조직을 가지고 있었다. 고대영어는 철자대로 발음하는 표음적 언어이다. 둘째 게르만 계통인 앵글로색슨의 어휘를 순수하게 보전하여 라틴어나 프랑스어 등의 차용어가 없다. 셋째 라틴어나 독일어처럼 통합적 구조와 복잡한 굴절 형식을 지니고 있었다. 명사, 동사, 형용사가 시제, 성, 수, 격, 법에 따라 굴절했다. 넷째 단어의 형성에 있어서 융통성이 많았다. 복합어와 파생어의 형성이 매우 용이했다. 다섯째 강세는 첫음절에 고정되었고, 접두사가 있으면 둘째 요소의 첫음절에 강세가 있고, 복합어는 첫째 요소에 강세가 주어졌다.

2. 중세영어(1100-1500)

중세영어는 1100년부터 1500년 사이의 영어를 가리키는 말로 사용된다. 시기를 이렇

정복자 윌리엄

게 구분하는 이유는 노르만 정복 이후 영어가 상당히 바뀌었기 때문에 이때를 기점으로 삼고, 문예부흥과 종교개혁이 일어나고, 인쇄술이 발달하여 철자가 고정되기 시작한 시기를 종점으로 삼기 때문이다.

노르만 정복은 초기의 침공과 같이 노르만인들에 의해 수행되었다. 이들은 정복자 윌리엄의 지휘 하에 1066년 1월에 영국 남해안에 상륙하였으며, 해스팅스 전투에서 승리를 거두었다. 정복자 윌리엄은 1066년 12월 25일 영국 왕에 즉위하였다. 이들의 언어는 노르만 프랑스어 방언이었는데 영국에서 앵글로 노르만어로 발달하였다. 그 후 프랑스어가 200년 동안 영국 상류사회의 언어로 쓰였다. 노르만 정복 후 100여 년 간 영어로 된 문학 작품이 없었을 정도로 모든 분야에 프랑스어가 사용되었고 영어가 로마화되었다. 윌리엄의 후예인 존 왕이 1204년에 노르만디를 빼앗기자 프랑스와 유대가 끊어졌고, 1337년에 시작된 백년전쟁으로 영국과 프랑스는 오랜 전투에 휘말렸으며, 영국은 1348년부터 3차례의 흑사병으로 인구 30%가 사망하였다. 그 후 프랑스어 사용도 종말을 보게 되었다.

노르만 정복 이후 14세기 초까지 문학이나 공문서 등은 프랑스어로 쓰였지만 일반 사회계층의 언어는 영어였다. 1362년 의회 의장이 영어로 개회사를 시작한 것이 노르만 정복 이후 300년 만에 영어가 발전하는 계기가 되었다. 영어를 모국어로 사용한 최초의 왕인 헨리 4세의 즉위 선언이 영어로 행해졌다. 학교도 1349년 이후에는 영어를 사용하게 되었고, 1385년에는 모든 문법학교(우리나라의 초등학교에 해당) 학생들이 영어로 교육을 받게 되었다. 중세영어시대의 대표적 영문학 작품인 초서의 『캔터베리 이야기』가 쓰여진 것이

캔터베리 이야기와 초서의 초상화

1387년이었다.

　　이러한 역사적 과정을 거친 중세영어는 다음과 같은 여섯 가지 특징을 갖고 있다. 첫째 프랑스 어휘의 영향을 많이 받았다. 이 시기에 정치, 종교, 군사, 학문, 법률 등 모든 분야에 1만 개의 정도의 단어가 유입되었다. 처음에는 노르만 프랑스어의 영향을 받았고, 후에는 중부 프랑스어의 영향을 받았다. 둘째 굴절현상이 매우 단순화되어 영어는 종래의 종합적 언어에서 분석적 언어로 변화했다. 셋째 명사의 문법 성이 사라지고 자연성을 따르게 되었다. 고대영어에서는 모든 명사가 남성, 여성 혹은 중성으로 구분되었으며 그에 따라 굴절되고 또한 상이한 관사가 사용되었으나 중세영어에서는 자연성을 따름에 따라 굴절이 사라지고 관사가 단순화되었다. 넷째 어순이 고정되고 기능어가 발달했다. 다섯째 명사의 복수, 소유격 어미, -es가 모든 격의 복수에 확대되었다. 여섯째 런던지방의 영어가 표준어로 되었다.

3. 현대영어(1500-1800)

15세기는 영어발달사에서 획기적인 전환기이다. 중세영어와 현대영어를 구분 짓는 요인들은 문예부흥, 종교개혁, 인쇄술의 도입 등이 가장 큰 것들이다. 인쇄기를 발명한 캑스턴이 1491년에 사망하였고, 영어 내에서 장모음에 큰 변화가 일어났고 발음이 변해 갔으나 철자는 옛것을 선호함으로써 철자와 발음의 괴리현상이 일어나게 되었다.

　　1453년에 유럽 문화의 중심지인 콘스탄티노플이 멸망하자 많은 학자들이 서유럽으로 갔다. 그곳에서 문학과 예술의 거장들에 의해서 인간성의 가치를 강조한 인간해방 운동이 발생했다. 상업과 문화의 발달로 봉건제도가 붕괴하고 상인과 중산계급이 사회 지배층이 되었다. 이들이 예술인과 문인들을 도와 학문의 발전을 가져왔다. 이것이 문예부흥이다. 문예부흥운동이 영국으로 건너오면서 새로운 경험과 문화에 대한 갈망과 고전에 대한 새로운 지식이 영국 사회를 변화시켰다. 헨리 7세는 사회개혁을 단행하여 봉건제도를 타파하고 튜더왕조의 초석을 세웠으며, 헨리 8세는 문예부흥 운동의 대표적 인물로 학문을 장려하고 교육을 진흥하였다.

헨리 7세

이러한 과정에서 영어가 프랑스어를 축출하고 모국어로 자리를 잡았다. 한편으로는 라틴어, 그리스어의 선호사상이 남아 있었기 때문에 라틴어나 그리스어의 많은 어휘들이 영어에 들어왔다. 윌리엄 셰익스피어는 영어를 외래어인 이탈리아어, 프랑스어, 스페인어, 그리스어, 라틴어 등을 능가할 수 있는 훌륭한 언어로 발전시켰다. 그는 외래어나 고전어를 사용하지 않고 평범하고 쉬운 어휘를 사용하였다. 그는 새로운 조어를 비롯하여 약 25,000개의 어휘를 사용하여 영어의 어휘를 풍부하게 했다.

헨리 8세

1517년 마틴 루터의 종교개혁은 절대적인 권위를 가지고 있던 교회의 붕괴를 초래하였으며 개인의 존재의의를 높이는 계기가 되었다. 원래 구약성서는 히브리어로, 신약성서는 그리스어로 되어 있었고 개인들은 목사(사제)를 통해서만 하나님과 교통할 수 있다고 믿었다. 그러나 종교개혁의 여파로 개인들의 신앙이 자유로워짐으로써 라틴어 성서가 영어로 번역되었다. 성서는 문예부흥 이전에 존 위클리프의 번역, 1526년에 틴달의 번역이 있었으나 널리 보급되지 못했다. 그 후 여러 성경 번역을 집대성하여 이루어진 것이 흠정판 성서(1611)인데 이것이 영어의 발달에 큰 영향을 끼쳤다.

마틴 루터

엘리자베스시대의 자유 분방한 귀족들의 생활에 반기를 든

1611년 초판 표지

제임스 1세　　　　　　캑스턴　　　　　　캑스턴의 목판인쇄: 캔터베리 이야기

소시민들은 금욕적이고 엄격한 생활을 하였다. 이들이 청교도들이었다. 이들은 궁정의 번창했던 연극, 음악, 무용 등을 거부하고 청빈한 삶을 목표로 했다. 엘리자베스여왕 다음에 제임스 1세가 왕권의 신성을 믿고 청교도를 배격하였으나 이들은 국교회에서 이탈하여 종교개혁을 시도하였다. 찰스 1세가 청교도를 압박하고 의회를 무시하자 1642년 의회가 청교도와 결탁하여 왕정을 타도하고 공화정(1649-60)을 세웠다. 문예부흥시대의 찬란한 문학이 중단되었으나, 밀튼 같은 대작가가 나타나 영어에 큰 공헌을 하였다.

　　현대영어는 1800년을 기준으로 하여 초기 현대영어와 후기 현대영어로 구분하는데, 초기 현대영어의 특징은 다음과 같다. 첫째 영어의 분석적 경향이 철저하게 되어 어휘의 굴절이 모두 사라졌다. 둘째 중세영어에서 볼 수 있었던 어미의 -e가 소실되어 굴절이 더욱 단순해졌으며 품사의 전환이 자유로워졌다. 셋째 어순이 고정되고 전치사와 같은 기능어가 현저히 발달하였다. 넷째 발음과 철자 사이에 괴리가 커졌다. 캑스턴의 인쇄술 도입과 같은 일로 철자는 고정되고 발음은 변함으로써 오늘날과 같은 철자와 발음의 차이가 생겼다. 철자법은 존슨의 사전이 나온 뒤에야 통일을 이루게 되었다. 다섯째 외래어가 도입됨으로 인하여 어휘가 풍부해졌다. 여섯째 교육과 서적의 발달, 통신 수단의 발달로 런던지방의 영어가 표준어로 급속히 보급되었다. 일곱째 명사에 남아있는 굴절 (-es)은 단수 소유격과 격이 없는 복수의 접미사로 거의 모든 명사에 확대 적용되었다. 여덟째 동사의 경우 옛 고대영어의 4개 중요 부분(부정사, 과거단수, 과

존슨의 사전

거복수, 과거분사)이 3개 부분(부정사, 과거, 과거분사)으로 감소되었다. 이로 인해 대부분의 동사의 과거와 과거 분사형이 통일되었으며 일부의 동사만 불규칙 동사로 남게 되었다. 또한 동사의 직설법 현재의 어미가 삼인칭 단수의 -(e)s만 남고 모두 사라졌다.

1867년에 도시 노동자에게 참정권이 주어졌고, 1870년에 의무교육이 실시되었다. 1855년에 크리미아 전쟁이 일어났고, 1876년에는 빅토리아여왕이 인도의 황제가 되었고, 1867년에 캐나다를 영연방국가로 만들었다. 이미 17세기 초에 북아메리카에 진출하였으며, 18세기에는 뉴질랜드, 오스트레일리아, 아프리카에 진출하며 식민지를 건설하였고 영어가 그곳에 소개되었다. 또한 그 지방 문물이 영어에 들어와 영어 어휘가 세계적인 특징을 가졌다. 그렇기 때문에 1800년 이후의 영어를 후기 현대영어라고 한다. 후기 현대영어는 어휘가 크게 증가한 것 외에는 현재의 영어와 큰 차이가 없다.

4. 세계어로서의 영어

오늘날 영어를 제 2언어로 사용하는 나라는 공산권을 포함하여 이 세계의 거의 민족과 국가라고 할 수 있다. 세계의 정치, 경제, 문화 등 거의 모든 분야에서 영어가 공용어로 사용되고 있으며, 영어를 모국어로 사용하는 사람들과 제 2언어로 사용하고 있는 사람들의 숫자는 10억 이상으로 추정된다.

영어는 17세기 초에 북아메리카를 시작으로 국제화가 시작된 후 오스트레일리

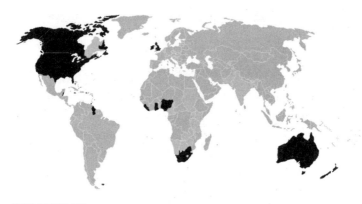

영어가 모국어인 지역

아, 캐나다, 뉴질랜드, 아프리카 등 세계 각처에 보급되어 세계어로 발전했다. 초기에 오스트레일리아에 간 사람들은 초기의 미국 이민자들과 마찬가지로 하층민, 범죄자, 가난한 사람들이었다. 이들이 여러 지역에 흩어져 거주함으로써 오스트레일리아에 영어가 보급되었다.

　　17세기 초에 유럽의 각국에서 온 이주민들이 캐나다에 정착하기 시작했고, 18세기 초에 영국이 프랑스 세력을 축출하고 세력을 확장함으로써 영어가 모국어가 되었다. 미국 독립 이후 동북부의 미국인들이 캐나다로 이주하여 캐나다의 영어가 미국영어의 영향을 받았다.

　　남아프리카에도 영국 이주민들이 들어와 영어가 공용어로 쓰이고 있다. 아프리카에는 무수한 언어가 있으며 이들 언어와 영어가 혼합된 변이어가 쓰인다. 아프리카의 여러 독립 국가들이 영어를 공식어나 제 2언어로 쓰고 있다.

5. 외래어의 차용

영어는 앵글로 색슨인들이 사용하던 언어가 변화에 변화를 거듭하여 현재와 같은 모습이 되었다. 영어가 발달하는 과정에서 수많은 언어의 차용이 있었고 그리하여 어휘가 풍부해지고, 문법적 구조가 단순화되었다. 세계의 거의 모든 언어에서 차용했지만, 대표적인 언어를 들어보면 다음과 같다.

고대영어가 앵글로색슨 고유의 순수한 어휘를 간직하고 있었는데 비해, 중세영어에 와서 많은 외래어가 도입되어 어휘면에서 고대영어의 성격이 많이 변질되었다. 이 영향으로 게르만어적인 요소가 강했던 영어가 로맨스어적인 면모를 많이 지니게 되었다.

노르만 정복 후 약 150년 동안 영어는 영어대로, 프랑스어는 프랑스어대로 독자적으로 발전해 왔다. 프랑스어는 상류계급의 일상용어 및 공용어로 정부와 법정에서 널리 쓰였고, 영어는 서민들의 언어로 존속하였다. 또한 종교와 관련된 많은 프랑스어 어휘가 영어에 들어왔다. 고위 성직자들은 높은 사회적인 위치와 권력을 지닐 수 있었고 또 정계에도 진출할 수 있었으므로 서민들은 종교계에 진출하는 것이 화려한 생활을 이룩하는 지름길이었다. 서민들이 종교계에 진출하는 과정에서 많은 프랑스어 어휘가 영어에 도입되었다. 노르만 정복 이후 법정에서는 전반적으로 프랑스어가 쓰였기 때문에 법률용어로 쓰이는 많은 노르만 프렌치어가 영어로 차용되었다. 대부분의 군사용어가 프랑스어에서 차용된 것이고, 일상생활과 직결되는 유행, 의류, 오락에 관한 낱말 중 프랑스어에서 유래된 것들이 많다. 또한 요리나 음식물의 이름도 대체로 프랑스어에서 왔다. 식육으로 쓰이는 동물들의 이름은 앵글로 색슨어로 되어 있는데 일단 요리되어 식탁에 오르게 되면 프랑스어로 바뀌는 것들이 많다.

중세영어 시기에 들어온 많은 프랑스어 어휘들은 영어발달사상 중대한 의의를 갖는다. 대체로 프랑스어 어휘의 대량 유입으로 고대영어 시기에 흔히 쓰이던 많은 어휘들이 사라지고, 새로운 어휘가 많아지면서 어휘면에서 영어의 성격이 대폭 변화하였다. 고대영어에는 게르만적인 요소가 많았는데 중세영어는 로맨스어적인 색채를 띠게되었다. 또한 수많은 혼성어와 이중어가 생겼고, 동음어의 수가 증대하였다.

이러한 모든 변화와는 관계없이 영어의 게르만어적인 요소 중 일부는 여전히 남아 있다. 게르만어적인 요소는 문법체계와 문법범주에서 두드러진다. 영어의 문법체계는 게르만어의 요소를 따르고 있다. 굴절형의 전반적인 상실로 말미암아 명사나 형용사에 문법적인 성을 나타내는 형태가 없어지고, 형용사에서는 수에 따르는 변화형태까지 사라졌다. 또한 명사에 있어서 소유격을 제외하고는 대체로 격을 나타내는 형태가 존재하지 않는다. 문법 범주에 있어서 영어는 그 발달과정에서 많은 것을 잃은 동시에 또한 많은 것을 얻어 그 변천의 양상이 지극히 다양하고 급격하고 복잡하지만, 근본적으로 게르만어적인 영어 본래의 성격을 간직하고 있다.

고대 그리스의 아테네가 학문의 중심지로 자리잡고 있었던 관계로 그리스의 학술, 의학, 과학 용어들이 세계 언어에 전파되었다. 일부 차용어들은 그리스어가 영어로 직접 들어왔으나 많은 경우에 라틴어나 프랑스어를 경유해 유입되었다.

영국의 원주민이었던 켈트인들이 사용하던 언어가 영어에 도입되었을 것이라고 쉽게 짐작할 수 있으나 일부 지명을 제외하고는 차용된 단어들이 별로 없다.

영어가 독자적인 언어로 존재하기 훨씬 이전부터 영어는 게르만어의 한 유형이었으므로 게르만어에 차용된 많은 라틴어 단어들이 영어에 들어왔다.

고대영어시기의 스칸디나비아어 차용어들 대부분이 중세영어 초기 이전에 통용되고 있었던 것이 분명하지만, 중세영어 시기가 되어서야 비로소 기록으로 나타나기 시작하였다. 초기 스칸디나비아 차용어는 주로 지명에 관계되어 있는데 영국의 지명 중 1,400여 개 이상이 여기에서 유래하였다.

게르만어 중 네덜란드어, 북부독일 저지대어, 색슨어 등의 저지 독일어의 많은 어휘가 16세기경에 앵글로색슨족과 이들 민족 간의 빈번한 상업거래를 통하여 영어에 유입되었다.

로맨스어 중 이탈리아어는 16세기에 많이 유입되었다. 16세기 이전에는 상업, 군사용어가, 16세기 이후에는 음악을 비롯한 예술용어가 주로 유입되었다.

중세영어시대에 스페인어 차용어가 거의 없었다. 16세기 이후에 많은 스페인어가 차용되었다. 스페인 왕 필립 2세와 메리여왕의 결혼을 계기로 두 나라 관계가 긴밀해졌고, 스페인어가 유입되기 시작했다.

포르투갈인들이 15세기부터 건설한 해외식민지를 통해서, 또 영국과 해상에서 접촉하면서 선원들과 상인들, 군인들이 사용하는 언어가 다수 유입되었다.

동양어 중에서 아랍어가 가장 많이 유입되었으나 대부분 스페인어나 프랑스어를 통한 간접 차용이다.

히브리어는 고대영어시기에 성경을 통해 들어왔고, 그 후 그리스어나 라틴어를 경유하거나 중세영어시기에 프랑스어를 통해 유입되었다.

인도어 중에서 산스크리트어와 힌두어가 유입되었는데 힌두어는 현재도 인도의 표준어이며 산스크리트어에서 발전하였다. 힌두어는 16세기 중반부터 차용되기 시작하여 동인도회사의 설립으로 교류가 빈번해진 1600년 이후에 상당한 단어가 차용되었다.

중세영어시대를 거쳐 현대영어시대에 이르는 동안 영어에 수많은 외래어가 도입되어 어휘가 풍부해졌지만, 고대영어시대부터 사용된 앵글로 색슨계의 기본적인 어휘는 그대로 간직되어 있다. 예를 들어 신체의 각 부분을 나타내는 어휘들과 의식주에 관한 기본적인 낱말들 및 일상생활에서 흔히 쓰는 보편적이고도 기본적인 동작의 이름 등을 들 수 있다.

영어는 그 발전 과정에서 수많은 외부적인 요소를 대담하게 받아들이기는 하였으나, 궁극적으로 이 외래요소를 동화시켜 영어의 일부로 수용함으로써 게르만적인 요소를 간직할 수 있었으며 또한 앵글로색슨적 요소를 잃지 않고 보존할 수 있었다.

2

역사적 배경

1. 영국의 배경

영국 땅을 형성하는 섬에 대한 기록은 기원전 4세기의 아리스토
텔레스가 브레타니아라고 남긴 것이 처음이고, 기원전 2세기에 폴
리비어스가 브레타니아를 주석이 나는 섬으로 묘사한 것이 그 다
음이다. 기원전 55년에 쥴리어스 시저가 『갈리아 전기』에서 영국
땅과 사람에 관해 기록한 것이 최초의 완전한 기록이라고 할 수
있다. 그러나 이것은 브리태니아와 켈트인인 브리튼 사람에 관한

아리스토텔레스

것이지 잉글랜드와 앵글로색슨에 관한 것은 아니다. 켈트인은 브리태니아에 살던 원주
민들로, 오늘날 북부 아일랜드와 스코트랜드 고지대에 남아 있는 게일인들과 웨일즈에
남아 있는 웨일즈인 등의 조상이다.

하드리아누스 　　　셉티머스 세베루스

줄리어스 시저 이후 오백 년 동안 브리태니아에서는 로마의 역사가 벌어졌고, 런던을 중심으로 로마의 길이 사방으로 뻗었고, 온천장인 배쓰가 로마계 브리티쉬의 중심지가 되었다. 로마의 하드리아누스황제, 셉티머스 세베루스황제 등의 원정으로 스코틀랜드에 하드리안 월이라는 역사적 유물이 만들어지고, 이 이남지역은 완전히 로마화되었다. 남부지역에 여러 도시가 생겨났으나 북쪽에는 아일랜드 해적과 픽트족의 침입이 잦았다. 북쪽의 침입자들과 색슨인들의 침입으로 인하여 5세기 중반에 로마군이 철수하고 이 섬은 대륙에서 건너온 주트, 앵글스, 색슨스의 차지가 되었다. 6세기 초에는 앵글로색슨의 7왕국의 기초가 확립되었다. 1066년에 데인족(지금의 덴마크인)들과 노르만 민족(지금의 노르만 민족과 프랑스 민족)이 대규모로 영국을 침략하여 거주함으로써 민족 구성의 기반과 문화에 대단히 큰 변화가 일어났다.

영국의 역사는 튜튼족의(지금의 독일, 네덜란드, 스칸디나비아 등 북유럽 민족) 민족 이동이 한 축을 이루면서도 네덜란드나 독일의 역사와 구별된다. 섬나라 영국은 유럽대륙과 불과 30여㎞ 밖에 떨어져 있지 않지만 섬이라는 지리적 조건은 유럽대륙과 다른 문화와 역사를 이루는 주된 원인이 된다. 영국에는 주석이나 철, 구리, 아연 등과 같은 광물과 특히 석탄이 풍부했다. 또한 넓은 초원으로 이루어진 목장의 육류와 곡물 생산은 18세기 중엽까지 유럽에 수출할 수 있을 정도로 풍부했다.

영국과 비슷한 위도에 위치한 유럽대륙의 지역에서는 겨울의 기온이 영하 삼사십도로 내려가지만, 이 섬나라를 둘러싸고 흐르는 대서양만류는 이 나라의 겨울을 그다지 춥지 않도록 유지시켜 주었다. 섬나라로서 사면이 바다로 둘러싸여 있는 지리적 여건으로 인하여 영국은 대륙의 문화와는 다른 독특한 문화를 배양할 수 있었다.

기원전 55년부터 450년경까지 약 오백 년 간 유지된 로마의 지배는 영국에 기독교를 뿌리내리게 했고, 잘 닦인 길을 남겨놓았다. 기독교는 세계종교로 발전했으므로

성 패트릭

7왕국: 600년경

그 생명이 유구한 것이고, 이때 만들어진 길은 지금까지도 그 기능을 잃지 않고 있을 정도이다. 432년에는 영국에서 아일랜드로 성자 성패트릭을 파견하였고, 이후 아일랜드의 수도원은 6세기부터 9세기까지 장기간 황금시대를 구가하였다.

대륙에서 침입한 이교도들에게 접수된 브리튼 사람들의 나라는 색슨인들의 나라인 에섹스, 웨섹스, 서섹스와 주트의 나라인 켄트, 앵글스의 나라인 이스트 앵글리아, 머시아, 노썸브리아 등의 7왕국으로 발전하였다. 로마교황 그레고리대제는 597년에 성 어거스틴을 파견하여 이들을 가톨릭으로 개종시켰고, 이로 말미암아 이교도들의 종교는 사라지고, 영국문화는 중세 초기에 유럽대륙을 지도할 정도로 발전했다. 669년에 로마에서 파견된 캔터베리대주교 데어도어는 교회행정을 재조직하고 그레코로만 문명을 수입하여 부족국가에 지나지 않던 7왕국을 통일국가 잉글랜드로 만들고 영국을 형성하는데 도움을 주었다.

이러한 발전의 시대가 평화로운 시대는 아니었다. 끊임없는 민족이동은 새로운 정복과 피정복의 반복을 가져왔으므로, 영국은 내부의 질서회복을 위한 기회를 가질 수 없었다. 아일랜드의 민족인 스코트족은 스코틀랜드로 갔고, 데인족은 영국뿐만 아니라 유럽 각지에서 소동을 일으켰다. 웨섹스의 왕 알프레드대왕은 『앵글로색슨연대기』를 남기면서 국토 통일과 문화건설에 전력을 기울였다. 알프레드대왕의 통치 시에도 데인족들이 끊임없이 침략을 해왔고, 알프레드대왕의 자손들이 영국통일을 이룩하

알프레드 대왕: 옥스퍼드

성 어거스틴

자 데인족들은 프랑스영토로 몰려가 911년에는 노르만디공국을 수립하기에 이르렀다. 노르만디공국을 세운 데인족은 영국의 세력이 약화되자 대규모로 영국을 침략하여 노르만인들의 영국정복을 1066년에 완성하기에 이른다.

2. 영국의 형성

앞에서 살펴본 바와 같이 로마제국 군대가 영국에서 물러간 이후 약 5세기 동안 수많은 민족이동이 일어나 브리튼은 잉글랜드로 되어갔으며, 근대국가의 모습으로 점차 변모하게 되었다. 유럽에서도 이때에 근대국가가 형성되고 있었다. 1066년의 노르만인들의 정복 이후 영국은 비록 봉건제도가 실시되고 있었으나 중앙집권화되어 갔으며, 의회제도와 내각제도가 발달하게 되었다. 국가의 중대사를 결정할 때 성직자, 제후, 지방호족들이 모인 매그너스 콘실리엄을 구성하였으며, 이들의 일부가 어전회의를 구성하였다. 노르만인 정복자들의 왕인 윌리엄 1세는 1066년부터 1087년까지 영국을 통치하였으며 납세와 행정을 위하여 토지대장을 만들기도 하였다.

노르만인들의 영국정복은 영국역사의 시작이라고 할 수 있다. 특히 이들이 사용하는 언어인 불어와 고딕예술과 대학의 수입은 문화적으로 막대한 영향을 끼치게 되었다. 이 때에는 노르만디공국의 왕이 영국의 국왕을 겸직하고 있었으므로 영국과 대륙은 정치 문화적으로 밀접하게 관련되어 있었다. 후에 헨리 2세(1154-89)가 플랜타지넷 왕조를 열었다. 그는 상속과 결혼으로 많은 영토를 차지하여, 프랑스 영토의 거의 절반이 그의 통치 하에 놓였다. 이는 영국과 대륙이 문화적, 정치적으로 밀접한 관련을 맺고 발전하는 계기도 되었지만, 훗날의 영토분쟁을 가져오는 계기가 되었다.

영국의 건설은 정복자 윌리엄 1세가 주춧돌을 놓았다면, 헨리 2세가 기둥을 세

웠다고 할 수 있다. 그는 민병제도를 강화하여
왕의 군대를 창설함과 동시에 왕의 법률을 실
시하여 왕권과 중앙집권을 강화하였다. 법관
들로 구성된 중앙법원의 지휘 하에, 순회재판
과 배심제도에 의한 공평한 재판을 실시함으
로써 봉건제도의 압박에 시달리던 일반 국민

윌리엄 1세   헨리 2세

들은 왕권의 확립에 찬성하여 중앙집권이 빠르게 진전되었다. 1128년 프랑스의 씨또
수도원이 들어와 습지를 개간하고 수도시설을 설치하며, 각종 도로를 건설함과 동시에
농사방법을 개량하여 가축을 기르고 특히 양모의 생산을 증대시켰다.

헨리 2세의 뒤를 사자심 리차드가 이었다. 그는 프랑스와 팔레스타인에서 제 3
회 십자군전쟁에 참여하느라 국내정치에는 눈길을 돌릴 여유가 없었다. 리차드의 부재
중에 왕위를 찬탈한 존은 노르만디 및 프랑스 내의 영토를 거의 상실하고(1204)『대헌
장』을 승인하였다(1215). 노르만디를 상실함으로써 노르만인들과 색슨인의 구별이 없
어지고, 진정한 영국인(Englishman)이 형성되게 되었다. 또한『대헌장』은 매그너스 콘
실리엄을 국회로 변경시킨 원동력이 되어 입헌정치의 기초가 잡히게 되었다.

에드워드 1세(1272-1307)는 영국을 완성한 왕이라고 할 수 있다. 그는 브리튼 후
손들의 거주지인 웨일즈를 정복하였고, 아일랜드와 스코틀랜드 및 프랑스에도 영향력

리차드 동상: 국회의사당 앞

을 행사하였다. 그의 통치기간 중에 양모산업의 발달로 도
시가 발달하고 상업이 확장되었으며 문화적으로 대단한 진
보가 이루어져, 영국역사의 새 단계가 열리게 되었다. 그는
왕의 법률을 확립하기 위하여 법원의 권한을 셋으로 나누
어 형법은 고등법원이 세금과 국고수입에 관한 법은 재무
재판소가, 민사관계 법은 민사소송재판소가 담당하도록 하
였다. 이로써 영국에서는 로마법이 사라지고 관습법이 완

에드워드 3세

성되는 계기가 되었다.

에드워드 3세는 1337년에 프랑스와 백년전쟁을 일으켰다. 이 전쟁은 프랑스지역인 버건디공국(현재의 플랑드르지방)의 귀속문제에 대한 다툼으로 영국의 흑태자, 프랑스의 잔다르크 등의 활약으로 봉건기사의 몰락과 왕권의 강화라는 결과를 가져왔다. 장기간의 전쟁터였던 프랑스의 피해도 컸지만, 이때 유행한 흑사병(1349)은 영국의 인구를 400만에서 250만으로 줄어들게 하여 노동력의 심각한 부족현상을 가져왔다. 전쟁으로 인한 호경기와 평민보병부대가 귀족기사단과 대등한 싸움을 하는 것에서 나타난 평민세력의 강력함 등은 15세기 영국의 산업, 경제, 문화, 정치 등의 모든 면에 변화를 일으켜 중세문화가 근세문화로 바뀌는 계기를 마련했다. 이러한 사회적 불안과 왕위계승문제가 얽힌 장미전쟁(1445-1485)은 영국에서 기사가 완전히 몰락하는 계기가 되었다.

웨일즈의 리치몬드백작 헨리 7세가 1485년 튜더왕조를 시작함으로써 장미전쟁이 끝난 것은 영국으로서는 행운이었다고 할 수 있다. 이 당시 유럽에서는 이탈리아의 문예부흥이 유럽 전역으로 확장되고 있었고, 1486년에는 포르투갈의 바톨로뮤 디아스가 아프리카의 희망봉에 도달하였고, 1492년에는 콜럼버스가 미국대륙을 발견하였다. 유럽 전역에서 새로운 평민세력이 등장하여 왕권이 강화되며, 중상주의 정책을 취하는 시기에 영국은 이미 만반의 준비를 갖추고 가장 앞서 나갈 준비가 되어 있었던 것이다. 영국이 유럽의 다른 나라에 비하여 보다 유리했던 점은 지리적인 면에 있어서 섬나라라는 특성 때문이었다. 영국은 유럽의 다른 나라들과는 달리 대규모의 군대를 유지할 필요가 없었으며, 특히 의회정치의 발전은 왕권과 시민권의 연합을 긴밀하게 하는 역할을 하였다. 영국에서는 도시사람들의 시대인 근세의 주인공인 부르주아의 세력이 크게 발전하였고, 이로써 대영제국으로 발전하는

헨리 7세

발판이 확고하게 마련되었다.

　　이상 여러 가지 사항을 종합적으로 생각할 때 영국문화는 중세에서 시작되었다고 할 수 있으며, 그 문화가 현대까지 이어져온다고 할 수 있다. 따라서 영국 사람들의 생활감정과 문화전통을 이해하기 위해서는 중세에서부터 살펴보지 않을 수 없다.

3. 중세

중세를 이해할 때 우리는 중세의 생활 수단을 현대적 생활 수단과 비교하여 어느 것이 보다 우수하다 또는 못하다고 말할 수 없다. 왜냐하면 어떤 시대에든 그 시대에 사는 사람들은 주어진 조건 하에서 가장 편안하고 안락한 삶을 추구하기 때문이다. 물질적으로 풍족한 사람들은 자신이 생각할 수 있는 가장 호화롭고 안락한 생활을 하는데, 호화로운 삶이라든가, 안락한 삶이라는 것은 언제나 상대적이다. 노르만인 귀족들의 집에는 목욕탕이나 등불 같은, 현대적인 관점에서 보면 필수적인 생활 도구의 일부라고 할 수 있는 것도 없었다. 그러나 그들도 나름대로 최대한 호화롭고 안락한 삶을 영위했다. 그들은 현대와 같은 생활 수단을 갖고 있지는 않았으나 안락한 생활을 즐기며 행복한 인생을 살았다.

　　중세의 생활에는 어두운 면도 많았다. 기초적인 위생시설도 갖추어져 있지 않았기 때문에 여러 가지 질병이 창궐하였고, 유아사망률은 끔찍할 정도로 높았고, 모두가 피부병을 가지고 있었기 때문에 피부병은 질병으로 생각되지 않을 정도였다. 또한 의료시설이나 약품이 발달하지 못했기 때문에 질병과 사고로 불구자가 많았으며, 특히 법률이 가혹하여 불구자를 더 많이 만들어냈다. 사소한 범죄에도 신체의 일부를 절단하는 등의 가혹한 법률이 시행되었다. 또한 전반적으로 가난한 삶을 영위했으나, 자유인이 아닌 농노들도 최소한의 의식주가 보장된 생활을 할 수 있었다. 교회의 가르침은 부유한 자들이 가난하고 학대받는 사람들을 돌보고 타인에 대해 봉사하도록 함으로써 모든 사람들이 일종의 연대책임을 지고 사회구제, 구호사업을 하도록 하였다.

일반 대중들은 성이 없었으므로 세례명이나 신체적 특징을 따서 부르거나, 사는 지방 또는 직업을 따서 부르는 것이 차차 성으로 자리잡게 되었다. 예를 들어 롱(Long), 쇼트(Short) 등은 신체의 크기에 따라 붙여진 것이고, 브라운(Brown), 러셀(Russel) 등은 피부나 머리카락 색깔에 따라 붙여진 것이다. 또한 그린우즈(Greenwoods), 글렌(Glenn) 등은 살던 지역에서, 스위트밀크(Swetemilk), 스미스(Smith) 등은 직업에서 생겨난 성이다. 일반 대중들이 이렇게 성을 갖게 된 것은 13세기의 일이다.

중세는 어두운 면에도 불구하고 웃음의 시대였고, 유머의 시대였다. 중세의 유머는 특히 예술에서 뚜렷하게 드러난다. 인쇄술이 발달하지 못했으므로 모든 서적은 손으로 쓸 수밖에 없었다. 그러므로 일일이 손으로 베껴 쓰는 수고를 하는 필경사나 작가는 긴장감을 풀기 위하여 여백에 온갖 괴상한 그림을 남겨놓았다. 동물들을 의인화하여 그려놓은 것들이 대표적이라고 할 수 있고, 인간의 각양각색의 행태를 동물과 뒤섞어 그려놓기도 했다. 문학작품에도 이러한 정경이 그려져 있고, 실생활에도 낭만적인 면이 상당히 많이 있었다.

4. 장원과 마을

중세의 영국은 토지를 기반으로 하는 사회였다. 궁극적으로는 왕의 땅이었으나, 차례대로 봉건영주들의 지배로 내려와 결국은 자신의 땅이라고 주장할 수 있는 토지를 누구나 소유하고 있었다. 심지어는 로마의 지배를 받을 당시에도 로마인들이 차지하고 있는 큰 농장 주변의 땅들은 그 지역주민들이 경작하고 있었다. 노르만인들의 영국정복 이후 장원제도가 발달하여, 토지에 매인 사람들인 농노계급이 탄생하였으나, 그들도 자신이 경작하는 땅을 자기의 것이라고 주장할 수 있었다. 로마인들의 큰 농장을 가리키는 빌라(villa)라는 말에서 촌락들의 이름이 발전하여 예를 들면 사우쓰빌(Southvil) 같은 마을이 나오고, 앵글로색슨족이 브리튼인들로부터 빼앗아 거주하던 지역을 나타내던 튠(tun)에서 예를 들면 찰스턴(Charleston), 제임스타운(Jamestown) 등과 같은 마을 이름이 생겨났다. 장원에는 성당과 영주의 집이 반드시 있었는데, 이 두 건물은 장원의 생활을 간단하게 요약한다. 영주의 저택은 장원 거주자들의 현실의 괴로움과 노동을 상징하는 영주가 거주하는 곳이었고, 성당은 그에 대한 반대세력, 즉 인권을 옹호하고 위안과 희망을 상징하는 건물이었다. 성당은 장원 내의 모든 행사의 중심이 되었다. 그 곳은 마을 사람들의 집회장소였으며 거래시장이었고 오락실이었으며, 심지어는 은행이나 창고의 역할까지 하였다. 주민들의 집조차 안전한 장소가 아니었으므로 마을 사람들은 귀중품을 성당의 창고에 보관하기도 하였다.

농민들의 휴일도 성당과 밀접하게 관련되어 있었다. 휴일은 일주일에 한 번씩 돌아오는 주일과 한 달에 한 번 정도 있는 공휴일뿐이었다. 공휴일은 크리스마스나 성모축일, 아니면 다른 성자들의 축일로서 대개는 여러 가지 축하행사가 거행되었고, 시장이 열리고 음주와 가무가 허용되어 주민들이 휴식을 취하며 즐겁게 지낼 수 있었는데, 이러한 모든 행사가 성당을 중심으로 개최되었다.

지방에서는 농민이 주민의 대부분을 구성하고 있었으나, 도시에서는 상인과 제조인들이 생겨났다. 로마인들이 세운 성에서 비롯된, 예를 들면 랑카스터, 글루스터 등과 같은 도시가, 색슨인들의 성에서 비롯된, 예를 들면 에딘버러, 찰스버러 등과 같은 도시가 무수히 생겨났다. 색슨인들의 집단 거주지인 성은 원래는 군사적인 목적에서 건설되었으나, 평화로운 시기가 계속되자 상업의 중심지로 발전하였다. 따라서 항구나 포구 등과 같은 교통요충지에 도시가 번성하게 되었고, 큰 수도원이나 성당 주변에 종교도시가 생겨나게 되었다. 이러한 도시에 사는 사람들은 땅에 매여 사는 농노와는 달리 완전한 자유인이었는데, 농노들도 도시로 와서 일년 이상 숨어 지내면 자유인이 되었다. 도시 주민들은 모두 평등한 입장에서 자치제도를 실시했고, 모든 정책을 주민들이 모두 참여한 회의에서 결정하여 시행하며, 시장과 기타 관리들도 직선으로 선출했다. 도시의 주민 중에서 상업에 종사하는 사람들은 평등권을 보장하기 위해 동업조합을 조직했으며, 도시 자체가 하나의 자치조직으로 마치 독립국가와 같은 역할을 하며 다른 도시나 외국과 여러 가지 협정을 맺기도 했다. 또한 도시는 그 자체의 사법권도 갖고 있어서 그 도시에서 발생하는 각종 상업적인 분규를 해결했다.

도시의 번성은 급격하게 진행되어 14세기 말에는 런던에 3만 5천, 요크와 브리스톨에 각각 1만, 코벤트리에 7천, 노르위치에 6천 정도의 인구가 모여 살게 되었다. 이외에도 무수히 많은 도시가 발달했으나 주민 수는 그다지 많지 않았다. 도시의 주민 수는 많지 않았으나 복잡함은 도를 지나칠 정도였다. 차도와 인도와 하수도가 구별 없었기 때문에 행인들은 수레를 조심하고 길가의 집에서 버리는 물벼락을 조심하며 길을 다녀야 했다. 거리의 이름도 없었으며, 문자가 발달하지 못하고, 무식한 사람들이 많았기 때문에 가게의 간판도 그림을 그리거나 물건을 매달아 놓는 것으로 대신했다. 그러나 도시에는 상인이 많았으며, 종교행렬, 연극공연, 전시회, 곰싸움, 닭싸움 같은 각종 구경거리가 많아서 항상 사람들로 붐볐다.

5. 신앙의 시대

중세가 신앙의 시대였음은 도시에 있는 성당의 숫자로 증명된다. 런던에는 성 바오로 성당 외에 13개의 수도원과 136개의 성당이 있었으며, 노르위치에도 50여 개의 성당

이 있었다. 이들의 신앙은 로마교황이 최고의
수장인 가톨릭이었다. 교회는 본질적으로 민주
적이었기 때문에, 누구라도 신부가 되면, 주교,
대주교는 물론 교황의 자리에도 올라갈 수 있
었다. 1154년부터 59년까지 로마의 교황이었던
아드리안 4세는 세인트알반스시의 소시민의 아

아드리안 4세   울시

들이었고, 추기경이며 총리대신이었던 울시는 농부의 아들이었다. 교회는 이론상으로
는 모든 사람을 평등하게 대하고, 죄에 대해서도 평등하게 벌을 주었으며, 『주기도문』
과 『사도신경』, 『성모경』을 라틴어나 영어로 모두가 평등하게 암송하도록 요구하였다.
그러나 실제로는 성직자들 자체가 봉건제도에 구속되어 있었으므로 모두가 평등하게
대접받지는 못했다고 할 수 있다.

　　성직자들이 모두 거룩한 인격자는 아니었고, 모든 국민이 독실한 신자는 아니었
으나 대체로 성직자들은 헌신적이었고 국민들의 신앙심도 깊었다. 모든 생활이 교회를
중심으로 이루어졌기 때문에 교회가 일종의 행정조직과도 같은 역할을 하기도 했다.
모든 국민은 세상에 태어나는 즉시 세례성사를 받고, 성인이 되어 견진성사, 죄를 지을
때마다 고해성사, 주일에는 성체성사, 결혼할 때 혼배성사, 임종할 때 종부성사를 받기
에 그 기록이 교회에 남아 있다. 따로 기록을 보관해두는 행정조직이 발전하기 전에는
교회가 행정조직의 역할을 했다. 이 여섯 가지 성사에 성직자가 되려는 사람에게 행하
는 신품성사를 더하여 일곱 가지 성사를 성직자들 대부분은 잘 받들었다.

　　중세에는 많은 수도원이 창설되어 나름의 목적과 규약을 갖고 활동하는 수도자
들이 모였다. 이 수도원들은 대부분 16세기 이후 국가의 탄압과 재산몰수로 인해 활동
이 거의 중단되었으나 19세기에 다시 부활하여 지금까지도 활동을 계속하고 있다. 일
반적으로 남자회원은 수사, 그 집단을 수도원이라고 하며, 여자회원은 수녀, 그 집단을
수녀원이라 한다. 수도원은 그 크기와 직제에 따라 대수도원과 수도원으로 분류되며,

대수도원장이나 대수녀원장과 수도원장이나 수녀원장이
대표가 된다. 수도원의 수사 중에는 신부가 되려는 사람
들도 있었고, 신부들을 위한 수도원도 있었기 때문에, 성
직자들은 교구신부와 수사신부로 나누어졌다. 또한 대부
분의 수사들은 수도원에서 집단노동을 하며 생계를 유지
했으나 탁발로 생계를 유지하는 수사들, 즉 탁발수사도
있었다.

성바오로 성당

　　중세의 수도원은 병원, 고아원, 양로원 등과 같은
사회구호사업을 시행하는 유일한 단체였고, 옛 문서수집, 사본제작, 주석첨가, 편찬, 저
작 등과 같은 출판사와 연구소 또는 학문연구기관의 역할을 하는 유일한 기관이기도
했다. 또한 수도원에 따라서는 산림을 개간하거나, 수리사업을 하고, 도로나 교량을 건
설하고, 농지를 개량하며, 농사일을 중심으로 하여 중세 산업발전의 원동력이 된 경우
도 많다. 인쇄술이 발달하지 못하고, 의무교육이 시행되지 않던 시기에 수도원이 무지
몽매하고 미신에 사로잡힌 일반 백성들의 삶을 완전히 바로잡지는 못했으나, 지대한
영향을 끼친 것은 분명하다.

　　수도원에서는 무수한 학자들이 배출되기도 하였다. 대표적
인 학자로는 옥스퍼드 프란시스코회의 베이컨을 들 수 있다. 그는
경험론을 창시하였으며, 근세 초기 과학발달에 큰 영향을 끼쳤다.
또한 토마스 아퀴나스 철학인, 합리주의적 토미즘에 반대하여 독
창적인 학설로 근대철학을 예비한 던스 스코터스나 윌리엄 오캄
등도 프란시스코회 회원이었다. 이들이 도미니카 회원들과 학문

베이컨

적으로 경쟁하여 마침내 변증법보다는 실증주의를, 사변철학보다는 실험과학을 주장
하는 영국의 경험론 철학을 발전시켰다.

6. 교육과 언어변화

농사를 짓는 농민들의 언어인 앵글로색슨어와 귀족계급들의 언어인 노르만 프랑스어가 함께 영어로 되면서 어휘가 대단히 풍부하게 되었고, 명사의 성에 있어서도 비현실적인 남성, 여성, 중성 등의 구별이 없어지고 자연성을 따르는 일부 어휘를 제외하고는 모두가 중성이 되어버리고 말았다. 앵글로색슨어와 노르만 프랑스어는 노르만인들의 영국정복 이후 약 300여 년 동안 어느 쪽도 우위를 점하지 못하고 공존하였다. 14세기 후반에 백년전쟁이 발발하여 프랑스와 끈질긴 전쟁을 하는 동안에 프랑스에 대한 적개심이 강해져 영어가 압도적으로 우위를 점하게 되었다. 1476년 윌리엄 캑스톤이 인쇄기를 발명하여 책이 대량생산됨으로써 영어는 확고한 철자체계를 갖게 되었다.

영어의 모체는 앵글로색슨어로서, 11세기 경에 쓰여진 것으로 짐작되는 작자미상의 고대영시 『베오울프』나 알프레드 대왕이 편찬한 『앵글로색슨연대기』 등에 사용된 영어는 격변화가 심하고, 철자가 현대의 영어와 너무 달라 전문적인 연구를 하지 않으면 읽을 수 없다. 윌리엄 랭글랜드의 작품으로 추측되는 『농부 피어스』나 초서의 『캔터베리 이야기』에 쓰인 영어는 약간의 변화는 있지만 철자가 현대영어와 많이 다르지 않다. 따라서 영어는 14세기 중반 이후 크게 변하지 않았다고 할 수 있다.

베오울프: 첫 페이지

7. 군대

노르만인들의 영국정복 이후 영국은 봉건제도 체제 하에 놓이게 되었다. 봉건제도는 토지소유권을 중심으로 하고 있어, 토지를 위한 싸움이 필연적으로 개입되게 되므로,

무사집단이 있을 수밖에 없고 그들과 주종관계를 맺는 토지소유가 핵심이다. 따라서 기사라는 계급은 이 제도 하에서 번창하고, 그들의 예절인 기사도는 '봉건제도의 꽃'이라고 찬양받았다. 기사는 원래 귀족이었으며, 영토의 크기 이외에는 다른 귀족들과 다를 바가 없었다. 기사 작위를 부여하는 것은 왕의 권한이었으며 장대한 의식을 거행하여 그 권위를 높였다.

기사 동상

외부의 침입을 막고, 교회를 보호하고, 농부의 곡식을 해치는 새나 짐승들을 사냥하고, 소작인들을 너그럽게 대하는 기사들도 있는 반면에 그렇지 못한 기사들도 있었다. 대부분의 기사들은 자기보다 못한 가난한 사람들을 생각하지 않았고, 자신과 같은 계급이나 윗사람에게만 기사도를 보였다. 기사들은 전쟁에 나가 전투하는 것이 주 임무이므로 전쟁이 없을 때에는 마상시합을 한다든지, 사냥을 한다든지 하여 자신의 기량을 향상시켰다.

12세기에 들어 기사들이 중무장을 하게 되고 심지어는 투구를 철가면으로 만들어 자신의 목숨을 보호하게 되었다. 철가면을 쓴 상태에서는 서로 누구인지 알 수 없으므로 서로를 식별하기 위하여 가문의 문장이 발달하게 되었다. 가장 쉽게 눈에 뜨이는 방패에 간단한 도안을 선명한 색채로 그리기 시작한 문장은 사자나 독수리 등과 같은

용맹한 동물들이 많았고, 점차 세련되고 섬세하게 되어 방패 이외에도 여러 곳에 사용하게 되었다. 십자군 시절에는 갑옷 위에 가문의 문장을 단 외투를 걸쳤고, 삼각형 깃발이나 사각형 깃발에도 가문의 문장을 붙였다. 이러한 가문의 문장은 세습되어 그 가문에서 사용하는 온갖 물건들에 사용되게 되었다. 도안의 독창성과 색깔의 조화는 중세인들의 예술감각을 보여준다. 세습적인 가문의 문장과는 별도로 예를 들면 장미전쟁 때 랭카스터 집안의 붉은 장미,

마상시합

요크 집안의 백장미와 같이 일시적으로 사용된 문장도 있다. 이러한 문장은 중세생활을 호화롭게 장식했다.

15세기에 들어 기사의 세력이 약화되었다. 중무장을 하고 자신의 기량에 따라 전쟁터에서 용맹을 떨치던 기사들은 부대의 체제가 가벼운 무장을 한 부대로 발전하고 또 보병밀집부대로 발전하고 화약에 의한 총포가 등장하자 사라지고 말았다. 그들은 다만 기사라는 작위로 현재까지 남아있다.

후에 영국이 세계 제일의 해군력을 보유한 나라가 되었으나, 중세에는 해군력이 그다지 강하지 못했다. 농사를 짓는 농부들이 육군을 구성하는 것처럼 어부들이 해군을 구성하는 것은 당연하다. 영국 해군의 모체는 헤스팅즈, 도버, 샌드위치, 하이쓰, 그리고 롬니 등 다섯 항구의 어부들이다. 원래 이 항구들에서 고기잡이를 하던 어부들이 국왕의 부름을 받아 해군의 역할을 하게 되고 이로써 이 항구의 시민들은 특별대우를 받았다. 그러나 14세기 이후 배의 크기가 커지고 항구의 포구가 낮아져 이 다섯 항구의 해군이 현대 해군의 근간이 되지는 못했다.

8. 동업조합과 고딕예술

중세에는 기술과 예술이 동일시되었다. 사람들이 물건을 만들 때 그 물건은 만드는 사람의 인격과 예술적 소양을 그대로 반영하게 되고, 자신이 최선을 다한 작품이 아니면 만족하지 못하는 것이 중세인들이었다. 이러한 일이 가능했던 것은 분업이 발달하지 못했고 기계가 없었으며 독립경영을 하는 자급자족의 기업이 생산의 주축을 이루고 있었기 때문이다. 대부분은 자기 지역에서 자급자족하는 생활을 했으나 도자기나 광산물 같은 것은 지역적인 영향을 다분히 받지 않을 수 없었다. 그러나 이러한 업종도 자치

양철 동업조합 사무실: 1820년   공장굴뚝: 1840년대 맨체스터

적, 인격적으로 관리 운영되었는데 이는 동업조합이라고 불리는 자치조직 때문이었다.

동업조합은 고용주와 고용인의 조직으로 양편의 이익을 모두 고려하는 자치적인 조직이었다. 동업조합은 고용인의 번영과 더불어 일 자체의 명예를 소중히 하고 최고 수준의 기술을 얻기 위하여 노력했다. 또한 동업조합은 지역별, 업종별로 뚜렷이 구분 되고 있으나 도시 자치정부에 적극 참여했으며, 자체의 성당이나 제단을 갖고 자체의 종교행사를 갖는 등 종교적인 유대가 강했다. 이러한 동업조합은 고용주와 고용인이 상하관계가 아니라 가족적인 유대관계에서 맺어져 고용인은 숙식을 같이하며 함께 일 하는 고용주의 기술을 습득하는 일종의 학원과 같은 역할도 하였다.

동업조합 중에서 수공업 동업조합이 가장 대표적이다. 수공업 동업조합은 명장, 견습공, 낮일꾼으로 구성되어 있다. 명장은 자신이 가게를 운영하는 독립한 노동자를 말하며, 기술에 대한 자격을 가리키는 것일 뿐 주인을 뜻하는 것이 아니다. 명장은 7년 이상 견습공으로 장인 아래서 일을 배운 후, 명장으로 인정받을 수 있는 명작을 만들어 동업조합에 의하여 시험된 후에 얻는 자격이다. 견습공이 7년 이상 일을 배운 후 동업 조합의 자격심사에 합격하면, 가입금을 내고 동업조합의 일원으로 가입했다. 가입금과 가게를 차릴 비용이 없는 장인들은 낮일꾼으로 활동했다. 15세기에 낮일꾼들이 기하급 수적으로 증가하였다. 낮일꾼들이 증가한 원인은 인구의 도시집중화로 인한 수공업지 원자의 증가, 동업조합가입장벽의 강화, 영세한 명장들의 전락 등으로 분석된다.

자본주의가 발생하여, 영업의 자유, 경쟁의 자유, 이윤추구의 자유가 크게 강화되면서 동업조합 조직은 점차 사라지게 되고, 상업의 발달과 신흥재벌의 등장을 계기로 완전히 사라지게 되었다. 재벌은 섬유업에서 처음 등장하였으며, 16세기 초에는 대량생산 제도에 의해 수백 명, 수천 명의 직공을 거느린 경영주가 나타났다. 이로써 직공은 인간이 아니라 하나의 일손으로 전락하게 되었고, 거대한 자본과 공장과 기계가 발전하면서 동업조합을 완전히 물러나게 했다. 이때 영국뿐만 아니라 유럽 전역에는 산업혁명의 물결이 거세게 밀려오고 있었다.

고딕양식: 웨스트민스터 대
성당

동업조합이 활동하던 시기에는 기술이 예술이었기 때문에 금은세공이나, 목각장식, 성당의 제단장식 같은 훌륭한 예술작품이 많이 나왔다. 그러나 무엇보다도 우수한 예술품은 건축에서 찾을 수 있다. 문명인의 집, 특히 온대지방에 사는 사람들의 예술에서는 건축이 으뜸이게 마련이다. 중세에는 건축에 있어서 독특한 고딕양식이 발전했고, 바로 이 고딕양식이 중세의 예술의 지배적인 표현양식이 되었다. 고딕건축양식은 원래 프랑스 문화의 산물이었지만, 영국에서는 영국적인 색채가 가미된 독특한 양식으로 발전하였다. 이 당시의 건축에서는 설계는 대강의 윤곽만을 제시할 뿐이고, 그 세부사항, 특히 장식적인 면은 전적으로 기술자들의 손에 맡겨져 있었다. 따라서 기술자들은 자신의 기분과 예술적 안목에 따라 나름대로의 장식을 만들어냈고, 그렇기 때문에 동일한 모델이라도 세부적인 스타일에 있어서는 상당히 다르게 되었다. 영국식 스타일은 대체로 가볍고, 우스꽝스럽고, 아담한 특징을 지니고 있어 사람의 긴장을 풀어주는 느낌이 있다.

조각에 있어서는 경건한 성자들의 표정이나 심각한 악마의 표정을 우스꽝스럽게 표현한 경우가 많고, 동물을 의인화하여 표현하거나 사회의 여러 인물들을 희화적으로 표현한 경우가 많다.

음악에 있어서는 파이프 오르간 제작에 탁월한 재주를 보여준 명장들이 많이 있었다. 이는 서양음악이 독특하게 발전하는 계기가 되었다. 윈체스터대성당에는 10세기에 400개의 청동 파이프를 가진 오르간이 만들어져 그 소리가 온 시내에 울려 퍼졌다고 한다.

14세기에는 수공업자들이 쇠퇴의 길을 걷고 상업자본가들이 등장하였다. 노르만인의 영국정복 이후 영국과 유럽대륙 사이의 상업이 크게 발달하였고, 특히 십자군전쟁이 그것을 더욱 대규모화하여, 14세기에는 귀족상인들의 황금시대가 열리게 되었다. 교회가 고리대금업을 죄악시했기 때문에 유대인들이 그것을 독점하여 더욱 부유하게 되고, 플로렌스와 제노아 등 이탈리아 도시공화국의 부유한 상인들이 세력을 확장함에 따라 중세의 경제체제는 새로운 국면을 맞았다.

이는 화폐단위의 변화에도 영향을 끼쳤다. 13세기 말까지는 페니라는 은화밖에 없었으나, 14세기에는 4페니 짜리가 등장하고 에드워드 3세 때에는 반 마르크 짜리 금화가 나오게 되었다. 영국의 화폐제도는 지금도 대단히 복잡한데 그 이유는 이처럼 여러 가지 화폐가 생산되었기 때문이다. 현재에도 사용되고 있는 화폐단위가 이때 이미 자리잡았던 것이다. 페니가 가장 작은 화폐단위로, 12페니가 1실링, 160페니가 1마르크, 240페니가 1파운드가 된다. 2002년 1월 1일에 유럽대륙에서는 화폐통합이 이루어져 유로화가 출범했으나 영국은 아직 통합되지 않았다.

14세기 말에는 농노제도가 완전히 붕괴되고, 자작농이 출현하였다. 앞에서 살펴본 바와 같이 흑사병으로 영국의 주민수가 400만 명에서 250만 명으로 줄어들어 심각한 노동력 부족을 가져왔으며, 더욱이 장미전쟁, 십자군전쟁 같은 장기간의 전쟁은 노동력 부족현상을 심화시켰다. 또한 전쟁으로 인해 소작료를 곡물 대신 금전으로 납부토록 하는 조치와 네덜란드지방의 양모업자들이 영국으로 몰려온 것도 자작농의 출현에 기여했다. 15세기에는 목장을 경

제1차 십자군전쟁 안티옥의 포위

영하기 위해 인클로저가 성행하고 대량생산제도의 공업형태가 확립되었으며, 이로 인해 동업조합이 사라지게 되어 중세적인 사회생활은 종말을 고하게 되었다.

9. 국교회주의와 엘리자베스시대

튜더왕조가 시작될 무렵 유럽에서는 스페인, 프랑스, 오스트리아 등이 강성한 국가로 되어 가고 있었으며, 영국의 가장 좋은 교역상대국인 벨기에와 네덜란드는 이 열강의 침략대상이 되었다. 튜더왕조의 헨리 4세와 헨리 7세는 열강의 세력균형을 도모하고, 공영권 확보를 위해 외교와 원정에 막대한 자금을 사용할 수밖에 없었다. 신흥중산계급과 국회의 힘을 교묘하게 이용하여 국민으로부터 많은 세금을 거두려는 정책을 펴면서, 강력한 왕권을 확립하고 아이러닉하게도 가장 민주적인 세력의 성장을 가져왔다.

엘리자베스 1세는 모직물공업과 해외식민지 건설에서 강력한 경쟁관계를 이루고 있던 스페인을 견제하기 위해, 네덜란드의 독립을 선동하고, 바다의 깡패들에게 특허장과 군함과 기사작위까지 부여하며 그들을 양성하였다. 그들은 여왕의 비호를 받아가며 아프리카의 토인들을 잡아다가 미국대륙의 스페인 영토에 팔고, 대서양에서 스페인 무역선을 약탈하여 스페인의 국력을 소모시키고, 그 약탈품을 여왕에게 진상하여 영국의 국력 신장에 큰 기여를 했다. 스페인은 제해권장악을 위해 무적함대를 이끌고 영국과 대규모 해전을 치렀으나, 영국해군

스페인 무적함대의 항로
　　함대가 침몰한 곳
✕　해협에서 전투가 있었던 곳

과 폭풍우로 인하여 전멸함으로써, 영국은 명실공히 바다를 장악하게 되었다. 미국대륙에서는 이 여왕을 기념하여 만든 식민지인 버지니아가 발전하고, 모험상인들로 구성된 특허상사가 많이 생겨나서 영국이 해가 지지 않는 나라로 성장하는 기틀이 마련되었다. 특허상사 중에 인도를 정복한 동인도회사와 노예무역을 주된 업무로 운영된 아프리카상사가 특히 유명하다.

엘리자베스 1세는 대외적인 눈부신 성공에 더하여 국내정치에서도 대단한 발전을 이루었다. 그레샴과 같은 유명한 재정가들의 공헌으로 국내 경제가 안정되었고, 맨체스터와 같은 공업도시가 출현하여 산업혁명을 예비했고, 중상주의, 보호무역주의 등의 정책을 구현하여 중산계급의 발전을 가져왔다. 이 여왕은 국가와 결혼하였다고 선언하고, 평생 독신으로 지내면서, 그 매력을 국내 신하들의 관리와 외국과의 외교관계에 십분 이용하였다. 이 여왕의 통치 하에 영국은 스페인, 프랑스와의 경쟁의 위기에서 정치적 통일과 경제적 성장을 이루었으며, 해양국민으로서의 자신감을 획득하고 민족적 영광을 드높이는 나라로 발전했다. 또한 셰익스피어, 마알로우, 스펜서, 베이컨 등의 시인, 극작가, 사상가들이 나타나 영국문예부흥의 꽃을 피웠다.

따라서 엘리자베스 1세는 모든 영광의 상징이 되었으며, 19세기 빅토리아여왕과 함께 영국의 지배에 의한 평화의 위대한 건설자 중 한 사람으로 추앙받았다. 엘리자베스여왕이 1603년에 후손 없이 사망하자 반역자로 몰려 처형되었던 스코틀랜드여왕 메리의 아들 제임스 1세가 왕위를 물려받아 스튜어트왕조가 시작되었다. 이는 잉글랜드와 스코틀랜드 두 왕국이 하나로 합병되는 길로 나아가는 중요한 사건이다. 잉글랜드와 스코틀랜드 두 왕국은 제임스 1세가 두 나라를 모두 통치하기 시작한 후 약 100년

이 지난 1707년에 대영제국으로 평화적으로 합병되었고, 1801년에는 아일랜드까지 합병하여 연합왕국으로 발전했다.

엘리자베스 1세   셰익스피어   마알로우

10. 국회, 정당, 내각, 정치

왕권과 모험상인의 비약적 발전을 남긴 튜더왕조의 뒤를 이은 스튜어트왕조는 중산계급의 세력이 엘리자베스 1세 때 강화되었기 때문에 그 영광을 계속 이어갈 수 없었다. 15, 16세기 왕권의 비약적 발전은 봉건귀족을 타도하기 위한 왕권과 중산계급의 결탁에서 이루어진 것이다. 봉건귀족이 몰락한 이후 절대적 권한을 가진 왕은 봉건귀족들보다 가혹하게 중산계급의 이익을 억압하고, 과도한 세금을 부과하고, 통상과 무역에도 제한을 가하였으며, 특히 왕권을 둘러싼 세력다툼은 전쟁을 유발하여 산업을 마비시켰다. 중산계급의 세력이 강화될수록 전제정치가 이루어지기는 힘든 일이다. 신성한 왕권을 주장하며 로마교황의 신권을 빼앗아 가톨릭 교회의 재산을 몰수하여 신흥세력에게 그것을 분배하며 국가를 통치하던 왕들은 이제 그 신흥세력인 중산계급에 의해 타도 대상으로 변화했다. 이러한 변화는 1688년의 명예혁명에서 시작되어 1776년의 미국독립과 1789년의 프랑스 혁명으로 전 세계적인 것이 되었다. 이러한 혁명의 결과는 중산계급의 이익을 보호하는 것이었지만 혁명의 권리를 인식한 일반국민들이 노력하여 19세기에는 중산계급이 가진 특권을 공유하게 되고, 이로써 민주주의의 실현에 이르게 되었다. 따라서 스튜어트왕조가 국회와 싸우고 그 결과 얻어진 명예혁명은 전 세계에 뿌린 민주주의의 씨앗이라고 할 수 있다.

스튜어트왕조와 국회의 싸움은 표면적으로는 헌법투쟁의 모습이었지만, 사실은 엘리자베스 1세까지의 종교적 투쟁의 결과에서 오는 내란으로, 같은 시기에 독일에서 발생한 삼십 년 전쟁(1618-48)과 마찬가지로 신교도 분열 이후 150여 년에 걸친 유럽의 지루한 종교전쟁의 한 부분에 속하는 것이다. 스튜어트왕조가 겪은 국회와의 정면충돌은 제임스왕조가 튜더왕조보다 더 절대적인 권한을 가졌기 때문인 것같이 보이지만 사실은 그렇지 않다. 튜더왕조시대의 국회는 일종의 거수기와 같은 역할밖에 하지 않았다. 엘리자베스 1세는 45년 간의 재위기간 동안 국회를 14회만 소집했을 정도로 국회의 권한은 절대적인 왕권에 비할 바 없이 약했다. 튜더왕조시대에 국회와 왕과의 마찰은 국회의 권한이 강대해졌기 때문에 발생한 것이다. 국회의 권한 강화는 영국의 국교가 비록 로마교황에게 반대하는 주교들에 의하여 이끌어진다는 의미에서 신교도 감독교회라고 불렸지만, 주교라는 교회감독자를 따로 둘 필요가 없다는 장로교도들이 국회에서 강한 세력을 갖게 됨으로써 나타난 현상이다. 이 장로교도들은 신흥중산계급이었으므로 자신의 이익을 보호하고, 세금을 적게 내려고 노력하면서 세금을 많이 부과하려는 국왕과 자연히 충돌하게 되었다.

엘리자베스 1세는 해적들의 약탈품을 진상받아 국가 운영비를 충당함으로써 국회의 동의 없이 나라를 이끌 수 있었으나, 이러한 재주가 없이 제임스 1세의 뒤를 이은 찰스 1세는 재정문제를 국회에 의존할 수밖에 없었다. 그는 국회의 승인 없이는 국왕이 세금을 부과하지 못하고 기부금을 강요하기 위해 불법감금이나 가택침입을 못한다는 등의 내용을 담고 있는 '권리청원'에 동의하였다. 이후 스코틀랜드에서 내란이 발생하여 장기간 국회가 열림에 따라 국회의 권력은 국왕의 권력과 대등한 위치로까지 발전했다.

이때 국회는 보수세력인 왕당파와 청교도들인 국회파로 양분되어 있었으며, 청교도들은 장로교파와 조합교회파로 나누어져 있었다. 청교도들은 국왕의 정치, 종교적 권한을 약화시키는 일에는 파벌에 관계없이 일치 단결하였으나, 교회조직행정에 있어서는 의견이 대립되었으며, 국회의원에는 장로교파가, 군대에는 조합교회파가 우세한 세력을 갖고 있었다. 왕당파를 이긴 군대는 크롬웰의 영도 하에 장로교파 국회의원들을 몰아내고, 찰스 1세를 사형하고(1649), 귀족원을 해산하고, 자유공화국을 선포하였다. 1653년에 조합교회파 청교도 군대는 크롬웰을 종신 호국경으로 하는 독재국가를 출현시켰다.

찰스 1세

자유공화국은 정부문서라는 근세 최초의 성문헌법을 바탕으로 수립되었으며, 이 문서는 여러 나라의 입헌정치 발전에 큰 영향을 끼치고 크롬웰식의 혁명과 독재는 많은 모방자를 냈다. 많은 종
파 사이의 마찰과 국민의 반대로 인하여 자유공화국은 사라지고, 찰
스 2세의 왕정이 복귀되고(1660), 국회가 부활하였다. 그러나 왕권은
전에 비하여 상당히 약화되고 국민의 권리가 강화되었다. 가톨릭을
부활시키려는 국왕의 정책에 반대하여 국회는 '선서령'을 제정하여

크롬웰

가톨릭을 공직에서 완전히 추방하고, 인신보호법을 제정하여 구속영장 없이는 구속을
못하도록 하여 지금까지 임의적으로 행해지던 불법구속을 금지하였다. 찰스 2세의 아
우 제임스 2세가 가톨릭을 속박하는 법률의 집행을 정지시키자 국회는 메리와 그의 남
편인 네덜란드의 총통 윌리엄 3세를 연합군주로 삼고 '인권선언'을 수락하도록 하고,
무혈혁명을 완성하였다. 이것이 명예혁명이다.

국회의 권력이 이처럼 강해지자 정당이 출현하게 되었다. 국회파는 청교도들로
구성된 중산계급 출신의 의원들로 국회가 국가보다 우월하다는 견해를 가졌고, 상공업
자들의 이익을 보호했으며, 신교를 수호하는 정강정책을 가졌고, 삶과 자유를 모토로
삼았다. 이들은 휘그당으로 발전했다. 이에 반하여 지주계급을 주로 하여 구성된 토리
당은 국왕의 우월성을 주장하고 교회의 권위를 존중하며 토지를 구호로 삼았다. 이처
럼 정식 정당이 조직되고 이를 바탕으로 실시되는 입헌대의정치는 전 세계의 모범이
되었다. '인권선언'은 이전의 '권리청원'에 더하여 국왕이 법률을 정지시키지 못하고,
신교를 믿고, 국회의 발언은 법의 구속을 받지 않는다는 것 등을 규정하였다. 이러한
규정은 미국헌법과 프랑스 혁명의 인권선언에도 원용되었고, 유엔의 인권선언에도 영
향을 끼쳤다. 국회는 정부의 출판물 인가제도를 없애고 언론의 자유를 보장하여 대의
정치의 발전에 크게 기여하였다.

국왕의 권한을 크게 제한할 수 있는 국회는 전권을 행사하고, 하원이 상원(귀족
원)보다 더 강력한 권한을 행사하여 각 정당의 대표들이 국가의 정책을 결정할 수 있게
되었다. 신문, 팜플렛 등이 선거운동에 사용되고, 하원의 다수당 대표가 수상이 되어

내각을 구성하고, 이 내각이
입법부에 대하여 책임을 지는
정치기술이 발전하였다. 내각
책임제의 정당정치는 독일에

존 로크　　　뉴튼　　　아담 스미스　　조지 1세

서 온 하노버왕조의 시조 조지 1세(1714-1727) 때부터 뚜렷해졌으며 이는 19세기에
미국을 제외한 강대국들에게도 수출되었다.

　　이 새로운 정치기술은 인간의 정치적 문제를 완전히 해결하지는 못하였고, 신교
도인 실업가나 지주들로 구성된 중산계급만을 위한 새로운 귀족정치로 되어 많은 정치
적, 사회적 불안을 내포하고 있으나 혁명의 권리와 인민주권을 선언한 원동력이 되었
다. 이는 미국대륙에 거대한 민주국가를 탄생시켰고, 프랑스 혁명을 도화선으로 하는
대륙의 구제도의 탈피와 시민사회 건설에 막대한 영향을 끼쳤다. 명예혁명을 정치, 철
학적으로 합리화한 존 로크는 혁명의 이론적 바탕을 제공했다. 이러한 변화를 통하여
실업가와 지주의 권익을 토대로 하는 국책 수행은 드디어 섬나라에 불과한 영국을 해
양제국으로 발전시킴과 동시에 산업혁명을 세계로 전파하여, 신석기시대이래 거의 변
함 없이 계속되어온 인간의 생산수단을 근본적으로 바꾸어 놓았다. 로크와 같은 시대
에 위대한 철학자 · 수학자인 뉴튼도 나왔으며, 또 비슷한 시기에 『국부론』의 저자 아
담 스미스도 활동했다.

11. 대영제국과 산업주의

영국에서는 정치기술의 발전과 더불어 영국을 위시하여 캐나다 · 오스트레일리아 등으
로 이루어진 영연방(Commonwealth of Nations)으로 발전한 대영제국(British Empire)

이 성립되고 있었다. 그 성립과정은 16, 17세기의 다른 유럽국가들의 해양제국 건설과정과 동일했으나 포르투갈, 스페인, 네덜란드, 프랑스 등의 유럽국가들이 건설한 해외제국들이 모두 사라졌음에 반하여 영국이 현대에 이르기까지 영연방이라는 이름을 유지할 수 있는 이유는 영국이 지닌 과잉인구와 정치기술 때문이었다.

영국의 인구과잉은 경제적인 이유와 종교적인 이유에서 생겨났다. 양모생산이 발전함에 따라 영국에서는 섬유상인들의 전성시대를 맞이하였다. 농토에 울타리를 치고 목장을 경영하는 자본주의식 농업방식인 인클로저가 유행함에 따라 농촌의 많은 사람들이 농토를 상실하고 도시로 몰려들어 실업자가 되었다. 이 실업자들은 말썽을 일으키고, 1601년에 구빈법이 실시된 이후 여러 차례 빈민구제법이 실시되었다. 1558년에 프랑스 영토 내의 영국세력권이었던 깔레가 프랑스의 지배 하에 들어가자 섬유상인들이 모험상인들로 변하여 특허상사의 이권을 얻고 주식회사를 만들어 해외로 나아감에 따라, 이 실업자들이 해적과 모험가로 해외로 나아가 정착하였다. 영국은 1585년에 버지니아, 1607년에 제임스타운에 식민지를 건설한 이래 제일 많은 해외 이민을 그 식민지들에 보낼 수 있었다. 이 실업자들 이외에도 귀양가는 죄수가 많았고, 국교제도의 강행, 청교도 혁명과 그 반대혁명 등 종교적 내란에 의한 과잉인구도 식민지로의 이민을 부추겼다. 1620년에 메이플라워호를 타고 미주대륙 플리머쓰로 건너간 순례 시조(Pilgrim Fathers)나 1634년에 메릴랜드를 건설한 가톨릭 이민 등은 종교상의 이유로 이민한 사람들이다.

영국은 식민지만 건설한 것이 아니었다. 영국은 인구가 많고 문화가 발달한 인도나 미개한 열대 아프리카 등에는 무역기지를 건설하여, 그곳에 상사를 두고 경제적으로 침투하였다. 20세기에 이르기까지 아프리카상사는 상아해안과 황금해안을 포함한 서부 아프리카를 중심으로 상아와 황금을 가져왔고, 동인도상사는 포목과 비단, 차와 양념 등을 들여왔다. 이로 인하여 영국에서는 속옷을 입고, 손수건, 침대보, 식탁보 등을 사용하고, 차를 마시고 음식에 양념을 첨가하는 등 문화적으로 큰 변화가 초래되었다. 무역기지에는 이민이 불가능하여, 영국의 정치기술이 수출되지는 않았지만, 식민지에는 정치기술이 수출되어 새 영국(New England), 새 스코틀랜드(Nova Scotia), 새 남부 웨일즈(New South Wales) 등의 도시가 건설되었으며, 이들의 일부는 점차 발전하여 미국의 독립을 가져왔다. 이 식민지들과 1960년에 프랑스에서 강탈한 캐나다와 1805년에 네덜란드에서 빼앗은 남아프리카까지 포함한 자치령들이 대영제국의 중요 부분을 구성한다.

영국의 자치령들은 주로 프랑스와의 식민지 쟁탈전을 통하여 수립되었으며, 그 원동력은 섬나라, 국회, 해군 등이었다. 영국이 한 세기 이전에 이미 겪은 정치적 혼란을 유럽대륙이 17, 18세기에 겪은 것이 천우신조였다. 영국이 거대한 제국을 건설하면서 산업혁명을 겪을 때, 민족주의가 널리 퍼진 19세기의 유럽대륙에 산업주의가 보급되자 유럽의 열강들은 제국주의와 세계정책 운동을 펼치게 되었다. 유럽대륙에서 프러시아왕이 독일 황제로 등극하여(1871) 러시아의 황제와 세력을 견주자 대영제국도 빅토리아여왕이 모굴제국의 제관을 1877년에 썼다.

빅토리아여왕은 1837년부터 1901년까지 장기간 집권하였다. 그녀는 엘리자베스여왕과 마찬가지로 대영제국의 위대한 건설자이며, 그 절정기를 대표하는 통치자로 엘리자베스시대보다 더 찬란한 빅토리아시대를 열었다. 빅토리아시대는 외관상 호화로움에 비하여 그다지 평온하지 못했다. 산업혁명의 여파로 사회적 불안과 동요가 있었으며 경제문제는 심각하였다.

산업주의의 보급으로 인하여 여러 가지 문제가 발생했는데 그 중에서 인구의 이동이 가장 근본적인 문제였다. 영국에서는 사람들이 템즈강 이남에서 주로 살고 있었으나 산업주의가 발전하면서 석탄과 철의 시대가 도래하고, 그 생산지인 북쪽으로 주민들이 이동하여 버밍햄, 맨체스터 등이 산업 중심지가 되었다. 또한 농촌인구가 도시로 이동함으로 인하여 도시에 과잉인구가 많아졌으며, 특히 생산의

빅토리아여왕

증가와 생활의 개선으로 인하여 인구가 엄청나게 증가하였다. 이러한 급격한 변화는 여러 가지 사회문제를 야기했다. 영국의 대의정치는 각 지역구에서 선출된 국회의원들로 구성된 하원에 의하여 이루어지는 소수 귀족정치였다. 하원을 구성하는 571명의 의원들은 자신의 출신지역이나 도시를 대표하는데 이들의 투표권은 성인남자인구의 10% 정도에게만 주어져 있었다. 선거구마다 인구수에 관계없이 두 명의 국회의원을 선출하였는데, 주민이동으로 인하여 사람이 살지 않는 곳이나 심지어는 없어진 곳에서도 거수기 노릇을 하는 유령 국회의원이 선출되었다. 반면에 많은 인구가 유입되어 대도시로 변모한 버밍햄이나 맨체스터와 같은 새로 생긴 도시에는 공장이나 광산 노동자가 많았지만 국회의원을 선출할 수 없었다.

새로 생긴 대도시에서의 노동자들의 생활은 중세의 농노들의 생활과는 비교할 수도 없을 정도로 비참했다. 공장은 위생이나 안전 또는 인도적인 면이 전혀 고려되지 않은 채 건설되었고, 공장 노동자들은 기계의 일부로 여겨졌을 뿐이다. 최소의 비용으로 최대의 이윤을 거두려는 고용주들은 노동자들을 일손으로 여기고, 기계의 잘못으로 작업이 잘못되어도 노동자들을 매질하고, 노동자들이 작업 중에 부상을 당해도 아무 보상 없이 쫓아냈다. 일자리를 찾지 못한 실업자들이 무수히 많았으므로 고용주들은 노동조건의 개선을 위한 노력을 전혀 하려고 하지 않았다. 노동시간이나 노동자의 나이에도 아무 제한이 없었으므로 하루에 십여 시간씩 노동하였으며, 어린아이들까지 노예 이상의 노동을 하였다. 이 결과 폐결핵, 관절염, 곱사등이 등의 질병으로 인한 환자들과 팔다리가 없는 불구자가 무수히 생겨났다. 디킨스의 『올리버 트위스트』에 그려져 있는 정경은 허구가 아니라 그 당시의 현실을 적나라하게 묘사한 것이다.

석탄 나르는 어린이

노동자들은 땅굴에 덮개를 덮은 움막에 비싼 세를 내고 세 들어 살았고, 추위를 막을 옷을 제대로 입을 수 없었고 배부르게 먹을 만큼 식량을 구입할 수 없었기 때문에 영양실조에 걸려 있었다. 어린이들은 교육을 받을

마르크스

기회가 없었기 때문에 청소년이 되어서도 간단한 덧셈이나 뺄셈을 할 수 없었고, 영국의 수도 이름인 런던이나 당시의 국왕 빅토리아의 이름을 알지 못하였고, 심지어는 예수 그리스도가 누구인지조차 모를 정도였다. 노동자들이 십여 시간의 노동 후 휴식시간에 즐길 오락이 없었으므로 값싼 술을 파는 술집이 번창했다. 이처럼 19세기 영국 민중들의 생활은 비참하고 암담했다. 영국사회는 중산계급과 무산자계급의 대립이 심화되었다. 또 중산계급도 상류 중산계급과 하류 중산계급으로 분화되고, 무산자계급도 노동자, 농민과 실업자 계급으로 분화되었다. 이러한 환경에서 마르크스는 독일에서 영국으로 건너와 『자본론』을 쓰고, 제1차 국제 노동자 연맹의 창립에 기여하고 노동운동을 지도하면서 마르크스주의를 주창하여 공산당의 시조가 되었다.

12. 사회개혁과 빅토리아시대

19세기 초의 영국사회는 극도로 비참하였고 마르크스가 공산주의 국가 건설을 위한 이론적 토대를 제공했으나 영국은 공산화되지 않았다. 프랑스의 칠월 혁명(1830)과 이월 혁명(1848)이 정부와 민중의 유혈 충돌을 가져왔고, 이 혼란이 유럽 전역으로 퍼져나갈 때 영국은 피를 흘리지 않고 보다 성공적으로 사회개혁을 서서히 진행시켜 공화국으로 변해가고 있었다. 이러한 성공은 영국 국민의 느리면서도 꾸준한 정치 경험과 확고부동한 정당정치, 내각책임제도와 56년이라는 오랜 기간을 통치하면서 통일의 상징으로 된 빅토리아여왕의 존재와 그에 대한 국민의 신뢰감과 만족감에서 온 것이다. 여러 가지 개혁의 실마리는 빅토리아여왕 즉위 이전에 있었던 칠월 혁명의 결과로 지주계급 위주의 토리당 내각이 실권하고, 1832년의 선거법 개정으로 부패선거구가 없어

증기 엔진: 1814년

증기기관차

짐과 동시에 중산층 실업가들의 세력이 지주계급의 세력과 대등하게 된 것에서 비롯했다. 1832년의 선거법 개정은 선거권의 확대를 가져왔지만, 노동자들에게까지 선거권이 주어지지는 않았기 때문에 후에 '인민헌장운동'을 가져오게 되었다. 그렇지만 이 개혁의 결과 진보와 보수의 조화로운 양당정치가 확립되어 서로 정권을 교체하게 되었고, '공장법'을 제정하고, 빈민구호정책을 개선하고, 도시정부를 민주화하고, 노예제도를 폐지하게 되었다.

또한 이때 발달한 기차와 기선에 의한 수송수단의 혁명적인 변화는 자유무역과 미개척지의 개발과 식민지로의 이민을 가능하게 하였다. 스코틀랜드에서 약 5만, 잉글랜드에서 약 30만, 아일랜드에서 약 200만에 가까운 인구가 미국으로 이민함으로써 사회적 긴장이 완화되었다. 인쇄술의 발달로 인하여 1839년에는 연간 3,900만 부, 1854년에는 연간 1억 2,200만 부의 일간신문이 발행되었다. 일간신문의 보급은 종교적, 인도주의적 사회개혁운동을 모든 사람들의 관심사가 되도록 하였다. 신문소설이라는 새로운 장르의 문학이 생겨나 디킨스와 같은 소설가들이 현실 고발적인 소설을 써서 신문독자들로 하여금 사회의 부조리에 눈을 돌리게 한 것도 이때이다. 1851년에 로이터가 로이터 통신사를 창설하여 전 세계의 소식과 새로운 사상을 빠르고 쉽게 전달하도록 한 것도 사회개혁에 일조했다.

이러한 여러 요소들이 사회개혁에 대한 일반인의 인식을 촉구하여 오웬의 유토피아적 사회주의, 킹슬리의 기독교 사회주의, 인민헌장운동 등이 일어났다. 『프랑스혁명사』의 저자 칼라일 등의 영웅숭배적 보수주의 비판, 낭만주의운동의 결과로 나타난 수많은 문학자들과 종교가들의 인도주의적 이상주의운동이 일어난 것도 이때이다. 특히 러스킨, 리드 등의 저술은 개혁의 이론적 바탕이 되었다.

사회개혁은 종교계에서도 예외가 아니었다. 오랫동안 계속되어온 가톨릭에 대한 탄압이 사라졌으며, 비국교도에 대한 시민권 제한도 사라졌다. 1829년에 제정된 '가톨릭 해방법'은 가톨릭교도들의 국회진출을 허용했으며, 웨스터민스터 대주교구의 창설(1851)을 가능하게 하고, 1860년경에는 옥스퍼드나 켐브리지대학의 문호도 비국교도를 비롯한 모두에게 개방되었다.

신앙의 자유가 허용되자 가톨릭 부흥운동이 거세게 일어나 5만 명 이하로 줄어들었던 신도의 수가 일세기 정도 후에는 400만 이상으로 늘어났다. 가톨릭의 이러한 비약적 발전은 1833년에 뉴만과 매닝 등이 이끈 옥스퍼드운동의 성과였다. 옥스퍼드운동은 영국국교회를 국가의 관리에서 해방시켜 진정한 영국의 가톨릭교회로 만들려는 운동이었다. 이 운동은 영국국교회가 극단적으로 가톨릭화한 고교회파, 이에 반대하는 저교회파, 그 중간적인 입장을 취하는 광교회파 등 세 종파로 갈라지게 하였다. 스코틀랜드 국교도 자유교회가 분열하면서 신앙의 자유가 확대되어 국왕 이외에는 모두가 신앙의 자유를 갖게 되었다.

산업주의가 발전하면서 결정론과 기계론, 물질주의가 유행하고, 지식인들은 종교에서의 해방과 과학만능주의에 물들게 되었다. 1859년에 발표된 다윈의 『종의 기원』은 다윈주의를 유포시켜 사람들의 과학적 사고방식에 지대한 영향을 끼쳤다.

문학에서도 19세기에는 사회적 관심이 증대되었다. 디킨스 이후 킹슬리의 『이스트』와 『알튼 로크』, 가스켈의 『메리 바톤』, 택커리의 『허영의 도시』, 엘리엇의 『사일러스 마아너』, 디즈레일리의 『코닝스비』와 『씨빌』 등 수많은 폭로적, 사실적, 이상적인 정치사회소설이 발표되었다. 시에서도 테니슨, 브라우닝, 바레트 등의 위대한 시인들이 나왔다.

19세기 중엽 이후 신발명과 경제적 번영으로 노동자들의 삶의

뉴만   매닝   다윈

질이 획기적으로 향상되었는데, 이는 수송수단의 혁명적 발전과 자유무역에 힘입은 바크다. 곡물법이 철폐되어 해외의 곡물수입이 자유로워져 식량이 풍부해지고, 전문화된 공업제품을 전 세계로 수출하면서 노동자들의 처우가 개선되었다. 무산자계급의 사람들이 부를 축적하여 중산계급으로 향상되고 사회보장제도와 교육 및 선거권이 확대되는 등 영국은 모든 면에서 현저히 진보하였다. 이에 따라 만족하고 여유로운 빅토리아 중산계급의 문화가 찬란하게 개화하였다.

영국은 중국과의 아편전쟁에서 승리함으로써 아시아를 모두 지배하게 되고, 리빙스턴의 탐험에서 쎄실 로드의 침략에 이르기까지 아프리카대륙을 새로운 제국주의의 희생물로 삼을 준비를 하였다. 또한 영국은 수에즈운하의 지배권을 획득하여 이집트 침략의 교두보를 확보하고, 싸이프러스와 아프가니스탄, 미얀마를 새 영토로 확보했다. 빅토리아여왕은 1831년에 1,600만에 불과했던 영국의 인구를 1901년에는 3,700만으로 증가시키고, 이 세상의 ¼에 달하는 영토를 차지하여 '해가 지지 않는 제국'을 건설하였다.

국내적으로는 필, 파머스턴, 러셀, 디즈레일리, 글래드스턴 등의 위대한 정치가들이 물질주의적이며, 금전을 숭상하는 중산계급의 자유주의정신을 억압하지 않으며 입헌정치의 규범을 확립하였다. 예술에 있어서는 고딕예술이 부활되어 템즈강변에 고딕양식의 국회의사당이 세워졌다. 노동조합법이 제정되어(1871) 노동자의 권익이 향상되었으며, 패비안사회 같은 국가 사회주의적인 경향을 표방하는 단체가 나타났다. 패비안사회는 쇼, 웰즈와 같은 당대의 지식인들이 그 회원이었다. 이러한 변화는 결국 오랫동안 계속되어온 보수와 진보라는 양당정치의 전통을 깨뜨리는 노동당의 출현으로 이어졌다. 빅토리아여왕시대에 영국

리빙스턴   필   디즈레일리   글래드스턴

은 굉장한 산업의 발달, 물질적 번영, 정치적 자유를 가져와 영국에 의한 세계의 지배, 세계의 평화를 명실공히 이루었다.

13. 현대

영국인, 즉 앵글로색슨의 주도 하에 제국주의가 건설되어 전 세계의 서양화가 이루어지고 백인의 세계 지배가 실시되었으나 영국에 의한 세계 평화는 영속될 수 없었다. 그 이유는 여러 가지가 있겠지만 영국의 입장에서 대표적인 것 두 가지만 든다면 농업을 경시하고 공업을 중시하는 정책과 인권을 중시하는 정치사상이라고 할 수 있다.

　　작은 섬나라에 불과하지만 식량을 자급자족하던 영국은 곡물법이 철폐된 이후 자국의 식량생산 기반이 무너져 대부분의 식량을 외국에 의존하는 식량 수입국가가 되었다. 산업혁명을 시작한 영국이 그 과실을 독점할 수 있었을 때에는 빠른 공업화가 바람직했으나, 전 세계의 모든 나라들이 산업화하여 많은 공산품을 자국에서 생산하고 또 수출까지 하게 되자 공업화의 폐단이 나타났다. 식량을 자급자족하지 못하고, 석유 같은 지하자원이 부족한 영국은 그 모든 것이 풍부한 미국과 같은 나라에 비해 많은 약점을 지닌 나라로 전락하고 말았다.

　　인권을 중시하는 영국의 정치사상이 외국으로 수출되면서 각 식민지에서 독립운동이 일어나고 그 결과 대영제국은 무너질 수밖에 없는 상황이 되었다. 영국이 경험한 여러 가지 정치적 실험, 즉 로크의 혁명권과 인민주권사상, 그리고 국가주의와 자유주의, 다윈주의와 마르크스주의 같은 사회과학분야의 발전된 사상 등으로 인하여 식민지의 여러 나라에서 민족적 자각이 일어났다. 아시아의 민족주의와 아프리카의 민족주의는 독립국가의 건설로 나아갔고, 그 결과 대영제국의 식민지는 거의 사라지게 되었다.

제1차 세계대전의 종말과 더불어 세계 제일의
투자국이었던 영국은 엄청난 부채를 짊어진 채무국
으로 전락했고, 세계 금융의 중심은 런던의 롬바드가
에서 미국 뉴욕의 월가로 옮겨갔다. 세계 예술의 중
심은 영국의 피카딜리에서 뉴욕의 브로드웨이로 옮
겨갔다. 또한 아일랜드의 분리와 인도의 독립, 모택
동 군대에 밀린 영국군의 양자강변에서의 철수와 나
셀에 의한 수에즈 운하의 몰수 등으로 대영제국의
식민지는 하나 하나 떨어져 나갔다.

런던은행: 롬바드가

피카딜리 광장: 1896년

영국 본국과 영연방의 장래의 관계 변화에 관
계없이 영국이 미주대륙과 호주대륙에 영어를 모국
어로 사용하는 민족을 퍼뜨려놓았고, 동남아에서 극동지방에 이르기까지 광범위한 영
어문화권을 확립하였다는 사실은 현대문화에 매우 중요하다. 현재 한자어를 모국어로
사용하는 주민의 숫자가 영어를 모국어로 사용하는 주민의 숫자보다 많기는 하지만,
현대문명의 발전 양상을 볼 때 영어가 적어도 한동안 세계적인 공용어로 사용되리라는
것을 부정하기는 어렵다. 이는 앵글로색슨족인 영국인들이 현대세계에 끼친 가장 큰
영향이라고 할 수 있다.

14. 아일랜드

영국의 경제전문지인 『이코노미스트』지는 세계 111개국 가운데 아일랜드를 '2005년
세계에서 가장 살기 좋은 나라'로 선정했다. 낮은 실업률과 경제성장, 정치적 자유 등

아일랜드

이 전통적 가치와 성공적으로 결합된 나라라는 이유에서다. 반면에 아일랜드를 거의 800년 동안 식민통치했던 영국은 29위를 기록했다. 유럽의 최빈국이 불과 10년 간의 고도성장을 통해 후진국에서 선진국으로 도약하고, 완전고용을 실현함은 물론, 1인당 국민소득에서 영국을 앞지른 과정은 가히 '리피강(더블린 시내를 가로지르는 강)의 기적'이라 할 수 있다.

1949년 영국으로부터 완전히 독립을 이룬 남아일랜드(공식 명칭은 '아일랜드 공화국'이며, 영문 명칭은 'Republic of Ireland')는 이 세상에서 가장 아름답고 평화로운 에메랄드 빛 전원의 나라이다. 에메랄드 빛 아일랜드 섬은 서유럽의 끝자락 대서양 연안에 위치하고 있으며, 전체면적은 약 8만 4천㎢이다. 이 중 남아일랜드가 섬의 83%를 차지하며, 남아일랜드의 인구는 3백 90만이고 북아일랜드의 인구는 1백 70만이다. 북아일랜드의 수도는 벨파스트이고 남아일랜드의 수도는 더블린이다. 기후는 전형적인 해양성 기후이지만 여름 3개월을 제외하고는 비가 오고 바람이 부는 날이 많다. 일상 언어로는 그들의 토속 언어인 게일어와 영어가 공용어로 사용되고 있으며, 인종은 켈트족이고, 종교는 주로 가톨릭이다.

아일랜드는 12세기 이래로 근 800년이라는 긴 세월 동안 영국의 식민통치를 받았다. 특히 그들의 주식인 감자의 고사병으로 인하여 1845년부터 3년 동안 지속된 대기근의 참혹한 역사는 인류 역사상 전무후무한 것이었다. 해가 지지 않는 대영제국의 방치 하에 150만이라는 엄청난 인구가 굶주림에 지쳐 죽어갔고, 끝내는 배고픔을 견딜 수 없어 영국, 호주, 캐나다, 미국 등으로 떠났다. 배고픔에 지친 나머지 사랑하는 가족, 친지, 연인들을 부둥켜안고 흐느껴 울면서 헤어질 때 불렀던 노래가 바로 '대니 보이'로, 이는 그들이 기쁠 때나 슬플 때에 뼈아팠던 지난날을 회상하면서 애국가 다음으로 즐겨 부르는 노래이다.

아일랜드 인구의 대다수를 차지하고 있는 켈트족은 본능과 상상력을 중시하는 정감적인 민족이다. 계절의 변화가 펼쳐주는 아름다운 자연을 벗삼아 야생의 생활을 즐기면서, 먹고 마시고 이야기 나누며, 춤추고 노래하기를 좋아하는 호탕한 기질을 지닌 민족이다. 431년 로마교황이 파견한 선교사 팰라디우스에 의해서 처음으로 기독교가 전파되고, 432년 아일랜드의 수호성인 성패트릭에 의해서 수도원이 설립되어 본격적으로 기독교가 민중들 사이에 보급되기 이전까지, 그들은 삼라만상의 자연에 편재하는 정령과 영혼의 불멸성을 믿는 이교도들이었다.

수도원의 설립과 기독교의 보급은 켈트족의 찬란했던 과거 문화유산을 화려하게 꽃피우는 계기가 되었다. 민중들 사이에 구전으로 전해지던 신화, 민담, 설화, 역사 등이 수사들에 의해서 기록되어 널리 보급되고 보존되면서, 아일랜드는 유럽의 암흑기에 유럽 정신문명의 진원지이자 유럽문화의 중심무대가 되었다. 또한 유럽의 거의 모든 국가가 로마의 침략을 받아 그들의 과거 문화유산이 대부분 소실되었지만, 아일랜드에는 로마제국의 손길이 미치지 않았기 때문에, 그들의 찬란했던 고대 켈트문화가 문헌으로 온전히 보존되고 전수되어 오늘날 그들의 문화적 위세를 전 세계에 뽐낼 수 있는 자산이 되고 있다. 아일랜드는 조지 버나드 쇼, 윌리엄 버틀러 예이츠, 사뮤엘 베케트, 셰이머스 히니와 같은 노벨문학상 수상자를 위시하여, 조나단 스위프트, 오스카 와일드, 숀 오케이시, 존 밀링톤 싱, 올리버 골드스미스, 제임스 조이스 등 세계문학사에 빛나는 수많은 대문호들을 배출함으로써 문학에 관한 한 타의 추종을 불허하고 있다.

음악 분야에서는 전통악기인 보드란, 하프, 피들 등으로 연주하는 아일랜드 민속음악이 유명하고, 이런 전통 때문에 아일랜드 출신 가수들은 세계 팝 음악계에서도 상당한 팬을 확보함으로써 주목을 받고 있다. 세계적으로 유명한 가수로는 엔야, 벤 모리슨, 메리 블랙, 시너드 오코너, 다니엘 오도넬, 다미엔 라이스 등이 있고, 대표적인 그룹으로는 클라나드, 치프테인스, 크랜베리스, 더블리너즈, 코어스, 보이존, U2 등이 있다. U2 그룹의 리드 싱어인 보노는 최근 세계은행 총재 후보로 거론되기도 했으며, 감

하프

피들연주

보드란

미로운 목소리로 1999년 데뷔한 5인조 밴드인 웨스트라이프도 모두 아일랜드 출신의 멤버들로 구성되어 있다.

아일랜드의 전통 무용으로는 4쌍의 남녀가 함께 추는 단체무용의 하나인 아일랜드 세트 댄싱이 150년 동안 인기를 누려오고 있다. 특히, 상체를 움직이지 않고 발만을 이용하여 추는 탭댄스는 전 세계적으로 유명한데, 근래에는 현대무용을 가미함으로써 많은 변화를 겪어왔다. 그 중에 우리나라에서도 공연된 바 있는 스피릿오브더댄스, 로드오브더댄스, 리버댄스, 겔포스댄스 등은 보는 이들에게 기분 좋은 놀라움과 신선한 충격을 주고 있다.

3

지리적 배경

1. 위치와 면적

영국의 정식명칭은 그레이트브리튼 및 북아일랜드 연합왕국(United Kingdom of Great Britain and Northern Ireland)이다. 영국을 흔히 잉글랜드라고 하지만 잉글랜드는 그레이트브리튼의 일부이며, 지도에서 보듯이 그레이트브리튼은 잉글랜드와 웨일즈와 스코틀랜드를 합하여 부르는 말이고, 영국제도(British Isles)는 여기에 아일랜드와 부속 도서를 모두 합한 것이다. 대영제국(British Empire)은 영국제도에 해외의 자치령과 식민지를 모두 합친 것을 말한다. 영연방(British Commonwealth)은 아일랜드, 인도, 북아일랜드,

영국

영국제도

캐나다, 호주, 뉴질랜드 등을 합하여 부르는 말이다.

잉글랜드 왕국(Kingdom of England)은 1292년에 웨일즈를 합병하고, 1603년에 스코틀랜드를 합병해서 연합왕국(United Kingdom)이라는 명칭을 사용하기도 했다. 1801년의 합동법에 따라 아일랜드가 연합왕국에 합병되기도 했다. 그 후 1921년의 분리법에 따라 에이레가 아일랜드 자유국이 되었을 때 북아일랜드가 영국의 일부로 남음으로써 현재의 연합왕국이 되었다.

잉글랜드, 웨일즈, 스코틀랜드 및 북아일랜드의 주민들이 모두 영국인(British)이긴 하지만 자신이 살고 있는 지역에 대한 소속감과 자긍심이 높아 잉글랜드인, 웨일즈인, 스코틀랜드인 그리고 북아일랜드인으로 불리기를 좋아하며 각기 고유한 국민성과 전통을 보유하고 있다. 영국사람을 부를 때 영어로 잉글리시라고 하면 특히 독립심이 강한 스코틀랜드 출신의 영국인은 자신이 잉글리시가 아니고 스코티시라고 하는 경우가 많다.

영국의 정치·경제·문화의 중심은 그레이트브리튼섬이고, 특히 잉글랜드가 중심이다. 영국을 이루는 섬 중 가장 큰 그레이트브리튼은 섬의 거의 2/3를 차지하는 남쪽의 잉글랜드(130,440㎢)와 섬의 1/3에 해당하는 북쪽의 스코틀랜드(78,770㎢), 그리고 서쪽의 웨일즈(20,760㎢)로 이루어져 있다. 얼스터라고도 불리는 북아일랜드는 면적이 약 14,120㎢이며, 아일랜드 섬의 북부에 위치한다. 영국은 또한 수많은 작은 섬들과 3,080㎢에 달하는 내륙 수자원을 포함한다. 북위 49-61°(남북길이 약 970㎞), 동경 1°에서 서경 9°(최장동서길이 약 464㎞) 사이에 걸쳐 있으며, 수도는 런던이다. 런던은 북위 50° 근방에 위치해 있지만, 북해로 흐르는 따스한 대서양만류 때문에 기후가 온화하고 안개가 많다. 비슷한 위도에 위치한 유럽대륙의 도시는 겨울에 기온이 영하 40℃ 가까이 내려가지만 런던에서는 0℃ 안팎의 기온이 유지된다. 여름 또한 그다지 덥지 않고 서늘한 날씨가 많다. 유럽대륙 서쪽 북대서양의 섬들로 이루어진 영국은 면적이 24만 1752㎢이며 인구는 약 6천만 명이다.

영국국기

스코틀랜드에서는 잉글랜드와는 별개의 행정이 행하여지며, 수도 에든버러에는 국립도서관, 국립미술관, 발권은행인 국립은행 등도 있으며 어느 정도 수도로서의 역할을 하고 있다. 이 점에서 북아일랜드는 스코틀랜드만한 독자성이 없으나, 반대로 스코틀랜드가 고유의 의회를 가지지 못하고 런던의 상원에 16명, 하원에 71명의 대표를 보내는 데 비해서 북아일랜드는 수도 벨파스트에 별도의 의회를 가진다. 단지, 그 권한은 북아일랜드의 내부문제에 국한된다.

대관식 의자

일부 스코틀랜드인들은 일종의 지하조직으로 스코틀랜드 민족당을 구성하기도 하는 등 자기들의 전통과 민족의식을 갖고 있다. 영국의 국왕이나 여왕이 대관식 때 앉는 의자의 앞에 놓이는 발로 밟는 돌을 대관석이라고 하는데, 이는 스코

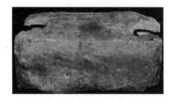

대관석

틀랜드가 잉글랜드에 항복한 굴욕의 상징이다. 스코틀랜드인들은 이것을 굴욕으로 생각하고 있기 때문에 이 돌이 행방불명되는 일이 있다. 예를 들어 조지 6세 말년에 런던의 웨스트민스터 사원에 보관해둔 이 돌이 분실되어 수개월 후 스코틀랜드의 한 교회에서 발견된 적이 있다.

영국에 제도적인 국화는 없으나, 장미, 엉겅퀴, 클로버가 전통적으로 각각 잉글랜드, 스코틀랜드, 아일랜드의 민족적인 꽃으로 되어 있다. 영국의 국기인 유니온잭은 1707년 잉글랜드와 스코틀랜드가 정식으로 합병되었을 때 흰 바탕에 붉은 색으로 된

잉글랜드의 성조지 십자가와 파란 바탕에 흰색으로 된 스코틀랜드의 성앤드루 십자가가 합쳐져 이루어졌으며, 아일랜드와의 합병 때 흰 바탕에 붉은 색으로 된 아일랜드의 성패트릭 십자가가 합쳐져서 오늘날의 모습으로 되었다.

영국의 국가는 16세기의 민요에서 비롯된 '국왕(여왕)을 지켜주소서'라는 노래로, 1946년에 조지 6세가 가사를 부분적으로 수정한 후 현재까지 사용되고 있다. 영국의 국가는 이 세상에서 가장 오래된 국가로, 그 아름다운 선율과 함께 국가의 한 전형이 되어 있다.

2. 지형

영국은 해발 100m 미만의 저지대와 해발 100-490m의 고지대가 비슷한 면적을 차지하며, 해발 480m가 넘는 고지대는 전체면적의 5% 정도이다. 잉글랜드의 북부 · 서부 · 남서부지역은 최고높이가 해발 900m 정도에 달하는 고지대이며, 남동부와 동부지역은 해발 300m 이하의 저지대이다. 잉글랜드 북부 고지대지역에는 페나인 산맥이 남북으로 뻗어 있고 호수지방(잉글랜드 서북부의 호수가 많은 산악지대)에는 캄브리아 산맥이 있다. 이 사이에는 비옥한 곡창지대인 잉글랜드 평원이 놓여 있다. 잉글랜드에서 가장 중요한 강은 템즈강과 세번강이며, 머지강과 험

잉글랜드의 산맥과 강

버강 어귀는 항구로서 중요하다.

　스코틀랜드는 지형학상 크게 3개 지역, 즉 북부 고지대, 중앙 저지대, 남부 고지대로 이루어져 있다. 스코틀랜드에는 호수가 많은데, 네스호는 특히 유명하다. 중요한 강으로는 클라이드강, 스페이강, 트위드강 등이 있다. 웨일즈지방 대부분의 지역은 목축을 하기에 적합하다. 웨일즈의 주요 강은 디강, 티위강, 타이피강 등이다. 북아일랜드는 주로 낮은 고원과 구릉지대로 이루어져 있고, 중앙에는 영국에서 가장 큰 호수인 네이호가 자리잡고 있다. 북아일랜드의 중요한 강들로는 밴강, 언강, 포일강을 꼽을 수 있다.

〈1〉 잉글랜드

잉글랜드는 영국을 구성하는 4대 지역 가운데 가장 중요한 지역으로 그레이트브리튼섬의 반 이상을 차지한다. 북쪽으로 스코틀랜드, 서쪽으로 아일랜드해와 웨일즈 및 대서양, 남쪽으로 영국해협, 동쪽으로 북해와 접한다. 영국의 수도인 런던은 로마제국의 브리튼에서 가장 큰 도시였으며 1066년 노르만족의 영국 정복 이래 통일 잉글랜드의 수도였다. 잉글랜드는 영국 역사에서 가장 중심적인 역할을 했고 현재 영국인구의 80%를 수용하고 있다.

　잉글랜드는 낮은 구릉과 고원들로 이루어져 있으며, 3,200㎞의 해안선은 만과 후미와 삼

잉글랜드의 깃발

잉글랜드

각 강들로 되어 있다. 600m에서 900m에 이르는 높은 봉우리들이 있는 페나인 산맥이 잉글랜드 북부를 서부와 동부로 나눈다. 날씨는 대체로 온화하지만 온대 해양성기후 지역이어서 변화가 많다. 템즈강 유역의 온도는 1월에 약 2℃, 7월에 21~22℃이다. 잉글랜드에서 기록되는 최저기온과 최고기온은 각각 -18℃ 이하와 32℃ 이상에 달한다. 강수량은 북동부와 중부에서는 연평균 1,000㎜ 이하이고, 남동부의 일부 지역에서는 연평균 500㎜밖에 되지 않는다. 때때로 겨울에 많은 눈이 내리지만 여름에는 가뭄이 빈번하다.

최남단도 거의 북위 50°의 고위도에 위치하나, 바다로 둘러싸인 데다 멕시코만 류와 편서풍의 영향으로 기후는 비교적 따뜻하고, 눈도 적어 거주와 농경에 적당하기 때문에 일찍부터 인류가 정착하였다.

스코틀랜드와 웨일즈에 비해 산도 적어 북부의 페나인 산맥도 해발고도 400-600m이며, 그밖에는 콘월 반도와 기타 지역에 약간의 산지가 있을 뿐이다.

잉글랜드의 대부분은 평지이거나 기복이 완만한 구릉지로 경작이 가능한 지역이 약 40%, 목초지역이 약 40%를 차지한다. 19세기 초부터 20세기 중반에 이르는 동안 스코틀랜드의 인구는 약 3배로 증가한 반면, 잉글랜드와 웨일즈의 인구는 약 5배로 증가했다.

켐브리지, 옥스퍼드 등 국제적으로 유명한 잉글랜드의 대학교들은 과학과 기술 분야에서 많은 업적을 이루었다. 켐브리지대학교의 물리학자들은 원자를 처음으로 핵 분열시켰고, 유전학자들은 DNA의 분자구조를 발견했다. 잉글랜드의 과학자들과 기술자들이 페니실린, 전파탐지기, 고도의 항공기 설계, 제트 엔진 등을 개발했다. 연구센터에서는 레이저와 광학섬유 기술을 개발했다. 잉글랜드는 건축, 문학, 연극, 대영박물관, 런

켐브리지대 로고   옥스퍼드대 로고

던교향악단으로도 유명하다. 런던은 라디오와 텔레비전 방송, 서적 등의 출판, 현대극 등을 이끌어 가는 중심지이다. 시내·시외에 60개 이상의 극장들이 있다. 잉글랜드는 지적이고 예술적인 지역으로 좋은 평판을 받고 있을 뿐만 아니라 크리켓·축구·럭비의 발상지로서 세계의 스포츠 발전에 기여하기도 했다. 면적은 약 13만㎢, 인구는 약 5천만 명이다.

스코틀랜드와 웨일즈에는 켈트계 인종이 거주하였으나 잉글랜드에는 5-6세기에 앵글로색슨인이 켈트인을 쫓아내고 정주하였다. 잉글랜드는 1282년 웨일즈의 중심지역을 차지하였고, 1536년에는 웨일즈를 합병하였다. 잉글랜드가 중심이 되어 1707년에는 스코틀랜드와, 1810년에는 아일랜드와 연합왕국을 형성하여 정치적 통합을 이루었다. 아일랜드는 다년간에 걸친 투쟁 끝에 1921년에 연합왕국에서 분리되어 자치령이 되었다. 1937년에는 완전독립을 이루고 1949년에는 공화제를 채택하여 영국연방에서도 이탈하였다.

언어도 앵글로색슨어와 노르만어로 구성된 잉글랜드어(영어)가 켈트어를 몰아내고 전 연합왕국의 언어가 되었으며 잉글랜드의 주도 런던은 연합왕국의 수도가 되었다. 종교적으로도 스코틀랜드와 웨일즈에서는 전통적으로 비국교도가 대다수를 차지하고 있으나, 잉글랜드에서는 헨리 8세의 종교개혁 이래 국왕을 교회의 수장으로 하는 국교회의 신도가 압도적으로 많다.

1770년대에는 잉글랜드의 총인구 중 40% 이상이 농업에 종사했으나 1830년대에는 26% 정도만이 농업에 종사하였다. 중부와 북부의 공업지대는 아일랜드를 포함한 모든 지역에서 인구를 흡수해서 인구 구성을 변화시켰다. 산업혁명이 잉글랜드를 중심으로 일어난 것은 이들 노동력 외에 에너지원으로서의 중부와 북부 잉글랜드 및 웨일즈 남부의 대규모의 탄광개발과 각종 기계 발명, 런던과 브리스톨 및 리버풀 등의 좋은 항구가 있었기 때문이었다.

산업혁명을 주도한 잉글랜드의 산업은 20세기에 들어와서는 사양길로 들어섰다.

리버풀

미국을 비롯하여 후진제국의 발전, 특히 제2차 세계대전 후의 영국의 국제적 지위의 하락, 사회주의 국가의 성립, 유럽 공동시장의 형성, 에너지혁명 등의 제반 여건은 잉글랜드 공업구조의 재편성을 불가피하게 하였다. 잉글랜드의 산업은 과거의 튼튼한 기반 위에 섬유, 철강, 석탄, 조선 등의 전통산업과 함께 항공기, 자동차, 신화학공업, 원자력산업 등의 분야에서 급속한 진전을 보이고 있다.

농업도 일찍부터 발전하였다. 특히 18세기의 인클로저운동에 의해서 집약적 대농경영이 일반화되고 생산력도 증대하였다. 주산물은 밀, 보리, 호밀, 사탕무, 호프, 과일 등이며 그밖에 소, 말, 양, 돼지 등의 목축도 성하여 식육, 우유, 양피 등을 산출한다. 그러나 현재는 식량의 대부분을 수입에 의존하고 있다.

잉글랜드의 가장 중요한 도시인 런던은 잉글랜드 남동부에 템즈강을 끼고, 북해로부터 65㎞ 떨어져 있다. 수목이 울창하고 휴식공간이 많아 도시경관 자체가 비교적 여유있다. 사람들은 오랜 전통을 지닌 시민의식을 갖고 있어 도시적 삭막함이 덜한 편이다. 대부분의 다른 거대 도시들과 마찬가지로 20세기말의 눈부신 발전을 따라잡는 데는 실패했으나, 지난 세기들의 많은 장점을 보존하는 데는 성공했다.

그레이터 런던은 들쭉날쭉한 타원형을 이루고 있다. 런던 시(센트럴 런던)는 불규칙한 모양으로 중앙에 자리잡고 있다. 보통 런던 시로 부르는, 역사상 가장 중요한 지역이며 현재는 금융기관들이 밀집해 있다. 공중에서 내려다보면 매년 점점 더 많은 초고층 빌딩들이 들어서고 있음을 알 수 있으나, 도시 규모에 비해서는 적

그레이터 런던은 런던시(1)를 중심으로 33개 구역으로 나누어져 있다.

은 편이다. 런던에서는 빌딩보다 일반주택 건설이 더 활발한데, 초기에는 대부분 단독 세대를 위한 주택으로 지어졌으나 최근에는 1층 혹은 2층 짜리 다세대용 아파트로 개조되는 경향을 보이고 있다. 인구밀도가 높은데도 공한지가 많다. 템즈강은 런던에서 가장 규모가 크게 연속되는 휴식공간이다.

〈2〉 스코틀랜드

스코틀랜드의 깃발

잉글랜드 · 웨일즈 · 북아일랜드와 함께 영국을 구성하는 지방의 하나로 4개 지방 중 가장 북쪽에 있다. 그레이트브리튼 섬의 약 1/3을 차지하며, 남쪽은 잉글랜드와 접하고 나머지 3면은 바다에 면해 있는데 서쪽과 북쪽은 대서양, 동쪽은 북해와 접해 있다. 남서부 쪽으로는 노스해협을 사이에 두고 북아일랜드와 마주보고 있다. 면적은 약 8만㎢, 인구는 약 520만이다. 지리적으로 북쪽에서 남쪽으로 산악지대, 저지대, 남부고지대 등 3개 지역으로 나눌 수 있으며, 인구의 대부분은 동부 해안지대로부터 저지대에 이르는 평야지대에 모여 있다.

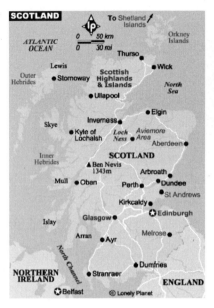

스코틀랜드

네스호

산악지대는 북동에서 남서로 가로 지르는 단층대인 그레이트글렌에 의해 양분되는데, 이 계곡의 여러 호수 중 가장 유명한 것이 네스호이다. 북서 산악지대는 그레이트글렌의 북쪽에 있고 보다 광활한 그램피언 산맥은 남쪽에 있다. 저지대는 인접지역에 비하면 낮은 지대이지만 평평하지는 않으며, 연이은 구릉으로 경관이 변화무쌍하다. 이 지역은 스코틀랜드에서 가장 좋은 경작지이기도 하다. 남부 고지대는 고도가 산악지대만큼 높지 않으며 외관도 그만큼 험준하지 않다. 빙하작용으로 인하여 이 지역 전역에 좁고 평평한 골짜기들이 형성되어 있다. 이곳은 남동쪽으로 넓어지면서 비옥한 충적 농경지로 이어지는 트위드 강 유역을 향해 트여 있고, 남서쪽으로는 갤러웨이반도를 향해 경사져 있다. 구릉과 산지 대부분은 풀과 관목들로 덮여 있다. 또한 전체면적의 거의 1/10을 차지하는 이탄 지대가 저지대와 황무지에 널리 퍼져 있는데, 이 이탄 지대는 히스와 양치류로 뒤덮여 있다.

북부와 서부의 해안선이 길며, 헤브리디스 제도, 오크니 제도, 셰틀랜드 제도를 비롯하여 800개 가까운 유인도와 무인도가 있다. 처음에는 픽트인과 스코트인으로 대별되는 켈트계 부족들의 소왕국이 몇 개 있었으나 11세기까지 스코트인의 지배 하에

| 에드워드 2세 | 제임스 4세 | 마가렛 | 메리여왕 |

통일왕국이 수립되어 점차 주변 부족들을 병합하였으며, 15세기에는 오크니 제도와 헤브리디스 제도도 스코틀랜드의 일부가 되었다.

스코틀랜드 왕 알렉산더 2세·3세 시대인 13세기에 현재와 거의 같은 경계선이 확립되고 정치적, 경제적 안정이 이루어졌다. 그러나 그 후에도 잉글랜드와의 항쟁은 계속되었으며, 잉글랜드 왕 에드워드 2세와 싸운 1313-1314년의 독립전쟁의 승리, 1503년 제임스 4세와 잉글랜드 왕 헨리 7세의 딸 마가렛과의 결혼, 1567년의 메리여왕의 처형 등과 같은 큰 사건들이 일어났다. 1603년에 잉글랜드 왕 엘리자베스 1세가 죽자, 메리의 아들 제임스 6세가 혈통에 따라 잉글랜드 왕을 겸하게 되어(제임스 1세), 양국의 연합관계가 성립하였다. 시민혁명 당시에는 크롬웰에 의한 스코틀랜드 정복도 있었으나, 명예혁명 후인 1707년에 양국의 의회가 통합되고, 이에 양국은 연합왕국을 형성하기에 이르렀다.

스코틀랜드의 귀족 16명이 런던의 상원 의석을 차지하는 원칙도 이때 만들어졌다. 이러한 연합의 결과로 스코틀랜드는 경제적으로 발전하게 되었고, 특히 글래스고의 상공업이 급속히 증대하였으나, 잉글랜드에 대한 뿌리깊은 내셔널리즘은 그 후에도 존속하였다. 스코틀랜드는 잉글랜드와는 별개의 자치법으로 통치되고 있으며, 독자적인 사법제도와 보건, 교육제도를 가지며 국교회제도도 독립해 있다. 주도는 에딘버러이고, 경제적 중심은 글래스고이다. 주요산업으로는 보리와 사탕무우, 감자 등의 농업, 소, 양의 목축업, 임업, 어업 등을 들을 수 있다. 석탄의 산출이 풍부하며, 한때 활발했

에딘버러

글래스고

채펄크로스 원자력 발전소

던 제철과 조선업 등은 쇠퇴하였으나 화학공업과 전통적인 모직물 공업은 아직도 유명하다.

이곳의 기후는 비교적 온화한 온대 해양성 기후이다. 서해안에 면한 지역의 겨울 월평균기온은 5℃이고 동해안지역의 겨울 월평균기온은 3℃이다. 동해안지역의 여름 월평균기온은 15℃, 서해안 지역의 여름 월평균기온은 14℃이다. 강우량은 지역에 따라 편차가 큰데 평지에서는 1년에 1,000㎜를 넘지 않는 반면 산악지대는 3,600㎜가 넘는 곳이 있다. 북서부 산악지대에서는 5,000㎜ 이상의 강우량이 기록되기도 했다. 동해안 대부분 지역은 600-800㎜의 강우량을 보이지만 지역에 따라 1,000㎜ 이상의 비가 내리기도 한다.

스코틀랜드의 경제는 북해 석유산업의 성장이 있기까지 느리게 발전했다. 그 후 1970년대 및 1980년대 초에 들어서면서 석유 생산시설 건설과 북해 석유 생산을 위한 지원산업과 같은 석유관련 산업이 발달하게 되어 수많은 고용을 창출했다. 그러나 1980년대 말 국제유가가 계속 하락하여 석유생산이 줄었고 많은 실직자가 생겼다.

주요광물자원은 석탄으로 주요탄광지역은 로디언, 파이프, 스트래스클라이드 주 등에 있다. 그밖에도 금, 은, 납, 크롬, 규조토, 고회석, 중정석 등이 조금 채광되고 있다. 이탄이 광활한 지역에 0.6m 또는 그 이상의 깊이로 묻혀 있지만 그것의 경제적 가치는 크지 않다. 물은 특히 산업발전을 위해 귀중한 자원이다. 스코틀랜드에는 석탄·석유를 동력으로 쓰는 발전소들이 있지만 채펄크로스, 헌터스턴, 돈레이 등에 있는 원자력발전소들이 이 나라 전체 전기의 약 2/5를 공급한다.

스코틀랜드는 영국의 생선과 조개류 어획고의 2/3 이상을 차지한다. 피터헤드는 유럽공동체(EC)에서 대구 등 흰살 생선의 도착 항으로 최고의 위치를 차지하며, 그램피언 주는 영국에서 손꼽히는 생선가공업 중심지이다. 농업은 생산성 향상을 목표로 기계화되고 있다. 남부 고지대와 산악지대에서는 구릉지의 목양업이 중요하고 북동지역은 사료작물 재배와 가축사육이 지배적이다. 남서지역에서는 낙농업이 널리 행해진다. 밀과 보리가 중요 농작물이며 특정 지역에는 전문화된 농업이 발달하고 있는데, 예를 들어 이스트로디언은 시장 출하용 야채재배, 테이사이드 주는 나무딸기밭, 스트래스클라이드 주의 클라이즈데일 구는 온실재배용 토마토와 집약적 과일재배 등으로 유명하다. 임업 또한 중요 산업으로 농촌지역 인구를 유지하는 데 도움을 준다. 전자산업은 1960년대 이래 특히 파이프, 로디언, 스트래스클라이드 주에서 크게 확대되었다. 제2차 세계대전 때부터 시계, 손목시계, 금전등록기, 정밀기기, 토목공사용 기계 등을 만들어왔으며 자동차 제조업은 1960년대 초 이후에 대규모로 이루어졌다. 섬유업은 호익 갤러실스, 셀커크, 피블스, 글래스고, 에어 등의 도시에서 활발히 이루어진다. 한때 경제의 근간이었던 제철업과 조선업이 지금은 쇠퇴일로에 있다. 인쇄업과 양조업은 에든버러와 글래스고에 기반이 잘 잡혀 있다. 항구들은 많은 물건을 취급하며, 수출보다 수입품이 많지만 수입품의 대부분은 재수출용이다. 항공운수업은 글래스고, 애버딘, 프레스트윅, 애든버러 등의 주요공항을 통해 꾸준히 성장해왔다.

정치·문화의 중심지인 에든버러, 글래스고, 세인트앤드루스, 애버딘, 던디, 스털링 등에 모두 8개의 고등교육기관들이 있다. 매년 열리는 애든버러국제페스티벌은 주변지역의 행사와 함께 세계 최대 문화행사 중 하나가 되었다. 스코틀랜드국립오케스트라와 발레단은 뛰어난 명성을 자랑한다. 민요와 민속음악들은 대중에게 인기가 있으며, 에든버러대학교 부설 스코틀랜드 학회가 그 부분의 자료들을 수집한다. 작가들은

영어를 주로 사용하나 게일어, 스코틀랜드어, 영어 3가지 중에서 선택할 수 있다. 또한 국립미술관, 국립초상화미술관, 왕립스코틀랜드박물관 등이 있는데, 왕립스코틀랜드박물관에는 자연사와 지질학 외에도 예술 및 고고학 분야의 다양한 소장품들이 있다.

스콧 기념비

에딘버러 성

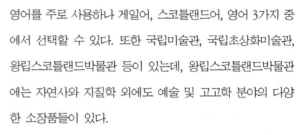

에딘버러대 로고

에딘버러는 스코틀랜드의 행정, 문화의 중심지이며, 옛 스코틀랜드 왕국의 수도이다. 런던 북쪽 629km, 글래스고 동쪽 70km, 북해의 포스만 남안에 있다. 해류와 편서풍의 영향으로 기후가 온화하다. '근대의 아테네'라고도 불리는 아름다운 도시로 특히 시의 중앙부에 동서로 뻗어 있는 프린세스스트리트의 경관은 아름답다. 스코틀랜드의 문인 월터 스콧의 기념상, 왕립아카데미, 프린세스스트리트 정원 등이 이어져 있고, 골짜기 너머에는 에딘버러 성이 있다.

에딘버러 성에서부터 종교개혁가 존 녹스의 집을 거쳐 홀리루드하우스궁전에 이르는 1.6km 남짓의 길은 통칭 로열마일이라고 일컬어진다. 홀리루드하우스궁전은 스코틀랜드 왕 제임스 4세 때부터 사용되기 시작하였으며, 지금도 영국 국왕이 스코틀랜드에 체재하는 경우 왕실 거처로서 이용되고 있다. 로열마일의 연변에 있는 스코틀랜드 국회의사당은 1707년 잉글랜드와의 합병 후부터 스코틀랜드 고등법원 청사로 사용되었으며, 현재는 변호사의 집회소로 사용된다. 의사당 남쪽에는 국립 스코틀랜드도서관, 에든버러대학, 왕립스코틀랜드박물관 등이 있다.

〈3〉 북아일랜드

북아일랜드

영국을 이루는 4개 지방 가운데 하나로 아일랜드 섬의 북동부를 차지하며 남쪽과 서쪽으로 아일랜드 공화국, 동쪽으로 아일랜드 해와 노스 해협, 북쪽으로 대서양과 접한다. 유서 깊은 얼스터지방의 일부만을 포함하지만 가끔 얼스터지방으로 지칭된다. 면적 14,120㎢, 인구 166만 3천이다.

주도는 벨파스트이고 앤트림, 아마, 런던데리, 다운, 퍼매너, 티론의 6개 주로 이루어져 있다. 일찍이 아일랜드 섬의 4대 지역의 하나인 얼스터로 일컬어진 지방으로 9개 주가 있었으나, 3개주는 아일랜드 공화국에 속하게 되었고, 나머지 6개 주는 분리되어 1920년부터 북아일랜드라고 부르게 되었다. 북쪽은 대서양에 면하고, 북동부는 영국해의 노스 해협을 사이에 두고 스코틀랜드와 마주보고 있다. 지형적으로는 북동부에 현무암으로 이루어진 앤트림 고원이 있고 일반적으로 저지이며, 영국 최대의 호수 네이호에서 발원한 밴강이 북류하고 있다. 편서풍과 난류의 영향으로 기후가 온난하여, 겨울에도 4℃ 이하로는 내려가지 않으며, 강수량은 연간 1,500㎜ 정도이다. 북부의 3개주는 스코틀랜드계 주민이 많고 남부의 3개주는 약 절반을 켈트계 주민이 차지하여, 아일랜드와의 분쟁지역이다. 언어는 영어 외에 일부 켈트계의 게일어를 사용하고, 종교는 주민의 약 2/3가 신교도이다.

이 지역에는 일찍이 켈트족이 살고 있었으나, 12세기 이후 영국의 귀족 및 영주들에 의해 정복되었다. 17세기에는 북부 얼스터지방을 중심으로 프로테스탄트 인구 확보를 위한 스코틀랜드와 잉글랜드의 '얼스터 식민'이 이루어졌다. 영국에 의한 '얼스터 식민'은 다른 아일랜드지역의 가톨릭계 주민과 분쟁을 일으키는 요인이 되었고, 지형적인 장해 요인이 가해져 남부와는 문화적으로 이질적인 지역을 형성하게 되었다. 오랜 아일랜드 민족운동의 결과, 영국으로부터의 자치 또는 독립문제가 대두되자, 영국과의 연합을 바라는 얼스터 통합주의자들의 요구를 이유로 1920년 아일랜드 통치법을 제정, 얼스터 6개 주를 아일랜드의 다른 26주와 분리시켜 북아일랜드가 성립되었고, 1922년 영국-아일랜드 조약에 따라 아일랜드 자유국이 수립되었다. 이후 영국령으로 남게 된 북아일랜드가 소수 가톨릭계 주민에게 취업차별과 불평등선거 등으로 심한 차별정책을 취하여 신·구교과 간에 분쟁이 일어났다. 1969년 7월에는 런던데리에서 신·구교과 양측간에 일대 충돌이 발생한 것을 계기로 양측의 항쟁은 전국적으로 확대되어 10월까지 계속되었다.

북아일랜드의 분쟁은 남·북 아일랜드의 통일을 주장하는 아일랜드공화국군(IRA)의 활동으로 격화되어 1980년대 중반까지 계속되었다. IRA는 폭탄 테러와 게릴라전 등으로 영국 군경에 맞섰으나 1985년 11월 영국과 아일랜드 사이에 북아일랜드 분쟁의 평화적 해결을 위한 협정이 체결됨에 따라 소강상태에 들어갔다. 정치형태는 78명의 의원으로 구성되는 양원제 의회 아래 의원내각제를 채택하고 있으며, 영국하원에 13의석을 확보하고 있다.

지형학적으로 북아일랜드는 중앙에 네이호가 있고 주변이 고지로 둘러싸인 접시 모양이다. 과거의 6개 주 가운데 앤트림, 다운, 아마, 티론, 런던데리 등의 5개 주가 네이호와 접하며 각각 접시의 테두리에 해당하는 고지를 끼고 있었다. 북쪽과 동쪽으로 뻗은 앤트림 산맥(지형학적으로 고원을 이룸)이 해안 쪽으로 가면서 높아져 트로스탄에서 최고 높이 554m에 이른다. 남동쪽에는 빙하작용에 의해 생성된 완만한 굴곡의 빙퇴구들이 있는데 이 완만한 굴곡은 높이 532m의 슬리브크룹 봉에서 경사가 급해지다가 몬 산맥의 슬리브도너드 봉(850m)에서 최고점에 이른다.

기후는 온대 해양성 기후이며 날씨는 주로 남서쪽으로부터 비와 구름을 몰고 오는 일련의 저기압의 영향을 받는데 이런 날씨는 종종 이곳 경관의 특징을 이룬다. 강수

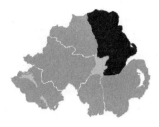

네이호를 둘러싼 북 아일랜드

벨파스트 시청

량은 서쪽에서 동쪽으로 가면서 감소한다. 봄은 비교적 건조하고 여름은 비교적 습윤하며 겨울은 습도가 매우 높다. 일반적으로 매일의 날씨 상태의 변동이 매우 심하지만 혹서나 혹한은 없다. 난류인 북대서양 해류의 영향을 받으며 연평균기온은 거의 변화가 없다. 1월 평균기온은 북해안의 3℃로부터 동해안의 2℃로 변화하며, 7월 평균기온은 공통적으로 18℃를 유지한다. 늦은 봄과 초여름에는 동부지역의 기온이 약간 더 낮은데 이는 해안에 차가운 바다안개가 끼기 때문이다.

　　주도인 벨파스트는 17세기에 개항된 항구로 광대한 암벽과 대조선소가 있으며, 주로 리넨 제품, 선박, 기계, 식료품 등을 수출하고, 석탄, 코크스, 곡물, 사료 등을 수입한다. 주요 산업은 벨파스트를 대표하는 2대 공업인 조선과 리넨공업 외에 담배, 어망, 로프 등의 제조업과 식료품 가공업이 활발하다. 그 중에서도 19세기 중엽에 건설된 대조선소를 중심으로 하는 조선업과 '낭트칙령' 후에 이주해온 프랑스의 위그노들이 일으킨 리넨공업은 아이리시 리넨이라는 이름으로 널리 알려진 리넨산업이 중심이다. 시민의 대부분은 프로테스탄트이나 25%를 차지하는 가톨릭교도와의 사이에 다툼이 끊이지 않으며, 1968년이래 유혈소동을 빚는 무력충돌이 빈발하고 있다. 시내에는 르네상스 양식의 시청사를 비롯하여 영국국교회의 대성당, 미술관, 박물관, 퀸스대학 등이 있다.

4) 웨일즈

웨일즈는 영국의 남서부지방에 위치한다. 북아일랜드, 스코틀랜드, 잉글랜드와 함께 영국을 이룬다. 국경의 3면이 자연적으로 구분되는데, 북쪽으로 디 만과 리버풀 만의 해안, 서쪽으로 아일랜드 해, 남쪽으로 세번 만의 해안이 있다. 잉글랜드의 중앙부에서 서쪽으로 폭넓게 돌출한 반도이며, 북서쪽은 아일랜드 해와 세인트조지 해협을 사이에 두고 아일랜드와, 남쪽은 브리스틀 해협을 사이에

웨일즈 깃발

두고 남서 잉글랜드와 마주보고 있다. 잉글랜드와 경계를 이루는 동쪽 경계선은 행정상으로 나눈 것이며, 정치적으로 분리되지는 않는다. 이 경계선은 1536년 연합법에 따라 생겼다. 면적은 20,768㎢, 인구는 292만 1천이다.

지리적 특징에 따라 크게 4개의 지역으로 구분되어 있다. 첫 번째는 고도가 600m 이상인 2개의 산악지대로, 북서부의 스노도니아와 남부의 브레컨비컨스이다. 스노도니아에는 이 지방에서 가장 높은 고도 1,085m의 산이 있다. 두 번째는 이 산악지대에 인접하여 산악지대를 둘러싸고 있는 고원과 구릉지대로, 고원 위로는 강물이 굽이쳐 흐르고 있다. 세 번째는 고도 30-210m의 연속된 해안고원에 의해 둘러싸여 바다를 향해 있는 고지대의 고원이다. 네 번째는 계곡지역으로, 여기에는 중부 고지대에서 시작되어 서쪽 해안으로 또는 동쪽의 잉글랜드 국경선에 위치한 저지대 평야 쪽으로 낮아지면서 펼쳐지는 드넓은 강 유역이 포함된다. 기후는 대서양의 영향을 받는 해양성으로 변화가 심하다. 연평균 강우량은 1,385㎜이며 고지대의 겨울 눈보라는 영국에서 가장 심하다. 1월 강우량은 150㎜밖에 안 되며, 4월에는 100㎜ 정도이다. 연평균기온은 10℃이며, 1월에는 4℃, 7-8월에는 약 16℃이다.

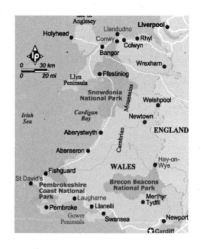

기원전 3백만 년부터 바다를 통해 이주해온 피부가 검고 키가 작은 지중해 민족이 기본 혈통을 이루었다. 이들이 서부로 들어온 반면, 동부에는 영국 저지대나 유럽대륙과 보다 긴밀한 관계를 갖고 있던 민족들이 들어와 켈트어를 사용하고 북유럽 문화를 들여왔다. 켈트어는 현대 웨일즈어의 토대가 되었다. 그 이후 주로 잉글랜드의 국경지대를 통해 앵글로색슨족과 앵글로노르만족이 들어오면서 인종과 언어에 큰 변화가 일어나게 되었다.

영국의 나머지 지역과 정치적, 경제적으로 완전히 통합된 후 경제의 단위가 더 커졌다. 자본 창출이 수요를 따라가지 못하는 경제 상황이기 때문에 실업률은 영국의 평균실업률보다 항상 높다. 석탄이 유일하게 남아 있는 광물자원이다. 웨일즈 남부에 있는 탄광들은 19세기에 개발되어 영국에서 가장 중요한 석탄 공급원이 되었으나, 1970년대에 들어와 생산량이 크게 줄었다. 웨일즈에는 철, 강철, 양철 등을 조형하는 금속세공 공장이 있다. 석탄과 농경지를 제외하면 자원은 물과 산림지 밖에 없다. 수력 발전소가 몇 개 있으나 수자원은 주로 가정용, 공업용 저수지를 만들어 이용한다. 홀리헤드, 피시가드, 밀퍼드헤이번 등 몇 개의 항구가 있으며, 밀퍼드헤이번은 중요한 석유 수입항이고 정유업의 중심지이다. 카디프 공항에는 국제선과 국내선의 항공편이 모두 취항하고 있다.

16세기 이래 잉글랜드와 통합되어 살아오면서 웨일즈인들은 한편으로는 통합된 문화를 공유하면서도 중요한 몇몇 측면에서는 전혀 다른 고유의 문화적 특성을 보전하고 발전시켰다. 심미적, 비세속적인 전통문화는 구전되었으며, 독특하게 융합된 문화로 발전하여 시나 산문에서 구어나 문어가 중요하게 쓰이고, 성악 특히 합창이 중요한 역할을 했다. 이러한 고유 문화를 가장 잘 드러내는 것은 웨일즈어이다. 정치적, 문화적으로 지식층에 속하

는 사람들은 문화를 보전하려면 언어를 지켜야 한다고 주장한다. 그러나 1981년까지 웨일즈어를 구사할 수 있는 사람은 전체인구의 20% 미만이었으며 이 비율을 높이기 위하여 교육을 2개 국어로 실시했다. 정부차원에서 문학·미술·음악·연극 등의 종사자들을 지원하는 웨일즈예술위원회를 후원하고 있다. 웨일즈의 대표적인 예술단체로는 웨일즈국립오페라단과 웨일즈연극단이 있다.

애버리스트위스에 있는 웨일즈국립도서관은 납본 도서관이기 때문에 영국에서 발행되는 모든 도서를 받아볼 수 있는 법적 권리를 가지고 있다. 카디프에는 웨일즈국립박물관이 있으며 부근의 세인트퍼건스에는 웨일즈민속박물관이 있다. 국립박물관은 웨일즈의 고대 유물과 자연사에 관한 것을 다루며 동시에 많은 예술품도 소장하고 있다. 웨일즈대학교는 7개의 대학이 연합되어 이루어진 것으로, 카디프에 웨일즈국립의과대학, 램피터에 세인트데이비드유니버시티칼리지, 그리고 뱅굿, 스완지, 카디프 등에 대학들을 두고 있다. 이 대학교는 몇 개의 교육대학을 감독하기도 한다. 문화단체인 웨일즈예술위원회는 웨일즈 북부와 남부를 오가며 매년 8월에 1주일 동안 공연 대회를 개최한다. 이 대회에서는 연극공연과 음악회가 계속 열리는 가운데 음악, 문학, 연극, 미술 등의 경연대회가 벌어지는데, 이것들은 모두 웨일즈어로 이루어진다.

연안의 평지 외에는 대부분이 해발고도 200m를 넘는 고지로, 중앙부를 남북 방향으로 캄브리아 산맥이 뻗어 있으며, 스코틀랜드를 제외하고는 그레이트브리튼 섬에서 가장 높은 산인 스노든산(1,085m)을 비롯하여 카네드루엘린, 카네드다피드, 카더이드리스 등 해발고도 1,000m의 산들이 있다. 경치가 아름다운 데다가 산맥이 한랭한 북동풍을 가로막기 때문에 서해안 일대의 기후가 온난해서 관광객이 많다.

지방행정단위는 1972년 지방행정법(1974년 4월 시행)에 따라 클루이드, 디버드, 퀜트, 귀네드,

웨일즈 국립도서관

미드글러모건, 포이스, 사우스글러모건, 웨스트글러모건 등의 8개 주로 나누어졌다. 잉글랜드의 일부로 간주되었던 옛 몬머스셔는 이 법으로 궨트라고 개칭되고 정식으로 웨일즈의 한 주가 되었다. 웨일즈는 고지가 많기 때문에 평지를 제외하고는 전통적으로 농산물 경작보다 목축이 활발하며, 식육과 양모가 산출된다. 산업혁명 중에는 남웨일즈의 철, 구리, 석탄이 대규모로 개발되고 운하도 건설되었다. 특히 탄광은 가장 중요한 지위를 차지하였다. 외항 카디프, 뉴포트, 스완지 등을 중심으로 강철, 가스, 벽돌, 슬레이트 등의 공업이 발달하였으며, 근래에는 합섬, 약품, 플라스틱, 전기기계, 항공기 등의 공업도 활발하다.

웨일즈에는 일찍부터 북해 방면에서 온 켈트인이 정착해 있었다. 1세기부터 5세기 전반에 이르는 동안에는 로마인의 지배를 받았으며, 그 후에는 작은 왕국들이 분립하여 서로 다투는 한편 잉글랜드의 앵글로색슨인에 대한 항쟁도 계속되었다. 8세기 후반에 잉글랜드의 머셔 왕국의 오파(Offa) 왕이 둑을 쌓아 웨일즈인의 침입을 막았기 때문에 지금도 웨일즈인은 잉글랜드를 오파둑 건너편이라고 부르는 일이 있다. 1세기에 노르만인이 잉글랜드를 정복한 후부터 남웨일즈는 급속히 노르만 제후의 영토가 되었으나, 북웨일즈는 저항을 계속하였다.

13세기 후반에 귀네드왕 루엘린은 웨일즈의 반 이상을 지배하여 프린스 오브 웨일즈라 일컬었으나 1282년 에드워드 1세와의 싸움에서 패배함으로써 웨일즈 왕국은 사라지고 말았다. 웨일즈는 본토와 변토로 나누어졌으며, 에드워드 1세는 장남을 프린스 오브 웨일즈에 봉하고 본토를 그 영지로 삼았다. 영국 왕의 장남에게 주어지는 프린스 오브 웨일즈라는 칭호는 그때부터의 관행에서 연유한다. 웨일즈 고유의 언어, 관습, 문화는 그 후에도 잉글랜드와의 합병 때까지 유지되었으며, 변토지역에서는 그 동안에도 웨일즈인의 반항이 계속되었다.

찰스: 지금의 프린스 오브 웨일즈

3. 아일랜드의 자연환경

아일랜드

아일랜드는 유라시아 대륙의 북서쪽에 자리한 섬 나라로, 서쪽과 북쪽 해안은 대서양에 노출되어 있고, 동쪽은 아일랜드 해, 남쪽은 켈틱 해와 접하고 있다. 그리고 스코틀랜드와 북아일랜드 사이의 좁은 바다는 노스 해협으로, 아일랜드의 남동쪽과 웨일즈 사이의 좁은 바다는 세인트 조지 해협으로 불리고 있다. 섬의 전체 면적은 84,421㎢로 남한 면적의 약 85% 크기이다. 이 중에서 북아일랜드가 14,139㎢이고, 남아일랜드는 70,282㎢이며, 남북의 길이는 486㎞이고, 동서의 길이는 275㎞이며, 해안선의 총 길이는 5,630㎞이다.

아일랜드 섬은 전통적으로 렌스터, 얼스터, 코노트, 먼스터의 4개 지역으로 구분되어 왔다. 얼스터지방의 대부분은 북아일랜드에 속하므로 종종 북아일랜드와 동일한 의미로 사용되는 경우가 많다.

아일랜드의 각 지방은 '주'라는 행정 구역으로 나뉜다. 아일랜드는 총 32개 주로 구성되어 있는데, 이 중에서 남아일랜드가 26개 주, 그리고 북아일랜드가 6개 주로 되어 있다. 그러나 북아일랜드는 1973년에 행정구역을 개편하면서 6개 주를 주요 도시나 타운을 중심으로 26개 지구로 재편하였다.

아일랜드의 지형은 황량한 바위 더미로 구성된 작은 섬들이 해안가에 산재하여 독특한 생태계를 이루고 있다. 이들 중에서 케리 해안에서 조금 떨어진 곳에 있는

스켈리그 마이클 섬은 톱니 모양의 돌섬으로 6세기부터 12, 13세기까지 수사들이 은둔 생활을 했던 곳이다. 국토 중 고지대는 대부분 해안에 인접해 있으며, 중앙내륙지역은 거의 대부분이 평평하다. 코크에서 도네갈에 이르는 서쪽 해안은 거의가 절벽, 언덕, 산과 같은 지형이며, 주로 암벽으로 이어져 있어 안전한 정박지가 거의 없다. 높은 산들은 모두 남서쪽에 있는데, 아일랜드에서 가장 높은 산은 케리 주에 있는 해발 1,041m 의 카랜투힐 산이다.

아일랜드에서 가장 긴 강은 캐반 주에 있는 쿨커 산으로부터 중부지방을 거쳐 리머릭 시 서쪽까지 370㎞에 이르는 샤논강이다. 북아일랜드에 있는 네이 호수는 아일랜드에서 가장 큰 호수로 전체 면적은 396㎢에 달한다.

아일랜드의 중앙내륙지역은 3, 4억 년 전에 퇴적된 석탄기 석회암층 위에 형성된 지형으로 대부분이 기름진 농경지와 늪지로 구성되어 있다. 그러나 중앙내륙지역에서 서쪽으로 나아가면 땅이 척박해지고 농경지도 별로 없으며 수많은 암벽들만을 볼 수 있다. 특히, 샤논강 서쪽에 있는 코노트지역은 미스나 티퍼레리 등의 기름진 지역과 뚜렷하게 대조된다.

서부 골웨이 주의 코네마라 남쪽 해안의 낮은 산지와 클레어 주의 버렌(게일어로 암석이 많은 지역을 의미함) 지역은 석회암층의 고원지대이다. 농사지을 땅이 거의 없고 척박하고 황량하기 그지없는 회색 빛 돌더미뿐이다. 그러나 이곳의 색다른 풍경은 이국정취를 더해주고 있으며, 갖가지 희귀식물과 조류들이 서식하고 있어 생물학적인 보고 역할을 하고 있다. 인근의 클립스 오브 모어는 자연이 줄 수 있는 최고의 절경이다. 규모가 어마어마하고 깎아지른 듯하여, 보는 이들에게 아슬아슬한 스릴을 느끼게 해주는 이 해안 절벽은, 최대 높이가 300m에 달하며, 총 길이는 10㎞를 넘는다. 또한 앤트림 주의 자이언츠코즈웨이는 6각 기둥 모양의 주상절리가 성냥갑을 쌓아놓은 듯이 형성된 지형으로 돌기둥의 수가 무려 4만 개에 이른다.

빙하가 녹아 흐를 때 배수가 잘 안되어 퇴적물과 유기물이 쌓여 있는 늪지를 보

자이언츠 코스웨이

그라 하는데 이는 토탄의 원료가 된다. 토탄은 옛날부터 아일랜드에서 주로 땔감으로 이용되어 왔다. 보통 위스키 색을 띠는 이 보그지역은 한때 국토의 20% 정도까지 점하고 있었으나 지금은 면적이 많이 줄어 대략 2,000㎢ 정도만이 남아있다. 그러나 이 아일랜드의 늪지는 유럽 그 어느 국가의 것보다 큰 규모를 자랑하고 있다. 킬데어 주에 있는 보그 오브 알렌은 잔존하고 있는 늪지 중에서 가장 유명한 곳이다.

아일랜드하면 에메랄드 빛 녹색의 땅이 떠오른다. 오늘날 아일랜드 사람들은 한때 울창했었던 오크나무 숲들이 사라진 것을 아쉬워한다. 이 숲들은 과거에 영국 해군의 배를 건조하기 위해서 영국인들에 의해서 무모하게 벌목되었고, 오늘날 볼 수 있는 숲들은 비교적 최근에 조성된 것들이다. 아일랜드의 시골은 지금도 거의 대부분이 녹색의 평원으로 펼쳐져 있는데, 이는 산울타리나 돌담으로 경계를 이루어 경작용 토지와 목초지로 활용되고 있다.

4

인종적 배경

1. 민족의 구성

현재 영국인의 조상은 청동기시대에 켈트어를 가져온 켈트족과 5-6세기경에 게르만어를 가져온 여러 게르만족 그리고 11-12세기에 잉글랜드를 지배한 노르만족이다. 기원전후를 해서 로마인과 10-11세기에 데인족이 잉글랜드를 침입하였지만 오늘날의 민족구성에는 별다른 영향을 끼치지 못했다.

영국의 민족은 기원전 5세기 이전에 언제 건너왔는지는 정확히 추정할 수는 없지만 지중해 계의 종족인 이베리아족이 살다가 소멸되고, 이후 기원전 5세기경 중부유럽지방에 살던 알프스 계의 켈트족이 영국으로 이주하여 철기문화와 함께 자리를 잡으면서 시작되었다. 켈트족은 크게 1파와 2파로 나누는데, 제 1파는 켈트계의 '게일인'으로 스코틀랜드나 아일랜드의 선조이고 제 2파는 웨일즈의 선조인 켈트계의 '브리튼인'으로 그 이름은 오늘날 브리튼의 어원이 되었다.

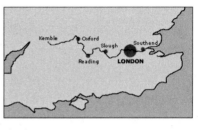

템즈강

기원전 55년경에는 로마제국이 침입하여 5세기 후반까지 템즈강 가에서 요새를 세우고 지배하였는데, 이 지역이 런더니엄으로 뒷날 런던으로 바뀌었다. 로마는 당시 로마문명을 영국 땅에 심어 라틴문화를 전파했으며 켈트족도 로마문화에 동화되어 오늘날 영국문화의 기초를 이루었다. 이후에 서기 4세기 초부터 시작된 북방 게르만 민족의 대이동과 함께 시작된 로마제국의 붕괴는 독일 북서부지방의 게르만 계인 앵글로족과 색슨족이 잉글랜드지방으로 이주하는 계기가 되었다.

앵글로색슨족은 원주민인 켈트족을 오늘날의 스코틀랜드, 웨일즈, 아일랜드지방으로 밀어내어 오늘날 민족구성의 기초를 다졌다. 특히 그 중에서도 앵글로족이 가장 강력하고 난폭하여 '앵글로족의 땅'이라는 말이 잉글랜드라는 지명의 어원이 되었다. 그러나 로마문명과 접촉하고 이후에 기독교로 개종함으로써 오늘날 영국인 성격의 기초가 되었다. 9세기에는 데인족이 스칸디나비아에서 건너와, 데인족의 왕 크누트가 한때 잉글랜드를 통일하였으나 11세기에 노르만족의 윌리엄 공이 침입, 잉글랜드를 정복하여 이후 봉건왕조제도가 확립되고, 노르만족의 지배시대가 시작되었다.

현재 영국의 민족은 앵글로색슨족이 주류를 이루고 있으며 스코틀랜드와 북아일랜드에는 켈트족의 후예들이 많이 거주하고 있다. 이들 민족들은 문화적으로 확연히 구별되는데, 특히 스코틀랜드는 그들만의 고유한 법률과 교육제도를 아직도 간직하고 있다. 이 밖에 소수민족으로는 가장 큰 아이리시 족이 있고, 기타 영연방 시절 및 20세기에 영연방에서 이주해 온 유색인종이 약 2백만 명이 거주하고 있다. 이 밖에 원주민인 고대 이베리아인, 켈트족, 로마인, 게르만족(앵글스, 색슨), 데인족, 노르만이 융합되어 각각 민족적 특성을 보이고 있다.

2. 인종별 특성

현재 영국의 민족을 구성하는 인종의 원시적인 혈통을 찾는 일은 그다지 중요하지 않다. 왜냐하면 오랜 역사를 통하여 서로 동화되어 민족을 구성하게 되었기 때문이다. 지금까지 인종적 특성을 유지하고 있는 경우는 많지 않다. 현재 영국인의 조상은 크게 나누어 이베리아족, 켈트족, 로마족, 게르만족, 데인족, 노르만족 및 소수인종으로 구성되어 있다. 해가 지지 않는 나라라는 별명으로 불렸을 만큼 세계적인 국가였으므로 민족의 구성도 범세계적인 경향을 보이고 있다.

〈1〉 이베리아족

이베리아족은 현재의 포르투갈과 스페인이 자리잡고 있는 이베리아반도에 거주하던 지중해 계의 종족으로 언제 영국 땅에 건너왔는지 자세히 알 수 없다. 프랑스, 핀란드, 헝가리, 스페인 원주민은 이베리아족으로 알려져 있다.

이베리아반도

〈2〉 켈트족

켈트족의 원래 거주지는 청동기시대의 독일 남동부, 라인강, 엘베강, 도나우강 유역이다. 이들은 기원전 10세기부터 기원전 8세기 무렵에 이동하기 시작하여, 기원전 6세기부터 기원전 4세기 무렵에 갈리아와 현재의 영국인 브리타니아로 진출하였다. 켈트족은 기원전 4세기 초에 이탈리아에 들어가 로마를 침공한 후, 포강 유역에도 정주하였으며, 기원전 3세기에 멀리 소아시아에도 진출하였다. 켈트족은 두 개의 파로 나뉘는데 그 하나는 켈트계 게일인으로 스코틀랜드나 아일랜드인의 선조로서 게일어를 사용하고 있었다. 다른 한 무리는 켈트계 브리튼인으로 불리는 집단으로서 웨일즈인의 선조이다.

〈3〉 로마족

로마족은 기원전 1세기 중반에 로마의 줄리어스 시저가 켈트인을 정벌한 후 들어온 종족으로 라틴어의 알파벳과 기독교가 이때 들어왔다.

라틴 알파벳 일부   로마공화국 동전에 새겨진 시저

〈4〉 게르만족

게르만족은 일반적으로 인도-유럽어족 중 게르만어를 사용하는 민족을 가리킨다. 오늘날의 스웨덴인, 덴마크인, 노르웨이인, 아이슬란드인, 앵글로색슨인, 네덜란드인, 독일인 등이 이에 속하지만, 4세기의 민족대이동 이전의 원시 게르만 민족을 뜻하는 경우가 많다. 인류학 상으로는 북방인종에 속하며, 남방인종에 비하여 키가 크고 금발에 푸른 눈이 특징이다. 원래의 거주지는 스칸디나비아반도의 남부에서 유틀란트반도와 북독일에 걸치는 지역이었으나, 기원전 2세기부터 기원전 1세기에 이동을 개시하여 동남쪽으로는 멀리 흑해 연안에, 서남쪽으로는 라인강 유역까지 퍼져 나가서 북게르만(덴마크인, 노르만인 등), 서게르만(앵글인, 아라만인, 색슨인, 프랑스인 등), 동게르만(동

로마와 게르마니아: 2세기 초

타키투스

고트인, 서고트인, 반달인, 부르군트인 등)의 세 그룹으로 갈라졌다.

　게르만족이 처음으로 로마인과 접촉한 것은 기원전 2세기 말 남갈리아와 북이탈리아에 침입하였다가 격멸되었을 때인데, 그 뒤에도 로마의 갈리아 원정군과 가끔 충돌하였다. 375년 동게르만의 고트족이 아시아에서 침입해온 훈족의 압박을 받아 이동을 개시함으로써 게르만 민족의 대이동이 전개되어 게르만왕국이 각지에 세워졌다.

　북아프리카의 반달왕국, 스페인의 서고트왕국, 이탈리아의 동고트왕국, 남프랑스의 부르군트왕국, 북프랑스의 프랑크왕국, 영국의 앵글로색슨왕국 등이 게르만 민족이 세운 왕국이다. 원래의 거주지인 발트해 연안에 남아 있던 북게르만도 스웨덴, 노르웨이, 덴마크의 3왕국을 세웠다. 북게르만의 일부는 8세기부터 유럽 각지를 침략하여 또 한 차례의 파란을 불러일으켰다. 원시 게르만에 관한 가장 중요한 기록은 타키투스의 『게르마니아』와 시저의 『갈리아 전기』이다. 이에 의하면 당시의 게르만인은 키비타스라 부르는 정치적 소단위로 분열되었고, 진정한 의미로서의 국가를 형성하지는 못하였다.

〈5〉 데인족

데인족은 현재 덴마크를 구성하는 인종으로 9세기에 스칸디나비아에서 영국으로 건너왔다.

〈6〉 노르만족

노르만족은 게르만족 중에서 덴마크, 스칸디나비아지방을 원래의 거주지로 하는 종족이다. 노르만은 북방인이라는 뜻이며, 바이킹이라고도 한다. 인종적으로는 북유럽인종에 속하며 머리가 길고 키가 크며, 백색피부, 금발, 파란 눈 등을 특징으로 한다. 게르만족은 원래의 거주지에서 농경, 어업, 목축 또는 해상약탈을 해왔으나, 8세기경 본국이 통일된 왕권을 형성함에 따라 종

윌리엄 1세

래의 독립적 지위를 잃은 작은 우두머리들이 토지를 소유하지 못한 주민을 이끌고 약탈적 이동을 개시하였다. 이들은 본래 항해술에 능하고 모험심이 강한 것을 바탕으로, 세 방향으로 이동하였다.

덴마크 계는 프랑스, 잉글랜드로 향하여, 그 수장 롤로가 912년 샤를 3세로부터 센 강 하류의 노르망디지역을 봉토로 받아 노르망디공국을 세웠으며, 1066년에는 노르망디 공 기욤(윌리엄 1세)이 영국을 점령하여 잉글랜드의 왕으로 즉위함으로써 노르만왕조를 열었다. 노르웨이 계는 아이슬란드와 그린란드로 건너갔고, 그 중의 일부는 북아메리카까지 진출하였다.

스웨덴 계는 러시아에 상륙하여 류리크의 주도로 862년 노브고로트공국을 건설하고, 그 일부는 지중해의 시칠리아섬에 왕국을 세웠다. 이들 노르만의 이동은 처음에는 약탈적이었으나 정착하게 되면서 상업에 종사하고, 원주민과 융합하고 동화하여 중세유럽 형성에 지대한 영향을 끼쳤다.

〈7〉 소수민족

영국의 인종은 앵글로-색슨족이 주류이지만 오래 전부터 많은 아일랜드 사람들이 상주하고 있다. 몇 세기 동안 영국에 정착하기 위해 이민자들이 세계 도처에서 이주해 오고

아일랜드

있는데 주로 가난과 정치적 탄압에서 벗어나기 위함
이다. 전 인구 중 약 5% 정도가 백인종이 아닌 유색
인종이며 소수인종 가운데 절반 정도는 옛 영국의
식민지였던 인도, 파키스탄, 방글라데시, 서인도제도
에서 이민 온 사람들이다.

특히 19세기 후반부터 1945년 직후까지의 기
간 동안 유대인을 비롯한 여러 민족들이 유럽대륙에
서 영국으로 피난왔으며, 1950년대와 1960년대에는
카리브해 및 남아시아대륙으로부터 이민이 실시되었
다. 1970년대에는 인도, 파키스탄 계통의 이민이 대대적으로 실시되어 영국인을 제외
한 외국인으로는 인도, 파키스탄인들이 가장 많은 수(약 100만 명)를 점유하고 있다.
영국에는 중국인, 그리스인, 터키인, 키프로스인, 이탈리아인, 스페인인을 포함한 상당
수의 소수민족이 거주하고 있는데 특히 중국인들은 런던 중심부의 소호지역에 차이나
타운을 형성하고 있다.

이러한 사실은 영국이 전 세계의 모든 민족이 모인 하나의 커다란 집합장임을
증명해주고 있다. 물론 주류를 이루는 민족은 앵글로색슨족이지만 과거 '해가 지지 않
는 대영제국'의 신화를 구축한 대제국답게 세계 각국의 온갖 인종이 모여 사는 곳이
바로 영국이다.

3. 아일랜드인

2002년 인구조사에 따르면 아일랜드의 전체 인구는 약 5백 60만이다. 1845년부터

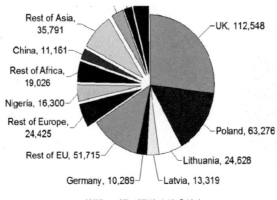

Rest of Asia, 35,791
China, 11,161
Rest of Africa, 19,026
Nigeria, 16,300
Rest of Europe, 24,425
Rest of EU, 51,715
Germany, 10,289
Latvia, 13,319
Lithuania, 24,628
Poland, 63,276
UK, 112,548

아일랜드 거주 이주민 수와 출신지

1851년까지 계속된 대기근 이전의 인구는 대략 8백만이었다. 하지만 죽음과 해외이주로 인해서 인구는 5백만으로 줄었다. 1960년대에 인구 유출이 둔화되었지만 1980년대에 들어와서도 20만 명 이상이 해외이주의 대열에 편승했다.

남아일랜드의 인구는 3백 90만이다. 남아일랜드의 수도 더블린에는 1백 10만의 인구가 살고 있다. 남아일랜드의 인구는 압도적으로 많은 젊은 인구로 구성되어 있다. 전체 인구의 41%가 25세 미만이며, 15세에서 24세에 이르는 인구가 유럽에서 가장 많고, 15세 미만의 인구는 유럽에서 두 번째로 많다.

북아일랜드에는 1백 70만의 인구가 살고 있는데, 이중에서 북아일랜드의 주도 벨파스트에 약 27만 여 명이 살고 있다. 북아일랜드에서는 16세 미만의 인구가 25%로 영국에서 젊은층의 인구가 가장 많은 곳이다.

1990년대 이래로 해외로의 이주보다는 해외로부터 이주해 들어오는 이민자의 숫자가 더 많아졌다. 역이민자는 아일랜드인이 대부분이지만 영국, EU(유럽연합) 국가, 북미에서 오는 이민자들도 있다. 또한 동유럽이나 아프리카에서 오는 난민도 상당수 있다.

5

소 설

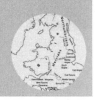

1. 발생

18세기를 산문과 이성의 시대라고 하듯이 17세기 후반부터 문체의
많은 발달을 보인 영국산문은 18세기에 와서는 거의 완성의 경지
에 도달했다고 볼 수 있다. 19세기의 램, 해즐릿에서 20세기의 밀
과 린드로 이어지는 영국 에세이 문학의 원조라고 할 수 있는 조셉
애디슨과 리차드 스틸이 활동한 것이 18세기 초기이다. 스틸은 애

스틸

디슨과 함께 『태틀러』를 1709년 4월부터 1711년 1월까지 주 3회
발간하였고, 1711년 3월부터 『스펙테이터』를 1712년 12월까지 일
간으로 발행했다.

　　이러한 분위기 속에서 활동한 다니엘 디포는 『로빈슨 크루

애디슨

디포

소의 모험』(1719)을 발간하였다. 이 소설은 발표되자마자 영국뿐만 아니라 세계적인 성공을 거두었다. 이 작품은 내용이 일상생활을 떠난 기이한 내용이고, 철두철미한 사실주의적인 수법을 사용했으나 근대문학의 수법으로서의 진정한 사실주의는 아니다. 그렇기 때문에 디포를 근대소설의 시조라고 할 수는 없고, 다만 이전의 로맨스류와는 다른 종류의 글을 쓴 작가로 생각해야 한다.

디포와 더불어 영국소설의 선구작가라고 할 수 있는 사람이 『걸리버 여행기』(1726)로 유명한 스위프트이다. 이 작품은 영국의 정치와 학문과 인간을 신랄하게 야유했을 뿐만 아니라 인류와 인간성 자체를 통쾌하게 매도한 풍자소설이다. 조나단 스위프트는 디포와 마찬가지로 자연스러운 세계가 아니라 황당무계하고 괴상한 세계를 그리면서 사실감을 느끼게 한다. 이러한 문장의 힘과 그가 지닌 비전과 통찰력으로 인하여 스위프트는 당대의 가장 위대한 산문작가로 알려져 있다.

스위프트

걸리버 여행기 초판

엄밀한 의미에서 소설이란 근대의 소산이요, 그 내용과 형식이 과거의 소설과는 다르기 때문에 근대소설의 발생을 소설의 발생이라고 해도 무방하다. 근대의 소설과 그 이전의 소설과의 가장 큰 차이점은 그 형식이 산문이라는 점과 그 내용이 사실에 기반을 두었다는 점이다. 엘리자베스시대 필립 시드니의 『아카디아』(1580)는 목가적 로맨스로 이상적인 세계를 그린 것에 불과하다. 또한 그린, 로지, 들로니, 데커는 산문으로 단편소설을 썼으나 어떤 것은 로맨스이고, 어떤 것은 사실적이기는 하지만, 현실적 일상성이 결여된 기발한 이야기이고, 형식상 근대소설의 요건을 갖추지 못하고 있다.

일상생활을 사실적으로 다룬다는 것은 현

리처드슨

실적인 일상생활을 내용으로 하고 있으며 인물은 로맨스에서 취급하는 특수한 영웅, 기사, 제왕, 귀족이 아닌 생활주변에서 흔히 만나는 평범한 사람이며, 생생한 성격을 지니고 있고 그들이 행동할 때 행위의 모티브와 유기적 발전을 보여준다는 것이다. 이러한 배경묘사, 성격묘사, 대화 등이 근대소설의 주된 요소가 되고 때로는 이야기적인 요소가 다소 희박해지는 경우도 있다. 근대소설은 청교도적인 정신의 연대기적 전통, 사회적 존재로서의 인간에 대한 집요한 탐색, 독자적으로 현대의 신화를 고안해내는 남다른 능력 등이 독특하게 결합된 허구라고 할 수 있다.

근대소설은 리처드슨과 필딩에서 비롯된다. 리처드슨의 소설『파멜라』(1740)는 서간체를 사용하여, 주인이 젊은 하녀를 유혹하려고 하는 바람에 하녀가 고통을 겪게 되지만 결국 회개한 주인과 정숙한 결혼을 함으로써 보상받는다는 줄거리로 되어 있다. 이 소설은 의도적으로 준엄한 도덕적 입장을 강조한 까닭에 많은 논란을 불러일으키기도 했으나 그 다음 작품『클라리사』(1747-48)는 영국소설 전통에서 가장 감동적이고 여운있는 비극 작품으로 꼽힌다.『클라리사』에는 복수화자가 등장하여 상반되는 주장들간의 암시적인 상호작용을 보여준다.

헨리 필딩은 극작가로서 성공한 후 소설 쓰기에 전념했다.『샤멜라』(1741)는 리처드슨의『파멜라』를 희화화한 것으로,『파멜라』에서와는 달리 남자의 재산을 노리는 위험한 인물로 변모한 여주인공이 냉혹하게 주인을 유혹해 자신과 결혼하도록 만든다.『조셉 앤드루스의 모험』(1742),『톰 존스』(1749)에서 필딩은 서사시, 그림, 극 등 전통적으로 좀더 인정받는 양식에서 사용되던 기법들을 노골적으로 소설에 적용시켰다.

토비어스 스몰렛의 소설들은 형식상으로는 고르지 않지

스턴　　　　　　필딩　　　　　　스몰렛

만, 모두 진정한 힘과 개성을 드러내는 긴 문장들을 담고 있다. 주제가 해상전투이건 온천에 모인 노약자들이건 그는 당대 현실에 대한 뛰어난 보고자였다. 그의 작품 중 가장 흥미진진한 것들로는 『로더릭 랜덤의 모험』(1748), 『페러그린 피클의 모험』(1751), 『험프리 클링커의 탐험』(1771) 등이 있다.

급진적이고 독창적인 실험은 로런스 스턴의 『트리스트럼 섄디』(1759-67)로, 이 책은 현재까지의 영국 소설발전에 대한 뛰어난 희극적 비판을 제기하고 있다. 그 속에는 자신의 삶을 바꾸어놓거나 신화화한 인물들이 가득 차 있다. 스턴의 다른 작품인 『감상적 여행』(1768) 역시 여행기에 대한 상투적인 생각을 거부한 점에서 이와 비슷하다.

2. 낭만주의시대

리처드슨과 필딩이 이룩한 소설은 18세기 말엽에 이르러 그 존재 가치가 희박해졌고, 그 대신에 호레이스 월폴의 『오트란토 성』 (1764)에서 기원하는 공포와 신비의 소설이 유행하였다. 이는 개연성을 솔직하게 거부하고 초자연적인 괴기세계에 의하여 감상주의로 흥미를 끄는 것을 목적으로 하는 일종의 낭만주의 소설이다.

월폴

앤 래드클리프 『유돌포의 신비』(1974), 매슈 그레고리 루이스의 선정적인 『수도승』(1796)이 인기를 끌었다. 그러나 이 작가들은 초자연적인 것이나 인간 심리를 다루는 기량이 시인들보다 훨씬 뒤졌으며, 제인 오스틴과 비교해서 현대 독자들이 보기에 깊이가 떨어진다.

오스틴의 『노생거 수도원』(1817)은 복잡한 아이러니를 동원해서 고딕 소설을 풍자하고 있다. 『감성과 감수성』(1811)은 감수성을 떠받드는 당시의 경향을 조롱하고 있다.『오만과 편견』(1813)은 건전한 정신과 지성이 어떻게 사회관
습의 우둔함을 헤쳐나가는가를 보여준다. 생활 반경이 매우 좁았
던 그녀는 인간관계의 미묘함을 세세히 묘사하면서, 동시에 점차
해체되고 국제화되는 사회에서 위협받고 있다고 느낀 도덕적 원칙
에 호소했다.『맨스필드 공원』(1814),『에마』(1815),『설득』(1817)
에서 그녀의 이러한 기량이 가장 원숙하게 꽃피었다. 대화체의 대

오스틴

가였던 그녀는 극도로 절제된 문체로 글을 썼다.

　　사회의 본질에 대한 기초적인 논쟁은 월터 스콧 경의 소설
에서도 볼 수 있다. 이야기체 역사 로맨스에서 시인으로서의 성공
을 거둔 후 그는 산문으로 방향을 바꾸어 20권 이상의 소설을 썼

스콧

다.『웨이벌리』(1814),『묘지기 노인』(1816),『미들로시언의 중심』
(1818) 같은 최고 걸작에서 그는 여전히 남아 있는 요소들을 모아 조국인 스코틀랜드
의 과거를 재구성했다.

3. 빅토리아시대

일반적으로 빅토리아시대의 특징을 민주주의 발전과 과학의 발달이라고 말하며, 과학
의 발달에 의한 종교적 회의와 불안의 시대라고도 한다. 빅토리아여왕의 통치기간은
1837년부터 1901년까지 64년이라는 장기간이다. 빅토리아여왕은 산업혁명이 절정에
이르러 공장의 매연이 영국의 하늘을 뒤덮고, 도시가 공장지대화하여 인구집중이 심화
되던 때에 통치했다. 급격하게 발전하는 산업과 실리적으로 이용된 과학기술 및 평화
적 무역에 의해 영국은 부강한 나라로 발전하고 제국주의국가로 변모하게 되었다. 산

업주의와 민주주의의 발전은 이 시대의 소설을 사회적 인도주의적 문제에 관심을 갖도록 했고, 과학정신이 보급됨으로 인하여 사실주의적 분석적 수법이 소설에 적용되게 되었다.

찰스 디킨즈가 처음 주목을 끌기 시작한 것은 원래 신문에 기고한 수필과 이야기를 모아 단행본으로 엮어낸 『보즈의 소품집』(1836)을 통해서였다. 1836년 그는 우스꽝스러운 판화 연작을 위한 본문 내용을 쓰기로 했는데, 그 뜻밖의 결과인 『피크윅 보고서』(1836-37)는 영국 문학사상 가장 재미있는 소설 중 하나가 되었다. 디킨즈가 대중에게 폭발적인 인기를 얻은 것과 동시에 빅토리아시대 소설은 상당한 문학적 잠재력을 갖게 되었다. 디킨즈 소설의 주요한 기술적 특징 역시 이런 성공 덕분에 이루어진 것이다. 연재물로 출판했기 때문에 복수 플롯을 사용할 수 있었고, 매회마다 개별적인 사건을 만들어낼 필요가 있었다. 동시에 그것은 작가와 독자간의 유례 없이 긴밀한 관계를 만들어냈다. 『올리버 트위스트』(1837-38)는 디킨즈가 초년의 빈곤을 잊지 않고 사회개량의식을 지니고 쓴 작품이다. 『낡은 골동품점』(1840-41)은 지극히 감상적인 연민을 더욱 깊이 탐구한 작품이다. 디킨즈의 기능이 원숙한 경지에 이른 것은 장편 걸작인 『데이비드 코퍼필드』(1849-50)로 자전적 요소가 많고 인물과 상황의 변화가 많고 묘사가 적확하며 전체적인 구성이 균형을 이룬 작품이다. 소설가로서의 그의 명성이 불후하게 된 것은 역사소설 『두 도시 이야기』(1859)이다. 이 작품은 구성이 치밀하고 규모가 방대하다.

디킨즈

윌리엄 메이크피스 택커리 역시 단편과 신문 기고문을 통해 기량을 쌓았다. 그의 걸작 『허영의 시장』(1847-48)은 월간물로 출판되었다. 이 작품에는 택커리의 신랄한 풍자와 아울러 폭넓은 서술 범위, 소설의 관습에 대한 남다른 자의식, 영국인의 삶이 변해온 과정을 역사적으로 개괄하려는 야심적인 시도 등이 나타나 있다. 택커리는 『펜데니스』(1848-50), 『헨리 에스먼드』(1852), 『풋내기』(1853)

택커리

그리고 『버지니아인』(1857-59) 등의 작품을 썼다. 디킨즈와 택커리를 비교한다면, 디킨즈가 중류하층 빈민을 주로 묘사한데 반해 택커리는 상류사회를 풍자하였고, 디킨즈의 인물 범위가 넓고 활기차며 극악한 인물과 착한 인물로 나누어지는 데 반해 택

에밀리 브론테   샬롯 브론테

커리의 인물은 범위가 그다지 넓지 않고, 결점과 어리석음을 지닌 평범한 사람들이다.

시적인 정열을 가진 여류 소설가로는 브론테 자매가 있다. 브론테 자매는 언뜻 보면 틀에 박힌 지방소설을 쓴 듯하다. 샬롯 브론테의 첫 소설 『제인 에어』(1847)와 그 다음 소설 『빌레트』(1853)는 뚜렷한 고딕 요소를 담고 있어 예상치 못한 심리적 긴장과 극적 요소를 전달한다. 에밀리 브론테는 유일한 소설 『폭풍의 언덕』(1847)에서 이러한 다양한 전통들을 훨씬 더 성공적으로 조화시켰다. 꼼꼼하게 관찰된 지방생활, 빈틈없이 처리된 플롯, 복수의 내면적 화자를 교묘히 사용하는 기법 등이 생생한 영상과 결합되어 강렬한 고딕 주제를 전달하고 있다.

브론테 자매보다 다소 늦게 작품활동을 한 여류소설가로 조지 엘리엇이 있다. 그녀는 『아담 비드』(1859), 『플로스의 물레방아간』(1860), 『사일러스 마아너』(1861), 『로몰라』(1863), 『미들마치』(1871-72) 등의 작품을 썼다. 그녀의 작품세계는 고요하고 소박한 영국의 시골과 시골 사람들을 소재로 하고 있으며 이들의 생활을 유머와 연민으로 그리고 있다. 엘리엇은 평범한 사람들의 일견 평온한 삶을 묘사하면서 그 저변에 깔려 있는 욕정, 갈등, 불행을 파헤쳐 인물들의 행위를 해석하고 비평하며 심리를 분석한다. 그리고 어쩔 수 없이 비극적 결과를 가져오는 필연성을 극적으로 제시한다.

엘리엇보다 더 현대적인 인상을 주는 소설가로 조지 메레디쓰가 있다. 메레디쓰는 사실주의자인 동시에 심리학자라는 점에서 엘리엇과 같으나 엘리엇이 엄숙한 인생의 비극을 통하여 도덕적 교훈을 주는 반면에 메레디쓰는 인생을 사회적 시대적 관점에서 파악할 뿐만 아니라 이 관점에서 파악되는 인생의 모든 어리석음과 악덕을 희극

정신으로 바라보며 두려워하지 않는다. 메레디쓰의 중요한 소설로는 『리처드 페버렐의 시련』(1859), 『에고이스트』(1879) 등이 있다.

메레디쓰

빅토리아시대 후기에 이르면서 시대정신이 점차 고갈되고 희박해지며 빅토리아주의에 반대하는 정신을 지닌 문학자들이 대거 출현하였다. 소위 체면을 중시하여 삶의 진정한 모습을 파헤치지 못한 것이 빅토리아인들이었다면, 70년대 이후의 문학가들은 철저하게 진실을 파헤치는 탐구정신을 갖추고 있었다. 또한 유럽대륙의 영향으로 자연주의 사조가 풍비하게 되었고, 영국의 섬나라 근성을 버리고, 세계 속의 영국인으로 자리잡게 되었다.

이러한 배경에서 나온 소설가로는 조지 기싱, 조지 무어, 토머스 하디, 로버트 루이스 스티븐슨, 러드야드 키플링 등이 있다. 기싱은 자연주의자라고 할 수 있지만, 프랑스의 자연주의의 영향을 받았다기보다는 독창적이라고 할 수 있다. 그의 작품으로는 『새벽의 노동자들』(1880), 『신 그룹 가』

기싱   하디

(1891), 『추방지에서 태어나다』(1892), 『기묘한 여인들』(1893) 등이 있다. 무어는 『현대적인 연인』(1883), 『머머의 부인』(1884), 『에스더 바다』(1894) 등 자연주의 소설로 사회의 어두운 면, 추악한 면을 폭로하였다.

하디는 『귀향』(1878), 『캐스터브리지 시장』(1886), 『테스』(1891), 『비운의 주드』(1896) 등 수많은 소설을 썼다. 이 소설들은 순결과 정의와 지성과 이상을 지닌 인간이 잔혹한 운명의 손에 조롱받아 비참한 죽음에 이르는 이야기들이기 때문에 많은 비난을 받았다. 하디의 작품이 주는 인상은 이 세상에는 맹목적인 내재적 의지가 있어서 개인이 의지, 이상, 순결, 선의를 지니고 있어도 결국 불행하게 되고 만다는 것이다. 빅토리아시대의 특징인 낙천주의적인 면이나 기독교적인 위안이 전혀 없이 암울과 절망만을 느끼게 하는 것이 하디의 작품의 특징이다.

　　스티븐슨은 해적을 다룬 소설『보물섬』(1883), 장미전쟁을 배경으로 한『검은 화살』(1888), 선과 악의 이중인격을 다룬『지킬박사와 하이드씨』(1886) 등을 썼다. 키플링은 영국 제국주의를 찬양하는 문학적 대변인으로『정글북』(1894),『용감한 대장들』(1897) 등과 같은 작품을 남겼다.

4. 20세기 초반

소설이 가장 대중적이기 때문에 빅토리아시대에도 대표적인 자리를 누렸지만, 이러한 경향은 20세기에 들어서서 더욱 현저하게 되었다. 20세기 초반의 소설가로는 허버트 조지 웰스, 아놀드 베넷, 존 골즈워디, 헨리 제임스, 조셉 콘라드 등을 들을 수 있다. 웰스는『역사 개요』(1920)라는 통속적 역사책으로 이름이 있으며『타임 머신』(1895),『투명인간』(1897) 등과 같은 과학소설로 인기작가가 되었다. 베넷도 웰스와 마찬가지로 많은 작품을 쓴 작가로 여러 분야에 걸쳐 80편에 육박하는 작품을 냈는데 대표작으로는『늙은 부인의 이야기』(1908)를 들 수 있다. 골즈워디는『포사이트 가문 이야기』라는 9권으로 구성된 연작을 1922년부터 1934년까지 써서 1886년부터 1932년에 이르는 영국사회를 배경으로 산업혁명과정에서 부유해진 대표적인 상류가문인 포사이트 가문의 흥망성쇠를 다루고 있다.

　　헨리 제임스는 미국출신으로 영국에 귀화한 소설가로, 미국문명과 유럽문명을 대비한『미국인』(1877),『유럽인』(1878),『귀부인의 초상』(1881)과 영국적 성격의 탐구에 초점을 맞춘『비극적 시선』(1890),『포인튼의 전리품』(1897) 및 유럽과 미국의 문화를 비교한 만년의 걸작들『비둘기 날개』(1902),『대사들』(1903),『황금사발』

웰스　　　베넷　　　골즈워디　　　제임스

(1904) 등을 썼다. 이외에도 『데이지 밀러』(1879), 『나사의 회전』(1898), 『소설의 기술』(1884) 등과 같은 작품이 있다.

조셉 콘라드는 원래 폴란드 출신으로 1886년 영국에 귀화했다. 그는 해양생활을 많이 했고, 그의 작품은 해양의 모험, 폭풍우, 이국적인 열대 등을 주로 다루고 있다. 작품으로는 『어둠의 핵심』(1899), 『로드 짐』(1900), 『나르시서스 호의 검둥이』(1897), 『노스트로모』(1904), 『공작원』(1906), 『서구인의 눈 아래』(1911) 등이 있다.

5. 20세기 중반

로런스

조이스

로런스는 『무지개』(1915)와 『사랑하는 여인들』(1920)에서 현대 문명의 병리현상이 인간정신에 가해진 산업화의 영향 때문이라고 보고 원시와 본능으로 돌아갈 것을 주장하였다. 그는 노동계층의 가족생활을 다룬 자전적 소설 『아들과 연인』(1913)에서 자신의 성장기의 전기적인 사실을 사실주의적으로 묘사했다. 로런스의 최후의 걸작은 『채터레이 부인의 연인』(1928)으로 여기서 그는 퇴폐한 현대문명을 신랄하게 비판하고 계급을 초월하며 관습을 무시하고 도달하는 이상적 남녀결합을 찬양하고 있다.

제임스 조이스는 단편모음집 『더블린 사람들』(1914)과 자전적인 성격이 강한 소설 『젊은 예술가의 초상』(1916)에서 성과 상상력이 억압된 아일랜드 생활 속에서 개인이 치러야 하는 희생을 묘사하고 있다. 이와는 매우 대조적으로 『율리시즈』(1922)는 1904년 6월 16일이라는 특정한 하루동안의 두 주인공 레오폴드 블룸과 스티븐 디덜러스의 도시생활이 파노라마처럼 그려진 소설이다. 이 작품은 호머의 『오딧세이』의 구성체계와 대응을 이루는

울프

에피소드로 이루어져 있다. 조이스의 마지막 대작 『피네간의 경야』(1939)는 『율리시즈』를 훨씬 능가하는 난해한 작품으로 묘사나 설명이나 심리의 흔적조차 없으며, 전통적인 의미의 이야기 줄거리나 구성, 등장인물, 상황도 없다고 할 수 있다. 단어 하나 하나가 이중 삼중의 의미를 지니고 있기 때문에 외국어로의 번역이 불가능한 작품이다.

조이스와 마찬가지로 의식의 흐름의 수법을 사용한 여류작가인 버지니아 울프는 『제이콥의 방』(1922), 『댈러웨이 부인』(1925), 『등대로』(1927), 『파도』(1931) 등과 같은 작품을 썼다.

전쟁이 끝나가면서 문단을 지배한 분위기는 올더스 헉슬리의 소설에서 볼 수 있듯이 냉소적이면서도 혼란스러운 것이었다. 헉슬리의 염세적인 관점은 1930년대에 그의 가장 유명하고 독창적인 소설이며 반유토피아 공상물인 『멋진 신세계』(1932)와 당대 중산층 지식인의 불안을 묘사한 『가자에서 눈이 멀어』(1936)에서 가장 완벽하게 표현되었다. 포스터는 『인도로 가는 길』(1924)에서 영국 통치하의 인도에서 다양한 인종적, 사회적 집단이 서로 인간적 이해를 추구하다가 겪게 되는 좌절을 다루고 있다. 좀더 젊고 현대적인 작가들은 블룸즈베리 그룹의 구성원들이었다. 영국 상류층에 속했던 그들 부모 세대의 특징인 위선과 사기에 대항하여 그들은 사생활이나 예술생활에서 시종일관 솔직하려 노력했다.

포스터

6. 1945년 이후

제2차 세계대전이 끝나자 많은 작가들은 전통적인 가치를 갈구했고, 조지 오웰을 비롯한 작가들은 그 당시의 문명을 탐구했다. 오웰의 『동물농장』(1945)은 파시즘에 대한 승리가 어떤 면에서는 전체주의의 확산에 무의식적인 도움을 줄 수도 있다는 쓰디쓴 진실을 다루고 있는 반면, 『1984년』(1949)은 개인의 권리를 잠식하는 집단주의가 개인에게 미치는 위험을 경고했다. 이블린 워는 『다시 가본 브라이드즈헤드』(1945)에서 인간사에 작용하는 신의 은총을 탐구했다.

　　워 세대의 다른 소설가로 전후에 그와 비슷한 명성을 얻은 사람은 앤소니 파웰이다. 파웰의 뛰어난 재능은 12권의 연작소설 『시간의 춤』(1951-75)에서 뚜렷이 나타난다. 파웰과 워는 당대의 가장 탁월한 문장가였다. 킹슬리 에이미스는 1950년대에 나타난 우상파괴적 소설가 가운데 단연 독보적인 존재이다. 『럭키 짐』(1953)은 에이미스 특유의 희극적 관점과 당대의 언어 변화에 대한 남다른 감각에서 나온 작품이다. 에이미스의 중요한 동료로는 『그물 아래』(1954)로 등장한 아이리스 머독과 『동물원의 노인들』(1961)을 발표한 앵거스 윌슨이 있는데, 이 두 사람은 에이미스처럼 자유주의적, 인본적 전통에 속해 있다. 1960년대 이후 우수한 소설가들은 형식의 문제에만 지나치게 관심을 기울이는 경우가 종종 있었으나, 그들은 이러한 관심을 자유주의적 소설에 접목시켜 힘과 다양성을 이끌어내기도 했다. 이러한 소설가로는 『파리 대왕』(1954)을 쓴 윌리엄 골딩, 『폭력적인 아이들』 연작(1952-69)을 집필한 도리스 레싱이 있다.

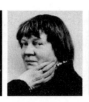

오웰　　　　에이미스　　　　골딩　　　　머독　　　　레싱

6

시

1. 기원

앵글로색슨시대의 시가는 두 가지로 분류할 수 있다. 하나는 이교도적인 시가이고 다른 하나는 기독교적인 시가이다. 이교도적인 시가는 앵글로색슨족이 그들의 생활터전이었던 북유럽에 거주하면서 조상 대대로 계승된 구전시를 영국 땅에 가지고 와서 성문화한 것이다. 기독교적인 시가는 앵글로색슨족이 영국 땅으로 이주한 후 기독교의 영향을 받아서 수도원을 중심으로 성서와 기독교적인 사적에 중점을 두고 읊은 것이다. 이밖에 서정시에 대한 초기 전통이 있었을 것이라고 짐작되지만, 현존하는 13세기이전의 시는 없다. 수도승들이 세속적인 서정시보다 종교시의 보존에 힘썼기 때문에종교적인 시가만이 전해지고 있는 것으로 여겨진다.

앵글로색슨족이 영국에 들어왔을 때 영웅시도 도입되었는데, 그 때 두운시의 형식도 도입되었다. 현존하는 고대영시는 모두 두운시로 되어 있다. 고대영시의 세계는 암담한 세계이고 현대의 독자들에게는 냉소적인 웃음만 자아내는 편협한 법칙에 따르는 편협한 세계이다. 술잔치에 참여하고 있는 남자들은 쾌활한 것으로 묘사되고 있으나 심지어는 그 때에도 전투에서의 승리와 패배의 가능성을 생각하고 있다. 후기의 문학에서 주된 화제로 등장하는 낭만적 사랑은 거의 나타나지 않는다. 남자들은 긴장을 풀고 있는 경우가 거의 없다.

고대영시에서는 반어적으로 삼가는 표현이 자주 사용되었다. 행동과 사물들은 실제보다 적게 말해지는데 이는 그들이 실제보다 많다는 것을 암시한다. 예를 들어 『말돈의 전투』에서 싸움터에서 도망치는 겁먹은 영국병사들을 "전투를 좋아하지 않는다"고 표현하고 있다. 고대 게르만 시에서 많이 사용되는 지극히 형식화된 복합적인 은유인 "케닝"은 반어적으로 잠재력을 암시하는 듯이 보인다. 예를 들어 "고래의 길"이나 "백조의 길"과 같은 표현은 고래나 백조와 같은 신체구조를 갖지 않은 인간에게는 지극히 위험한 바다라는 의미를 지니고 있다.

이 시대의 이교도적인 시가로는 가장 오래된 단시인 「멀리 여행하는 자」를 위시하여, 『엑스터 북』에 수록된 단시인 「디오의 탄식」, 「아내의 탄식」, 「남편의 말」, 「방랑자」, 「바다로 간 사람」 등이 있으며, 작가 미상의 서사시 『베오울프』와 『브루난브루의 전투』 등이 있다.

앵글로색슨족이 남긴 최고의 걸작은 영웅서사시인 3182행의 장시 『베오울프』이다. 이 시는 방랑시인에 의해 구전되던 그들의 민족영웅인 베오울프의 무용담으로 앵글족에 의해서 6세기경에 영국에 도입되어 700년경에 시로 형성되었다. 이 시는 2부작으로, 이야기의 내용은 게르만족의 이교도 생활에 속하지만 시 자체는 기독교가 도입된 이후의 작품이다. 이 시에는 새로운 신앙심과 낡은 영웅정신이 뒤섞여 있으며, 운명에 도전하는 정신이나, 인내심, 백절불굴의 용기 등은 후세 문학에서도 그 예를 찾아보기가 힘들 정도이다.

2. 중세

노르만 정복 이후 약 한 세기 반 동안 영문학이 거의 없었다고 통상 말하는데 그 기간 동안 쓰여진 것이 거의 없다. 그때에도 글로 쓰여지지는 않았지만 문학이 여전히 만들어지기는 했다. 이렇게 짐작할 수 있는 이유는 레이야먼의 『브룻』이라는 중요한 최초의 중세영시가 지금까지 남아있기 때문이다. 이 작품은 1205년경에 두운시의 전통에 입각하여 쓰여졌다.

『베오울프』의 첫 페이지

14세기에 소위 '두운의 부활'이 일어났다. 두운의 부활은 윌리엄 랭글란드의 『농부 피어스』와 작가 미상의 『가웨인 경과 녹색 기사』에서 절정에 달했다. 레이야먼의 『브룻』은 아더왕의 전설을 영어로 묘사한 내용을 담고 있기 때문에 흥미롭다. 아더왕의 전설은 후대의 많은 영시작가들이 작품으로 형상화한 소재이다. 레이야먼은 작품의 원천을 웨이스라는 시인이 쓴 노르만어로 된 작품에서 찾았고, 웨이스는 또한 그 원천을 영국인 몽마우쓰의 제오프리가 라틴어로 쓴 『브리튼 왕의 역사』에서 찾았다. 브루투스의 후손 중

『농부 피어스』: 14세기

에서 가장 특출한 자가 아더인데, 전설에 따르면 그가 브리튼을 로마의 굴레로부터 해방시켰고 앵글로색슨 침입자들의 공격을 성공적으로 막았다. 아더왕의 전설에는 두 가지 이상한 점이 있다. 하나는 브리튼 계(켈트족) 아더가 후세에 전설적인 영국인 영웅이 된 점이고, 또 하나는 아더왕 전설이 프랑스에서 최고로 발전했다는 점이다. 어찌된 경우든 제오프리와 레이야먼 이후 영국에서 아더왕에 대한 독창적인 이야기를 쓴 사람은 『가웨인 경과 녹색 기사』를 쓴 시인과 말로리경이다.

레이야먼과 『베오울프』를 쓴 시인은 자신들이 역사라
고 생각하는 전설적인 소재를 다루었다. 레이야먼이 그 전
설을 다룬 방식은 『베오울프』의 서사적인 방식과 다르다.
그의 작품은 후기 중세시대의 특징적인, 로맨스라는 장르에
상당히 가깝다. 로맨스는 몇 가지 전형적인 특징을 지닌다.
첫째 로맨스는 일반적으로 기사 이야기를 다루며 많은 잡다

『가웨인 경과 녹색 기사』

한 모험뿐만 아니라 많은 전투를 포함한다. 둘째 로맨스는 있을
법하지 않은 일들을 자유로이 사용할 뿐만 아니라 초자연적인
일들도 자주 사용한다. 셋째 로맨스는 낭만적인 사랑을 항상은
아니더라도 종종 다룬다. 넷째 성격묘사가 표준화되어 있어서
영웅이나 여걸, 그리고 사악한 안내인들이 이야기의 진행을 방
해하는 일없이 한 로맨스에서 다른 로맨스로 쉽게 이동한다. 다
섯째 플롯이 일반적으로 무수히 많은 사건들로 구성되어 있어
서 동일한 사건이 한 로맨스에 여러 번 반복하여 일어나기 쉽
다. 여섯째 스타일이 쉽고 회화적이어서 느슨하고 반복적인 경
우가 드물지 않다.

제오프리

　　『가웨인 경과 녹색 기사』를 쓴 시인과 초서라는 두 명의
예외가 있기는 하지만 불행스럽게도 몇 명되지도 않는 조예 깊은 시인들이 로맨스를
쓰는 방향으로 방향전환을 하였다. 반문맹 청중들에게 수다스러운 진부한 어구가 충만
한 보잘것없는 시를 읊어주는 일은 음유시인들과 세련되지 못한 작시가들의 일이었다.

　　중세영문학 중에서 지금까지 남아있는 작품은 종교적인 것이 압도적인데, 이는
중세영어로 쓰여진 문학작품 중에서 종교적인 것이 압도적으로 많다는 것은 아니다.
중세의 상당 기간 동안 교회가 학문을 사실상 독점해왔다. 읽고 쓰는 법을 배우는 보통
사람들은 성직자가 되려는 의도에서 공부했다. 더욱이 교회는 학식 있는 사람들 대부

분의 봉사를 직접 요구했고 교회 자체가 (물질적인 의미에서) 책을 가장 많이 생산하는 생산자였을 뿐만 아니라 도서관을 유지하는 기관이었다. 그러므로 종교문학의 양이 많아지는 것은 당연했다. 지금은 전해지지 않는 문학은 아마도 세속적인 주제를 다루는 것이 많았을 것이다.

중세영어로 된 종교적인 주제의 글 중에서 많은 것들은 지극히 넓은 의미에서만 문학이라고 할 수 있는 것들이다. 설교, 훈계, 성자의 생애, 회개의 글, 성직자를 위한 소책자, 신비적인 글, 서정시, 도덕적 우화, 기적 이야기 등 모든 장르의 종교적인 글이 질적으로는 우수하지 않더라도 양적으로는 풍부하게 생산되었다. 대부분의 작품이 평범하거나 그 이하인데 걸출한 작품도 더러 있다. 예를 들어 초창기에 쓰여진『비구니를 위한 규칙』이나 후기에 쓰여진 서정시『나는 처녀를 노래한다』같은 작품이 그렇다. 초서시대 이전에는 세속적인 주제에 대하여 작품을 쓴 사람이 거의 없는 듯하다. 『올빼미와 나이팅게일』은 새들 사이의 익살스러운 논쟁을 매우 독창적으로 쓴 작품으로, 초서 이전에 쓰여진 초서식의 작품이다.

14세기 말 약 4반세기 동안에 중세영어의 거의 모든 장르로 글을 쓴 세 명의 위대한 시인이 나타났다.『가웨인 경과 녹색 기사』의 저자는 최상의 로맨스뿐만 아니라 최상의 종교시도 썼다. 두운시 형식으로 된 성서 설화인『인내』는 최상의 고대 영시에 필적할 만하다. 그가 쓴『진주』는 만가와 신학을 결합시킨 중세후반의 가장 감동적인 종교시이다. 윌리엄 랭글랜드는『농부 피어스』를 썼는데 이 작품은 문학과 역사 양면에서 중요하다. 왜냐하면 이 작품에서 그는 그 당시의 종교적, 사회적 쟁점을 정면으로 다루었기 때문이다. 이 쟁점들은 그 후 한 세기 반 동안 큰 쟁점이 되었다. 이 당시의 시인 중에서 제오프리 초서의 업적이 가장 뛰어났다.

초서의 문학활동은 크게 3시기로 나눈다. 제1기는 프랑스 문학을 모방한 습작시기로 프랑스기라고 한다. 이 시기의 작품으로는『공작부인의 책』과『장미의 로맨스』가 있다. 제2기는 이태리기라고 하는데 단테 및 페트라르크와 보카치오의 영향을 보여

주는 시기이다. 이 시기
의 작품으로는 『명성의
집』, 『백조의 의회』, 『트
로일러스와 크리세이드』
등이 있다. 제3기는 외국
문학의 영향을 완전히 흡
수, 소화하여 독창적인

초서

캑스톤의 『캔터베리 이야기』 목판인쇄: 1484년

재능을 충분히 발현한 시기로 영국기라고 한다. 『캔터베리 이야기』가 이 시기에 속한
다. 『캔터베리 이야기』는 템즈강 강변에 있는 사우쓰웍에서 토머스 베케트의 무덤이
있는 캔터베리로 가는 순례자 29명과 시인 및 여관 주인 등 31명이 124개의 이야기를
하고 이를 수록하려고 하였다. 그런데 24편만 완성되었다. 이 이야기들이 모여서 통일
을 이룸으로써 그 가치가 있으며 그 속에 표현된 아름다운 종교적 감정, 적나라한 인간
성의 발로, 간명하고도 치밀한 서술, 생기 있는 성격묘사에 이 작품의 가치가 있다.

15세기에 영국에 위대한 시인은 없었지만 대중문학은 번창했다. 토머스 말로리
는 문학 예술가로 명성이 높았다. 이 시기에는 세속적인 서정시와 종교적인 서정시 중
에서 최상의 작품들이 나왔고, 많은 발라드가 쓰여졌다. 말로리의 『아더의 죽음』은
1485년에 윌리엄 캑스톤에 의하여 인쇄되었다. 이 작품은 시인이 감옥에 감금되어 있

캑스톤 기념우표: 1976년 영국

을 때 쓰여졌다. 말로리의 이 작품은 최후의 위대한 중세작품이다. 말로리는 주로 프랑스의 원전에서 아더왕과 그의 기사들의 이야기를 따와서 재창조했는데 이 등장인물들은 완전히 허구이지만 초기 영국인들이 『베오울프』에게 표했던 것과 같은 경의를 후대의 영국인으로부터 받았다.

3. 16세기(1485-1603)

16세기 영국은 튜더왕조가 지배했고 이 시기의 문학은 엘리자베스시대의 문학이라고 한다. 16세기의 미학원칙은 현대의 그것과 다르고, 엘리자베스시대의 취향은 명확하고 독특한 특징을 지니고 있다. 16세기에는 예술을 기교로 여기는 중세의 인식이 상당부분 남아 있었다.

엘리자베스시대 시인들이 사용한 시형식은 지극히 단순한 발라드형식에서부터 상당히 복잡한 소네트형식과 에드먼드 스펜서가 『축혼가』에서 사용한 우아하고 아름다운 18행연까지 다양하다. 영국 문예부흥기의 가장 위대한 시인인 스펜서는 런던에서 태어나 켐브리지에 다녔다. 그는 『목동의 달력』을 시드니에게 바쳤다. 이 작품은 12달을 노래한 12개의 목가로 구성되어 있으며 교훈적이다. 그는 소네트 연작인 『아모레티』, 『축혼가』 및 『요정의 여왕』(1590-96) 등의 작품을 썼으며, 스펜서식연이라고 하는 독특한 연의 형식을 창안했다.

엘리자베스여왕　　　　　스펜서

필립 시드니는 옥스퍼드를 다녔으며 1583년에 작위를 받았고 소네트 작가로서 최고의 위치에 자리잡고 있다. 그의 『아스트로펠과 스텔라』(1591)는 수백 편의 소네트로 이루어진 작품이고 『아카디아』는 로맨스로 누이동생을 위하여 쓴 작품이다. 시적 산문이라고 할 수 있는 이 작품은 형식미에 치중하지 않고 아름다운 사상과 감정을 우아하게 표현하였다.

4. 17세기(1603-1660)

문학에서 17세기는 1603년 스튜어트왕조의 첫 왕인 제임스 1세의 등극에서부터 1660년 찰스 2세의 왕정복고기까지를 가리킨다. 이 시기에는 밀튼을 제외하고는 청교도주의에 공감하는 작품을 쓴 훌륭한 문학가가 거의 없고 또한 가치 있는 청교도 문학작품도 없다. 초창기의 많은 청교도들이 세속적인 상상력을 미심쩍게 생각한 것을 염두에 두면 이는 놀라운 일이 아니다. 그들은 성상이나 교회음악, 교회의 정교한 의식 등을 불신한 것과 같은 이유에서 문학도 불신했다. 왜냐하면 이것들은 모두 세속적인 세계의 유혹물들이어서 신성한 믿음의 정신적 힘을 오염시킨다고 그들은 생각했기 때문이다. 그러나 17세기 초에는 모든 면에서 깊은 불안감, 즉 옛 전통이 시련을 겪고 있다는 느낌이 있었다. 이것은 사회적, 종교적, 정치적인 면에서 점증하는 시련에 대한 반발이다.

17세기에는 존 단을 비롯하여 조지 허버트, 리차드 크래쇼, 헨리 본, 에이브러햄 카울리, 존 클리브랜드, 앤드루 마블, 토머스 트라헌 등의 형이상학파 시인들이 있었다. 이들은 전통적인 사랑과 헌신의 서정시를 썼다. 이들의 시는 상당한 정신적 긴장을 요구하는 종류의 것으로 긴장감과 격렬한 노력이 없는 경우가 거의 없는 새로운 통합을 다루고 있다. 이들과 대비되는 시인들로는 벤 존슨과 그의 추종자들인 궁정시인들이 있다. 토머스 커루, 로버트 헤릭, 존 썩클링, 에드먼드 월러, 리차드 러블레이스 등이 그들이다. 이들은 자기들의 시를 압축시키고 한정시키고자 노력했는데 명백한 지적인 내용을 희생시켜 작품을 세련되게 끝맺고 쉽게 통제한다는 느낌을 준다.

존 단

　　밀튼은 주된 영감을 얻기 위하여 형이상학파 시인들과 궁정 시인들을 뛰어넘어 스펜서까지 연구하였다. 그는 젊은 시절에 아더왕의 전설이나 성서 이야기에 토대를 둔 기사의 로맨스를 쓰려는 스펜서적인 계획을 세우기까지 하였다. 그가 『리시더스』에서 자신의 목소리를 확고히 갖게 되었다는 것이 일반적인 정설이다. 『쾌활한 사람』과 『침울한 사람』에서 밀튼은 희랍, 로마의 고전에서 빌려온 이미저리와 미려한 운율을 사용했다. 그는 장편 서사시인 『실낙원』, 『복락원』, 고전극의 형식으로 된 『투사 삼손』 등을 썼다.

밀튼

　　엘리자베스여왕 말기와 제임스왕 초기에는 소네트가 많이 쓰여졌다. 소네트들은 거의 대부분 선정적인 주제를 다루었고 시리즈로 되어 줄거리를 암시하는 경우도 종종 있었다. 단은 『노래와 소네트』에 보이듯이 소네트를 이용하여 종교적인 주제를 다루

카울리

었다. 그 후 소네트의 인기는 시들해졌고 시인들도 소네트를 별로 쓰지 않았다.

　　초서시대 이후로 2행연구가 계속 사용되기는 했지만 17세기 중반에 이르러서야 비로소 드라이든의 『압살롬과 아키토펠』 서두에서 볼 수 있듯이 자연스럽고 대조되는 힘을 얻게 되었다. 2행연구는 논지를 전개하기에는 더없이 좋은 운율이다. 이 형식을 이용하여 논지를 전개하는 데는 드라이든을 따를 만한 시인이 없다. 2행연구와 같은 정형율과 더불어 그리스의 서정시인 핀다의 형식을 따르는 화려하고 불규칙한 부도 유행했다. 에이브러햄 카울리의 『핀다식 부』는 감정의 격렬함을 적나라하게 표현하기 위하여 노력하는 것을 보여주는 일환으로 보다 불규칙적인 형식을 사용한 좋은 예이다.

카울리의 '부'의 형식은 드라이든이 사용했을 뿐만 아니라 후에 그레이와 워즈워드도 사용했다.

17세기 초에 신기하고 새로운 것이었던 풍자시도 세기말 경에는 확고한 자리를 차지하였고 표준적인 시형식이 되었다. 이 과정에서 풍자시는 더욱 미묘하고 더욱 다양하게 되었다. 풍자시인들은 자신의 적을 모욕하는 것뿐만 아니라 독자들을 즐겁게 하는 것도 자신의 의무라고 생각했다. 사실 신사다운 담화의 아주 새로운 경향은 왕정복고 이후에 생겨났다.

5. 왕정복고기와 18세기(1660-1798)

신고전주의시기는 내란 이후 찰스 스튜어트가 영국으로 돌아온 때부터 윌리엄 워즈워드와 새뮤얼 테일러 코울리지가 『서정 민요집』을 발표한 때까지이다. 찰스왕이 외국에서 살았기 때문에 신고전주의가 외국의 영향에 의한 것이라고 생각하기 쉽지만, 그가 외국에서 살지 않았더라도 영국의 신고전주의시기는 별다른 차이가 없었을 것이다. 벤 존슨의 시와 비평은 영국문예부흥기의 비평경향에 주의를 기울이도록 하였다. 그가 사용한 닫힌 영웅시체 2행연구는 에드먼드 월러와 존 덴함 경의 영웅시체 2행연구의 모델이 되었다. 벤 존슨의 추종자 중의 한 사람이었던 존 버몬트 경은 일찍이 1625년에 비평기준을 제시했는데 그 기준은 1660년 이후 가장 보편적인 기준이 되었다. 그리고 그가 사용한 2행연구 형식은 드라이든과 포우프의 영웅시체 2행연구의 모범이 되었다. 그가 제시한 비평기준은 단, 크래쇼, 밀튼의 시에는 적용될 수 없는 것이었지만, 어거스탄시대(18세기 전반, 앤여왕의 시대)의 시를 예상케 했고, 본래의

찰스

고전주의가 형이상학파 시와 나란히 존재했다는 사실을 분명하게 한다. 정확함, 적합함, 자제, 규율, 명료함, 신선함, 불가사의함, 자연, 힘, 현학으로부터 벗어남 등을 강조하는 것이 그 비평기준의 요체였는데 이 요소들은 왕정복고 이후 영국문학이 나아갈 방향을 명확히 제시한다.

1660년부터 1700년 사이의 기간은 놀라울 정도로 다양하고 활력이 있던 시기이다. 드라이든이 가장 우수한 시인으로 그는 그 당시의 중요한 모든 형식, 즉 기념시, 희극, 비극, 영웅극, 부, 풍자시, 번역, 비평문 등을 사용하여 글을 썼다. 그가 다양한 형식을 이용한 것은 그 시대의 다양성을 암시한다. 그가 보인 예와 그의 권고는 큰 영향력을 지니고 있었지만, 그는 비평가들이 현학적으로 규칙을 신봉하도록 강제하지는 않았다.

드라이든은 시, 극, 산문 등 모든 분야에서 뛰어난 작가였기 때문에 1660년부터 1700년까지를 드라이든의 시대라고 하기도 한다. 최초의 중요한 시는『올리버 크롬웰의 죽음에 부친 영웅시』(1659)이다. 그는 1670년에 계관시인으로 임명되었다. 풍자시『압살롬과 아키토펠』(1681),『메달』,『맥 플렉노』, 영국성공회를 옹호하는 종교시『평신도 종교』(1682), 로마 가톨릭을 옹호하는 종교시『암사슴과 표범』(1687) 등을 썼다.『재앙의 해』는 1666년에 런던에 전쟁, 질병, 화재 등이 닥친 것을 묘사했다. 이 이외에『성 세실리아 축제일의 노래』,『알랙산더의 축제』등이 있다.

드라이든은 소재를 사실의 세계에 두고, 그가 대상으로 하는 사실을 명확히 표현하는데 주로 관심을 가졌다. 즉 그는 산문으로 표현할 제재를 시로 표현하였다. 그는 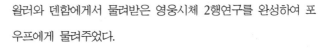 월러와 덴함에게서 물려받은 영웅시체 2행연구를 완성하여 포우프에게 물려주었다.

드라이든

포우프는 런던에서 출생했으며, 12세 때 앓은 병으로 불구의 몸이 되었고 평생 독신으로 지냈다. 그는 정규교육을 받지 못하였으나 독학으로 고전을 익혔고, 타고난 재능으로 16세에『목가집』을 발표하였다. 그는 드라이든의 후계자로 영웅시체 2행연구를 완성시킨 신고전주의의 중심인물이다. 그는 대부분의 작품을 영웅시체 2행연구로 썼고, 18세기 시는 이 형식을 떠올리게 된다. 그가 당대의 대 시인의 위치에 오르게 된 원인은 시대정신과 합치되는 그의 천부적 재능과 육체적, 성격적 결함 때문이라고 할 수 있다. 그는 자존심이 강하고 감정적이며, 쉽게 분노하고, 악의에 차 있으면서도 외면상으로는 평온한 태도를 가장한다. 그의 작품은 서정적, 낭만적 요소가 있는『목가』 (1709),『윈저 숲』(1713) 등과 재치 있는 풍자시, 교훈시인『비평론』(1711),『인간론』 (1733-4),『우물열전』(1728, 1742) 등의 두 부류로 대별되며『머리타래 강탈』(1712, 1714)은 두 부류에 걸치는 작품이다.

왕정복고시기를 산문의 시대라고 할 수 있지만 왕정복고가 바로 앞 시대와의 완전한 단절을 초래한 것은 아니다. 왕정복고시기의 작품은 영웅시나 서사시에 표현된 전형적인 귀족의 영웅적 이상에 대한 문예부흥기의 찬양을 계승했다.

드라이든이 사망한 때부터 조나단 스위프트가 사망한 때까지의 45년 간 드라이든과 그의 동시대인이 창조한 문학은 특히 무대에서 꽃피었다. 한편으로는 풍자시도 번성했는데 가장 특출한 풍자시인은 포우프와 스위프트였다. 스위프트와 포우프의 풍자시는 도덕적 긴박성으로 활기차게 되고 운명의 비극적 느낌에 의해 고양되었기 때문에 위대하다. 포우프는 어둠과 빛, 혼돈과 질서, 야만주의와 문명 사이의 투쟁을 문제로 보았는데 그 투쟁은 그의 가장 위대한 시편 중의 하나인『우물열전』에 잘 묘사되어 있다.

풍자시가 이처럼 번창한 시대에 전혀 다른 종류의 시가 나오기도 했는데 이는 포우프가 1730년대에 쓴 것으로부터 발전한 것이다. 제임스 톰슨이 그의 자연시 중에서 최초의 작품인「겨울」을 발표한 1726년 이후 자연을 묘사하는 시가 번성했다. 자연 그대로의 생생한 아름다움에 대한 18세기에 특징적인 영국인의 취향은 시에서뿐만 아니라 전형적인 조지왕조시대 예술과 조원술, 그리고 회화에서도 표현되기 시작했다. 외적 자연에 대한 사랑이 낭만주의 시인들이 등장하기 전에는 영문학에 표현되지 않았

제임스 톰슨

다는 대부분의 19세기 비평가들과 역사가들의 견해는 사실과 전혀 다르다. 포우프와 스위프트가 사망하기 이전에 톰슨 및 다른 시인들의 시에서 감정의 문학이 그 시대의 지배적인 시형식인 위트의 문학과 더불어 존재했다. 그러한 감정의 문학이 발달했다는 것은 포우프와 스위프트가 사망한 이후의 18세기 문학사에서 중요한 사실이다.

포우프가 사망할 무렵 등장한 재능 있는 젊은 시인들로는 윌리엄 콜린즈, 토머스 그레이, 조셉 워튼, 토머스 워튼 등을 들 수 있다. 그들은 산문정신, 단지 정확함이라는 이상, 요정과 악마와 같은 시의 요소로 풍경을 가득 채웠던 미신의 종말에 쫓겨 시정신이 이미 사라져버렸을 지도 모른다는 두려움에 시달렸다. 그들은 마법이 없는 시대에 시가 어디에서 발견될 수 있는가 하는 질문을 했다. 이 질문은 그 시기의 많은 시편에 망령처럼 따라다녔고, 그 시편들을 우울로 채웠다. 실로 점점 더 많은 시편들이 우울, 감미로운 슬픔, 다른 시간과 공간에 대한 갈망과 관련되어 있었다.

『시골 교회묘지에서 쓴 만가』를 쓴 토머스 그레이는 묘지파 시인들의 대표격인 시인이다. 묘지파 시인들은 종교보다는 두려움과 부패에 더욱 관심이 있었다. 그들은 죽음을 직접 다루었고, 삶의 우울한 면을 포착하여 작품화하였다.

영시에 있어서 낭만주의 이전의 중요한 시인의 한 사람으로 기억해야 할 시인이 윌리엄 블레이크이다. 그는 18세기의 전통과 관계없는 독창적, 천재적 시인이며 신비

블레이크

가이고 판화가이다. 처녀시집 『시적 소묘』(1783)는 엘리자베스여왕시대의 서정시를 모방한 것과 오씨안을 모방한 산문시들로 되어 있다. 블레이크는 『순진의 노래』(1789)에서 순진무구하고 환희에 찬 유아와 유아의 세계를 노래했고, 『경험의 노래』(1794)에서 인생의 슬프고 신랄한 면에 처한 어린 아이의 세계를 노래하였다. 이 두 작품집은 영혼의 양면을 반영한 것

으로 소박한 용어와 정열적, 독창적인 면은 물론 어린 아이를 소재로 택한 것도 획기적인 일이다. 『천국과 지옥의 결혼』(1790-1793)은 상징주의가 적고 역설적인 견해가 재미있는 작품이다.

6. 낭만주의시대(1798-1832)

영문학에서 낭만주의시기는 1798년부터 1832년까지로 잡는다. 1798년은 윌리엄 워즈워드와 새뮤얼 테일러 코울리지가 『서정 민요집』을 발표한 해이고 1832년은 월터 스코트가 사망한 해이다. 워즈워드는 1795년에 도셋셔의 레이스다운에 안주하고 자연의 품속에서 평범한 생활, 고상한 사고의 생활을 시작하였다. 그는 1797년에 서머셋의 알폭스덴으로 이주하여 코울리지와 함께 『서정 민요집』을 1798년에 발표하였다. 워즈워드는 평범한 생활에서, 코울리지는 초자연적이거나 낭만적인 것에서 제재를 택하여 이 작품집을 완성하였다.

워즈워드의 시인으로서의 성장발전 과정은 무운시로 쓴 『서곡』(1950)에 잘 표현되어 있다. 이 작품은 전체적으로 산만하고 지루한 면도 있으나 신선한 자연관찰과 빈틈없는 감수성과 시의 아름다움이 탁월하게 표현되어 있다. 그는 많은 작품을 썼는데 우리에게 잘 알려진 것으로는 「외로운 추수꾼」, 「수선화」, 「루시 시편」, 「의무에 대한 송시」, 「결의와 독립」, 「틴턴 사원」, 「불멸 부」 및 소네트 등이 있다. 그는 자연시인이라 불린다.

그는 대자연의 시시각각으로 변모하는 양상까지 세밀하고 예민하게 있는 그대로 객관적으로 본다. 동시에 자연에는 생명이 깃들어 있는 것으로 본다. 대자연의 영혼과 인간의 영혼은

워즈워드

같은 것으로 그 사이에는 예정된 조화가 있으므로 양자간에 교감이 성립되고 심사명상을 가져온다. 자연과 교감함으로써 인간은 아름다움과 경건한 마음과 평화와 행복을 느낄 수 있다. 이러한 자연관은 범신론적 자연관이라고 할 수 있다. 이러한 과정이 이루어지는 것은 상상력을 통해서인데 이는 시가 그 기원을 고요한 가운데 회상된 정서에 두고 있다는 말과 부합된다. 그는 내면의 감정을 지닌 사람으로 그의 영혼이 시의 원리가 된다.

코울리지

워즈워드와 함께 『서정 민요집』을 낸 코울리지는 아편으로 인하여 보다 훌륭한 천부적 재질을 살리지 못하고 일생을 지낸 시인으로 더본셔에서 태어났다. 그는 켐브리지에 다니다 1794년에 중도하차 하였다. 1798년에 워즈워드와 함께 『서정 민요집』을 냈는데 그의 작품은 대체로 1797년부터 1800년 사이에 쓰여졌다. 「쿠빌라이 대왕」은 1797년에 쓰여진 작품으로 「크리스타벨」(1826), 『노수부의 노래』(1798)와 같이 일종의 꿈을 묘사한 작품이다. 코울리지는 괴기한 소재를 좋아하는 시인이며 근본적으로 중세주의자이다. 그는 시가 본원적인 인간성에 호소하도록 단순해야 하며, 진리를 이끌어낼 수 있도록 감각적이어야 하며, 우리의 감정을 움직이고 애정을 각성케 하기 위하여 감격적이어야 한다고 주장했고, 자신의 작품도 그러한 이론에 부합되도록 썼다. 그의 비평론으로는 『문학평전』(1817), 『셰익스피어에 대한 강연』(1819) 등이 있다.

바이런은 선천적인 소아마비라는 불구 때문에 평생 정신적인 고통을 받았고, 귀족으로서의 긍지와 빈곤은 의협심과 강인함을 주는 요소가 됨과 동시에 허세를 가장하는 버릇을 갖게 하였다. 그는 4세 때 부친을 여의고 충동적이고 발작적인 어머니 밑에서 학대와 애정의 양극을 맛보며 자랐다. 그는 정열적이고, 완고하며, 정력적이었으나 억제력이 부족했다. 그는 켐브리지대학 재학시절에 처녀시집 『한가한 시간』을 발표하였는데 이것이 악평을 받자 그 보복으로 『영국 시인과 스코틀랜드 비평가』(1809)를 썼

바이런

다. 그는 1809년부터 1811년까지 영국을 떠나 포르투갈, 스페인, 그리스 등지를 여행하고 이 곳의 풍경과 감상과 의견을 『귀공자 해롤드의 순례』 제1, 2편으로 1812년에 발표하였다. 이 작품은 당시의 사람들이 잘 아는 현실적인 장면과 인물들이 나오는 점과 시대정신인 깊은 환멸과 우울을 대변하는 점 때문에 큰 성공을 거두었다. 이 작품은 1816년에 제3편이, 1818년에 제4편이 발표되었다.

그의 걸작은 1819년부터 1824년에 발표된 『돈 주안』으로 16편의 미완성 서사적 풍자시이다. 이 작품은 8행연을 사용하여 사회의 부패, 타락을 폭로하고 인간이 만들어낸 온갖 도덕률을 전부 위선이라고 매도하고 유럽의 모든 통치자들의 졸렬한 독재를 야유하는 것을 그 목적으로 하고 있다. 기타의 작품으로는 『이단자』(1813), 『아비도스의 신부』(1813), 『해적』(1814), 『라라』(1814) 등의 로맨스와 극시 『맨프레드』(1817), 『벱포』(1817), 시극 『카인』(1921), 『심판의 상상』(1822) 등 무수히 많다.

바이런이 인간에 대한 새로운 신념과 이상을 갖지 않은 파괴적인 시인이라면 셸리는 신념과 희망에 찬 건설적인 시인이다. 셸리는 인간에 대한 사랑에서 영감을 얻었다. 그는 자유에 대한 순수한 열망을 품고 있었고, 이성뿐만 아니라 인류와 자연까지 사랑했으며 사랑을 위하여 희생을 아끼지 않았다. 그는 자유와 사랑의 이상사회를 작품에서 추구하였다. 그는 1810년에 옥스퍼드에 들어갔으나 1811년에 『무신론의 필요성』을 발행하여 퇴학당했다. 그의 작품은 양과 종류가 방대하지만 자유와 사랑으로 가

셸리

득한 이상사회를 그리며 사회개혁을 부르짖은 것과 이상적인 아름다움을 노래하는 시와 개인적 서정시로 대별할 수 있다. 사회개혁을 주장한 작품으로 『맵 여왕』(1813), 『이슬람의 반란』(1818), 『해방된 프로메티우스』(1820), 『헬라스』(1821) 등이 있다. 서정적인 작품으로는 「서풍부」(1818), 「종달새에게」(1820),

「유거니언 산에서 쓴 시」(1818), 「감각 있는 식물」(1820) 등이 있다. 『복수자』(1816)는 현실세계에서 이상적인 아름다움을 찾아 방황하지만 실패하는 시인의 고독과 절망과 최후의 비극을 노래한 무운시 형식의 서사시이다. 그의 세계는 몽상적, 추상적, 상징적인 세계이다. 그는 몽상가, 이론가로 이미저리가 기발하기는 하지만 감각적이지 못하고 유동적이다. 그는 구체적인 것을 추상적인 것으로 바꾸는 경우가 많다. 그러나 그의 자연은 살아있고 신성하다. 즉 그의 자연은 생명이 있어 호흡하고 무엇인가를 동경하며 이야기한다.

키츠

키츠는 런던 출생으로 1816년에 「채프먼의 호머를 처음 읽고」를 썼으나 첫 시집은 『키츠 시집』(1817)이다. 그가 야심을 갖고 쓴 『엔디미온』(1818)은 『쿼털리 리뷰』와 『블랙우드 매거진』에서 혹평을 받았다. 1920년에 발표된 제 3 시집 『레이미아, 이사벨라, 성 아그네스 전야 및 기타 시편』에는 「나이팅게일에 대한 부」, 「그리스 항아리에 관한 부」, 「우울에 관한 부」, 「무자비한 미녀」, 「하이피어리언」 등이 실려 있다. 키츠는 시를 미의 화신으로 보았고 그의 작품은 음향과 색채와 향기뿐만 아니라 피부감각까지 묘사하기 때문에 섬세하고 예리한 감각미의 진수를 보여준다. 그는 상상력에 의하여 포착된 아름다움만이 진리라고 생각한다. 그의 작품은 그리스와 중세에서 소재를 구했지만, 인간의 영원한 현실상, 비참함을 담고 있어 현실인식을 보여준다.

1832년에는 그 전 세기의 시인들이 모두 사망했거나 더 이상 시를 쓰지 않는 상태에 있었고, 제1차 영국 선거법 개정안이 통과되어 빅토리아시대가 열렸다. 영문학사에서는 월터 스코트가 사망한 1832년을 낭만주의시대가 끝나고 빅토리아시대가 시작된 해로 본다.

7. 빅토리아시대(1832-1901)

빅토리아여왕의 긴 치세 동안 영국은 세계의 최강국으로 발전의
정점에 도달했다. 초기 및 중기 빅토리아시대에는 청교도의 엄격
한 도덕률이 문학을 지배했다. 시인들이나 빅토리아시대의 중요한
문학형식인 에세이의 작가들은 상당한 발전을 보였다. 빅토리아시
대의 문학의 가장 주된 특징 중의 하나는 형식과 주제에 있어서의

빅토리아여왕

다양함이다. 다양성은 부분적으로는 빅토리아시대 작가들의 대담한 독립정신과 문학
적 실험에 대한 열정의 징표이지만, 또한 민주사회에서의 문학과 예술의 기능에 관한
일반적인 최종적 합의가 이루어지지 않았다는 것을 보여주는 증거이기도 하다. 작가와
독자들은 문학작품의 바람직한 속성이 가르침이라는 것에는 대개 동의하지만 무엇이
가르침을 구성하고, 가르침을 전달하는 적절한 문학 양식이 무엇인가에 대하여는 의견
이 일치하지 않았다.

알프레드 테니슨의 「연꽃을 먹는 자들」(1842)과 브라우닝의
「주교는 자신의 무덤을 명한다」(1845)는 3년의 시차를 두고 출판되
었다. 테니슨의 작품은 아름다운 운율과 모음의 소리를 강조하는 시
적 전통을 계승하여 그 전통의 절정에 달한 작품이다. 테니슨은 빅
토리아시대의 시대정신을 회화적, 음악적으로 적확하게 노래했다.

테니슨

그는 그 시대의 모든 문제에 대하여 도피하거나 굴복하지 않고 인생에 대한 신념과 희
망을 고취했다. 1832년에 발표된 둘째 시집에는 「샬로트의 귀부인」, 「연꽃을 먹는 자
들」, 「아름다운 여인들의 꿈」 등과 같은 훌륭한 작품이 실려있다. 그가 대시인으로 인
정받게 된 셋째 시집에는 「록슬리 홀」, 「아더왕의 죽음」 등이 실려 있다. 그의 작품은
변화가 많은 풍부한 운율, 음악성과 회화적인 이미지 등이 장점이며 특히 색채에 대한
그의 감각은 타의 추종을 불허한다. 그의 작품에는 안정과 조화와 정숙이 깃들어 있다.

그의 역량이 충분히 발휘된 작품은 『인 메모리엄』(1850)이다. 이 작품은 그의 친구이며 누이동생의 약혼자인 할람의 죽음에 대한 슬픔을 회고적으로 고요히 노래하면서 삶과 죽음, 신앙과 회의, 희망과 절망에 대한 시인 자신의 감정을 노래하고 영혼불멸에 대한 신념을 토로하는 장편의 애가이다.

브라우닝

로버트 브라우닝은 초탈과 독자의 길을 간 시인으로 자기의 독특한 사상과 감정을 형식을 무시하고 열과 힘으로 표현하였다. 그는 육체가 건강하여 생명력이 충만하고 열정적이며 능동적이고 희망에 가득 찬 낙천주의자이다. 첫작품 『폴린』(1933)은 셸리의 영향을 보여주지만 둘째 시집 『파라셀서스』(1835)는 도달하기 어려운 지고한 것을 추구하여 고심하고 좌절하기도 하지만 결국 승리하는 고매한 영혼을 취급하며 문체가 파격적이고 난삽하여 주제와 스타일에 있어서 브라우닝의 특징을 여실히 보여준다. 그는 『소르델로』(1840), 『피파가 지나가다』(1841), 『극적 서정시』(1842), 『남자와 여자』(1855), 『등장인물』(1864), 『반지와 책』(1868-9) 등 무수히 많은 작품을 썼다. 그의 작품은 대부분 극적 독백의 형식을 취하고 있다.

아놀드

매튜 아놀드는 시인으로보다는 비평가로 알려져 있다. 그는 자기 시대의 주동적 정신을 가장 잘 대표하는 시인이다. 그는 1849년에 『길 잃은 술꾼 및 기타 시편』을 낸 후 『에트나의 엠페도클레스 및 기타 시편』(1852), 『시집』(1853), 『시집 속편』(1855), 『신 시집』(1867) 등을 출판하였다. 『신 시집』에는 「도버 해안」, 「써시스」, 「럭비 성당」 등이 수록되어 있다. 아놀드는 종교적 회의와 질서의 붕괴에 대하여 고민했으나, 그의 기질은 적극적이고 감동적이며, 지극히 냉정하고 지성적이기 때문에, 그는 내적 갈등에서 보다 많은 고민을 했다. 그의 작품에는 고독감과 우울과 절망감이 깃들어 있다. 그는 그리스 문학에서 시의 모범을 느끼고 영감을 찾았다.

8. 20세기

에드워드 7세가 새겨진 금화

에드워드왕조(1901-10)의 영국인들은 자신이 빅토리아시대에 더 이상 속하지 않는다는 사실을 매우 예민하게 의식하고 있었다. 영국문화사에서 20세기의 에드워드왕조는 빅토리아시대의 사회적, 경제적 안정이 손상되지 않고 유지되던 시기를 암시한다. 다시 말하여 사상적인 면에서는 변화와 자유가 있었지만 많은 하인들이 있는 시골의 장원, 번창하고 자신만만한 중산계급, 엄격한 사회계층 구분 등은 변화 없이 유지된 시기를 가리킨다. 반면에 조지왕조는 제1차 세계대전이라는 폭풍 전야의 잠잠한 기간을 가리킨다.

1911년부터 1920년 사이에 에드워드 마쉬가 편집한 『조지왕조시대의 시』에 실린 시 중 많은 작품들은 전통에 순응하고 있다. 영국 시골에 대한 교양 있는 명상은 외래취미의 자의식적 이용과 서로 번갈아 생겨났다. 때로는 월터 드 라 메어의 작품에서처럼 마법적인 곡조가 믿을 만했고, 때로는 에드워드 토머스의 시에서처럼 명상적인 가락이 독창적이고 인상적이었다. 제1차 세계대전이 진행됨에 따라서 많은 시인들이 죽어갔으며, 생존자들은 환멸을 점차 더 느꼈고, 조지왕조시대의 사람들이 상상력의 토대로 삼고 있는 세계 전체가 비실제적인 것으로 보이게 되었다. 예를 들어 루퍼트 브룩의 「병사」와 같은 애국시는 현대의 참호전에 적용하기에는 우스꽝스럽고 시대착오적인 것으로 보였다. 조지왕조시대의 다른 시인들의 떠들썩한 애국시는 매우 지긋지긋한 것으로 보이기 시작했다. 지그프리드 써순의 전쟁시에 보이는 야만적 아이러니와 윌프레드 오웬의 작품에 보

마쉬   오웬

이는 동정과 연민의 결합은 1910년부터 1914년 사이의 황금기에는 꿈도 꾸지 못하던 종류의 것이었다.

파운드

시에 있어서의 기술적인 혁명은 태도에 있어서의 변화와 병행하여 일어났다. 사상파 운동이 흄의 견고하고 명확하고, 꼼꼼한 이미지에 대한 강조의 영향을 받고, 제1차 세계대전 직전에 런던에 머물고 있던 파운드의 격려를 받아 일어났다. 사상파 시인들은 시에서의 낭만적 흐릿함과 손쉬운 주정주의에 반대했다. 이 운동은 영국과 미국에서 동시 발생적으로 발전했는데 주요 시인으로는 에이미 로웰, 리차드 알딩턴, 힐다 두리틀, 윌리엄 칼로스 윌리엄즈, 포드 매독스 포드, 플린트 등이 있다. 플린트는 1913년 3월의 한 기고문에서 자신들의 강령을 발표했는데 그것은 첫째, 주관적이든 객관적이든 사물을 직접 다룰 것, 둘째, 표현에 도움이 되지 않는 단어를 피할 것, 셋째, 메트로놈적 운율을 엄격히 지키기보다는 자유로운 운율을 사용할 것 등이다. 이 강령은 모두 이미저리에 있어서의 꼼꼼함과 운율에 있어서의 자유를 북돋운 것이지만, 진정 위대한 시를 쓰기 위해서는 다른 요소가 있어야 했다. 그렇기 때문에 사상주의는 짧고 묘사적인 서정시에는 적합했으나 보다 길고 복잡한 시에는 기술적인 면에서 부족한 점이 많았다.

1912년에 나온 허버트 그리어슨이 편집한 존 단의 시집은 17세기 형이상학파 시에 대한 관심을 불러 일으켰다. 형이상학적 재치에 대한 관심은 또한 빅토리아시대 시인들이나 조지왕조시대의 시인들의 작품에서 보이는 것보다 훨씬 높은 정도의 지적 복잡성을 시에 도입하도록 하였다. 프랑스 상징주의 시의 미묘함도 높이 평가되기 시작했다.

프랑스의 상징주의 시는 1890년대에도 존중된 바 있지만, 이 때에는 이미지의 정확성과 복잡성보다는 꿈같은 암시성 때문에 존중된 것이었다. 이와 더불어 시의 언어와 리듬을 일상 언어의 리듬에 접근시키려는 시도가 생겼다. 시인들은 시적 발화의 형식성에 적어도 회화체 어조나 속어를 가미하려고 하였다. 아이러
니와 위트도 또한 사상과 정열을 결합시키는 데 도움을 주었다. 엘
리엇은 그리어슨이 편집한 형이상학파 시의 사화집에 대한 평
(1921)에서 사상과 정열의 결합을 형이상학파 시인들의 특징으로
간파하고 그것을 현대시에 되살리고자 하는 의욕을 보였다. 시에
있어서의 새로운 비평적 운동과 창조적 운동이 동시에 일어났는데

엘리엇

엘리엇이 이 두 가지 모두의 최고 봉사자였다. 엘리엇은 영국 형이상학파 시인들과 영
국의 제임스 1세시대(1603-25)의 극작가들뿐만 아니라 프랑스 상징주의 시인들을 재
발굴함으로써 사상과 운동의 범위를 넓혔고, 사상파 시인들이 강조하는 구체성과 정확
성이라는 기준에 복잡함과 암시성이라는 기준을 현대 영시에 더했다. 또한 엘리엇은
딱딱한 표현에서 회화적인 표현으로 갑자기 바꾼다던가 아니면 작품의 표면적인 의미
가 전달하는 것과 대조되는 사물이나 개념을 넌지시 암시함으로써 달성되는 종류의 아
이러니를 현대 영미시에 도입했다.

엘리엇은 『프루프록과 다른 관찰들』(1917), 『시집』(1920)을 발표했고, 『황무지』
(1922)로 문단에서 확고한 자리를 차지하였다. 『텅 빈 사람들』(1925), 『성회 수요일』
(1930)에서 시인은 기독교에서 영혼의 구원을 모색하는 모습을 보여준다. 그의 최후의
대작은 『네 사중주』(1944)이다. 이 작품은 「번트 노튼」, 「이스트 코우커」, 「드라이 샐
비지즈」 및 「리틀 기딩」의 네 편의 시로 이루어져 있다. 이 네 편의 제목은 모두 지명
에서 따온 것이며 전체의 제목이 암시하듯이 각 편은 음악적 구성을 이루고 있다.

조지왕조시대 시인이 등장하기 시작한 1911년부터 『황무지』가 출판된 1922년
사이에 영미시와 시론에 큰 혁명이 일어났다고 할 수 있다. 이 혁명은 현대의 대부분의
진지한 시인과 비평가가 그들의 예술에 대하여 생각하는 방향을 결정지었다. 1930년
이후 지금까지도 영국의 학교에서 사용되고 있는 폴그레이브즈가 편집한 빅토리아시
대의 사화집 『황금빛 사화집』에 실린 작품들과 20세기 중반의 많은 학구적인 사화집

에 실린 작품들을 비교해보면
시적 취향에 있어서의 변화가
뚜렷하게 나타난다. 비평에 있
어서 스펜서보다 단이 16,7세기
의 위대한 시인으로 인정되었고

폴그레이브즈 예이츠 홉킨스

19세기의 위대한 시인으로는 홉킨스가 테니슨을 대신했다. 또한 소위 형이상학적-상징
주의적 전통이 낭만주의적, 빅토리아적 전통의 세련된 자기 연민과 엘리자베스시대 시
인들과 워즈워드의 플라톤식 명상적 경향보다 우위를 점하게 되었다.

　　1918년에 로버트 브리지즈가 출판한 홉킨스의 시는 후세의 시인들이 언어와 리
듬에 있어서 보다 많은 실험을 하도록 용기를 북돋웠다. 홉킨스는 개인적 이미지의 절
대적인 정확함을 새로운 종류의 운율형식의 복잡한 질서와 결합시켰다. 오든, 스펜더,
루이스 등 1930년대 초의 젊은 시인들은 엘리엇뿐만 아니라 홉킨스의 영향을 많이 받
았고, 16세기의 존 스켈튼에서부터 윌프레드 오웬에 이르는 많은 다른 시인들의 영향
도 많이 받았다. 1930년대 후반에 딜란 토머스가 화려하고 새로운 어조로 작품을 발표
하기 시작할 때도 홉킨스의 영향이 엿보였다. 제2차 세계대전이 끝나고 나서야 비로소
도널드 데이비, 엘리자베스 제닝스, 필립 라킨 같은 새로운 세대의 젊은 시인들은 소위
순수한 어법을 찾아, 17세기와 엘리엇과 홉킨스의 시로부터 눈을 돌려 모든 종류의 언
어적 과도함을 피하고 조용한 광휘와 꾸밈없는 진리를 표현하고자 하였다.

　　한편 현대시 시기 전반에 걸쳐 작품활동을 한 예이츠는 진정 위대한 시인이 시대
의 다양한 발전을 반영하며 개성적인 어조를 유지하는 방법을 보여주었다. 예이츠는
1890년대의 심미주의자들과 함께 작품활동을 시작하였고 후에 보다 거칠고 간결하며
아이러닉한 언어를 사용하게 되었다. 그는 자기 나름대로의 상징주의 개념을 발전시켜
자신의 시에 표현하였다. 그의 원숙한 시에는 상징적, 형이상학적 의미가 풍부하고 지
극히 사실주의적이고 암시적인 운율과 이미저리가 풍부하게 사용되어 있다. 그러므로

예이츠의 작품은 그 자체가 1890년부터 1939년까지의 영시의 역사라고 할 수 있다. 그는 독창적이기 때문에 가장 위대한 현대의 영시인의 한 사람이 되었다. 예이츠는 더블린 출신으로 낭만적 서정을 보여주는 초기시에서부터 철학적 예지를 보여주는 후기의 회화체 시까지 변모를 거듭하며 평생 시작을 하였다.『어신의 방랑』(1889)에 이미 아일랜드의 전설과 구전문학에 대한 관심이 엿보이며, 신비롭고 몽상에 잠긴 듯한 초기시의 특색이 잘 나타나 있다.

예이츠 묘비

　　『켈트의 황혼』(1893),『시집』(1895),『갈대 숲의 바람』(1899) 등에 실린 작품에는 우수가 깃들고 몽상가의 고독한 슬픔이 배어 있다.『녹색 투구 및 기타 시편』(1910),『책임』(1914)에서는 초기의 낭만적 기질에서 탈피하여 현실에 직접 부딪치는 새로운 리얼리즘의 경향이 보인다. 이 시기에 그는 시의 대상을 직접적으로 취급하고 주제를 자유롭게 선택하며 말을 절약하고 집중함으로써 새로운 경지를 보여준다. 1917년에 결혼할 무렵부터 그는 새로운 신화에 몰두하여 새로운 철학적 체계와 비유를 사용하기 시작한다. 그의 후기시는 산문작품『광경』에 표현된 철학적 개념에 토대를 두고 있다.

　　20세기 전반기에 영시의 주류와는 다소 거리가 있지만 중요한 위치를 차지하는 두 명의 시인이 있었다. 그들은 로버트 그레이브즈와 에드윈 뮤어이다. 이들은 한정된 범위에서이기는 하지만 지극히 개성적인 목소리를 지니고 있었다. 이들의 작품은 엘리엇과 그의 추종자들이 이용하지 않은 영시 전통에도 장점이 있음을 보여주었다. 그레이브즈는 지극히 특유한 시적 개성과 결합된 전통에 대한 강렬한 의식을 지니고 있었으며 미국시에서 로버트 프로스트가 한 것과 비슷한 역할을 영시에서 행했다. 뮤어의 보다 조용하고 신비로운 기질은 그의 생애의 특별한 환경, 오크니에서의 유년 시절의 환경에서 비롯되었다. 그에게는 그의 고향 스코틀랜드에 대한 인식과 고대 그리스의 영웅적인 이야기에 대한 반응이 결합되어 있다. 그레이브즈와 뮤어는 모두 시간 및 시간에 대한 인간의 반응에 깊은 관심이 있었으며 깊은 역사의식도 지니고 있었다.

1930년대는 붉은 10년이라고 할 수 있다. 이는 좌익만이 어떤 해결책을 제시하는 듯이 보였기 때문이다. 오든과 그의 동료들은 작품활동 초기에 그 이전의 시인들을 '늙은 악당'이라고 부르며 이들의 죽음을 부르짖었고, 정치·경제적 대청소를 외쳤다. 한편 스페인에서는 공화정부에 반대하는 프랑코 반란이 1936년 여름에 시작되어 곧 전면적인 내란으로 발전하였다. 이 내란은 불가피하게 치러야 할 제2차 세계대전의 예행연습으로 여겨졌고, 그 결과 정치가들의 부적절함이 보다 강조되었다. 이 모든 것들이 이 시기의 문학 작품에 반영되었지만 기술상의 흥미로운 발전을 가져오지는 못했다. 이는 많은 젊은 시인들이 새로운 종류의 예술작품을 구축하기보다는 자신의 태도를 표현하는 데 관심을 더 기울였기 때문이다.

1930년대의 대표적인 시인인 오든은 엘리엇과 홉킨스의 영향을 받으며 작품활동을 시작했으나 현대사회의 문제에 대한 해결책을 마르크스주의에서 구하려는 태도를 취했다. 그는 옥스퍼드 출신의 지식인으로 스페인 내란 때에는 한 때 정부군 측에 참가하여 활동하기도 하였으며, 1939년에 미국으로 귀화하였다. 그는 시의 주제를 현대의 병든 사회질서의 현실에서 구했으며 그 해결을 마르크스주의에서 구했고, 사회의 타락을 인간의식의 부패와 직결시켜 정신분석과 심리학에서 그 설명을 구하였다. 그 결과 진단에 치우치고 치료법의 제시에는 소홀하게 된 감이 있다. 그의 시는 복잡한 이미지가 많이 사용되어 상당히 난해하며, 여러 가지 시형이 사용되어 다채로움을 보여준다. 그는 『시집』(1930), 『웅변가』(1932), 『다른 때』(1940), 『당분간』(1944), 『불안한 시대』(1948) 등을 내

오든   스펜더   루이스   먹니스

었다. 오든과 함께 세실 데이 루이스, 스티븐 스펜더 그리고 루이스 먹니스 등 네 사람을 오든 그룹이라 한다.

딜란 토머스는 웨일즈 출신으로 진정한 켈트적인 시 정신의 소유자였으며, 정열적이고 언어의 구사력이 뛰어난 시인이다. 그는 시의 이미저리를 구약성서와 성에서 구했으며, 주제는 출생과 죽음, 성, 기력 등 근원적인 것이 많다. 그의 문체는 충만과 활기가 특징이며, 수사의 화려함이 극치를 이룬다. 그는 운율 면에서도 많은 실험을 하여 홉킨스의 영향을 받았음을 보여준다. 그의 작품에 암담한 분위

기가 그려지더라도, 거기에 염세주의적인 인상은 없으며, 생의 환희가 충만하게 나타난다. 그의 초기시 『18 시편』(1934)과 『25 시편』(1936)에서는 그가 의식적으로 난해한 시를 쓰려는 듯이 보이기도 했으나, 원숙해짐에 따라 작품이 보다 명료해졌다. 전후에 나온 『시집』(1953)으로 그는 확고한 명성을 차지하게 되었다.

토머스

1950년대 영시의 대표적인 흐름으로는 시류파가 있는데 도널드 데이비와 톰 건, 그리고 필립 라킨 등이 중심이다. 이들은 온건한 전래의 예술형식과 인본주의 전통을 살리는 데 전념한 신세대 시인들로서 시어의 정화를 목표로 했다. 시류파 시인들은 18세기 시의 평이함과 명징성 및 절제된 은유와 세련된 표현의 장점을 논증하는데 주력했으며, 시에 산문을 채택하면 도움이 될 것이라고 주장하면서 워즈워드의 시를 옹호했다. 특히 라킨은 하디가 표현한 토착적 전통을 애호하고 파운드

나 엘리엇의 모더니즘을 거부했는데, 이 전통은 나중에 토니 해리슨과 셰이머스 히니의 작품에 영향을 주었다.

시류파의 대표적인 시인인 라킨은 작품의 양이 적은 시인으로 1945년에 첫 시집 『북쪽 배』를 발표하고, 둘째 시집 『덜 속은 자들』(1955)로 시적 위치를 확고히 했다. 그는 전통적인 형식으로

라킨

작품을 썼으며, 작품의 주제는 생활 주변의 비근한 것들이 많다. 그러나 그는 생활과 사실의 경험을 기록할 뿐 그것에 감상적인 해석을 덧붙이지 않는다. 다른 시집으로『성령강림절의 결혼식』(1964)이 있다.

테드 휴즈는 폭력성이라는 주제를 다루고 있으며 이 분야에서 인정받은 그의 재능은 감탄을 자아냈다. 그는 동물의 행동을 묘사할 때, 현대의 폭력성뿐만 아니라 고전적인 폭력성에도 의지한다. 그가 애호하는 상징은 맹금류로 그의 첫 작품집의 제목이『비 속의 매』(1957)이고 다른 작품집의 이름이『까마귀』

휴즈

(1970)인 것을 보아도 이를 알 수 있다. 그는 자연을 보고 그 속에서 육식동물과 그 희생물을 발견한다. 그가 인간을 바라볼 때에도 이와 동일한 구분방식이 엿보인다. 초기의 작품은 로런스의 영향을 보여주지만,『까마귀』와『고데트』(1977) 이후 그는 초기 작품에 나타나는 사실주의라는 겉치장과 전통적인 운율형식을 모두 버렸다. 신화의 원시적인 영역으로부터 돌아오면서 그는『황무지 마을』(1979),『엘멧의 시체들』(1979),『강』(1983) 등을 발표했는데 여기에서 그는 섬세하고 미묘하면서도, 부드러운 자연 세계를 흥미롭게 보여준다. 그는 1985년에 존 벳저맨의 뒤를 이어 영국의 계관시인이 되었다.

실비아 플라쓰의 부친은 폴란드에서 미국으로 이민 온 사람이다. 그녀는 스미스 대학 출신으로 풀브라이트 장학금을 받아 켐브리지 대학에서 2년 간 공부하는 중에 테드 휴즈를 만나 1956년에 결혼했다. 그녀는 두 자녀를 나았고, 1963년 2월 11일에 자살했다. 그녀의 시집으로는『영양』(1965),『바다를 건너서』(1971),『겨울 나무』(1972) 등이 있는데 이를 종합적으로 고찰해보면 삶보다 큰 오페라적인 느낌이라는 일관된 시적 자아가 드러난다. 비록 자아에 대한 이러한 집중이 그녀로 하여금 보다 넓은 세계에 관심을 기울이지 못하게 하는 요소로 작

플라쓰

용하고 있지만 그것은 그녀의 작품에 유력한 에너지를 제공한다.

히니

셰이머스 히니는 아일랜드의 데리에서 출생하여 성콜럼브대학을 거쳐 벨파스트에 있는 퀸즈대학교를 다녔다. 그의 첫 작품집 『박물학자의 죽음』은 1966년에 발표되었는데, 그는 이 시집으로 에릭 그레고리 상, 철몬들리 상, 제프리 훼이버 상 등 세 개의 상을 수상했다. 그는 『북부』(1975), 『야외작업』(1979), 『정거장 아일랜드』(1983) 등에서 아일랜드를 그리고 있다. 그의 작품은 시골의 삶과 시골에서 보낸 어린 시절을 날카롭게, 정력적으로 재창조하는 경우가 많다. 그는 거친 표면, 어색한 것들, 볼품 없는 것들, 그리고 종종 우아하게 변화하는 인간의 활동 등을 즐겨 묘사한다. 그의 작품에 나타나는 인간의 모습은 일하는 모습인 경우가 많으며 농장의 모든 일들이 성과 마찬가지로 일종의 창조를 돕는 일이기 때문에 평범한 것들이 기계적인 것들과 쉽게 구별되지 않는다. 그는 1995년에 노벨문학상을 수상했다.

7

연극

1. 기원

연극의 기원은 원시 지역사회의 종교의식으로까지 거슬러 올라간다. 최초의 연극은 신관들이 신을 숭배하는 의식의 일부로 거행된 것에서 기원한다고 보는 것이 일반적인 경향이다. 특히 디오니서스의 숭배의식에서 비롯되었다고 본다. 이를 제의기원설이라고 하는데, 그 근거로는 옛날의 제사의식에는 연극의 모든 요소, 즉 음악, 춤, 가면, 의상이 포함되어 있기 때문이다. 또한 별도의 무대를 설치하고 거기에서 의식을 거행했으리라고 짐작되므로 원시적인 무대와 객석의 구분이 있었다고 볼 수 있다. 고대 그리스의 비극작가로 작품이 현존하는 작가는 에스킬러스, 소포클레스, 유리피데스, 아리스토파네스, 메난더 등 5명이다. 따라서 서양문화에서 연극은 기원전 5세기 그리스에서 시작되었다고 볼 수 있다.

2. 중세

10세기 경에 교회의 예배의식의 일환으로 연극이 도입되면서 연극의 발전이 이루어졌을 것으로 짐작된다. 이 당시 교회는 일반 대중의 삶과 밀접하게 관련되어 있었고, 성서가 라틴어로 되어 있었으므로 성직자들은 무지한 일반대중에게 성경의 내용을 가르치기 위하여 예배에 연극적 요소를 포함하였다. 이를 예배극이라 하는데, 처음에는 교회에서 성직자들이 성서의 중요한 사건이나 성자들의 생애를 소재로 하여 음악에 맞추어 노래하는 매우 초보적인 연극의 형태를 띠었으나, 점차 보다 사실적이면서 흥미 있는 요소가 가미되어 세속적 연극의 형태로 변모하게 되었다. 1250년경에 교회의 직접적인 간섭에서 벗어나게 되고, 이로 인하여 보다 더 비종교적 요소가 첨가되고 세속화되었다.

예배극이 세속화하여 나타난 것이 신비극과 기적극이다. 신비극은 성경에 나오는 이야기를 주제로 하며, 기적극은 성자와 사도들의 기적을 다루지만 성경에 나오는 이야기에만 한정하지는 않았다. 예배극이 교회에서 독립하여 세속화하면서 중세의 동업조합인 길드가 이를 주관하게 되었다. 각 동업조합이 자신들의 조합과 관련이 있는 성경의 에피소드를 맡아 성체 축일에 일종의 연속극처럼 공연하였다. 이를 순환극이라 하는데, 각 동업조합은 축제일에 마차 위에 이동무대를 설치하고 지정된 공연장소에서 순차적으로 공연하였다. 각 동업조합은 장소를 옮겨가며 자기 조합이 맡은 에피소드만 반복적으로 공연하지만 관객들은 한 장소에서 기다리기만 하면 모든 에피소드의 공연을 다 볼 수 있었다. 이러한 공연을 수행한 대표적인 단체로는 요크 싸이클, 타운리 싸이클(일명 웨이크필드 싸이클), 체스터 싸이클, 코벤트리 싸이클 등이 있다.

평상시에도 연극에 대한 요구가 높아짐에 따라 전문적인 극단이 생겨나기 시작했고, 관객들이 종교적인 내용 이외의 것을 요구함에 따라 도덕극이 발달하게 되었다. 도덕극의 궁극적 목적은 신앙심을 돈독하게 하고 도덕적인 심성을 기르는 것이었다.

종교극과 다른 점으로는 성자나 사도가 아닌 평범한 인간을 주인공으로 하였으며, 알레고리 수법을 사용한 것이 특징이다. 도덕극은 인간을 상징하는 주인공이 등장하고 이 주인공이 선과 악을 상징하는 알레고리적인 인물의 방문을 받고 행동하는 모습을 다루는 것이 일반적인 유형이다. 일종의 극화된 설교라고 할 수 있는 도덕극은 인간의 특정 심리상태를 상징하는 인물들이 등장하여 주인공을 유혹하고, 유혹을 받은 주인공은 한동안 타락된 생활을 하다가 결국은 참회하고 죄를 용서받고 천국으로 가는 모습을 주로 그리고 있다. 대표적인 도덕극으로 『만인』이 있다.

도덕극은 엘리자베스시대의 비극과 희극에 영향을 끼쳐 비극적 주인공의 내적 갈등을 정교하게 표현하도록 하였으며 희극적 인물의 발전에도 기여하였다. 중세극은 그리스 비극이나 로마 희극의 영향을 받지 않은 영국극의 고유한 전통을 확립하였다. 이러한 전통의 수립에는 막간극의 영향도 적지 않았다. 막간극은 상류 지식층 사이에 많은 인기가 있었으며, 주로 귀족의 집안이나 대학에서 공연되었다. 도덕극이 교훈적이었던 반면에 막간극은 즐거움을 우선시했고, 내용도 종교적인 것이 아니었다. 막간극은 그리스와 로마의 고전을 작품에 도입하고, 음악과 노래를 곁들이기도 하였다.

막간극의 소재와 내용이 종교적이지 않은 점은 중세연극이 교회와 단절하는 결정적인 역할을 하였다. 연극이 중세의 종교적 테두리에서 벗어나 세속적인 삶과 보다 밀접해지고, 작가들은 더욱 독창적으로 되어 갔다. 문예부흥으로 인하여 그리스 로마의 고전에 대한 지식이 증대되고, 봉건영주제와 장원, 동업조합과 같은 중세 특유의 사회조직이 와해됨에 따라 연극도 쇠퇴의 길을 걷게 되었다. 특히 1536년 영국성공회가 성립되어 로마교황청과 단절하고 1558년 엘리자베스여왕이 종교극을 금지시킴으로 인하여 중세극은 종말을 고하게 되었다.

3. 문예부흥기

이탈리아에서 시작된 르네상스의 영향으로 16세기 중반에 대학을 중심으로 로마의 희극을 공연하고 그리스 로마의 고전을 모방하는 운동이 발생하였다. 1553년경 니콜라스 유달이 쓴 『랄프 로이스터 도이스터』와 작자 미상의 『개머 거튼의 바늘』이 영국희극의 첫 실험작이라고 할 수 있다. 또한 토머스 새크빌과 토머스 노튼이 합작한 무운시 형식의 『고르보덕』은 최초의 영국비극이라고 할 수 있는 작품이다.

이후 이십여 년 동안 영국의 연극은 시험과 혼란 가운데 있었다. 번역자들은 세네카류의 고전극을 그대로 영국에 이식하려고 노력한 반면에 극작가와 배우들은 재미있게 각색하고 다채로운 연기를 통하여 오락적인 요소를 많이 가미하려고 하였다. 셰

『스페인 비극』 표지

그린

익스피어가 극을 쓰기 시작할 때까지 고전극이 거의 사라지고 오락적인 연극인 낭만극의 형식이 수립되었는데, 옥스퍼드와 켐브리지 출신의 대학 재사들이 그 주축이 되었다. 이 중에서 존 릴리, 토머스 키드, 조지 피일, 토머스 로지, 로버트 그린, 크리스토퍼 마알로우 등이 대표적인 인물로 특히 릴리와 마알로우는 셰익스피어에게 많은 영향을 끼쳤다. 릴리는 세련된 대화와 묘미 있는 기지가 출중하며 환상적이며 정교하고 신화적인 내용의 극을 많이 썼다. 키드는 『스페인 비극』(1580)을 썼는데, 세네카의 복수극과 마찬가지로 복수를 위한 거짓 광기, 극중의 극, 무참한 살해 등을 통하여 공포심을 불러일으켰다. 피일은 제재범위가 넓고 표현이 우아하고 유창하지만 힘과 독창성이 다소 부족하다. 그린은 『수도사 베이컨과 수도사 번게이』(1589)를 썼는데, 여성에 대한 통찰과 정열을 지니고 있었으며 아름다운 여성을 그린

최초의 작가라고 할 수 있다.

　　　　　마알로우는 대학 재사 중에서 가장 걸출한 작가였으나 무절제한 생활로 인해 일찍 요절하였다. 그는 1587년에 켐브리지를 졸업한 후 오 년 여 동안에 『탬벌레인 대왕』, 『파우스트 박사의 비극적 역사』, 『말타의 유대인』, 『에드워드 2세』 등의 4대 비극을

마알로우

썼다. 마알로우는 이들 비극을 통하여 영국극에서 두 가지 새로운 기틀을 마련했다. 하나는 생소하고 단조롭던 무운시 형식을 변화있고 자유로운 것으로 바꾼 점과, 또 하나는 영웅이나 왕족이 아니라 보통사람을 비극의 주인공으로 만들었다는 점이다. 종래 중세극에서는 전통적으로 왕족이나 영웅호걸이 비극의 주인공이었으나 마알로우는 이러한 전통을 깼으며, 비극의 본질을 기계적 운명이나 단순한 인과응보가 아니라 인간 본래의 내면적 성격으로 파악하였다. 마알로우의 극이 지닌 결점으로는 자신의 개성과 유사한 강렬한 개성을 지닌 인물을 창조할 수 있었으나 그렇지 못한 성격의 인물을 창조하는데 미흡했으며, 여유 있는 유머를 지니지 못했고, 특히 여성묘사와 통일성 있는 플롯의 구성에 있어서 부족한 점이 많았다는 점이다.

4. 셰익스피어

영국 시인 겸 극작가인 셰익스피어(1564-1616)는 영국 르네상스의 정점인 엘리자베스 1세 때 영국의 중부지방에 있는 워릭셔의 스트랫퍼드 어폰 에이번에서 태어났다. 아버지는 피혁가공업과 농산물·모직물의 중개업을 하였고, 어머니는 근처의 부농집안 출신이었다. 그는 유복한 시민의 장남으로서 유년시절을 행복하게 보내며 마을의 문법학교에서 공부하였으나, 13세 때 집안이 몰락하기 시작하여 대학에는 진학하지 못했다.

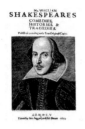

첫 사절판 표지　　　해서웨이

18세 때 8세 연상인 앤 해서웨이와 결혼하여, 다음해 장녀 수잔나를 낳고, 2년 후 쌍둥이 남매 햄넷과 주디스를 낳았다. 셰익스피어의 소년시절에 대해서는 자세한 기록이 없고 연극과의 연관도 분명하지 않으며, 런던으로 나온 이유나 연대도 분명하지 않다. 결혼 후 얼마 지나지 않아 런던으로 온 것으로 알려져 있다. 그가 런던에 왔을 때에는 대학 재사들의 활동이 왕성하던 시절로, 그는 처음에는 챔벌레인 경의 극단배우로 활동하고, 점차 각본 번안을 하다가 극작가가 되었다. 그의 연극이 전집으로 발간된 것은 그의 사후 1623년에 존 헤민지와 헨리 콘델이 편찬한 첫 사절판이다. 여기에는 37편의 희곡과 두 편의 시와 154편의 소네트, 그리고 진위가 밝혀지지 않은 67편의 시가 수록되어 있다. 많은 연구결과 이들 작품의 창작연대가 밝혀졌다.

〈1〉 제1기 [습작시대](1590-1595)

셰익스피어의 극작 활동이 언제부터 시작되었는지는 확실하지 않지만, 많은 학자들이 1590년 무렵부터라고 추정하고 있다. 처음에는 선배작가의 희곡을 부분적으로 수정하는 조수로 시작하였으나, 점차 그의 작품이라 할 만한 희곡을 발표하게 되었다. 3부작 역사극『헨리 6세』(1590-92)를 그의 처녀작이라 볼 수 있다. 그 속편에 해당하는 역사극『리처드 3세』(1593)는 엘리자베스 1세 때 영국에 많은 영향을 준 요크가와 랭커스터가의 싸움인 장미전쟁(1455-85년의 영국 내란)의 최종단계를 그린 것이다. 『실수의 희극』(1593)과『말괄량이 길들이기』(1594), 당시 인기 있던 유혈비극인 로마사극『타이터스 앤드로니커스』(1593) 등이 습작기의 작품이다. 대부분 습작이며 선배의 모방이었지만 대작가로서의 가능성이 보인다.

〈2〉 제2기 [극단의 재편성](1595-1600)

1592년부터 3년에 걸쳐 런던에 유행한 페스트 때문에 극장은 폐쇄되었고, 셰익스피어는 그동안 2편의 서사시 『비너스와 아도니스』(1593), 『루크리스의 겁탈』(1594)을 사우샘프턴 백작에게 바쳐 그로부터 인정받았다. 1594년 궁내부대신의 비호를 받은 극단이 생기자 그는 간부단원으로 참가하였다. 극장 폐쇄의 결과라고도 할 수 있는 런던극단의 대규모 재편성은 셰익스피어와 같은 신진작가들에게 유리하게 작용하였다. 그는 평생 이 극단을 위해서 희곡을 쓰게 되었다. 운명적인 비극 『로미오와 줄리엣』, 자기도취적인 국왕이 수많은 수난을 겪고 비극의 주인공으로 성장하는 과정을 그린 역사극 『리처드 2세』, 아테네 교외에서 밤의 숲을 무대로 환상의 세계를 그린 낭만적인 희극 『한여름밤의 꿈』 등이 모두 1595년 무렵의 작품인데 서정성과 관찰의 예리함이 드러난다.

인간에 대한 통찰이 가장 잘 나타나 있는 것은 1590년대 후반의 역사극과 희극이다. 역사극의 대표작은 2부작 『헨리 4세』(1598)이다. 리처드 2세한테서 왕위를 빼앗음으로써 성립된 헨리 4세 치하의 음모와 혼란의 어두운 시대를 배경으로, 방탕한 생활을 하는 늙은 기사 폴스태프는 햄릿과 함께 셰익스피어가 창조한 성격 중에서 가장 흥미 있는 인물로 평가받고 있다. 또 이 시기 대표적 희극 가운데 하나인 『베니스의 상인』(1597)은 감미로운 연애희극 속에 욕심 많은 유대인 고리대금업자 샤일록을 등장시켜, 사회통념에 따라 악인의 운명을 겪게 하면서도 소수 피압박민족의 슬픔과 분노를 강하게 호소하여, 인간에 대한 온정과 공정한 사회관찰의 시각을 보여준다.

궁내부극단은 순조롭게 발전하여 영국 제일의 극단이 되었고, 셰익스피어의 명성도 확립되었다. 1596년에는 장남을 잃는 불행이 있었지만, 1597년 고향에 대저택 뉴플레이스를 구입하는 등 경제적으로도 성공하였다. 또 1599년 템즈강 남쪽 연안에 글러브극장을 건설하고 자신이 속해 있던 극단의 상설극장으로 삼았다. 이 무렵 셰익스피어의 창작력도 최고조에 이르렀다. 『뜻대로 하세요』(1599)는 아텐숲을 무대로, 궁정에서 쫓겨난 공작과 가신의 전원목가적인 생활을 배경으로 하여 젊은 남녀의 연애를 낭만적으로 그린 걸작 희극이다. 우울증에 걸린 제이퀴즈를 등장시켜 목가적이고 낭만적인 세계에도 그늘이 있다는 것을 보여주었다. 궁정에서 상연할 목적으로 쓴 희극 『십이야』는 1600년 무렵의 작품으로, 셰익스피어 최고의 희극으로 평판

글러브극장

이 높다. 작품 전체가 낭만적인 사랑과 결혼에 대한 이야기를 소재로 한 서정적 분위기와 익살·재담·해학 등 희극적 요소를 갖추고 있다.

〈3〉 제3기 [4대 비극](1600-1608)

『십이야』를 전후해서 셰익스피어는 로마의 역사에서 소재를 얻어 비극 『줄리어스 시저』(1599)를 썼는데, 이때부터 몇 년간을 셰익스피어의 '비극시대'라고 한다. 『햄릿』(1601), 『오셀로』(1604), 『리어왕』(1605), 『맥베스』(1606) 등 이른바 4대 비극은 이 시기에 쓰여진 것이다. 각각 소재도 다르고 다루는 방법도 다양해서 4대 비극에 대해서 일률적으로 말할 수는 없지만, 진실을 획득하기 위해서는 반드시 대가를 치러야만 하는 비극적인 세계를 제시한다. 또한 죽음과 관련해서 인간적인 가치탐구를 시도하였다.

　　이 시기에 셰익스피어는 비극뿐만 아니라 『끝이 좋으면 모두 좋아』(1602)와 『이척보척』(1604) 등의 희극도 썼다. 결말이 희극적이지만, 줄거리를 억지로 끌고 간 부자연스러움이 엿보이고 작품 전체에 어두운 그림자가 드리워져 있으며, 도덕성에도 혼미함이 보여 이 두 작품을 '문제 희극'이라고도 한다. 이 시기 마지막 비극은 『안토니와 클레오파트라』(1607)이고, 거의 같은 시기에 집필된 망은을 주제로 한 『아테네의 타이몬』(1607)은 비극과는 다소 거리가 있다.

〈4〉 제4기 [낭만극의 시기](1608-1612)

1603년 엘리자베스 1세가 죽고 제임스 1세가 등극하자, 궁내부극단은 국왕의 비호를
받게 되어 국왕극단으로 개칭하였다. 이때 관객의 기호가 변해감에 따라 영국의 연극
에도 변화가 일어났다. 대작의 주인공을 중심으로 벌어지는 격렬한 감정의 극에서 가
정비극, 풍자희극, 감상적인 희비극 또는 퇴폐적인 비극으로 양상이 바뀌었다. 이러한
경향에 따라 국왕극단은 1608년 종래의 글러브극장과는 건축양식이 다르고 입장료도
비싸며 비교적 부유한 관객층을 대상으로 한 블랙프라이어즈극장을 산하에 두게 되었
다. 셰익스피어의 작품도 이때부터 새로운 경향을 띠게 되었다. 그것은 로맨스극이라
고 하는 희비극으로, 『겨울 이야기』(1610)와 『템페스트』(1611)가 그 대표작이다. 일가
의 헤어짐에서 시작하여 재
회와 화해로 끝나는 주제는
셰익스피어가 시류에만 따
르지 않고 자기 자신의 내면
세계를 전개하고 있다는 것
을 보여준다.

셰익스피어 동상　　　　　　　　　　셰익스피어 생가

5. 셰익스피어 이후

셰익스피어 이후의 비교적 명성이 있는 극작가로는 벤 존슨이 있다. 그는 셰익스피어
와 친분이 있었으나 극작 태도와 수법에 있어서 셰익스피어와 정반대이다. 그는 한 때
제임스 1세의 총애를 받아 계관시인이 되기도 했으며 약 오십 편의 연극을 썼다. 그 중
에서 많은 것들이 궁중을 위하여 쓴 가면극과 막간극이다. 가면극을 통하여 존슨은 무

벤 존슨

대배경과 무대 장치의 혁신을 가져왔으며, 극중간에 막간의 광대놀이를 넣어서 희극적 효과를 올렸다. 존슨은 사극도 썼으나 진면목은 『제 기분에 빠진 만인』(1598), 『제 기분에서 벗어난 만인』(1599), 『볼포네』(1605), 『연금술사』(1610), 『바톨로뮤 시장』(1614) 등의 희극에서 보인다. 등장인물의 성격을 사실주의적으로 묘사하는 것이 존슨의 희곡의 특징이다.

셰익스피어의 시대가 지나자 영국의 연극은 쇠퇴의 길을 걸었다. 좋은 배우가 있기는 하지만 셰익스피어의 시대에 활동한 버비지나 알레인과 견줄만한 배우는 없었다. 또한 작가도 셰익스피어나 존슨에 비길만한 작품을 쓴 작가가 없었다. 대중극장의 설계와 상연에 있어서도 새롭게 더해지는 것이 없었으며 연극예술 분야에서도 마찬가지로 사람들의 흥미를 되살릴 만한 것이 없었다. 이 당시의 극작가들을 이름만이라도 들어본다면 조지 채프먼, 존 마스턴, 토머스 데커, 토머스 헤이우드, 토머스 미들턴, 시릴 터너, 존 웹스터 등과 같은 군소작가들이다. 이들은 가면극이나 막간극을 주로 썼으며 일부 괜찮은 작품을 쓰기도 하였지만, 셰익스피어나 존슨과 같은 거물이 바로 앞 시대에 살았으므로 상대적으로 주목을 받지 못하였다.

영국의 연극 발전에 있어서 중요한 위치를 차지하고 있는 것으로 17세기 초기의 궁정가면극이 있다. 1637년까지는 궁정에서부터 블랙프라이어즈극장까지 배경을 사용하게 되었으며 찰스 1세와 국회와의 싸움이 없었더라면 대중극장에서도 형태를 바꾸어 배경을 사용했을 것이다. 그러나 내란으로 인해 연극을 상연할 수 없게 되었다.

1642년의 청교도 혁명으로 제일 먼저 피해를 입은 것이 연극이었다. 극장은 폐쇄되고 연극의 공연이 금지되었으며 배우들은 사방으로 흩어져서 군대에 입대하거나 다른 생계수단을 찾아야 했다. 전쟁이 끝난 후에도 1660년까지 런던에는 공식적으로 극장이 없는 상태가 지속되었다. 그렇지만 짧은 극이 비밀리에 상연되기는 하였다. 영국 연극이 이 충격에서 회복되기까지는 긴 시간이 필요했다. 사람들은 극을 관람하는 관습을 잊어버렸고 연로한 배우들은 거의 흔적도 찾아볼 수 없었다. 그러나 프랑스와 프랑스를 경유한 스페인이 영국의 연극에 커다란 영향을 주게 되었다. 영국과 프랑스의 극장은 나란히 발전하였으며 극장건축에 있어서 많은 유사점이 나타나지만 양자사이의 접촉은 전혀 없었다. 혹시 접촉이 있었다 하더라도 상호의 영향은 매우 미미하였다. 스페인의 경우도 마찬가지로 후에 왕정복고가 되면서부터 스페인의 극문학이 프랑스를 경유하여 영국으로 들어가 다소 영향을 미치게 되었다.

찰스 2세 일행이 국외에서 망명생활을 하며 관람했던 극은 1642년 이전의 영국 궁정가면극에 사용되었던 형식을 따르고 있으며 배우 중에는 여배우도 있었다(그 이전에는 여배우가 존재하지 않았다). 또한 무대에는 배경이 설치되어 있고, 이탈리아에서 수입한 장치와 커튼이 달린 프로시니엄 아치가 갖추어져 있었다. 1660년에 왕정이 복고되고 찰스 2세가 귀국하여 새로운 대중연극에 이것을 채용하도록 장려한 것은 자연스러운 결과였다. 모든 것이 새로운 출발에 적합하였으므로 적극적인 개혁이 가해졌다.

극장의 모습이 예전과는 판이하게 변하여 예전의 노천극장이 사라지고 지붕이 있는 극장이 발달하였으며, 조명법이 개발되고 막이 사용되었다. 옛 극장과 극단은 해체되었고 셰익스피어조차 미개하게 생각되어 새로운 시대에 어울리도록 다시 각색되었다. 후에 셰익스피어의 작품이 유럽대륙에서 번역되었을 때 왜곡된 부분이 많았던 것도 이 때문이다. 왕정복고기의 연극에서 보이는 특징으로는 유럽대륙과 영국의 습관이 함께 보이는 극장 형태와 새로운 관객층이다. 종래의 관객이 주로 왕실, 궁정의 신하, 귀부인, 풍류객이었던데 반하여 왕정복고 이후에는 부유계층의 평민들이 주된 관객이 되었고, 이에 따라 영웅적 비극과 풍속희극이 창작되고 연출되었다. 이 시기의 극작가로는 『사랑과 명예』를 쓴 윌리엄 다브난트, 『침울한 연인들』

다브난트   위철리   콩그리브

을 쓴 토머스 섀드웰, 『평범한 장사꾼』을 쓴 윌리엄 위철리, 윌리엄 콩그리브 등의 풍속극 작가와 무운시형으로 영웅적 희곡을 쓴 존 드라이든과 같은 비극작가가 있다.

18세기에 접어들면서 지방에 계속해서 소극장이 건설되었는데 이것들은 런던에 중심을 두었다. 이 극장들은 레퍼토리식 극단을 운영하고 있었는데 이것이 바로 좋은 극작품이 나오지 않은 시대였음에도 좋은 배우들이 많이 나왔던 이유이다. 1770년대에 무대의상을 개혁하려는 움직임이 본격화했다. 그러나 18세기에는 불행스럽게도 이름을 기억할만한 정도로 좋은 작품을 쓴 극작가는 없었다.

6. 근대

영국의 연극계는 1780년부터 1880년에 이르는 백여 년 동안 공백기였다고 해도 과언이 아니다. 물론 이 동안에도 『영어 사전』을 집필한 존슨박사(새뮤엘 존슨)와 『사랑엔 사랑으로』를 쓴 윌리엄 콩그리브, 『거지의 오페라』를 쓴 존 게이, 『추문 학교』를 쓴 리차드 셰리단과 같은 희극작가들이 꾸준히 작품활동을 하기는 하였지만, 그다지 훌륭한 작품을 생산하지는 못했다.

이러한 환경에서도 천박한 사랑과 눈물로 뒤범벅된 통속극을 외면하고 보다 사

게이   새뮤엘 존슨   셰리단   로버트슨

회성 있고 서민들의 생활과 밀접하게 관련된 극을 쓰고자한 작가들이 있다. 이러한 근대극을 모색한 영국의 극작가로는 다음과 같은 사람들이 있다. 토머스 윌리엄 로버트슨은 감상주의 극에 빠져 방황하던 연극계에 1865년『사회』라는 작품을 발표하여 보다 새로운 비판적인 사회상과 사실주의극에의 가능성을 제시했다. 『미카도』(1885)와 같은 작품을 발표한 윌리엄 슈엔크 길버트와 길버트와 합작하여 그의 작품을 오페라로 만든 아써 세이무어 설리반은 오늘날 음악극의 시조로 생각된다. 조지 버나드 쇼를 연극계에 소개한 윌리엄 아처, 사회문제극을 시도한 헨리 존스와 아써 윙 피네로 등도 상당한 무게가 있는 극작가이다.

『성자와 죄인들』(1884)을 쓴 존스와『치안판사』(1885)를 쓴 피네로는 의식적으로 사회극을 썼는데, 이들의 작품의 특징은 첫째 사회문제를 다루고, 둘째 가정적인 비극을 무대에 올렸으며, 셋째 비정상적인 신분의 인물을 그렸고, 넷째 극의 구성상 통속극적인 요소를 완전히 탈피하지 못한 것으로 요약할 수 있다. 세기말의 다재다능한 인물인 오스카 와일드는 서정시극『살로메』(1893)와『어니스트의 중요성』(1895)라는 희극을 써서 매우 높은 경지의 소극이 어떤 것인가를 보여준다.

입센의 열광적인 숭배자인 조지 버나드 쇼는 자신이 극을 쓰는 이유를 사회개혁사상을 표현하는데 극처럼 직접적이고 효과적인 것이 없기 때문이라고 한 적이 있다. 쇼는 독특한 언어구사, 인간의 본성을 날카롭게 꿰뚫어보는 관찰력, 연기와 무대효과까지 치밀하게 계산하는 천재적인 연극적 소양, 지적인 새 세계관 등을 보여주는 위대

입센　　　　　길버트　　　　　설리반　　　　　와일드

한 사상극을 썼다. 쇼는 영국에서 본격적인 사실주의 극을 완성한 최초의 극작가이기도 하지만, 사실주의 자체에 흥미를 느꼈다기보다는 고고한 지성을 현실에 적용하면서 스스로의 사상을 발표하는 일에 더 관심을 가졌던 것으로 보인다. 그는 자신의 사상을 웃음을 통해 나타낸 유일한 사상 희극 작가라고 할 수 있다. 그는 입센 식

쇼

의 문제극의 방법을 영국 전래의 희극 전통과 절충하여 독특한 위트와 유머로 빅토리아시대 사회의 악과 허식을 야유하였다. 그는 자신의 작품에서 매우 지적인 시대비평을 행했다.

쇼는 『홀아비의 집』(1892)를 써서 극작가로 등장하였고, 점차 입센의 영향에서 벗어나 독자의 세계를 구축하였다. 그는 수많은 작품을 썼지만 초기의 성공작은 입센의 『인형의 집』(1879)을 뒤집어놓은 상황에서 삼각관계를 다룬 『칸디다』(1895)이다. 그렇지만 그의 대표작은 『인간과 초인』(1903)과 『메투셀라로 돌아가라』(1921)이다. 쇼는 다윈의 진화론의 영향을 받았지만, 자연도태설을 있는 그대로 수용하지 않고 우주에는 생명력이라는 일종의 의지의 힘이 있음을 주장했다. 이 생명력을 완전히 발휘할 수 있는 인물이 초인인데, 생명력으로 인하여 미천한 생물이 발전하여 인간이 되고, 인간은 궁극적으로 신의 경지에 오를 수 있다. 쇼의 초인사상은 니체의 영향을 받았다. 일견 쇼의 극은 인물을 사상에 종속시키고 토론을 위해 토론상황을 인위적으로 만드는 듯하다. 하여튼 쇼는 셰익스피어 이래의 가장 우수한 영국의 극작가로 지적이고 재치 있으며 역설적인 대사는 타의 추종을 불허한다.

피네로와 존스가 개척한 사실주의의 전통을 바탕으로 하여 가장 전형적인 사회극을 쓴 작가로 존 갤스워씨가 있다. 그는 소설가로 명성을 확립하였지만, 극작가로서도 상당한 무게가 있다. 그는 극에서 사회개혁자임을 자임하고 사회의 여러 가지 세력이 대립하며 갈등을 야기하는 양상을 객관적으로 묘사한다. 그는 『은상자』

갤스워씨

(1906)에서 빈부의 구별에 따라 달리 적용하는 법률을 규탄했고, 『투쟁』(1909)에서는 노동자와 자본가 사이의 투쟁을 그렸으며, 『정의』(1910)에서는 엄한 법으로 인간을 억압하는 사회의 포악성을 그리고 있다.

쇼의 아류 극작가로 사실주의와 자연주의 방법을 철저하게 추구하여 부정한 재산을 사이에 두고 갈등을 보이는 두 세대를 다룬 『보이지 가의 유산』(1905)을 쓴 그랜빌 바커와 환타지의 세계를 그린 『피터 팬』(1904)을 쓴 제임스 바리가 있다.

7. 아일랜드 문예부흥

19세기 말에서 20세기 초에 걸쳐 아일랜드에서 새로운 문학운동이 일어났는데, 이를 아일랜드 문예부흥운동이라고 한다. 원래 영국의 앵글로색슨 계통과는 다른 인종인 켈트인의 후손인 아일랜드인들은 당시에 팽배해진 민족해방과 자주독립의 기운을 문학적으로 승화시켰다. 민족문학의 부활에서 시작된 이 운동은 본격적인 예술운동으로 발전하였는데, 극도 썼지만 현대영시의 역사라고 할 수 있는 예이츠와 유능한 극작가 존 밀링턴 씽, 숀 오케이시를 배출했다. 아일랜드 문예부흥운동은 연극에서 가장 큰 성과를 거두었다. 예이츠와 그레고리 여사가 주축이 되어 1899년에 아일랜드문예극장을 더블린에 세웠는데, 이는 1903년에 아일랜드국민극장으로 이름을 바꾸었다가 1904년

예이츠　　　　씽　　　그레고리 여사　　　　오케이시

에 애비극장으로 되었다.

예이츠는 평생 시작활동을 하여 그 자신의 삶이 현대 영시의 역사라 할 수 있지만, 켈트족의 민담에서 소재를 취한 시극『캐스린 백작부인』(1892)으로 시작하여 여러 편의 연극을 썼다. 그 중에서 중요한 것으로 한 두 편만 이름을 들면『캐스린 니 훌리한』(1902),『데어드르』(1907) 등이 있다. 예이츠의 시극은 지나치게 서정적이고 동작과 사건이 결여되어 있다. 그러나 현실과 영혼의 합치, 꿈같은 아름다움, 신비한 영감이 그의 극의 밑바탕에 흐른다.

존 밀링턴 씽은 가장 아일랜드적인 극작가로 아일랜드 어민들의 생활을 그린『바다로 가는 자들』(1904)이라는 일막극에서 어머니의 비극을 통하여 크게 감명을 준다.『서쪽나라의 바람둥이』(1907)는 그의 가장 성공적인 희곡이다. 씽은 아일랜드 토착민의 비극과 희극, 아일랜드의 언어인 앵글로 아이리시를 효과적으로 다루었다.

세안 오케이시는 더블린 빈민가의 인물과 생활을 소재로 다루었다. 그의 최고 걸작은『주노와 공작』(1924)으로 희극과 비극이 공존하는 희비극의 분위기는 비극을 강조하는 효과를 가져온다.『쟁기와 별』(1926)은 1916년의 부활절 민중 봉기를 다룬 연대기 사극으로 싸움의 두려움과 헛됨이 사실주의적으로 드러나는 배경 아래 더블린 생활의 단면이 폭넓게 그려져 있다.

8. 현대의 극단

쇼와 아일랜드 문예부흥에 참여한 극작가들 이후로는 두각을 나타내는 극작가가 없었다. 한가지 특기할 만한 점은 시극의 부활을 들을 수 있는데, 이 또한 엘리엇과 크리스토퍼 프라이뿐이고 크게 성공을 거둔 후계자를 배출하지 못했다. 미국에서 태어나 영

엘리엇

베케트

오스번

핀터

국으로 귀화한 시인으로 더 알려진 엘리엇은 1935년에 『대성당의 살인』, 1939년에 『가족의 재회』 등과 서너 편의 시극을 더 발표하였다.

프라이는 『그 숙녀는 불태워서는 안 돼』(1949)에서 순진한 처녀를 마녀사냥으로부터 구하기 위해 죄인임을 자처하는 청년을 중심으로 아름다운 시구와 능숙한 극작상의 기교를 보여준다.

최근의 영국 연극계는 예술극장에서 공연된 사뮤엘 베케트의 『고도를 기다리며』(1955)와 로열 코트에서 공연된 존 오스번의 『분노하며 뒤돌아보라』(1956)로 새로운 분위기가 조성되었다. 베케트의 『고도를 기다리며』는 과거의 영국연극과는 그 형태와 내용이 판이하게 다른 극이다. 플롯이나 이야기적인 요소가 완전히 제거된 추상적인 연극으로 등장인물들에게는 과거도 없고 미래도 없다. 언어 자체도 논리를 무시했으며 인간이 지닌 모든 권위와 전통과 인격이 전부 없어진 참다운 존재를 추구한 극이다.

분노한 젊은 세대의 대표적인 작가인 오스번의 『분노하며 뒤돌아보라』는 자연주의적 전통을 견지한 작품으로 기성사회에 대해 품고 있는 불만과 반항정신 때문에 크게 평가받는다.

『말없는 웨이터』(1957), 『생일파티』(1957), 『관리인』(1959)을 쓴 해롤드 핀터는 독특한 극적 상상력과 연극언어의 사용으로 널리 알려진 극작가이다.

8

교육제도

1. 역사적 고찰

중세인들은 사람이 이 세상에 사는 목적이 신을 알고 공경하는 것이라고 생각하고 있었으며, 그러한 생각은 교육에도 그대로 적용되었다. 인구비례로 볼 때 학교의 숫자는 14세기 말이 18세기 말보다 많았다. 학교에서의 교육은 신을 알고 공경하는 데 초점이 맞추어져 있었다. 튜튼족(지금의 독일, 네덜란드, 스칸디나비아 등 북유럽 민족)의 민족 이동 이후 유럽 대륙에서는 로마 지배에 의한 평화가 깨어지고, 그리스의 영향을 받은 로마문명이 시들어갔다. 이때 영국이 고전 문명의 저장고가 되었다. 성비데는 초창기 영국을 사실적으로 기록한 역사적 자료인『영국교회사』를 남겼고, 알퀸은 8세기 말에 유럽에서 찰스대제가 궁중학원을 창설했을 때 총장을 지낸 학자로서, 카롤링왕조의 문예부흥을 시작하게 했다.

비데

데인족의 침략 이후 영국은 학문적으로 상당히 침체기에 들어섰다. 10세기 초에 알프레드 대왕의 노력으로 영어교육이 강화되었으나, 노르만인들의 정복 이후 영어 대신 노르만 프랑스어가 국어로 교육되었다. 대부분의 학교는 수도원에서 경영하는 문법학교였다. 문법학교는 문자 그대로 그 당시의 국제어인 라틴어 문법을 가르치는 학교였으며, 그 문법은 올바르게 말하고 쓰는 방법이었다. 문법학교에서 라틴어 문법 이외에 논리학과 수사학을 가르쳤다. 대부분의 공부는 이 정도에서 그쳤으나 보다 더 공부하고자 하는 사람들은 고등학교에 진학하여 산수, 기하, 음악, 천문학 등을 배웠다. 법학, 의학, 철학 등의 고등 학문을 공부하려는 사람들은 이와 같은 일곱 가지 학문을 먼저 닦아야 했다. 문법학교 중에는 윈체스터학교, 이튼학교 같은 유명한 학교도 있었다. 또한 고등학문을 가르치는 많은 학원이 발전하여 12세기에는 대학교가 되었다. 대학교는 처음에 옥스퍼드에서 발전하였으나 뒤이어 켐브리지에도 생겨났다. 대학교 안에 학생기숙사가 설치되었고, 그것은 대학이라고 불렸다.

대학도 동업조합조직의 일부였으므로 교수가 되기 위해서는 명장이 되어야 했다. 인문학의 명장이 되려면 다른 명장들과 토론을 하여 자신의 학식을 드러내야 했다. 학생들은 학식이 높지 못한 교수들을 무시하는 일이 잦았기 때문에 교수들은 학문연구에 몰두해야 하는 분위기가 자연스럽게 자리잡았다. 학생들은 또한 패싸움을 많이 했는데, 칼을 사용하는 경우도 많았기 때문에 사상자가 생기기도 하였다. 신입생들은 선배들의 지도를 받아 대학생활을 시작하기 때문에 이것이 후에 개별지도교관으로 발전하게 되었다.

18세기에는 인구의 도시집중으로 교육기관이 더욱 발전하게 되었고, 교회와 사회가 서로 협조하면서 주민들의 교육을 담당했다. 18, 19세기에는 수많은 사설교육기관이 설립되었는데, 기숙학교

옥스퍼드학교의 팬케이크 쟁탈전

가 많았다. 1870년에 공립학교법이 시행되고 공립초등학교가 설립되어 국가가 초등학
생들의 교육을 실시하기 시작했다. 공립초등학교에서는 종교교육을 금지했으나 종교
단체에서 운영하는 초등학교에서는 종교교육을 실시했다. 사립중학교가 설립되어 상
류계급의 자녀들이 고등학문을 배울 수 있는 길이 있었다. 이 학교는 기숙학교로서 대
학예비학교 또는 고급공무원 양성학교라고 할 수 있다. 여기에서는 처음에는 고전을
배웠지만 시대의 변화에 발맞추어 1850년경에는 근대어와 과학이 교과목의 일부로 되
었다. 19세기 후반에는 많은 중학교가 설립되었다.

중세에 설립되기 시작한 대학들은 15, 16세기 이후 문예부흥과 종교개혁의 영향
으로 크게 발전했고, 19세기에는 과학만능주의 사조 때문에 근본적인 변화를 겪었다.
현재 영국의 대학들은 몇 개의 집단으로 이루어져 있다. 옥스퍼드대학교, 켐브리지대
학교, 런던대학교, 덜햄대학교 등은 각각 여러 개의 단과대학이 합쳐져 종합대학교를
구성한다. 리버풀, 버밍햄, 맨체스터, 리드 등의 대학이 북부대학교를 이루고 있으며,
웨일즈지방의 대학들도 하나의 대학교를 이루고, 스코틀랜드에서는 에딘버러, 글래스
고 등이 합쳐서 하나의 공동체를 이루고 있다. 이러한 공동체들은 각각 입학, 진학, 학
위 및 교육행정에 있어서 공통된 규정을 갖고 하나의 대학교와 같은 역할을 한다.

영국의 대학에는 각 학과에 교수가 한 사람 있어 학과장을 맡고 있으며, 그 아래
에 강사라고 하는 부교수가 한 사람 있다. 이 둘의 지위는 보장되어 있고 대단히 명예
로운 자리로 체어라고 불린다.

대학에 입학하기 위해서는 정부의 위촉을 받아 이 대학이 시행하는 대학입학자
격시험인 중등교육수료시험에 합격해야 한다. 이 시험은 중등학교의 졸업 여부나 국적
에 관계없이 치를 수 있는 시험으로 중등 졸업 정도의 과목 셋을 치르는 일반과정과
대학 1학년 교양과목 수준의 과목 둘을 치르는 상급과정으로 구성된다. 대학마다, 전공
과목마다 요구하는 상급과정의 시험과목이 다르므로 자신이 지원하는 대학과 공부하
고자 하는 전공과목에 따라 준비를 달리해야 한다. 영국에서는 모든 대학이 중등교육

수료시험의 합격을 요구하고 있는데, 각 과목별 합격을 인정해주고 있으므로 자신의 능력에 따라 준비하면 된다. 영국에는 국립대학이나 공립대학이 없고, 모든 대학이 정부의 보조금을 받는데, 대학마다 받는 보조금의 액수가 다르다.

한 학년은 3학기로 구성되며 1학기는 10월 초부터 12월 중순까지, 2학기는 1월 중순부터 4월 중순까지, 3학기는 4월 하순부터 7월 초순까지이고, 그 사이사이에 크리스마스방학, 부활절방학, 여름방학이 있다. 이 3학기를 10월부터 3월까지와 4월부터 9월까지 두 학기로 나누어 각각 학기별로 성적을 낸다. 보통 4년을 공부하고 졸업시험에 합격하면 학사학위를 받는다.

대학원은 석사과정과 박사과정으로 구성되어 있다. 전업학생은 2년, 시간제 학생은 3년을 공부한 후 석사학위를 위한 논문을 제출하고 구두시험에 합격하면 석사학위를 받는다. 박사학위도 마찬가지인데 논문의 내용과 수준이 보다 창의적이어야 한다. 명예박사는 이러한 규정의 적용을 받지 않는다.

대부분의 대학이 남녀공학이지만 여자만 다니는 대학도 있다. 학생들이 자치적으로 운동이나 연극, 기타 학술활동을 갖고 있으며, 공부하는 분위기는 매우 자유롭다. 학생회에서 기숙사를 염가로 제공하기도 하며, 방학중에 농촌봉사활동을 하거나, 해외여행을 하는 등 여러 가지 활동을 하는 경우가 많다.

2. 학교제도

영국의 교육제도의 가장 큰 특징은 다양성에 있다. 우리나라를 포함한 대부분의 나라가 6-3-3-4제 등 단일학제를 채택하고 있는 반면 영국의 경우는 개인의 선택에 따라 또는 사는 지역에 따라 서로 다른 단계를 거쳐 학교에서 교육을 받게 된다. 또한 같은 명칭의 학교라 하더라도 학교에 따라 그 성격이나 입학 및 졸업 연령이 서로 다르다. 예를 들어 10세의 아동이 다닐 수 있는 학교에는 초등학교, Junior school(초등학교의 일부로 7~10세를 대상으로 하는 유아학교에 이어짐), 중등학교, 예비교 등이 있으며, 'Public school'이 잉글랜드에서는 사립중등학교의 한 형태를 지칭하는 반면 스코틀랜드나 미국에서는 공립학교를 가리킨다. 또 중등학교는 지역에 따라 재학생의 나이가 8세-12세, 9세-13세, 10세-14세 등으로 서로 다르다.

영국의 의무교육은 만 4세 또는 5세부터 만 16세까지이며 지역 및 학교에 따라 약간의 차이가 있으나 기본적으로 초등학교의 7년 과정과 중·고등학교의 5년 과정은 의무교육이며, 대학교 진학예정자는 추가로 2년의 과정을 더 이수한다.

영국의 국립 및 사립 초·중·고등학교의 숫자는 34,800개에 달하며 이들 학교의 총학생수는 900만 명 정도이다. 그 중 약 93%는 무료로 교육을 받으며 나머지 학생들은 자비로 등록금을 부담하는 사립학교에 다닌다. 영국에는 약 50만 명 이상의 교직원이 있으며 학생과 교사의 비율은 약 17:1 정도이다.

5세 이하의 어린이에 대한 교육은 의무교육은 아니지만 많은 지방교육청들이 자격 있는 교사들을 두고 취학 전 교육을 실시하고 있다. 또한, 일반 개인이나 자원 단체들도 지방교육청과는 별도의 취학 전 그룹 과정을 운영하고 있다. 이러한 취학 전 교육은 대체로 아동들이 초등학교에 입학할 때 학교 생활에 적응할 수 있도록 하는데 목표를 두고 있다.

공립초등학교에서는 5세에서 11세까지의 교육이 이루어지는데 스코틀랜드나 잉글랜드의 일부 지역에서는 12세까지도 이루어진다. 초등학교는 보통 유아와 초급 단계로 나누어진다. 몇몇 지역에서는, 지방교육청이 3단계 구조로 학교를 운영하기도 한다. 이는 초급·중급·고급학교들로 8·9세와 12·13세에 다음 단계로 넘어가게 된다. 대부분의 초등학교들은 남녀공학이다. 몇몇 사립학교들은 보통 예비학교로 알려져 있고 7세에서 13세까지의 학생들이 다니며 사립중등학교의 입학시험을 준비하게 된다.

공교육제도에서는 16세가 모든 학생들이 GCSE시험을 보고 졸업하는 최소 연령이다. 소수의 그랜트 메인테인드 스쿨이 있는데, 이들은 지방정부의 지도를 받지는 않지만 중앙정부로부터 재정을 받는 공립학교이다. 이들 학교는 등록금을 받지 않지만 소수의 학교들이 기숙사를 운영하며, 이를 이용하려면 비용을 지불해야 한다.

학교는 학생들이 원하는 활동을 중심으로 클럽활동을 편성하고 학교의 많은 행사가 클럽활동과 연관을 갖도록 할 뿐만 아니라 스포츠와 관련된 클럽은 마을의 다른 학교와 경기를 하게 만들어 주고, 마을의 대표로 선발되어 지역대회에 나갈 수 있도록 해준다. 학교의 클럽활동은 단순한 즐거움을 뛰어넘어 성공을 위한 기회를 제공하기도 하는 것이다. 실제로 방과후 많은 학생들이 스포츠를 즐기며 생활하고 있다. 클럽활동의 조직은 철저히 학생의 선택에 맡겨진다. 그리고 클럽에 가입하는데 일정한 시간이나 규정이 없고, 클럽홍보 또한 학생들 자신이 하고 부원들도 자신이 뽑는다.

3. 기술교육

기술교육은 중등학교를 마친 16세 이후의 학생들을 위한 과정으로 주로 직업을 구하는데 필요한 실무중심의 교육을 일컫는다. 800여 개의 공립직업교육칼리지들은 GCSE, GCEA 및 AS 시험과정과 더불어 직업, 기술, 공예와 예술과 디자인 과정들을 개설하고 있다. 직업교육칼리지의 특징은 가장 기초적인 수준으로 영국의 직업교육과정에 입학하여 최종적으로는 높은 수준의 자격증을 취득할 수 있는 것이다. 이 자격증은 직장을 구하는데는 물론 세계적으로 인정받고 있으므로 대학을 졸업했거나, 이미 직장에서 일하고 있는 사람들도 이 과정을 공부해 자격증을 얻고자 한다.

4. 외국인학교와 국제학교

외국인학교와 국제학교는 런던 근교나 군사기지 부근에 많이 있고 그 밖의 지역에서는 교포가 집단으로 거주하는 곳에 위치한다. 외국인학교는 교포 어린이의 교육에 관심이 있는 정당이나 정부에 의해서 세워지며 어떤 대사관은 외국인학교를 가는 어린이를 위해 토요일 강좌를 운영하기도 한다. 대부분의 외국인학교나 국제학교는 영국에서 살고 있는 외국인 부모의 자녀를 위한 것인데 소수의 영국 부모들이 국제적인 환경을 경험시키기 위해서 자녀들을 입학시키기도 한다. 이 학교들은 국제학사증을 수여한다. 국제학교는 다양한 나라에서 온 어린이들로 이루어지는데 대개 미국이나 영국의 교육방식을 따르며, 학생들이 본국으로 돌아갔을 때를 대비한 교육을 한다.

5. 대학교육

영국의 대학교는 제각기 장단점과 오랜 역사와 전통을 가지고 독특한 운영방식과 특색을 살려 발전해온 까닭에 일괄적으로 소개하기가 무척 어렵다. 세계적으로 명성 있는 대학이 모여있는 영국은 26개의 종합대학이 모두 독립적으로 운영되며 정부의 재정 지원을 받고 있다. 일반적으로 영국의 각 대학교 총장은 Chancellor인데, 왕실 가족들이 번갈아 하는 명예직이다. 실제 운영은 부총장이 하고 있다. 그리고 학생의 입학 자격에서부터 교직원 임명에 이르기까지 모든 것이 대학 내에서 자율적으로 진행되고 있다.

신입생선발 과정에서 대학교수에게 주어지는 재량권의 폭이 대단히 크다. 영국의 경우 시험 결과 외에도 고등학교 교장의 추천서 내용과 면접고사 결과 등이 함께 고려되며, 이 과정에서 입학사정 담당교수의 주관적 판단이 큰 역할을 차지하게 된다.

대학입학지원은 대학입학센터를 통해 이루어지는데, 이는 입학지원에 관련된 제반 행정업무를 담당하는 기관으로 입학 여부에 관한 아무런 결정권도 갖지 않는다. 학생들은 대학과 폴리테크닉에 동시에 지원할 수 있다.

대학입학센터는 입학지원서를 복사하여 해당 학교에 보내며 각 학교는 대체로 다음해 3월경까지 입학지원자에 대한 면접 등을 실시하며 입학사정결과를 통보해 준다. 그 결과는 3가지가 있는데 합격, 조건부합격 및 불합격이 그것이다. 이 중 조건부합격이란, 입학지원자가 대학에서 지정한 소정의 조건을 충족해야 받아들이겠다는 것으로 대개 A-Level 시험 결과에서 받아야 할 점수가 자격조건으로 제시된다.

학생들은 각자가 지원한 대학의 사정결과를 검토하여 늦어도 5월 중순경까지 합격 및 조건부합격된 학교 중 2개 학교씩을 선정하여 대학입학센터에 통보하게 된다. 이렇게 학교지원이 끝나면 6-7월경 A-level 시험을 보며, 8월에 발표되는 시험 결과에 따라 합격 여부가 최종적으로 결정된다.

이때 경우에 따라서는 비록 사전에 제시된 A-level 시험 결과 조건을 충족시키지 못하더라도 학교장의 추천이나 면접결과가 좋을 경우 입학이 허용되기도 한다. 그러나 만일 이때까지 아무 대학에도 합격하지 못했다면 끝으로 이른바 'Clearing System'을 이용하게 된다. 대개 8월 말경 각 대학은 미달 학생수를 공고하며 학생들은 해당 학교를 개별적으로 접촉하여 입학가능 여부를 확인하게 된다.

이들 대학이 가장 소중히 하는 것은 인격교육이다. 이들의 기숙사생활이나 연구생활은 특징이 있다. 학생들은 일반적인 강의에 출석하는 외에 전공과목을 선택해야 하는데, 이것을 개별지도시간이라고 하고 지도교수를 Tutor라 한다. 이것은 완전히 개인지도라 할만한 것으로서, 학생 2명당 한시간 수업이 원칙이지만 3-5명이 되는 경우도 있다. 매주 연구문제가 제시되어 다음주 해당시간에 그 내용에 관한 논문을 준비하면서 질문에 대비하여야 한다. 스스로 노력하고 인내하고 연구하는 학구적인 소질을 길러주는 것이 바로 이와 같은 지도의 목적이다.

영국의 학부과정은 보통 3년이며 스코틀랜드의 학부과정은 4년이 소요된다. 의과대학 및 수의과대학의 경우 5-6년이며, 영국 유일의 사립대학교인 버킹검대학교의 경우 대부분의 과정이 연간 4학기씩 2년 간에 걸쳐 실시된다. 영국대학에 입학하기 위해서는 보통 2-3과목의 GCE(영국의 대학입학자격고사) A레벨과 여러 과목의 GCSE(중등교육수료자격고사) 성적이 요구되며 대학지원업무는 UCAS를 통해 이루어진다. 일부 영국의 대학에서 공부하는 데 필요한 영어실력이나 학습능력이 부족한 외국학생을 위하여 기초코스를 개설하고 있다. 이 코스는 1년 또는 2년 정도가 일반적이며 영어와 정규과목을 동시에 공부하게 된다. 이 과정을 성공적으로 마치게 되면 본 과정으로 진학하게 된다. 대부분의 외국학생들은 영국의 대학에 입학하기 위해 이 과정을 거치게 되어 있다. 이럴 경우는 GCE시험을 거치지 않고 고교졸업의 학력만으로 대학에 입학할 수 있다.

대학원과정은 일반 강의과정만을 이수하는 디플로마 과정과 정규 석사학위과정으로 대표된다. 그러나 이 두 형태가 복합된 과정이 있는 경우도 있다. 석사학위는 수업과정 또는 연구과정을 마친 후에 받게 된다. 석사과정에 진학하기 위해서는 해당분야의 학사학위를 소지해야 하지만 때에 따라서는 관련 직장경력도 입학자격으로 인정받을 수 있다. 석사과정에 진학할 자격을 갖추지 못한 학생은 일년 기간의 대학원 수준의 디플로마 과정을 거친 후 석사과정에 진학할 수 있다.

박사학위는 석사학위보다는 우위에 있는 학위이지만, 박사학위를 받기 위해 반드시 석사학위를 소지해야 할 필요는 없다. 학부성적이 매우 우수하거나 석사학위를 소지하면 박사과정에 진학할 수 있다. 일반적으로 박사과정의 준비과정 역할을 수행하는 연구석사과정에 먼저 등록하고 1년 혹은 2년 동안 연구수행능력을 평가받게 된다. 연구석사과정을 성공적으로 이수하고 나면 지도교수의 추천을 받아 정식 박사과정으로 전환된다.

이외에 영국에서는 개방대학을 운영하고 있다. 개방대학은 교육자와 학습자가 시간적 공간적 제약을 극복하고 인터넷이나 기타 여러 장비를 통해 원거리교육을 하는 곳을 의미한다. 즉 우리나라의 방송통신대학과 같다. 1969년에 설립된 전형적인 원격 대학을 통해 전 세계의 18세 이상 성인을 대상으로 평생교육프로그램을 제공하고 1994년부터 컴퓨터네트워크에 기반을 둔 가상 여름학교를 운영하고 있다.

9

종교

1. 개관

영국이 국가체제를 형성하기 전의 섬나라 원주민들은 드루이드교를 믿고 태양을 숭배했다. 이는 윌트셔의 솔즈베리평원에 있는 거대한 돌기둥 등으로 증명된다. 그 후 로마의 지배를 거친 후 5, 6세기에 침략해온 앵글로색슨족은 기독교를 신봉했고 그것이 영국의 종교가 되었다. 6세기에 기독교가 들어온 후 16세기 초에 종교개혁이 있기 전에는 로마가톨릭이 지배적인 종교였다.

헨리 8세는 종교적인 면에서 큰 변화를 야기한 장본인이다. 그는 호화방탕한 생활을 하였고, 군주로서 절대적인 권력을 가지고 있

스톤헨지: 솔즈베리평원

었다. 그는 마틴 루터가 신교도(프로테스탄트)운동을 일으키자 이
에 반대하여 『일곱 가지 성사의 옹호』라는 저서를 발표하여 교황
으로부터 신앙의 옹호자라는 칭호를 받았다. 그러나 그는 스페인
공주였던 첫 부인과 이혼하고 궁녀인 앤 볼린과 결혼하기 위하여
1534년에 자신이 영국국교회의 교황이 되는 왕위계승법을 통과시

루터

켰다. 로마가톨릭에서는 이혼을 금하고 있었으므로 자신의 이혼과 재혼을 위하여 그는
로마의 교회와 결별하고 영국의 교회를 만든 것이다. 그는 또 많은 부채를 해결하기 위
해 수도원을 해산하여 그 재산을 몰수하고, 수도원의 토지를 많은 사람들에게 나누어
주어 새로운 영주를 임명했다. 또한 그는 해군을 창설하기도 했다.

그는 첫 부인에게서 메리 공주를, 둘째 부인인 앤에게서 엘리자베스를 낳았으나
왕위는 셋째 부인의 아들인 에드워드 6세에게로 계승되었다. 그러나 에드워드 6세가
자손을 남기지 못하고 죽자 왕위는 메리와 엘리자베스 1세의 순서로 계승되었다. 왕위
가 자주 바뀜에 따라 헨리 8세가 만들어 놓은 영국국교회와 로마가톨릭의 갈등에 의한
희생이 많아지게 되었다. 메리여왕은 스페인의 왕 필립 2세와 결혼하며 영국을 로마가
톨릭으로 되돌렸으나 재위 5년만에 사망하여 엘리자베스에게 왕위가 계승되었다. 엘리
자베스여왕은 영국국교회를 신봉하여 1559년에 드디어 영국성공회는 로마가톨릭으로
부터 완전히 독립되었다.

헨리 치세 하에 시작된 영국국교회 운동은 에드워드, 마리아 치세의 혼란기를 거
쳐 엘리자베스시대에 완성되었지만, 이는 종교적 목적에서보다는 정치적인 목적에서
성공한 것으로 볼 수 있다. 사제라는 말이 목사라는 말로 바뀌고 라틴어 대신 영어로
예배의식을 진행하는 것 이외에는 로마가톨릭과 다른 점이 없었다. 신교도들은 예배의
식이나 교회제도를 바꾸지 않는 것은 개혁의 의미가 없다고 반발하고, 가톨릭교도들도
자신의 종교를 반역으로 규정하는 것에 반발하여 17세기에 청교도 혁명이 일어날 때까
지 종교분쟁이 계속되었다. 1560년에 스코틀랜드에 칼빈파의 교리에 따라 존 녹스가

녹스

장로교회를 설립한 후 가톨릭 세력은 아일랜드 이외의 지역에서는 사라지고 신교도는 수많은 분파로 분열되었다.

청교도는 한 종파를 말하는 것이 아니라, 교회를 정화하여 영국국교회를 극단적으로 신교도화하자는 태도를 나타내는 말로서, 막연하게 광범위한 집단을 표시하는 일반적인 말이었다. 이들은 영국국민의 국민성을 정화했으며, 올리버 크롬웰은 이들의 지지를 얻어 약 20년 동안 공화정을 실시했다.

엘리자베스 1세의 제국주의는 종교를 이용하여 성공하게 되었다. 그는 스코틀랜드의 왕권을 약화시키려는 봉건제후들의 종교반란을 조종하여 존 녹스의 장로교회 창설을 돕고, 이를 탄압하려는 스코틀랜드의 여왕 메리를 런던탑에 감금했다가 처형하여, 후에 스코틀랜드 합병의 길을 마련하였다. 아일랜드에서도 동일한 방법을 시도했으나 가톨릭의 거센 반발로 전체를 정복하지는 못하고 그 일부인 얼스터지방에만 신교도 귀족들을 이주시킬 수 있었다. 이는 후에 북아일랜드지방의 영토확장의 터를 닦은 것이다. 또한 프랑스 세력을 약화시키기 위하여 칼빈교도인 위그노를 원조하였다. 따라서 헨리 8세 때 시작된 영국국교회 운동은 종교적인 많은 변화를 일으키기는 하였으나 그 출발이 정치적이었던 것처럼 정치적으로는 매우 성공한 운동이 되었다.

청교도 중에서 영국국교회를 떠나 자신들의 교회를 조직한 분리주의자들이 나왔다. 분리주의자 중 대표적인 것이 복음주의와 유일신교이다. 18세기 중엽에 일어난 복음주의나 존 웨슬리가 창시한 감리교도 청교도주의의 한 분파이다. 1560년에 녹스에 의해 스코틀랜드에 들어온 칼빈주의의 한 분파는 장로교를 세웠고, 조합교회 및 조지 폭스와 윌리엄 펜이 수립한 퀘이커도 있었다. 복음주의는 『성경』을 읽고 자신이 느끼는 대로 해석하여, 신앙심을 고양시켜 성자가 되고자 하는 무교회주의에 속하는 운동으로 종교의 합리적인 면을 무시하고, 감정적인 면을 주로 고취하였다. 복음주의에서 여러 분파가 나왔는데, 특히 로버트 브라운이 신자와 성직자들로 구성한 조합교회파는

웨슬리　　　　　폭스　　　　　펜　　　　　　웰링턴

처음에는 박해받았으나 후에 혁명세력이 되었다. 유일신교는 그리스도의 삼위일체를 부정하고, 그리스도가 인성만을 지녔을 뿐 신성은 지니지 않았다고 주장하는 종파로서, 복음주의자들과 마찬가지로 박해받았다.

　　이외에 국교 내부의 청교도에서 교회행정의 운영 주체와 장로와 노회와의 관계에 대한 견해차이에 따라 장로교, 감리교 및 후에 영국 국교회 내부의 분파인 고교회파(교회의 권위와 예배의식을 중히 여기는 분파)와 저교회파(복음을 강조하는 분파) 등의 여러 분파가 나왔다. 국교회 운동을 통하여 실시하고자 한 국교제도는 성공을 거두지 못하였으나, 그 영향은 과소평가할 수 없다. 이 모든 종파들은 신교였는데, 이는 영국 국교와 다르기 때문에 1672년에 제정된 '선서령'(공직자로 취임할 때 충성과 국교 신봉의 선서를 규정한 법령)에 의하여 공직에 취임할 수 없었다.

　　1829년에 당시의 수상 웰링턴은 '선서령'을 폐지하여 종교의 자유를 인정했다. 1933년에 국교에 새로운 생명력을 불어넣기 위해 예배의식을 중요시하는 옥스퍼드운동(국교회 내에 천주교 교의를 부흥시키려는 운동)이 옥스퍼드대학을 중심으로 일어났다. 영국국교회는 로마교황의 지배를 부정하고 영국의 국왕을 수장으로 한다. 영국국교회는 감독교회 또는 성공회라고 한다.

　　웨일즈지방은 잉글랜드와 마찬가지로 영국국교의 지배를 받고 있지만, 스코틀랜드는 장로교를 신봉하여 1843년부터 약 반세기 정도 영국의 자유교회를 갖고 있었고, 1921년에 온건파를 중심으로 스코틀랜드교회가 수립되었다. 북아일랜드는 영국국교를 신봉하지만 남부지방은 로마가톨릭이 큰 세력을 갖고 있다.

영국교회는 규모에 따라 세 종류로 나누어진다. 교구는 앞에서도 말한 바와 같이 가장 작은 교회로, 종교적인 역할을 수행하는 동시에 행정사무까지 관장한다. 관리자는 교구목사로 목사의 임무와 동장의 임무를 수행한다. 교구목사가 성직자로서의 자격이 없는 경우에는 성직자의 자격이 있는 다른 사람을 대리교구목사로 두고, 그 아래에 부목사를 둔다. 교구민 중에서 선출되는 교구서기도 있고, 교회를 지키는 교구직원, 교회관리인 등도 있어 행정사무를 본다.

주교관구는 각각 수십 개의 교구를 관할하는 큰 교회로, 주교가 책임을 맡고 있다. 영국본토는 42개의 주교관구로 구성되어 있다. 교회 중에서 대성당이라고 불리는 곳은 주교가 배치되어 있는 곳이다. 주교 밑에는 부주교가 행정적인 실무를 맡고 있다.

교회의 행정은 중요한 도시를 중심으로 여러 성당구역을 감독하는 교구가 있으며, 그곳에서는 주교나 대주교가 교구장이 된다. 주교나 대주교가 있는 성당은 대성당이라 하는데, 일반 성당과 구별된다. 또 몇 개의 교구가 한 관구를 이루며, 그 관구는 수도대주교를 대표로 삼는다. 수도대주교는 대주교나 주교보다 한 단계 높은 위치로 간주된다. 42개의 주교관구는 남쪽과 북쪽으로 나누어져 대주교의 통치 하에 놓여 있다. 한 지역이나 나라 전체를 대표하는 수석대주교라는 직함도 있다.

캔터베리의 대주교는 전영국수석대주교라고 불리며 남쪽의 30개 주교관구를 통솔하고, 요크의 대주교는 영국수석대주교라는 호칭으로 불리며 북쪽의 12개 주교관구를 통솔한다. 캔터베리대주교는 궁중의 신하 중에서 가장 높은 위치를 차지하며, 국왕의 대관식 때 그 의식을 주관하고, 왕관을 씌워주는 역할을 한다. 오늘날에는 그가 정치에 관여하지 않지만, 중세시대에는 국왕의 최고 고문으로써 정치적인 큰 실권을 갖고 있었다.

캔터베리 대성당

영국국교의 성직자 중에는 명문 귀족의 출신들이 많았다. 그 이유는 영국이 장자상속법을 갖고 있었기 때문에 차자 이하는 재산을 상속받지 못하고, 재산이 많은 수도원이나 교회에 들어갔기 때문이라고 할 수 있다.

영국의 국교는 그 형식과 내용이 로마가톨릭의 그것들과 유사하지만 보다 간소화되었다. 예배의식에 사용하는 언어는 모두 영어이고, 찬송가도 모두 영어로 되어 있다. 또한 성자의 범위를 성경에 직접 관계되는 사람들로 한정하고, 성모숭배의식 같은 것도 없으며, 기도도 예수그리스도의 이름으로 한다.

2. 종교분포

모든 영국인은 종교의 자유를 갖는다. 영국인 열 명 중 한 명은 로마가톨릭교도이며, 국교로 지정된 성공회에는 170만 명의 교인이 있다. 스코틀랜드에는 스코틀랜드국교인 장로교회에 110만 명의 교인이 있다. 북아일랜드 인구의 약 절반은 자신들을 개신교라 여기며, 거의 40%가 로마가톨릭이다. 웨일즈에서는 성공회가 1920년에 해체됐다. 이는 공식적인 교회가 없음을 의미하며 감리교와 침례교가 이 지역에 가장 많이 전파되었다. 영국에는 서유럽 최대의 모슬렘 사회를 형성, 100-150만 명으로 추산되는 모슬렘교도들과 600여 개의 사원 및 기도센터가 있다. 서구사회에 세워진 가장 중요한 모슬렘기관 중의 하나가 런던에 소재하며, 이는 이슬람문화이다. 40-50만 명 정도 되는 영국의 시크교도 사회는 그레이터 런던, 맨체스터 및 버밍햄에 대규모로 존재한다. 가장 오래된 시크교사원은 1908년 런던에 설립되었

싱 사바 남쪽홀: 시크교 사원   북런던 센트럴 모스크

다. 영국의 힌두교도는 32만 명에 달한다. 최초의 힌두교사원은 1962년 런던에 세워졌으며, 현재 영국전역에 150여 개 이상이 소재한다. 영국에는 28만 5000명에 달하는 유대교 신자들을 포함한 다른 종교 단체들도 존재한다.

3. 영국국교회(성공회)

성공회는 몇 가지 중요한 신앙적 특성을 지닌다. 첫째, 중용적인 신앙이다. 당시 루터교와 장로교가 극단적인 개혁의 노선을 추구했다면 성공회는 이와는 달리 중용의 입장에서 구교와 신교 사이의 극단적인 것을 지양하고 서로의 장점을 포용하려는 전통을 세웠다. 이러한 전통은 오늘날 세계교회 일치운동에 큰 공헌을 하고 있다. 둘째, 성서와 함께 하는 신앙이다. 무릇 모든 교파가 성서의 중요성을 강조하고 있지만 성공회는 일찍부터 누구나 성서를 읽을 수 있도록 성서를 영어로 번역하는 빛나는 기록을 낳았다. 그 유명한 흠정역성서는 이러한 성공회 전통의 산물이다. 셋째, 초대교회의 신앙이다. 성공회는 최초의 교회분열인 동서교회(로마교회와 정교회의 분열 이전의 초대교회)의 신앙을 지킨다. 그래서 성공회는 공적인 신앙고백으로 교회분열 이전의 모든 교회가 같이 고백한 사도신경과 니케아 신경을 보유하고 있으며, 초대교회의 예배 형태인 말씀과 성만찬이 하나로 어울린 성찬례(미사)를 통해 하나님을 예배한다.

      이러한 특징을 지닌 성공회는 다단계의 발전과정을 통해 세계성공회를 형성

그레이스 처치의 제단: 네윅

하고 오늘에 이르고 있다. 그 첫 단계는 17세기 영국에서 출발한다. 성공회는 호주와 캐나다, 뉴질랜드, 남아프리카, 그리고 미국 등 영국의 식민지에 세워지면서 퍼지기 시작했고 18세기에 이르러 두 번째 단계를 맞이한다. 18세기에는 성공회가 세계의 거의 모든 지역에 세워지는데 이는 영국, 아일랜드, 스코틀랜드, 그리고 웨일즈 성공회의 선교 노력이 낳은 결과였다. 성공회는 성서에 근거하며, 전통과 학문과 이성에 의해 재해석되는 가톨릭적이고 사도적인 신앙을 지켜왔으며 지금도 이를 선포하고 있다.

영국의 해외 진출에 따라 성공회는 북아메리카, 아프리카, 아시아, 오세아니아로 전파되었다. 세계성공회는 중앙헌법이나 연방적 통치체제를 갖지 않는다. 독립관구가 되지 못하여 캔터베리대주교 관할 하에 있는 소수 교회를 제외한 나머지 성공회는, 나라마다 독립된 관구나 관구군을 갖고 독립적인 헌장과 교회법체계를 갖추어 독자적으로 운영된다.

성공회 신앙의 기준이 되는 교리는 매우 간단하다. 첫째, 구약과 신약 66권을 하나님의 계시된 말씀으로 받아들인다. 둘째, 초대교회의 신앙고백인 사도신경과 니케아 신경을 통해 신앙을 고백한다. 셋째, 세례와 성찬례를 그리스도께서 제정하신 성사로 받아들인다. 넷째, 교회의 직제로 초대교회로부터 내려오는 주교, 사제, 부제의 세 성직을 받아들인다.

성공회는 어떤 교파라도 이상의 4개 조항을 믿는다면 형제교회로 상호 일치와 협력의 관계를 이루려 한다. 성직에는 세 계급이 있다. 즉 주교, 사제, 부제이다. 주교는 성직을 받을 자에게 서품하며, 견진성사를 베풀고, 자기 관할하의 모든 교회의 성체성사를 비롯한 모든 성사의 집행을 감독한다. 주교는 교구의회에서 선출되고, 다른 세 주교의 동의를 얻어 주교가 된다. 사제는 전 교구를 돌보며 특별히 성체성사, 즉 미사를 집전하는 책임이 있다. 부제는 사제를 보좌하며, 성사집행권은 없으나 설교할 수 있고, 교회의 제반 업무를 맡는다. 행정구역과 교리는 네 개 이상의 교구가 있으면 관구를 형성할 수 있다. 교구는 많은 전도구로 이루어져 있으며, 전도구에는 하나 또는 여

7성사: 로지에 반 데르 웨이덴 그림, 1448년

러 개의 개체 교회가 속하여 있다. 성공회는 가톨릭 신앙을 지킨다. 즉 초대교회 때부터 내려오는 신조(사도신경, 니케아신경, 성아타나시오신경)를 믿는다. 구약성경 39권과 신약성경 27권을 정경으로 삼고, 믿음과 도덕의 근원적 표준을 삼는다. 이외에 외경인 14권의 책을 생활의 모범과 도덕의 교훈서로 읽고 이를 준 정경으로 삼고 있다.

성공회의 신앙적 특징은 첫째, 복음을 전하려는 왕성한 전도의욕, 학문에 대한 존중, 그리고 교회의 토착화 정신이며 둘째, 동·서 교회로 분리되기 이전에 공의회가 결정한 모든 교리를 그대로 지키고 성경과 7성사를 신앙생활의 중심으로 삼으며 셋째, 극단적인 그리스도교와 가톨릭교 사이에 중도를 걷는 것이다. 7성사는 성세성사(세례식)와 성체성사(성찬식) 외에 고백성사·혼인성사·견진성사·종부성사·신품성사(성직 안수식) 등이다. 한때 영국교회는 교리의 표준을 39개조 신앙고백과『교리문답서』그리고 에드워드 6세 때 발행된 두 권의 설교집으로 정한 예도 있었다. 그러나 지금까지 성공회의 신앙적 전통은 그들이 사용하고 있는『성공회기도문』에 수록되어 있으며, '42개조 신앙고백'을 기본 신조로 하고 있다. 성공회의 교리 이해는 온건한 칼빈주의라고 볼 수도 있는데 성경의 권위와 교리를 중시하고 원죄설을 시인한다.

4. 가톨릭

1850년대 이후의 영국 내에서 있었던 가톨릭교도들의 연합과 그들의 종교·경제·사회·지식·정치적인 면에서 지위의 향상이 점진적으로 이루어진 것을 가톨릭부흥이라고 말한다. 16세기 종교개혁이래 가톨릭교도를 탄압하던 차별적인 형벌법이 1829년 가톨릭교도 해방령에 의해 거의 완전히 철폐되었다. 몇 년 후에 옥스퍼드대학에서 발달한 옥스퍼드운동에 의해 가톨릭교의 역사적 교리 주장이 긍정적인 지지를 얻게 되었다. 이 영향으로 1840년대에는 가톨릭 지도자들간에 지역교구를 설립함으로써 교회조직을 다시 정상 궤도에 올려놓을 때가 왔다는 느낌이 강하게 작용하기 시작했다. 옛날의 가톨릭교구 조직은 16세기에 영국국교회로 넘어가 버렸고, 그 후 영국가톨릭교회는 정착된 교구조직을 갖지 못하고 외국선교지역처럼 조직되어 있었다. 교구설립에 대한 적절한 조치는 1850년 9월 29일 교황 피우스 9세에 의해 취해졌다. 영국정부는 그것을 3년 동안 알고 있었으나 아무런 반대도 하지 많았다. 그럼에도 불구하고 교황의 교서 발표는 맹렬한 반가톨릭 감정을 유발시켜 그 격렬한 점이 로마와 영국의 가톨릭 지도자들을 놀라게 했다.

이러한 반감은 웨스트민스터대주교로 임명된 와이즈만이 10월 7일 발표한 목회교서에서 교구설립에 관한 교황의 결정을 대중에게 공포함으로 더욱 가열되었다. 이 반감은 와이즈만이 「영국 국민에게 고함」(1850년 11월 20일)이라는 성명을 발표함으로써 대부분 가라앉았다. 이러한 소요의 결과 교직 명칭칙령이 국회에 의해 통과되었는데 이 칙령은 가톨릭 주교들이 영국

와이즈만

내에서 자신들을 특정 지역의 주교라고 칭하는 것을 금하는 것이었다. 이 법안은 더 이상 강화되지 않은 채 1871년에 철폐되었다.

웨스트민스터교구는 스코틀랜드를 제외한 잉글랜드와 웨일즈 전체를 포괄하고

매닝

있고 교도는 67만 명이다. 박해와 법적 차별조치는 없어졌으나 가톨릭교도들은 신교도에 의해 여전히 멸시와 천대를 받았다. 교도들은 대개 세 부류로 나뉘는데, 전통적인 영국 가톨릭 신자들과 옥스퍼드운동으로 생긴 가톨릭 개종자들, 그리고 직업을 찾아 영국에 온 아일랜드 이민 가톨릭교도들로 나누어진다. 가톨릭 당국은 문화와 배경이 다른 계층들을 하나로 묶어야 하는 새로운 과제에 직면하게 되었고 다른 문제로는 사제들과 예배 처소가 부족한 점과 학교문제였다. 재정과 빈민문제 등을 와이즈만은 용기와 지도력으로 잘 대처해 나갔다. 와이즈만의 뒤를 이은 매닝은 가톨릭 초등학교 문제, 사회문제, 아일랜드계 이민문제를 중점적으로 해결하였다. 다음으로 대주교가 된 보온은 1895년 로마로부터 가톨릭교도가 옥스퍼드나 켐브리지 대학에 출석할 수 있는 허가를 얻어냈다. 이것은 전통적인 정책과는 반대되는 것이었다. 1896년 로마교황청은 영국성공회 교단이 무효임을 선언했다. 보온은 영국 내에서의 여러 다양한 변화를 겪었다. 제1차 세계대전 후 가톨릭은 도덕적인 보루였으며 개신교의 쇠퇴와 함께 반가톨릭 세력이 약화되었다. 1914년 이후 영국은 교황청과 외교적인 관계를 맺기 시작하고 1926년에 반가톨릭 법이 철폐되었다. 가톨릭교회의 성장은 교구와 새 지방의 탄생을 보았고, 버밍햄, 리버풀, 카아디아프가 대주교 관구가 되었다. 그럼에도 불구하고 아직도 영국에서의 가톨릭은 그리 높은 지위에 오르지 못하고 있는 형편이다.

5. 개신교

개신교는 로마가톨릭교회 및 동방정교회와 더불어 기독교의 3대 교파를 이룬다. 영국에서의 종교개혁은 유럽 대륙과는 달리 성공회를 성립시켰는데, 이것은 신학적이라기보다는 정치적인 이유로 생겼다. 영국의 청교도는 후에 여러 종파로 나뉘어 각각 장로교파, 회중파, 침례교파, 퀘이커교파, 유일신교파 등 여러 교파로 발전하였다. 18세기에 감리교파 교회가 생겼다. 이들 개신교 여러 교회 중에서 잉글랜드의 성공회, 스코틀랜드의 장로교회, 독일의 루터교회, 네덜란드의 개혁파교회 등은 본래 국가와 결부된 국가교회이다. 개신교는 18세기 말에서 19세기에 걸쳐 적극적으로 외국 전도에 힘써 아시아, 아프리카, 남아메리카 등지에 교회와 미션스쿨과 사회사업단체 등을 창립했다.

개신교의 기본적인 신학적 특징은 다음 세 가지를 들 수 있다. 첫째 개신교는 '오직 신앙에 의하여' 또는 '오직 은혜에 의하여' 의로 인정됨을 강조한다. 개신교는 인간이 선행을 행하지 않아도 은혜에 의하여 죄를 용서받을 수 있다는 점을 강조하는데, 죄를 용서받으면 의인이 된다. 선업 없이도 인간의 죄를 용서하고 의로 인정하는 신의 은혜를 받아들이는 것이 '신앙에 의한 의인'이며, 이 은혜에 대한 감사로서 나타나는 것이 선업이다. 둘째 가톨릭에서는 권위의 통로로서 성서와 교회의 전통이라는 두 가지를 주장하고, 성서의 해석도 교회의 전통에 따라 규정되므로 결국 교회가 성서보다 우위를 차지하는 경향이 있다. 이에 반해 개신교는 권위의 통로를 성서에만 한정한다. 교회는 성서보다 우위에 있지 않고 오히려 성서에 기초하여 존재한다. 셋째 가톨릭에서는 설교보다도 전례가 중요하며, 이것을 담당하는 사제가 특별한 위치를 차지한다. 반면에 개신교에서는 전례보다도 설교가 중시되어 교직제 자체가 부정되는 것은 아니지만, 교직자는 사제라는 성격보다도 설교자·목회자의 성격을 갖는다. 따라서 교직자라고 해도 그 직위에 권위가 있는 것은 아니다. 그 대신 교직자의 신앙과 인격이 중요시되는데, 엄밀하게는 신의 말씀만이 권위이며 교직자는 신의 말씀을 전도하는 기능을 하는 사람이다. 원리적으로는 누구나 설교하는 권리를 가지고 있다.

성 주드 자유 장로교회: 글래스고

6. 북아일랜드 분쟁

북아일랜드 분쟁은 영국과 북아일랜드의 독립을 주장하는 북아일랜드 구교도 사이에서 발생한 분쟁이다. 북아일랜드 분쟁은 유럽지역에서 발생한 분쟁 중 아직 해결의 실마리를 찾지 못하고 진행되고 있는 가장 오래된 분쟁이라 할 수 있다. 또한 북아일랜드 분쟁은 여러 차례 영화와 소설의 주제가 됨으로써 우리에게 잘 알려진 분쟁이다. 영화와 소설의 주제가 된다는 것은 그만큼 북아일랜드 분쟁이 뿌리깊고 처절한 역사를 간직하고 있다는 반증이라 할 수 있을 것이다.

아일랜드

17세기에 아일랜드를 식민지화한 영국은 전통적 가톨릭국가인 아일랜드에 신교도들의 이주정책을 감행하였고, 이후 많은 신교도들이 아일랜드에 정착하게 되었다. 아일랜드인은 독립운동을 펼쳐 마침내 1920년 영국으로부터 독립을 쟁취하였다. 그러나 영국은 신교도들이 많이 거주하고 있는 북아일랜드지역은 여전히 자신의 관할 아래 남겨두었다. 따라서 완전한 독립을 쟁취하지 못한 북아일랜드 민족주의자들은 가톨릭교도를 중심으로 영국의 지배에 저항한 반면 신교도들은 계속해서 영국 잔류를 희망해 양 민족 간의 갈등이 표출되기 시작했다.

가톨릭교도에 대한 영국의 차별에 항의하는 민권운동이 격화된 것은 1968년이었으며, 1969년부터는 아일랜드공화군이라 불리는 IRA의 무장투쟁이 본격화되었다. IRA는 영국으로부터 북아일랜드 독립과 아일랜드의 재통일을 위해 1919년에 가톨릭교도를 중심으로 결성된 무장투쟁 조직이다. IRA의 활동이 본격화되자 북아일랜드 신교도계는 얼스터민병대를 조직하여 IRA에 대항하였고, 이후 양측의 잦은 충돌은 북아일랜드 분쟁의 골을 더욱 깊게 만드는 역할을 하였다. 양측의 충돌과 IRA의 테러가 더

욱 격화되기 시작한 것은 영국이 1972
년 북아일랜드의 자치권을 회수함으로
써 비롯되었다. 영국의 자치권 회수는
아일랜드인의 유혈 폭력 운동을 고조
시켰으며, 소위 '피의 일요일사건'이라
불리는 유혈사태가 1972년 1월 북아일

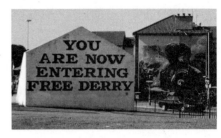

피의 일요일 벽화

랜드 런던데리에서 발생하였다. 오랜

기간 계속된 유혈 충돌을 평화적으로 해결하려는 영
국과 아일랜드간의 노력은 계속되었으나 IRA의 테러
로 인해 번번이 무산되었다. 이러한 상황에서 1997년
IRA가 휴전을 선언하자, 북아일랜드 분쟁은 평화적
해결을 위한 새로운 전기를 맞이하게 되었다. 신교도
계 과격파들도 이에 적극 호응하면서 북아일랜드에
평화의 전조가 보이기 시작했다.

피의 일요일 사건 추모비: 보그사이드

　　분쟁 당사자와 국제사회의 평화에 대한 의지로
인하여 마침내 영국·아일랜드·북아일랜드 신구교도를 대표하는 정당들이 참석한
다자회담이 1998년 4월 개최되었고, 이 회담에서 '북아일랜드 평화협정'이 극적으로
타결되었다. '평화협정'에는 1972년 이래 영국이 갖고 있던 입법·행정권을 북아일랜
드 자치정부가 갖고, 아일랜드와 북아일랜드 인사들로 구성된 국경위원회의 창설이 포
함되어 있었다. 또 평화협정을 적극 후원한 영국과 아일랜드 정부가 북아일랜드 평화
보장을 위한 정부간 기구를 창설해 협력을 강화하도록 하였고, 기본적인 인권 보장을
협정에 명시하여 분쟁의 재발을 막는데 최대의 역점을 두었다.

　　1999년 4월 신교도측의 얼스터연합당과 구교도 온건파인 사회민주노동당, IRA
의 정치기구인 신페인당, 아일랜드정부 등은 평화협정의 이행을 위한 북아일랜드 자치

벨파스트 폭파사건

정부 구성을 마무리짓기 위해 협상을 벌였으나 이견을 좁히지 못하고 결렬되고 말았다. 회담 결렬의 가장 주된 원인은 IRA가 무장해제를 거부했기 때문이었다. 2000년 2월에 IRA의 파생 조직의 소행으로 추정되는 폭발사건이 북아일랜드 벨파스트 교외의 한 호텔에서 발생하자 영국은 북아일랜드의 상황을 더 이상 좌시할 수 없었다. 2000년 2월 8일 영국하원이 북아일랜드에 대한 영국정부의 직접 통치를 부활하는 법안을 압도적인 찬성으로 통과시키자 북아일랜드 자치체제는 출범 2개월만에 원점으로 회귀하고 말았다. '북아일랜드 평화협정'이 원점으로 돌아감에 따라 북아일랜드 분쟁의 장래도 불투명하다

7. 아일랜드의 종교

아일랜드인들의 삶에서 종교는 아주 특별한 위치를 차지한다. 아일랜드인들에게 있어서 교회는 내밀한 개인적 영성 추구의 장일 뿐만 아니라 일요일에 친구들을 만나 잡담을 즐기는 현실적인 공간이기도 하다. 많은 아일랜드인들은 저마다 특정 성인을 택해서 그들의 삶과 말씀을 연구하며, 그들에게 신과의 중재를 기원한다.

남아일랜드 거주자 중에서 대략 87%는 로마가톨릭을, 3%는 개신교를, 그리고 0.1%는 유대교를 신봉하고 있으며, 나머지는 특정 종교가 없다. 북아일랜드에서는 개신교가 60% 정도이며 가톨릭이 40%를 차지한다. 아일랜드의 개신교는 영국국교회의

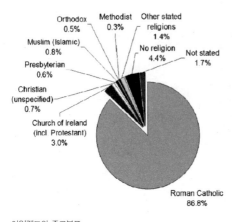

아일랜드의 종교분포

지파인 아일랜드교회, 장로교, 감리교 등이 대부분을 차지하고 있다.

일상생활에서 교회는 거의 모든 부문에 영향을 미친다. 정오와 정각 6시에 TV에서도 안젤루스라고 하는 벨이 약 1분 정도 울리고, 이어서 성화와 그 날의 말씀이 소개된다. 아침뉴스에도 그 날의 기도가 함께 나오고, 교회 근처를 지나는 사람들 대다수가 성호를 긋는다. TV 프로그램에도 때때로 성직자가 출연하여 정치가나 대중 스타와 함께 생활의 모든 분야에 대해서 자신의 의견을 개진하고, 대부분의 학교에서는 사제나 수녀가 교사로 활약하고 있다.

하지만 최근의 통계는 아일랜드인들의 신앙심에 큰 변화가 일고 있음을 보여준다. 사회변화, 경제적 풍요, 해외여행, 그리고 폭 넓은 교육 등으로 젊은층과 도시 사람들의 교회 참석률이 꾸준히 감소하고 있으며(1990년 85%에서 2005년에는 50% 이하로 떨어짐), 돈 및 성과 관련된 가톨릭교회의 부패와 잇따른 스캔들로 인하여 교회의 권위가 계속 실추되고 있다.

그럼에도 불구하고 아일랜드에서 가톨릭교회는 여전히 상당한 영향력을 행사하고 있다. 낙태, 피임, 이혼, 검열제도 등에 대해서 강력한 반대 입장을 견지하는 것은 물론이려니와 국가로부터 재정지원을 받는 학교나 병원의 운영에 대해서도 많은 실권을 지니고 있다. 뿐만 아니라 아일랜드에서는 교회가 지정하는 여러 기념일들이 서구의 다른 나라에서보다 훨씬 엄격히 준수되고 있다.

10

가정생활

1. 가족관계

영국인은 일반적으로 성격이 차가우면서 친해지기 어려운 것으로 알려져 있다. 또한 개인주의적 사고방식이 팽배해 있기 때문에 많은 이질감을 느낄 수 있다. 그러나 장기 간의 교류를 통해 친분관계를 유지하면 타국 사람들보다 따뜻하고 정감 있는 민족임을 발견할 수 있다.

영국인의 가정은 가족적 연대가 상당히 강하지만 전 가족이 함께 모여 사는 것을 보기는 어렵다. 젊은이들은 고등학교를 졸업하고 대학에 들어가면서부터 가정을 떠나 독립적인 생활을 하는 것이 보통이며, 그 후 결혼을 하거나 직장을 갖게 되면 자신의 가정을 형성하게 된다.

영국의 국민은 다양한 인종으로 구성되어 있다. 어떤 특정 지역이나 도시에서는 같은 인종들이 같은 지역 내에서 그들의 문화나 전통을 유지하며 함께 모여 사는 것을 볼 수 있다. 따라서 영국 같은 다인종, 다민족 국가에서 생활하는 동안에는 다른 인종 또는 민족에 대한 어떤 선입견도 지니지 않는 것이 좋다. 그들의 문화나 전통을 있는 그대로 존중하고, 그들의 독특한 점을 문화적인 특성을 지닌 것으로 인정하는 것이 좋다. 영국에는 소규모적이긴 하지만 인종차별주의적인 면모가 아직도 남아 있다.

2. 가정교육

영국사회에서 우리나라와 같은 효의 개념은 찾아볼 수 없다. 우리나라에서의 가정교육은 주로 유교사상에 입각하여 이루어지는데 반하여, 영국의 가정교육은 기독교에 기반을 두고 있기 때문에 이와 같은 문화적인 차이가 나타난 것으로 보인다. 영국은 가정교육에 있어서 기독교적인 엄격한 생활방식을 요구하는 경향이 있다. 또 부모들이 자식을 가르침에 있어서 자식이 어릴 때부터 부모에게 의존하지 않는 독립적이고 자립적인 생활을 영위하도록 한다.

부모들은 자녀가 장성하여 충실하고 올바른 사회의 일원으로 독립하는 데 교육의 역점을 둔다. 따라서 부모와 자식간의 관계도 상당히 독립적으로 이루어진다. 이렇게 교육을 받으며 자란 영국인들은 상당히 개성적인 사고방식을 지니게 되고, 꼼꼼한 개인주의가 몸에 배게 된다. 또 사회 전체의 분위기도 개인주의적이고, 개인을 인정하며 존중한다. 그러나 개인주의가 이기주의는 아니다.

영국의 개인주의는 나 혼자만을 위하는 것이 아닌 다른 사람도 나만큼 배려하는 것이다. 따라서 공공의 이익보호, 다른 사람에 대한 배려가 영국인들의 생활 곳곳에 스며 있다. 정부 차원에서도 윤리와 종교교육을 담당하는 교육기관을 설립하여 일선 학교에서의 윤리와 종교교육에 도움을 주고 있다.

3. 가정폭력

영국정부가 조사하여 발표한 보고서에 따르면, 여성들은 4명당 1명 꼴로 가정에서 매를 맞고 있으며 매주 2명의 여자가 과거나 현재의 애인들에 의해 살해된다. 성폭행 범죄가 여타 범죄보다 급격히 증가하고 있다. 많은 경우에 연인이나 알고 지내는 사람으로부터 성폭행을 당하는 것으로 밝혀졌다. 영국정부는 성폭력을 미연에 방지하고 피해 여성들을 지원하는데 중점을 두고 있다. 또한 여성들의 권리를 보호하기 위해서 즉시 도움을 줄 수 있는 24시간 서비스도 운영하고 있다. 아동들이 가정에서 폭력에 시달리는 경우는 거의 없다.

4. 결혼과 이혼

영국인들은 결혼식이나 혼인을 위한 관례적 행사가 필수적이라는 생각을 가지고 있지 않다. 혼전동거에 대하여 주변의 시선을 의식할 필요가 없고, 가치관과 자신의 사정에 따라 결혼식을 계획하는 모습을 볼 수 있다. 영국인구는 남성의 출생률이 여성의 출생률보다 약간 높지만 남성의 사망연령이 여성보다 낮아 총인구비율은 여성이 높은 편이다. 여성의 사회적인 위치가 높아짐에 따라 결혼적령기도 상대적으로 높아졌으며 자신감 있게 사는 독신자들이 늘어나고, 결혼을 한 후에도 사회활동으로 인해 육아나 출산을 회피하며 부부만의 생활을 즐기려고 하는 풍조가 점차 사회적인 문제가 되고 있다.

　　일반적으로 결혼식을 할 때에는 전야제를 갖는 경우가 많다. 결혼식 전야제는 한국식으로 말하면 결혼식의 '함팔기'와 같은 의식이다. 이 모임은 신랑 신부가 서로의 사랑을 확인하는 순간이며 친구들에게 서로의 상대를 소개하는 자리이다. 결혼식 전야

제는 헨 나이트라고 하는데 '암탉들의 밤'이라는 뜻
으로 신부의 친구들이 모여 설레는 결혼을 앞둔 예비
신부를 위해 조촐한 파티를 연다. 주로 식사가 끝난
후에 차를 마시며 이야기꽃을 피우고 나이트 클럽에
서 춤을 추며 우정을 돈독하게 한다. 예비신랑도 이러
한 형태의 모임을 갖지만 '헨 나이트'처럼 유명하지

신랑·신부와 들러리

는 않다.

결혼식을 할 때 신부는 웨딩드레스를 입는 경우가 일반적이며, 신랑은 연미복을
입는 것이 일반적이다. 신부의 드레스에는 색이 있는 코사지를 장식한다. 신부의
들러리는 이 색과 동일한 색의 드레스를 입는다. 대부분의 신부 차림은 '새로운 것,
옛 것, 빌린 것, 푸른 것' 등이 조화를 이루도록 한다. 예를 들어 웨딩드레스의 레이스
가 새 것이면 베일은 어머께 물려받은 것으로 웨딩 슈즈는 친구에게 빌린 것으로, 코
사지는 푸른색으로 하는 것과 같다. 또한 신부의 들러리는 신부와 같은 부케를 들어 전
체적인 분위기를 신부와 맞춘다. 신랑과 신랑의 들러리 그리고 신랑·신부의 아버지가
동일한 색깔의 예복(연미복)을 입는다.

영국인들의 90% 정도가 교회나 성당에서 결혼의식을 갖는다. 그러나 귀족은 자
신의 코트 야드에서 하는 경우가 일반적이고 일부는 결혼등록소 같은 공공장소를 이용
하여 결혼의식을 거행한다.

결혼식 피로연의 장소는 레스토랑이나 카페를 많이 이용한다. 피로연 의식은 신
부의 아버지가 하객들에게 짤막한 인사말을 하며 결혼을 축하하는 축배를 리드한다.
하객들은 차려진 음식을 먹으며 새로 탄생한 신혼부부를 축복해 준다. 식사 후 신랑의
가장 친한 친구가 신랑의 독신 시절에 대해 이야기하며 자신의 가장 친한 친구인 신랑
과 결혼을 하게끔 신부를 키워 준 신부 어머니에게 고마움을 표한다. 이어서 신랑은 하
객들 앞에서 아내로 맞이한 신부의 아름다움에 대해 찬사를 보낸다. 몇몇 사람들의 연

설이 끝난 후 신랑·신부가 함께 웨딩 케이크를 자른다. 하객들과 여흥을 즐기고 난 신랑 신부는 제일 먼저 연회장을 빠져 나와 신혼여행길에 오른다.

결혼을 한 신혼부부가 백년해로를 하는 것이 바람직하겠지만, 세계적인 추세가 그러하듯이 영국에서도 많은 부부들이 이혼을 한다. 영국의 이혼율은 기하급수적으로 늘어나, 현재 영국은 세계에서 가장 이혼율이 높은 나라 중 하나에 속한다. 전체 이혼자 수는 200만 명을 웃돌고 한쪽 부모만 있는 가정의 수가 놀라울 정도로 증가하고 있다. 영연방에서 세 쌍 중 한 쌍이 이혼하는 정도이다.

이혼율이 높아지고 있는 사회학적 원인은 많고도 다양하다. 대표적인 원인은 이혼을 용이하게 하는 법률, 여성해방, 고용형태의 변화(맞벌이부부), 실업과 경제적 이유를 들 수 있다. 그러나 가장 근본적인 이유는 기독교 신앙의 퇴조라고 여겨진다. 이와 더불어 결혼의 신성성과 영구성에 대한 기독교적 관념이 구속력을 상실하고 성과 결혼 및 가정의 전통적 개념이 변모한 것도 중대한 이유 중의 하나이다.

5. 생활태도

흔히 말하는 대로 영국인의 생활태도가 전통을 사랑하고 변화를 싫어하며, 매우 보수적이라는 것은 사실이다. 아직도 귀족제도가 남아 있고 런던 시내 사무실에 근무하는 사람은 지금도 1년 내내 중산모자를 쓰고 검은 옷을 입으며 우산을 가지고 다닌다. 판사는 여전히 가발을 쓰고 재판을 하며, 극장은 일요일에 문을 열지 않는다. 유럽대륙의 여러 나라는 물론 영국연방에서도 도로를 우측통행으로 바꾸었지만 영국은 여전히 좌측통행을 고집하고 있으며, 같은 술집에 들어가는 데도 중류계급과 노동자는 입구를 달리할 정도로 고전적인 계급의식을 지니고 있다. 그러나 이와 반대되는 면도

간과할 수 없다.

1945년에 독일이 항복하자 제2차 세계대전 중의 국민적 지도자였던 처칠의 보수당을 아무 미련 없이 노동당 정부로 바꾼 것도 영국인이요, 세계에서 최초로 제트기를 날리고, 항공기개발에서 세계의 첨단을 걷고, 또 어느 나라보다도 앞서서 원자력의 평화이용을 달성한 것도 영국인이며, 전통적인 화폐제도를 1971년에, 도량형제도를 1975년에 바꾼 것도 영국인이다. 그들에게는 보수와 진보의 묘한 혼합이 있으며, 그것이 영국인의 생활전체를 일관하고 있다. 경제적 자유주의의 모국이면서도 다른 자본주의국가에서 찾아보기 어려운 사회보장체계를 확립하였다. 거칠지 않고 예의바르면서도

처칠

16, 17세기에는 해적행위를 감행하고 어려운 싸움을 승리로 이끄는 활력을 가졌다. 욕을 들을 정도로 타산적이면서도 전쟁 중 암시장이 없었다.

영국인들은 철저한 개인주의자이면서도 사교와 사회생활의 명수이기도 하다. 그리고 놀라울 정도의 애국자들이다. 불합리한 체계와 제도가 생활 구석구석까지 도사리고 있으면서도 권리·의무의 관념으로 생활을 합리화한다. 계급질서에 유순하게 따르는 것 같으면서도 중앙과 지방의 정치에 고도의 의식을 가지고 있으며, 필요하면 즉각 정권을 교체시킨다. 이러한 태도들은 여러 세기에 걸쳐 경험을 통해 터득한 경험주의적·현실주의적인 생활의 지혜일 것이다. 영국인들은 단백질 섭취량이 많으며, 1인당 주거면적도 넓다. 모든 도로는 완전히 포장되어 있으며 보도와 차도의 구별이 뚜렷하다. 전등·전화·상수도는 물론 하수도와 도시가스가 나라 구석구석까지 연결되어 있으며, 시내지역에서는 전화선과 전기선이 지하에 들어가 있다.

6. 청소년

가정은 대부분의 영국 청소년들에게 있어 구심점이 되는 곳이다. 청소년들은 가정에서 그들의 가족 또는 친구들과 여가 시간의 대부분을 보낸다. 학교는 그들의 교육뿐만 아니라 동료 사이에서 그들의 개성을 계발시키는 중요한 장소이다. 영국에 있는 모든 학생들은 그들 자신의 재능을 계발하기 위한 직업적인 또는 학문적인 교육을 받는다. 그러므로 스포츠, 연극, 미술, 음악 또는 창조적인 연구 등도 학교교과과정의 중요한 부분을 차지하고 있다.

11세부터 25세 사이의 학생들의 자아계발과 비공식적인 사회교육은 청소년부에서 담당하고 있다. 청소년부는 공공기관과 많은 자발적인 지원기관들 사이에 협력관계를 맺고 있다. 최근 통계에 따르면 약 600만 명의 학생들이 현재 또는 과거에 청소년부의 활동에 참가하여 활동한 것으로 집계되고 있다. 청소년부는 스포츠, 문화적인 또는 창조적인 연구 및 지역봉사에 참여하는 학생들에게 용기를 심어 주거나 상담해주는 역할을 한다.

11

계절

1. 개관

영국은 섬나라이기 때문에 대서양 해류의 영향을 많이 받는다. 위도가 상당히 높은 지
역에 있지만 겨울철에 매우 춥거나 여름철에 매우 덥지는 않다. 위도상 비슷한 지역인
모스크바의 겨울이 살인적일 정도로 추운 것과 비교해 보면, 영국의 겨울은 따스하다
고 할 수 있다. 겨울에 북쪽산악지대인 스코틀랜드지역엔 눈이 많이 오기도 하지만, 남
쪽에서는 눈을 보기가 쉽지 않다. 근래에 들어와서 날씨가 변해서 여름엔 상당히 더워
졌다. 그러나 밤에는 서늘하여 얇은 이불을 덮어야 할 정도이다. 해양성기후이기 때문
에 안개가 많이 끼며, 바람이 많이 불고, 비가 많이 내린다.

2. 봄

영국은 위도가 높은 지역에 위치하고 있기 때문
에 봄이 비교적 늦게 온다. 봄의 평균기온은
8℃에서 11℃ 정도로 상당히 서늘한 편이다. 삼
사월에 눈에 띄는 꽃은 수선화나 크로커스 정도
이며 기온도 낮다. 5 · 6월이 되어야 비로소 다
양한 종류의 꽃들이 아름답게 피어난다. 5월 중

큐가든

순의 첼시꽃전시회는 탄성이 나올 정도로 호화로우며, 세계적인 식물원 큐가든에서는
많은 종류의 다양한 꽃이 피어난다. 5 · 6월에는 날씨가 좋기 때문에 영국 전역에서 다
양한 행사가 많이 개최된다.

3. 여름

여름에는 낮시간이 무척 길다. 하지 때는 밤 11시경까지 주변이 환하게 밝아 앞을 볼
수 있다. 아침에 날이 밝아오는 시간도 빨라서 새벽 5시면 환해진다. 이를 백야현상이
라고 한다. 백야현상은 영국이 위도가 높은 지역에 위치하고 있으며, 지구가 기울어진
상태로 자전하기 때문에, 여름에 북쪽으로 올라온 태양 빛이 밤이 되어서도 계속 유지
되기 때문에 발생한다. 스칸디나비아 반도에 있는 나라들과 마찬가지로, 영국에서도
여름에 백야현상을 경험할 수 있다. 특히 북쪽지역으로 갈수록 이 현상이 뚜렷하게 나
타난다.

날씨는 온화하고 건조하며 화창한 편이지만 가끔 소나기가 오기도 한다. 런던의

7월 평균기온은 17.6℃도, 에딘버러의 7월 평균기온은 18.4℃이다. 영국에는 안개와 구름이 많이 끼고 비가 자주 오기 때문에 햇빛이 화창한 맑은 날이 많지 않다. 집안에 햇빛이 잘 들지 않기 때문에 집안이 습해서 약간 축축한 느낌마저 들 정도이다. 바닥을 나무로 하는 것도 이러한 이유 때문이다. 햇빛이 화창하게 비치는 날에 공원에서 썬탠을 즐기는 사람들을 흔히 볼 수 있다.

또한 여름은 관광시즌이다. 수많은 나라에서 관광 러시가 시작된다. 런던, 스코틀랜드, 에딘버러 할 것 없이 도시마다 수많은 사람들이 북새통을 이룬다. 영국은 영어권이라 유럽 여행을 계획할 경우 영국부터 시작하는 사람들이 많다. 특히 런던의 여름은 정말로 인종 시장을 방불케 할 정도로 많은 나라 사람들이 몰려다닌다. 그러나 정작 런던 주민들은 휴가 차 미국이나 다른 나라로 여행스케줄을 잡는 경우가 많다.

4. 가을

가을이 오면 외국 관광객들이 모습이 눈에 띄게 줄어든다. 가을에는 각급 학교의 새 학기가 시작되어 교정에 학생들이 붐비고 운동장에서는 크리켓경기를 하며 뛰어 노는 어린이들의 모습이 많이 눈에 뜨인다. 가을에는 나무들이 단풍이 드는데 영국의 단풍은 우리나라처럼 화려한 색깔의 단풍과는 판이하게 다르다. 런던근교에서 빨간 단풍은 찾아보기 힘들다. 황색이나 갈색으로 단풍드는 나무가 많다. 녹음에 둘러싸인 여름과는 달리 조용한 풍경이 드리워진다. 시원해진 저녁거리에서 젊은이들은 군밤이나 피시 앤칩스를 먹으며 거닐고 사람들은 생맥주로 하루의 피로를 씻는다.

11월이 가까워지면 거리에서 어린이들이 사람들에게 잔돈을 달라고 졸라대는 일이 자주 있다. 이것을 보고 영국에 어린이 거지가 늘어난다고 짐작하는 사람이 있으나 사실은 그렇지 않다. 11월 5일 가이포크스데
이의 인형을 만들기 위한 비용을 모르는 사람에
게서 얻어야 좋다고 하는 풍습 때문이다. 당일
에는 이렇게 하여 만든 인형을 들고 거리를 돌
아다니다가 밤에는 이것을 광장에서 태워 불꽃
놀이를 한다. 그러나 화상을 입는 어린이가 늘

런던시장 취임 퍼레이드

고 화제가 자주 일어나기 때문에 최근에는 몇 곳의 특정한 광장에서만 어른들의 감시
아래에서 인형을 태우도록 하고 있다. 11월 중순 토요일에는 런던 시장의 취임 퍼레이
드가 행해진다. 런던시장은 런던 중심부인 런던시만의 시장으로 명예직에 불과하지만
퍼레이드는 상당히 화려하여 추운 날씨에도 많은 사람들이 모여든다. 이것도 런던의
풍물 중 하나이다.

5. 겨울

런던의 겨울은 '안개의 도시'를 연상시킨다. 얼마 전까지는 한 치 앞도 볼 수 없을 정도
로 짙은 안개에 싸여서 죽는 사람이 나오는 소동이 일어나는 것도 드문 일이 아니었다.

이 스모그의 원인은 각 가정에서 난방용으로 때는 석
탄의 연기였다. 그러나 시 당국이 중앙집중식 난방을
추진하여 무연탄 이외의 석탄 사용을 금지했기 때문
에 최근에는 스모그가 거의 일어나지 않고 있다. 또
한 우중충한 집과 거리를 대대적으로 청소하여 런던
이 깨끗해진 것도 스모그가 없어진 중요한 요인 중의

트라팔가광장

하나이다. 겨울에는 여름과는 반대로 낮이 짧고, 구름이 낮게 깔린 차가운 날이 많다. 겨울에 런던에서 가장 즐거운 것은 무엇보다도 크리스마스이다. 거리가 아름답게 장식되고, 상점마다 세일행사를 거창하게 한다. 매년 오슬로에서 보내온 전나무를 화려하게 장식한 크리스마스트리가 세워지는 트라팔가광장은 크리스마스 축제의 중심지라고 할 수 있다.

6. 아일랜드의 기후

아일랜드는 경도 상으로 서경 5.5°에서 10.5° 사이에 위치하고 있어서 우리나라보다 서쪽으로 대략 135° 떨어져 있다. 경도 15°마다 한 시간의 시차가 나므로 아일랜드의 표준시는 우리나라보다 9시간이 늦은 셈이다. 그러나 3월의 마지막과 10월의 마지막 일요일 사이에는 서머타임이 적용되므로 이 기간에는 우리보다 8시간이 늦다. 즉, 우리나라가 정오일 때 겨울철에는 새벽 3시이며, 여름철에는 새벽 4시가 된다.

위도 상으로는 북위 51.5°와 55.5° 사이에 위치하고 있어 우리나라보다 20° 가까이 더 북쪽에 자리한다. 그러므로 여름에는 우리보다 해가 길고, 겨울에는 훨씬 짧다. 7월과 8월의 낮 시간은 대략 18시간 정도이며, 오후 11시를 넘어서야 비로소 어두워진다. 따라서 해가 긴 여름철에는 여가활동과 관광을 즐기기에 적합하다. 하지만 동지 무렵에는 오후 3시를 넘기면 해를 보는 것이 쉽지 않다.

아일랜드의 기후는 따뜻한 멕시코만류의 영향으로 위도에 비해서 비교적 온화한 편으로, 연간평균기온이 대략 10℃ 정도이다. 단지 겨울철에만 이따금씩 영하로 떨어지는 경우가 있고, 눈과 서리는 아주 귀해서 1년 중 단지 한두 차례만 진눈깨비가 온다. 가장 추운 달은 1월과 2월로 이때 기온은 4℃에서 8℃ 사이이며, 평균 7℃를 유지한다. 여름철의 낮 기온은 가장 쾌적한 온도인 15℃에서 20℃ 사이이며, 가장 더운 달인 7월과 8월의 평균기온은 16℃이다. 아일랜드에서 가장 더운 여름날의 기온은 22℃에서 24℃ 정도이지만 가끔은 30℃까지 오르기도 한다. 아일랜드의 날씨는 아주 변덕이 심해 예측하는 것이 거의 불가능하다. 가령, 2월에도 셔츠 차림에 선글라스를 써야하는가 하면, 3월과 심지어 여름철에도 양털로 만든 겨울 외투를 입어야 하기도 한다.

또한 아일랜드에는 비가 많이 온다. 어떤 지역은 연중 270일이나 비가 오는 경우가 있는데, 이는 케리지역에서 가장 심한 편이다. 남동쪽은 아주 건조해서 대륙의 날씨와 유사하다. 연평균 강수량은 저지대가 800㎜에서 1,200㎜ 사이이며, 산악지역은 2,000㎜를 초과한다. 수도인 더블린을 비롯한 남동쪽은 750㎜ 이하로 비가 가장 적게오는 지역이다.

1 2
....

교 통

1. 개관

영국은 산업혁명을 통해 가장 먼저 산업국가로 발전하였을 뿐만 아니라. 도로와 철도 등 교통 시설이 일찍 발달하였다. 기원전 55년부터 약 오백 년 간 영국을 지배한 로마가 남긴 위대한 유산 두 가지는 기독교와 도로라고 할 수 있다. 로마의 지배시대에 발달한 도로는 대략 18세기까지 존속했을 정도로 영국에서 도로의 발달은 역사가 깊다. 영국의 자동차도로는 우리나라와는 달리 좌측통행제이고, 자동차의 운전석도 오른쪽에 있다. 영국은 도로교통 정체를 해소하기 위해 우회전 금지와 일방통행제 등을 대폭 채택하고 있으나 도시교통은 매우 혼잡하다.

2. 철도

영국의 철도는 개인사업으로 발전하기 시작했는데, 채산성이 문제됨에 따라 정부 규제가 필요하게 되었다. 1894년에 철도·운하심의회, 1919년에 운수성이 설치되었고, 120여 개에 육박하던 철도회사가 1921년에 남부, 대서부, 런던중부 스코틀랜드, 런던 북동부의 4개 회사로 통합되었다. 그러나 통합에 의한 경영합리화는 그다지 실적을 올리지 못했으며, 자동차에 의한 화물과 여객수송이 증가함에 따라 철도에 대한 국고보조가 증대하여 철도국유론이 대두되었다. 노동당정부는 1947년에 장거리 화물자동차 운수·운하·항만시설과 함께 철도를 국유화하였으며, 4개 철도회사는 국영영국철도로 통합되었다.

이후 보수당정권은 장거리 화물자동차의 국유화를 부분적으로 해제하였으나 철도국유정책만은 그대로 유지하였다. 맥밀런정부는 철도의 전철화, 기관차의 디젤엔진화, 불채산선(채산이 맞지 않는 노선)의 폐쇄를 주요 내용으로 하는 철도합리화계획을 실시하였으나, 1964년 노동당정부는 철도합리화는 장기적 지역개발과의 관련에서 재검토되어야 한다는 취지 아래 불채산선 폐쇄계획을 중지하였다. 자동차의 발전은 철도에 의존하는 비중을 줄였을 뿐만 아니라 도시의 전차도 몰아냈다. 시가전차는 1954년 런던에서 폐지되는 것을 시작으로 각지에서 폐지되었다.

도시교통기관으로서 버스와 함께 최대의 여객을 수송하는 것은 튜브라는 애칭을 가진 공영 런던지하철로 1869년에 처음 만들어졌다. 지하철은 런던과 글래스고 및 리버풀에 있다. 런던의 지하철은 오래된 만큼 그 규모도 작고 사람들로 상당히 붐비긴 하지만 갈아타는 역이 매우 많이 있어 이용하기는 어렵지 않다. 런던 시내에서는 기차와 지하철도 정해진 구역에 따라 패스를 구입하여 사용할 수 있다. 이것 역시 당일권, 한달권, 일년권 등으로 나누어져 있다. 횟수에 관계없이 사용 가능하며, 지하철역에서 쉽게 구입할 수 있다. 요금은 구역 당, 그리고 사용 가능한 구역의 숫자에 따라 다르다.

철도는 잉글랜드와 스코틀랜드, 웨일즈지역까지 모두 연결된다. 다년간 국내외의 주목을 받아온 유러터널(영국해협터널)은 1994년 5월 개통되었다. 거의 모든 철도노선에 일등석과 보통석이 있으며, 경제적인 보통석으로도 편안한 여행을 할 수 있다. 대부분의 장거리기차에는 식당차가 있으며. 여기서 스낵이나 음료, 식사를 판매한다. 시속 200㎞의 인터시티 125와 시속 225㎞의 인터시티 225가 전국 주요 도시를 연결하고 있다. 할인패스로는 영국철도패스, 영국철도플렉시패스, 사우스이스트패스 등이 있다.

지하철 표시

유러터널

기차로 여행하려는 사람은 영국철도패스를 구입하는 것이 좋다. 영국철도패스는 유효기간에 따라 세 가지로 나뉘어지는데 지정된 8일 중에 4일, 15일 중에 8일, 한달 중에 15일을 탑승할 수 있도록 되어 있다. 영국철도패스는 지정된 기간 동안 거리와 지역에 관계없이 마음껏 사용할 수 있으나 영국에서 판매하지 않으므로 영국으로 출발하기 전에 구입해야 한다. 16세에서 25세에 해당하는 경우에는 영국철도청소년패스를 구입하면 할인이 된다. 5세에서 15세 사이의 어린이는 어른의 반액으로 패스를 구입할 수 있다.

영국철도 플렉시패스는 유효기간 30일 동안 4일, 8일, 15일간 사용할 수 있는 패스이다. 사우스이스트패스는 런던엑스트라패스라고도 하는데 런던 및 옥스퍼드, 윈저, 켐브리지 등 남동부지역을 거리에 상관없이 사용할 수 있다.

3. 버스

2층 버스

영국시내버스는 1층 버스와 2층 버스가 있으며 지역에 따라 버스 색깔이 다르다. 런던버스는 주로 빨간색이다. 2층 시내버스는 2층을 끽연석으로 하고 있는데, 이 2층을 아웃사이드라고 부른다. 이는 한데나 다름없는 곳에서 담배를 피우게 하던 시대의 명칭이 그대로 남아 있는 것이다. 또 인력부족 때문에 영국버스도 대체로 차장이 없다. 자동차는 도로개발을 앞질러 발달하였으며, 장거리자동차 전용도로의 건설이 본격적으로 착수된 것은 1958년부터였다.

도시의 도로는 좌측통행제를 취하고 있어서 정체의 원인이 되는 우회전의 금지 · 일방통행 · 주차금지 등을 대폭 채용하고 있지만 여전히 혼잡이 심하며, 그 때문에 근교철도선의 중요성이 커지는 경향이 있다.

런던시내에서는 버스패스를 이용하면 편리하고 경제적이다. 런던시내의 버스구역은 크게 44개로 나누어져 있으며, 해당 구역에서는 빈도에 상관없이 사용 가능하다. 버스패스는 당일권, 일주일권, 한달권, 일년권으로 되어 있다. 패스구입은 신문판매대, 버스정류소, 런던운수여행정보센터에서 할 수 있다.

영국에서 장거리버스는 보통 코치라고 불리며 영국에서 가장 경제적인 수송수단이다. 몇몇 버스회사는 주요 도시를 신속하게 연결하는 버스노선을 운행하고 있으며 관광을 겸하는 경우도 많다. 16세에서 23세 사이의 정규 학생은 버스요금 할인카드의 혜택을 받을 수 있는데 보통 원래 요금의 1/3이 할인된다. 카드의 유효기간은 1년이고 전국고속버스센터나 런던의 빅토리아버스정류장에서 구입할 수 있다.

4. 택시

영국의 택시는 블랙캡과 미니캡 두 종류가 있다. 택시는 손쉽게 탈 수 있고, 내릴 때 10%의 팁을 주는 것이 일반적이다. 엄격한 테스트를 거친 운전사는 런던 거리 곳곳을 모르는 곳이 없기 때문에 손님이 원하는 곳을 정확히 데려다 준다. 거리에서 손을 흔들어 잡거나 전화를 한다. 요금은 상당히 비싼 편으로 기본 요금은 1.40파운드이며 물건 1개당 0.40파운드가 추가된다.

5. 항공

영국은 미국과 마찬가지로 항공개발의 역사가 길며, 최초의 정기국내선 취항은 1930년대의 일이다. 1939년에 제국항공과 영국항공의 두 회사가 국유화되어 영국해외항공이 되었다. 제2차 세계대전 이후 1946년에는 국영 영국·유럽항공(BEA)과 영국·남아프리카공화국 항공이 설립되었으며, 영국·남아프리카공화국 항공은 1949년 영국해외항공에 합병되었다. 영국해외항공은 1974년에 영국·유럽항공도 흡수통합하여 영국항공이 되었다. 우편물의 항공수송서비스도 발달하여 국내원거리나 서유럽행 우편도 보통요금으로 공수되고 있다.

영국의 각 지역에 있는 대도시마다 공항이 있으며, 런던에는 히드로공항, 가트윅공항, 시티공항 등 세 개의 공항이 있다. 이 세 공항에서 런던의 중심가까지 지하철과 기차, 버스 등의 대중교통 수단이 잘 연결되어 있다. 이들 공항에서 런던중심가까지 대체로 사십분 정도 걸린다.

6. 해상

영국은 18세기부터 세계 최대의 해운국으로서
의 지위를 유지하였다. 선박보유량은 제2차 세
계대전 전까지만 해도 세계 총톤수의 1/3을 차
지하였는데, 전쟁으로 그 반 정도를 상실했다.
전후에는 부흥에 주력하였으나 후발국들의 성
장과 영국의 정체 때문에 조선량에서 일본, 독
일, 스웨덴, 스페인이 영국을 앞질렀다. 섬나라
의 특성상 해상교통이 많이 발달했다. 항구도

도버항의 여객선

시를 연결하는 선박이 많이 있으며, 작은 섬을 왕래하는 선박도 많이 있다.

1 3
주거

1. 개관

영국사람들은 성에서부터 이동주택까지, 대저택에
서 초라한 셋방까지 매우 다양한 집에서 살고 있다.
이렇게 집의 형태는 다양하지만 그 제도와 행정시
스템은 모두가 동등하게 정교하다. 영국정부는 모
든 국민과 가정에 안전하고 품위 있는 주택을 공급
하기 위해 노력하고 있다. 영국의 주택정책은 국민
에게 새로운 집이나 개량된 집을 공급하는 것 이
상의 의미를 갖는다. 주택정책은 사회 모든 분야에
서 삶의 질을 향상시키기 위한 전반적인 전략의

위윅 성

윈저 성

한 부분으로서, 그 주요내용은 낙후한 지역을 재건하고, 황폐한 땅과 건물에 생기를 불어넣으며, 정부와의 협력관계를 통해 주민들이 자기 집과 인근지역에 대해 더 많이 관여할 수 있도록 하는 것이다.

하워드 성

영국은 약 200년 전에 사회적 대변동을 겪었다. 그런 변동의 결과는 오늘날에도 뚜렷하며 지금도 주택정책에 계속해서 영향을 미치고 있다. 17세기 후반과 18세기에 있었던 농업혁명은 과거의 전통적인 농업방식에 종지부를 찍었고 농촌지역의 고용을 크게 감소시켰다. 농업혁명과 아울러 19세기 초반의 산업혁명 때문에 농촌지역 사람들은 도시로 밀려나게 되었다. 그들은 중부와 북부지역에서 새로운 공업의 중심지로 빠르게 성장하고 있던 도시들에서 일자리를 찾았다. 공장주들과 악덕 투자가들은 그 사람들을 위해서 주택을 지었는데, 일부 집들은 그 당시 기준에 비추어 볼 때 멋지고 설계도 잘 되었지만 대부분의 주택들은 싸구려로 건축되고 다닥다닥 붙어있었다. 연립주택은 바짝바짝 붙어 있게 건축되었으며 하나의 수도와 화장실을 여러 세대가 공동으로 사용해야만 했다. 19세기에 이러한 빈민가의 주거여건은 열악하기로 악명이 높았다.

1876년에 리버풀에서 열악한 도시주택을 정비하고 개량하기 위한 노력이 시작되었으며 다른 도시들도 곧 그 예를 따랐다. 기능공주거법과 공중위생법에 의하여 지자체 당국은 비위생적인 지역들을 떠맡아서 주택을 개선하거나 철거할 권한을 부여받았다. 일부 빈민가들은 1930년대에도 여전히 존재했지만 그 때에 시 당국들은 마침내 빈민가를 철거하고 최초의 이른바 '시영주택'을 공급하기 시작했다. 물론 이 새로운 건축의 기준은 시 당국이 마련할 수 있는 자금의 규모에 따라서 달랐다. 제2차 세계대전 때 도시지역들을 겨냥한 엄청난 폭격에 의해서 많은 사람들이 죽었고 수많은 건물들이 파괴되었다. 특히 코벤트리 같은 일부 도시들은 심한 피해를 입었다. 하지만 전쟁이 끝나고 재건축이 필요하게 되었을 때 과거의 무계획적인 건축에 수반되었던 일부 사회적 문제들을 바로 잡는데 있어서는 오히려 유리한 점도 있었다.

새 주택단지들과 신도시인구는 1920년대에 급속도로 증가하기 시작했으며 1950년대 무렵에는 새로운 가정에 주택을 공급하기 위한 대대적인 조치를 취할 필요가 분명해졌다. 1950년대 초반에는 고밀도의 도심주택단지들이 출현하기 시작했지만, 도시적인 생활 방식에 대한 대중들의 혐오와 더불어 도시 내부에서의 건축에 따르는 여러 가지 곤란과 비용 문제 때문에 또 다른 해결 방안이 생겨나게 되었다. 즉, 구도심지에서 벗어나 조용한 환경 속에 도시 주민들을 다시 정착시키고 그들에게 새로운 집을 공급하기 위한 계획들이 추진된 것이었다.

1945년 공업배치법은 영국 역사상 최초로 개발지구를 만들었고 오늘날 정책에도 여전히 영향을 미치고 있다. 공업배치법은 주택과 직업을 분리할 수 없는 것으로 인식하고 있다. 그 계획들은 새로운 집들이 건설되고 있었던 지역으로 공장들을 유인하는 것이었다.

또한 서구의 르네상스와 바로크시대를 거쳐 산업혁명시기에 노동자를 위한 타운하우스가 일반화되면서 19세기 초반에 이르기까지 아파트가 중산계층의 도시주택으로 성장했다. 그러나 주택지 난과 과밀화 등의 이유로 주택의 규모가 작아지고 도시가 혼잡해지면서 19세기 중반부터 타운하우스에 대한 중산층의 선호가 식어갔고 대신 이들은 도심을 떠나서 거주하기 시작했다. 즉 과밀화되고 복잡한 도심을 떠나서 전원에서의 쾌적한 생활을 추구하게 된 것이다. 이러한 경향은 영국에서 처음 시작되어 이후 각국으로 전파되었다. 타운하우스에 대한 선호가 쇠퇴하면서 중상계층은 교외의 단독 주택을 선호하게 되었다.

2. 새 주택단지와 신도시

전후 주택정책의 중요한 방안인 1946년의 신도시법에 의해 정부는 개발공사에 자금을 지원할 수 있게 되었다. 개발공사는 새로운 개발지역을 계획하고 건설하는 권한을 가진 지방기관이었고 지금도 그 권한을 가지고 있다. 개발공사의 주된 임무는 복잡한 도시의 인구를 시 외곽에 정착시키기 위한 주택의 건설이었다. 이른바 '전원도시'의 건설이었다.

1960년대 초반에 2000년에는 영국의 인구가 2천만 명으로 증가할 것으로 예상되었고 특히 런던과 그 근교에 주택의 수요가 문제될 것으로 예상되었다. 더 많은 주택의 공급을 위해 1967년에 영국에서 가장 유명한 새로운 도시들이 탄생하였다. 그 대표적인 것이 밀튼케인즈인데, 밀튼케인즈는 버킹검셔 농장의 12개 시골 행정교구에서 채 4만 명도 안 되는 인구로 시작되었다. 이 신도시건설계획은 규칙적인 모양과 규칙적인 규모로 추진되었다. 런던에서 북쪽으로 85㎞ 떨어진 곳에 위치한 이 도시는 런던 시민들에게 수천 호의 새로운 주택을 제공했고 3,000개의 회사들이 65,000개 이상의 일자리를 창출하였다. 기존의 주택이나 시설과 같은 개발에 저해되는 요소가 아무것도 없는 상태에서 계획되었기 때문에 밀튼케인즈는 쇼핑센터와 공원, 레저시설로 가득하고 반듯반듯한 도로망을 갖춘 규모가 잘 잡힌 도시로 변모했다.

이보다 작은 규모의 새로운 도시와 정착지가 기존 도시와 마을의 팽창을 막기 위한 대안으로 추진되었다. 새로운 정착지를 위해 정부는 다음과 같은 네 가지 원칙을 제시했다. 첫째, 새로운 주택을 위해 땅을 제공하는 것이 기존 도시와 마을의 팽창보다 더 만족스러울 것 둘째, 그 계획이 지역주민들과 지역개발당국으로부터 분명하게 지지받을 것 셋째, 그 결과로서 낙후한 지역의 개발이나 경치가 좋지 못한 지역의 가치를 향상시키는 것과 같은 적극적인 환경의 이익을 초래할 것 넷째, 개발제한구역, 국립공원, 자연경관보존지역, 특정 학술연구대상지역, 최상의 농경지가 아닐 것 등이 그 원칙이다. 소위 자족적 도시는 사람들이 걸어서 직장에 갈 수 있는 거리 내에 거주하도록 설계되었으며 쇼핑과 작업설비를 집에서 가까운 곳에 위치시켰다.

　제2차 세계대전 이전에 도시내부지역은 번잡한 거주지역과 상업지역, 공장지대가 뒤섞여 있었다. 상가 운영자와 근로자 및 소규모의 사업자들은 주로 도심지 가까이에 살았다. 심지어 더 큰 집이나 별장을 소유할 경제적인 여유가 있는 사람들도 중심지에 살았다. 시민들은 도시의 첨탑과 공원들, 공공건물들과 기타 풍부한 설비들을 자랑스럽게 여겼다.

　대중교통수단의 발달 특히 철도의 발달로 보다 많은 사람들이 도시 내부로부터 도시 주변의 시골 교외지역으로 이주할 수 있게 되었다. 이 시골 교외지역들이 소위 '통근자 거주지'이다. 그 곳에 사는 많은 사람들은 도시에 있는 직장까지 통근할 시간과 비용을 들일 수 있는 사람들이다. 교외 통

남서통근열차: 런던 워털루 정거장

근자지역은 과거의 농촌과 같은 미관을 유지하고 있고 엄격한 도시계획규칙은 이 지역이 과잉개발되는 것을 막아왔다.

　사람들이 도시의 중심부로부터 교외로 나왔기 때문에 점포와 사무실이 문을 닫는 밤 동안에는 많은 도시들이 거의 텅 빈 상태로 남겨진다. 전후의 주택문제를 해결하기 위해 건설되었던 도시 내부의 큰 건물들은 슬럼화되어 있다. 이곳의 거주자들은 주로 사회의 빈곤계층, 편부모들과 소수민족집단의 구성원들이다. 이 지역의 건물들은 노후화하여 파손되고 있으며, 이와 같은 물리적인 퇴락과 더불어 범죄와 문화파괴는 여전히 이 지역의 특색을 이루고 있다.

　오늘날에는 영국인구의 3% 미만이 농업으로 생계를 유지하고 있고, 전통적인 방식으로 농사를 짓는 촌락들은 영국의 평원 지대에 산재한다. 최근에는 많은 사람들이 은퇴 후 시골에서 생활하거나 자가용이나 기차로 통근할 수 있을 정도로 충분히 여

유 있게 되었기 때문에 시골로 이사한다. 또한 정보기술이 발전하여 직장은 도시에 있어도 멀리 떨어진 시골에서 생활하는 것이 가능하게 되었다. 이러한 변화의 결과 원래는 농장인부들이나 농촌거주민들을 위해 지어졌던 시골주택에 도시지역 사람들이 이주하는 경우가 많다.

3. 주택 행정

오늘날 영국에서는 정부가 직접 수행하는 주택관련활동은 점점 더 줄어들고 있다. 실질적인 주택정책은 주로 정부 이외의 기관들이 수행한다. 그렇지만 중앙정부의 한 부서인 환경부는 여전히 주택입법을 책임지고 있고 사회적 주택건설을 위한 자금을 관리한다. 환경부는 금융지원과 도시계획법을 통해서 주택정책에 관여하며, 기준에 미달하는 민간소유 주택을 개선하기 위한 자금을 관리하고 임차주택을 공급한다. 1960년대에 설립된 주택공사는 주택조합을 통하여 주택건설에 앞장선다. 영국에는 수백 개의 독립적이고 비영리적인 주택조합이 있고 이들은 65만 호 정도의 주택을 관리한다. 주택조합은 또한 자기 집을 사거나 임대할 수 없는 사람들을 위해서 매년 5만 호 정도의 주택을 건설하여 영국의 주택수요를 충족시키는데 커다란 기여를 한다. 그들은 주택공사로부터 자금을 지원 받기 위해 경쟁하며 은행이나 다른 금융기관으로부터 융자를 받기도 한다.

지방자치단체는 공공부문 주택건설을 책임지며, 4백만 가구를 관리하고 유지한다. 지방자치단체는 지역의 주택수요를 충족시키기 위한 정책과 계획을 수립하는 주택전략을 마련한다. 지방자치단체가 중앙정부로부터 받은 자금은 주택조합, 건설회사, 민영임대사업자와 임차인들과 같은 그 지역의 다른 주택기관들과 협력하여 작업하는데 사용되며 협력 정도와 효율성, 업적에 따라 공급된다. 지방자치단체는 불가항력적으로 무주택자가 된 사람들과 우선적 지원이 필요한 집단에게 주택을 공급할 의무도 진다.

공공서비스의 모든 분야에서의 책임을 확대하고 선택권을 확대하여 삶의 질을 향상시키기 위해서 영국정부는 1991년에 시민헌장을 도입하였다. 이는 주택에 있어서 대중의 참여를 확대하고 경쟁을 도입하며, 부적절한 서비스에 대항하는 방법을 도입하는 것을 의미한다. 시민헌장 도입 후 몇 년간에 걸쳐서 지자체는 임차인들과의 협의를 거쳐서 주택관리를 위한 기준을 마련하였다. 이 기준에는 일상적인 주택관리와 조직적인 주택개량사업 및 임차료 징수 등의 내용이 포함되었다. 민영회사들은 그러한 서비스들을 운영하기 위한 계약을 체결하기 위해 지자체의 주택부와 경쟁할 수 있도록 되어 있다.

지자체 임차인들은 인근지역의 개선에 대해서도 말할 수 있는 기회를 부여받게 되었다. 임차인들은 주택조합 임대사업자에게 자신들의 주택을 이전하는 결정을 할 수 있다. 다른 새로운 권리와 자유도 또한 도입되었다. 그 예로 '수선에 관한 권리'는 긴급한 수선이 빠른 시일 내에 이루어지지 않을 때 임차인들이 지자체에 그 일을 수행할 다른 하청업체를 선택하도록 통보할 수 있다. 만약 그 다른 업자도 그 작업을 완성하지 못할 때에는 임차인이 보상을 받을 수 있다.

지자체는 그대로 방치하기에는 너무 비위생적이거나 위험하다고 생각되는 건물에 대한 철거권을 지닌다. 그러나 대규모의 철거프로그램들은 이제 거의 시행되지 않고 있으며 철거보다는 오히려 개선이 강조된다. 1991-92년에 영국에서 부적합을 이유로 철거된 주택은 1,200호였고 주거 기준에 적합하도록 개선된 주택은 22,100호였다.

영국에서 삶의 질을 향상시키고 도시와 농촌지역의 주택의 질을 개선시키는 일은 경제적, 사회적, 환경적 재건프로그램을 통해서 수행되고 있다. 이 작업은 막대한 비용이 드는 일이며 중앙정부의 노력만으로는 달성되기 어렵다. 영국정부는 '제휴'를 통하여 이를 해결한다. 제휴란 중앙정부와 지방정부 그리고 일정 범위의 비정부기구

사이의 협력을 의미한다. 비정부기구는 지자체 및 지역의 특수한 필요에 대해 조언할 수 있는 사회적 기관들과 긴밀하게 협력하고 있는 주택조합이다. 지방정부는 자금을 끌어들이기 위해, 또 실업이나 미숙련 노동자들과 같은 사회적 문제를 해결하기 위해 기업과 협력하기도 한다. 제휴는 궁극적으로는 주택계획의 사용자인 거주민들에게까지 확장된다. 이들 거주민들은 결정과정에까지 참여할 수 있다.

4. 도시의 주택

도시의 주택에 살고 있는 사회빈곤계층은 범죄, 건물파손, 문화파괴, 기회결여 등 일련의 문제들로 고통받고 있다. 이러한 주택단지들은 대부분 도시 내부에 있지만 변두리나 작은 마을 속에도 있다. 사회적인 소외계층의 특정 지역에로의 집중은 일부 지역을 낙후된 지역으로 만들었다. 영국정부는 이런 현상을 변화시키기 위해 노력하고 있다. 영국정부의 단일재건예산은 1994년 4월에 시행되었다. 단일재건예산은 재건지원과, 물리적·사회적으로 소외되었으며, 경제적으로 쇠퇴한 지역의 경제적 개발을 추진한다. 정부가 사업계획을 일방적으로 제안하기보다는 지자체와 민간부문사업자들을 포함한 지역사회가 스스로 아이디어를 제시하고 추진하도록 권장한다. 지역주민들은 지역적으로 필요한 일들을 처리하기 위한 지출우선순위 결정에 강력한 발언권을 갖고 있다. 단일재건예산에 의해 자금이 지원되는 프로그램들은 다음과 같은 것이 있다.

〈1〉 주택단지행동프로그램

주택단지행동프로그램은 노후화된 주택단지들을 살기 좋은 주택으로 변화시키는 것을 목표로 한다. 성공적인 계획이 되려면 주택의 물리적인 상태뿐만 아니라 사회적 문제와 관리 등도 해결해야 한다. 주택단지행동프로그램은 주택의 재설계나 개선, 유지관리와 안전에 대한 결정에 임차인들을 참여시킨다. 이 프로그램은 임차인들에게 주택에 대한 더 많은 선택권을 주려고 하며 주택단지의 입주 유형을 혼합시켜서 보유기간을 다양화시키려고 한다. 이 프로그램은 임차인들이 주택의 소유주가 되도록 지원하고 민간부문에서 이 주택단지들을 인수하도록 권장한다. 주택단지행동프로그램은 또한 기술개발을 포함하며, 교육기회와 훈련사업을 통해 삶의 질을 향상시킨다.

〈2〉 주택행동신탁

주택행동신탁은 비정부기구로서 지자체가 해결할 수 없는 문제를 지닌 시영주택단지의 지원에 집중한다. 주택행동신탁은 보수공사나 주택의 재개발 및 유지관리뿐만 아니라 그 지역의 환경적·사회적 조건들과 생활여건을 향상시키는 것을 목적으로 한다. 모든 임차인의 참여라는 원칙은 주택행동신탁정신의 핵심이다. 주택행동신탁은 입주민들이 자기 주택의 관리에 참여하고, 때로는 어려운 결정을 내리는데 참여하도록 격려한다. 주택행동신탁이 주택과 관련된 중요한 결정을 하기 전에 투표를 통한 임차인들의 동의를 반드시 얻도록 되어 있다. 현재 영국 전국에 걸쳐 5개의 주택행동신탁이 결성되어 있다.

〈3〉 도시도전프로그램

도시도전프로그램에 참여하고 있는 지자체는 5년에 걸쳐 주택개선에 관해 주민들이 동의한 프로그램을 수행할 책임을 진다. 이 프로그램은 그 지역에 지속적인 도움을 준다. 우선 기업인들과 자원단체들이 포함된 도시도전이사회가 구성된다. 그 다음에 공개경쟁입찰을 통하여 자금이 분배된다. 1991년 이래 두 번의 도시도전경쟁입찰이 있었고 31개의 성공적인 제휴단체들이 환경의 향상을 위한 세부적인 실천계획들을 발전시켜 왔다.

〈4〉 잉글랜드조합

특별법에 의해 설립된 기관인 잉글랜드조합은 1993년 11월에 출범했는데 도시보조금이라고 하는 자금조달프로그램을 수행하기 위한 기관이다. 이 기관은 잉글랜드 전역에 걸쳐 버려진 토지와 건물들을 다시 사용하도록 하는 일을 한다. 잉글랜드조합은 '폐토지 보조금'과 '잉글랜드주택단지프로그램'이라는 두 프로그램을 추진하면서 1994년에 본격적인 활동을 시작했다. 잉글랜드조합은 단일재건예산을 통하여 실행하는 다른 프로그램들을 보충하는 역할을 한다. 잉글랜드조합이 주택의 직접적인 공급자는 아니지만 다른 단체들의 주택공급을 감독한다. 또한 지자체나 주택조합 및 다른 기관이 택지를 조성하는 일을 돕기도 하고 주택용 부지를 위한 기반시설을 건설하기도 한다.

〈5〉 공공부문임대차

1988년 주택법의 개정으로 시영 주택의 임차인은 더 많은 권리와 자유를 부여받았다. 임차인 선택권이라는 조항으로 인하여 임차인들은 주택단지의 운영을 책임질 새로운 임대사업자를 투표로 선정할 수 있게 되었다. 주택법은 입주민의 발언권을 강화하고 수선이 필요할 때는 더 신속한 조치를 취하게 하며, 그 주택단지에서의 삶의 질을 향상시키기 위한 안건을 제출할 수 있도록 하고 있다. 새로운 임대사업자는 주택조합이나 민영회사 또는 임차인 자신들의 협동조합이 된다.

〈6〉 수선과 유지관리

시영주택이 매우 낙후된 곳에서 투표를 통해 새로운 임대사업자가 결정된 경우에 실질적인 금전 지원이 있다. 이 자금은 주로 즉각적이고 필수적인 수선에 충당된다. 이른바 수선할 권리를 포함한 새로운 권리를 시영주택 임차인이 갖고 있다. 이들 임차인들은 필수적인 수선을 스스로 수행한 다음 대금청구서를 지자체에 보내기도 한다.

〈7〉 대도시 이외 지역에서의 공공부문 주택개선

주택재건은 주요 도시들에서만 필요한 것이 아니다. 왜냐하면 예전에는 자족적이었던 시골 마을에서 산업체들이 철수함에 따라 시골지역에서도 퇴락한 주택지역이 생겨났기 때문이다. 조선소나 항만지역 마을들은 탄광 폐쇄에 따라 탄광지역이 겪었던 것과 같은 경제적인 변화를 겪었다. 환경부는 탄광지역에 특별 자금을 제공했다. 제휴의 원칙과 기업개발자금을 통해서 경제적으로 침체된 지역에 새로운 활기를 불어넣는다.

〈8〉 농촌지역의 공공부문 주택

시골지역에서 사람들에게 직장을 제공하고 경제적 균형을 유지하려면 적정한 주택이 건설되어야만 한다. 1989년에 영국정부는 농촌지역에 한하여 엄격한 계획법을 완화시키는 혁신적인 법률안을 통과시켰다. 이로써 과거에는 개발계획 허가가 나지 않았던 촌락의 변두리에서 새 주택을 짓는 것이 가능해졌다. 주택은 오직 지역주민을 위한 것이어야만 하고, 그 필요가 확실할 때라는 조건만 충족되면 농촌 어느 곳에서도 주택의 건설이 가능해졌다. 이는 농사를 짓는 농촌주민이나 다른 저소득계층이 자기 마을이나 그 근처에 주택을 얻을 수 있는 기회를 갖는 것을 의미한다. 장애인들이나 고령자들은 자기가 평생 살아온 마을에서 새로운 주택을 제공받거나 지원받게 된다.

〈9〉 공공부문 주택—사회안전망

직장이 있건 없건 간에 저소득층 사람들은 임차료에 있어 주택보조금이라는 재정적인 도움을 받을 수 있다. 이 도움은 그들이 사는 곳이 민영임차주택이든 공영임차주택이든 관계없이 지원된다. 주택보조금은 각 지자체를 통하여 정부의 사회안전부가 지급한다. 또한 저소득층 사람들은 지방세의 감면을 받는다. 영국에서 지방세란 지역공공서비스비용에 충당되는 세금을 말한다.

5. 민영부문과 공공부문간의 협력관계

영국에서는 동일한 주택개발지역에 공공부문 주택과 민영부문 주택이 함께 있는 경우가 흔하다. 심지어 같은 아파트 단지 내에 일부는 소유자이고 일부는 임차인이며, 또 일부는 그 두 주거 양식의 중간 형태인 경우도 있다. 주택조합은 민간 개발업자들과 함께 가능한 한 더 많은 새로운 주택을 공급하기 위해 노력한다. 주택조합은 도심지에서보다는 작은 마을과 시골지역에서 보다 많이 활동한다. 주택조합은 지자체로부터 사회정책적 주택의 직접적 공급자로서의 지위를 인정받고 있다. 주택조합은 주택조합지원금을 지원받는데 대부분의 주택조합지원금은 개발사업을 위해서 도시 토지를 구입하는데 쓰이거나, 농촌지역에서 토지를 주택용으로 개발하는데 사용된다.

일반적인 주거시설이 적합하지 않은 고령자를 위해서 주택조합은 고령자가 필요로 하는 안전과 특별한 설비를 갖춘 안락한 종류의 주택을 공급하기도 한다. 이 주택은 소위 '보호주택'

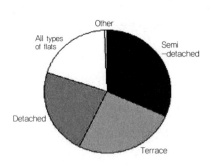

영국의 주거현황
detached: 단독주택
semi-detached: 두 가구용 단독주택
terrace: 연립주택
flats: 아파트

또는 '극도의 보호주택'이라고 한다. 보호주택은 고령자들을 위한 설비가 있는 주택을 가리키고, 극도의 보호주택이란 다른 사람의 보살핌이 없이는 살 수 없는 사람들을 위해 추가적인 안전설비를 제공하는 주택을 가리킨다.

14

음식

1. 식사습관

아침에 구운 청어나 베이컨을 먹고, 늦은 오후나 이른 저녁에 디너를 먹으며, 밤늦게 홍차·비스킷·샌드위치 등으로 서퍼를 먹는 것이 전통적인 영국 특유의 식생활이었다. 그러나 청어는 식탁에서 사라지고 있고, 특히 도시에서는 디너 시간이 빨라지고 간소화되어 가며, 간단한 다과를 곁들인 차시간, 즉 하이티가 되었고, 서퍼의 습관도 쇠퇴하는 경향이 있다. 음료는 커피보다 홍차, 특히 우유를 탄 홍차가 압도적이지만 커피나 레몬티 등도 널리 유행되고 있다.

영국에서 점심시간을 정해 놓고 할 일 없이 허비하는 경우는 거의 없다. 쓸데없이 시간을 낭비하지 않는 영국인들의 국민성을 점심문화를 통하여 단적으로 느낄 수 있다. 영국인들에게 점심은 허기를 때우는 정도의 의미밖에 없다. 반드시 챙겨 먹어야 한다는 '의무감' 같은 것도 없다. 업무상 필요할 때나 친구와 어울릴 때는 식당을 이용하기도 하지만 이는 아주 드문 일이다. 이 때문에 도심의 고급식당은 점심때에도 텅 비어 있기 일쑤다. 점심때는 공간을 절반으로 나누어 고급용과 대중용으로 분리해 영업하는 식당도 많다. 반면 샌드위치를 만들어 파는 가게 앞에는 긴 줄이 만들어질 정도로 붐빈다. 간이술집인 펍도 점심식사를 위해 즐겨 찾는 곳으로, 샌드위치 한 조각과 맥주한잔을 들고 서 있는 샐러리맨을 흔히 볼 수 있다. 길거리나 전철 안, 공원에서 빵이나 샌드위치로 점심을 때우는 사람도 흔히 만날 수 있다.

2. 식사예절

식탁에서의 예절(테이블매너)은 요리를 맛있게 먹고 주위 분위기를 더욱 즐겁게 하는데 그 의미가 있다. 예절은 자기보호 및 안전이다. 식사시에는 예상치 않은 일이 일어날 수도 있다. 상처를 입거나 옷을 더럽히거나 손을 데거나 테이블에 물이나 와인을 쏟는 등 여러 가지 사태가 발생하게 된다. 뿐만 아니라 서양요리에서는 기본적으로 각 코스마다 포크와 나이프가 준비되어 있다. 만약 동석한 사람 중에 나이프를 들고 손을 흔들며 대화를 하는 버릇이 있는 사람이 있다면 주위 사람은 불안하기 짝이 없을 것이다.

식당을 이용할 때는 사전예약을 하고 예약시간은 지켜야 한다. 손님과 함께 식당에 갔을 때 식당 사정으로 인해 기다리게 되면 실례가 된다. 예약할 때는 먼저 성명을 명확히 알려야 하고 식당을 이용할 인원수와 일시를 정확히 알려야 한다. 시간관념은 대단히 중요하므로 시간을 지키는 일은 가장 기본이 된다.

고급식당에서는 정장을 하여야 한다. 정찬에서의 복장이 정해져 있는 것은 아니지만 몇 사람이 동석하여 식사를 할 때 다른 사람에게 불쾌감을 주지 않는 최소한의 복장예절을 지켜야 한다. 고급식당에 운동복 차림이나 등산복 또는 노타이 차림으로 입장하면 거절당하는 수도 있다.

식당에서는 안내원의 안내를 받아야 한다. 고급식당에서는 반드시 입구에서 안내원이나 헤드웨이터가 고객을 접대한다. 이때 "몇 분이십니까?" 또는 "예약을 하셨습니까?"라는 질문을 받게 된다. 예약이 되어 있으면 준비된 테이블로 안내되고 그렇지 않으면 적당한 빈자리로 안내된다. 안내 받은 테이블이 마음에 들지 않아 "저쪽은 어떨까요?"라고 말하면 안내원이 알아서 처리해 준다.

좌석을 정할 때는 손님 중에서 누가 제일 중요한 분인가를 생각해야 한다. 식사할 때 좌석은 어느 곳에 앉느냐에 따라 기분이 달라지기도 한다. 보통 주빈은 가장 나이가 많은 부인이다. 호스트와 초면인 손님이나 사회적인 지위가 높은 사람, 유명한 사람이 주빈이 될 수도 있다. 주빈의 친척, 친구, 가족은 말석에 앉는다. 남자와 여자는 좌석을 섞어서 앉는다. 가장 중요한 여자주빈은 남자주빈의 좌측에 앉고 그 다음 중요한 여자주빈은 우측에 앉는다. 가장 중요한 남자주빈은 여자주빈의 우측에, 다음 남자주빈은 여자주빈의 좌측에 앉게 된다. 세 번째 중요한 여자는 주빈남성의 우측, 세 번째 중요한 남자는 주빈여성의 우측에 앉게 된다. 부부가 초대를 받았을 때는 보통 대각으로 마주 앉게 된다.

웨이터가 맨 먼저 빼주는 의자가 상석이다. 웨이터가 없을 때는 남자가 주빈 또는 여자들의 의자를 뒤로 빼줘야 한다. 사람들의 왕래가 많은 통로 쪽이나 출입문에서 가장 가까운 곳이 말석이다. 상석을 지정 받았을 때 지나칠 정도로 사양하는 것은 오히려 실례가 될 수 있다. 여성이 착석할 때는 남성이 도와준다. 여성을 먼저 앉게끔 남성이 도와주는 이유는 여성을 될 수 있는 한 편하게 해주려는 배려이다. 참석자 가운데 노령의 어른이나 윗사람, 여성이 있으면 그들이 앉을 때는 좌측으로 들어서야 한다.

옆 사람과는 주먹 두 개정도의 간격을 두고 떨어져 앉는다. 식사가 시작될 때 의자의 거리를 고치는 행동은 좋지 않다. 테이블에서 한사람이 차지하는 넓이는 대략

60-70㎝가 기준이다. 따라서 식사 중 몸을 움직이는 범위는 이 넓이를 넘지 않는 것이 좋다. 식당에 들어갈 때는 가방, 모자, 외투 등은 가지고 들어가지 않고 코트룸에 맡긴다. 여성의 핸드백은 등과 의자 사이에 놓아둔다.

냅킨은 모두 착석한 뒤 무릎 위에 편다. 식탁에 앉자마자 성급하게 냅킨을 펴는 것은 좋지 않다. 테이블 전체를 보고 전원이 안정된 상태에 들었으면 냅킨을 펴지 않은 상태로 무릎 위로 가져와 조용하게 편 후 반으로 접어진 쪽을 자기 앞으로 놓는다.

메뉴를 천천히 보는 것도 매너이다. 일반적으로 알아두어야 할 메뉴의 구성은 전채, 스프, 생선요리, 육류요리, 샐러드, 디저트, 음료 순으로 되어 있다. 대개 이러한 순서에 입각하여 각 한가지 씩 선택하면 좋은 식단이라고 할 수 있으나 일품요리인 생선요리와 고기요리가 중복되면 너무 과중한 식단이 되므로 두 가지가 겹치지 않는 것이 좋다. 웨이터는 고객의 손과 발이다. 웨이터는 고객을 위하여 존재하며 고객의 식사를 즐겁게 하도록 도와주기 위해 근무한다. 그러므로 웨이터가 옆에 있는 것을 거북하게 생각할 필요는 없다. 웨이터를 부를 때 손가락을 튕겨 "탁" 소리를 내는 것은 좋은 매너가 아니다. 웨이터를 부를 때는 손가락만 들어도 된다.

최근에는 가정보다 식당으로 초대하는 경우가 많다. 초대한 사람이 대단한 부자라든가 비싼 요리나 제일 값이 싼 요리를 권했을 때는 예외지만 초대받은 쪽은 초대한 사람의 경제적 사정도 다소 고려하는 것이 예의이다. 제일 비싼 요리나 제일 싼 요리를 주문하여 천박하다는 인식을 받지 않도록 중간 정도의 가격에서 선택하는 것이 좋다.

영국의 전통적인 식사방식은 매우 복잡하다. 이는 사용하는 도구들이 많기 때문이다. 우선 포크, 칼도 여러 종류를 사용하지만 잔도 여러 가지가 있어서 어떤 때 어느 것을 사용해야 하는지 혼동이 될 때가 있다. 일반적으로 집에서 식사할 때 이와 같이 여러 가지 포크와 칼, 컵과 접시를 사용하지는 않지만, 의식을 차려야하는 고급식당에서는 그림과 같은 상차림이 일반적이다. 이러한 고급상차림에서 식사를 하는 방법은 다음과 같은 격식에 따른다.

・ 식사를 시작하기 전에 냅킨을 펴서 무릎 위에 놓는다.

・ 식사를 시작하면 가장 먼저 나오는 것이 빵이다. 빵 접시는 잔이 있는 반대쪽인 왼쪽에 놓여 있다. 요즘에는 개인용 버터가 많이 제공되지만, 그렇지 않을 경우에는 자신의 빵 접시에 덜어놓고 먹는다. 빵은 손으로 뜯고 버터를 바른다.

・ 컵은 물 컵, 적포도주 컵, 백포도주 컵 등 세 개를 놓는 것이 일반적인데

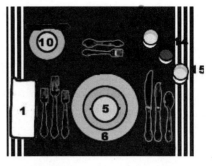

식탁차림:
1. 냅킨 2. 생선 포크 3. 디너 포크 4. 샐러드 포크 5. 스프 사발과 접시 6. 디너 접시 7. 디너 칼 8. 생선 칼 9. 스프 수저 10. 빵 접시 11. 버터 칼 12. 후식 수저와 포크 13. 물잔 14. 적포도주 잔 15. 백포도주 잔

샴페인을 따를 컵을 하나 더 놓는 경우도 있고, 보다 대중적인 식당에서는 두 개나 한 개를 놓는 경우도 있다. 이 중 물 컵이 가장 크고 적포도주 컵이 백포도주 컵보다 크다.

・ 수프는 오른쪽에 있는 수저를 사용하여 먹는다. 위에 가로로 놓여 있는 수저는 후식용 수저이다.

・ 음식의 종류가 많으면 많을수록 포크와 칼의 개수가 늘어난다. 밖에 놓인 포크와 칼을 사용하면서 점차 안쪽에 있는 포크와 칼을 사용하면 된다.

・ 식사가 끝나면 커피나 차가 제공된다. 설탕을 넣어 저을 때 소리가 나지 않도록 주의한다.

3. 대표적인 음식

영국에서는 오래 전부터 우유가공업과 양조업이 발달해 왔으며, 전통적인 치즈와 주류

의 맛이 맥을 이어가고 있는 가운데 전통음식인 생선튀김과 감자튀김뿐 아니라 스코틀랜드지방의 연어요리, 스카치위스키와 영국산 브랜드의 차가 특징적인 음식이다. 스코틀랜드 연어는 깨끗하고 신선하기로 유명한데 특히 훈제연어의 맛은 독특하다. 연어에 연기를 쪼이는 방식은 고대로부터 전해 내려온 전통적인 식품가공방식으로, 이 방식은 고기의 맛을 더해준다.

영국의 전통적인 음식이며 서민들의 대표적인 음식인 생선과 감자튀김은 전통적인 선술집에서 흔히 볼 수 있다. 또한 영국은 차의 수입국이며 수출국이다. 영국의 대표적인 술로는 스카치위스키가 있다.

〈1〉 위스키

위스키라 하면 스카치위스키가 떠오를 정도로 스코틀랜드는 세계적인 명성을 얻고 있으며, 영국의 최대 수출품목 중 하나이다. 위스키의 어원은 아일랜드의 토착어인 겔릭어로 생명수라는 의미의 위스키 베아타이다. 위스키는 1618년에 스코틀랜드에서 처음으로 만들어졌다는 기록이 있으나 실제로는 이보다 수백 년 전에 만들어졌을 것으로 추정된다. 스코틀랜드 원주민들은 특별한 의식이나 행사 또는 치료의 방편으로 위스키를 사용하여 왔다. 스코틀랜드에는 수많은 위스키 증류소들이 있으며 유명한 관광코스로 개발되어 방문객들이 여러 위스키의 맛을 음미해 볼 수 있으며 위스키 명품을 구입할 수도 있다. 오늘날 전 세계 위스키의 ⅔ 이상을 스코틀랜드에서 공급하며 생산량의 80% 이상을 수출하고 있다. 스코틀랜드는 맑고 시원한 물과 원자재인 보리 및 보리를 발아시키는 토탄이 풍부하며 위스키를 익히는 데 알맞은 날씨와 공기가

전통적인 위스키 증류기

현대식 증류기

위스키 통 저장고

있어 천연의 조건을 갖추고 있다. 스카치위스키는 수천 가지 종류가 있으며 크게는 맥아로 만든 원액과 곡물로 만든 위스키를 혼합한 블렌드위스키와 맥아를 발효시켜 증류시킨 것을 나무통에 넣어 숙성시킨 몰트위스키로 구분한다. 몰트위스키는 순수 엿기름만을 사용한 위스키이고, 블렌드위스키는 혼합위스키이다. 세계적으로 유명한 블렌드위스키로는 조니 워커와 시바스 리갈 등이 있다.

조지 4세는 향기가 뛰어난 몰트위스키에 반해서 스코틀랜드 산간지방에서 만든 밀조 몰트위스키를 즐겨 마셨다고 하는데, 대량 생산된 그레인위스키에 몰트를 혼합해서 만드는 블렌드위스키가 몰트위스키보다 값이 저렴하고 많이 유통된다. 몰트위스키는 오크통에서 숙성되며 숙성기간에 따라 술에 오크의 향기가 배어있는 정도가 다르다. 유명한 몰트위스키로는 1816년에 만들어진 라가부린, 1887년부터 만든 글렌휘딕 등이 있다. 통상 몰트위스키는 블렌드위스키와 구별하기 위해 싱글몰트 또는 순수몰트위스키라고 한다.

〈2〉 진

위스키 이외에 유명한 영국의 주류로는 진이 있다. 고든즈는 그 역사가 1769년까지 거슬러 올라가는 영국 최고의 진으로 대접받고 있으며, 고든즈라는 말이 진의 대명사가 될 정도로 인기가 높았다. 고든즈는 세계에서 가장 많이 팔리는 진으로 현재 거의 모든 국가에서 판매되고 있다. 또한 1820년부터 만들기 시작한 비피터라는 상표의 드라이진은 통상 런던드라이진으로 불리는데 런던에서 만들어지는 유명한 진이다.

〈3〉 홍차

영국의 유구한 차문화는 여유와 기품을 보여준다. 영국의 문학작품에 차를 마시며 즐겁게 대화를 나누는 장면이 많이 묘사되어 있는데, 이는 차가 영국인들의 생활의 중요한 일부임을 보여준다. 영국의 홍차 문화는 18세기 말에 베드포드 공작부인이 오후에 습관적으로 홍차를 즐긴 것에서 유래되었다는 설이 있다. 미국에서는 모닝커피를 마시는 것이 일상화되어 있으나, 영국에서는 아침에 모닝티를 마시며 오전 열한 시경에 티 브레이크, 오후 3시경에 애프터눈티 시간이 있을 정도로 홍차가 보편적이다. 영국사람이 마시는 밀크티는 홍차에 우유를 탄 것이다. 영국에서 생산되는 세계적인 홍차로는 포트넘 앤 메이슨, 브룩 본드, 립튼, 트와이닝 등이 있다.

4. 음주예절

영국 술집에서는 자신이 앉은 테이블에서 주문하기보다는 카운터 앞에 가서 직접 주문을 해야 하는 경우가 많다. 이런 경우 대체로 한 사람이 동석한 사람들의 술을 모두 산다. 물론 사람이 많은 경우에는 그렇지 않다. 영국인들의 술 인심은 한국인들의 담배인심만큼이나 후하다. 처음 만나는 사람에게도 "어떤 술을 마시냐"고 물어보면서 자기가 사겠다는 뜻을 은근히 표하는 경우가 많다. 이런 경우에는 대체로 첫잔을 얻어 마시고, 다음 잔을 사는 것으로 답례하는 것이 영국인들의 음주습관이다. 술을 산 다음에 자리를 잡기 시작하는 것이 일반적이다. 영국에서 자리를 먼저 잡으면 술을 안 사겠다는 의미를 지니기 때문에 앉아서 주문하는 곳이 아닌 경우에 서둘러 자리를 잡아 앉는 것은 좋지 않은 인상을 준다. 앉을 자리가 없는 경우 서서 술을 마시는 경우도 많다.

영국사람들은 안주 없이 술을 마시는 경우가 많다. 어떤 때는 저녁을 할 시간인데도 술을 하러 가지고 하면 진짜 술만 하는 경우가 많다. 설사 안주를 시킨다고 해도 땅콩이나 과자 정도 시키는 경우가 대부분이다. 영국사람들 답지 않게 주문할 때 줄을 서지 않는 곳이 술집이다. 앞에서 주문을 할 때 사람들이 너무 많아서 주문이 힘든 경우 지폐를 펴서 손에 쥐고 있으면 도움이 된다. 참고로 영국사람들은 맥주를 가장 많이 마신다.

술을 마시기 시작할 때 영국사람들도 건배를 하지만 그냥 시작하는 경우도 있다. 건배를 할 때는 보통 "치어스"라고 구호를 외친다. 만약에 포도주처럼 병과 잔이 함께 제공될 때 우리나라와 같이 다른 사람에게 따라 주어야 하는 것은 아니지만 자기 것을 따르면서 다른 사람에게 권하고 따라 주는 경우는 있다. 술을 받을 때는 잔을 들지 않아야 한다. 또한 자기가 잔을 받았다고 해서 그 사람을 따라 주어야 할 의무도 없다. 고맙다고 인사만 하면 된다. 술을 한 잔 이상 마실 분위기에서는 술을 사지 않은 사람 중 한 사람이 자기 잔을 빨리 마시고 자기 것을 주문하러 가면서 다른 사람들에게 더 하겠느냐고 물어본다. 이 때도 보통 서너 명 정도의 주문을 함께 하도록 하는 것이 일반적이다. 술을 얻어 마시기만 하고 자리가 파했을 때에는 다음 번에 같이 술을 마시러 갔을 때는 첫 주문을 하는 것이 보통이다.

15

여가생활

1. 스포츠

영국의 계급질서는 스포츠에도 반영되어 있다. 스포츠에는 여가가 필요하지만, 상류계급 외에는 그다지 여가가 없었기 때문에 원래 스포츠는 상류계급의 전유물이었다. 상류계급 자녀들의 교육기관인 퍼블릭스쿨에서는 스포츠가 중요한 학습과목이었다. 스포츠를 통해 지도자계급에 알맞은 체력을 기르고, 규율, 인내, 페어플레이정신 등을 터득하도록 하였다. 옥스퍼드와 켐브리지 같은 대학에서도 강의는 오전 중에 끝내고 오후에는 전원이 스포츠를 즐기도록 하였다. 테니스, 크리켓, 보트경주처럼 모든 학교의 학생들이 공통적으로 즐기는 운동도 있었지만 학교마다 고유의 스포츠를 즐기는 것이 일반적이었으며, 동일한 스포츠라 하더라도 학교에 따라 그 경기규칙이 다른 일이 많았다.

아름다운 전원에서 승마를 즐기는 것은 귀족과 상류계급의 전형적인 스포츠이다. 여우사냥을 비롯한 수렵과 폴로 등 말을 타며 즐기는 스포츠는 대체로 상류계급의 전유물이었다. 일반적으로 많이 즐기는 스포츠로는 골프, 크리켓, 스쿼시, 테니스, 요트, 보트, 하키, 럭비, 축구, 낚시 등이 있으며, 이 스포츠들은 권투와 레슬링보다 고급 스포츠로 인식된다. 개경주나 술집에서 하는 다트놀이는 스포츠라기보다 게임이며, 일반적으로 하층계급의 놀이로 인식되고 있다. 영국인들은 내기를 좋아하여 게임에서 내기를 많이 한다. 개경주에는 주로 하층계급

여우사냥

폴로

이 내기를 하며 경마에서는 주로 상류계급이 내기를 하고 카드놀이는 거의 모든 계급이 즐기고 있다.

프로축구의 각 팀 승률에 돈을 거는 일은 하층계급에서 많이 유행했었는데 점차 모든 영국인들의 오락으로 되었다. 영국의 곳곳에는 마권업소가 있는데, 여기에서는 경마나 사냥개경주, 골프, 축구 등 여러 가지 스포츠의 승률과 점수에 돈을 걸어 내기를 하도록 한다. 이는 우리나라의 복권판매소와 비슷한 것으로 생각하면 된다.

상류계급에서 발달한 스포츠는 다른 습관이나 풍속과 마찬가지로 중류계급을 거쳐 모든 국민에게로 보급되었다. 영국 특유의 스포츠인 크리켓은 윔블던 대회로 유명한 테니스보다 오래된 것으로 18세기 중엽부터 시작되었다. 크리켓이 미국에서는 야구로 변화하여 발전했다. 영국에는 크리켓이 널리 보급되어 있기 때문에 야구는 그다지 유행하지 않는다.

영국인들은 다양한 스포츠를 즐기고 있지만, 다른 나라에서 많은 인기를 끌고 있는 야구나 미식축구 같은 경기는 찾아보기 힘들다. 영국에서 가장 인기가 있으며 또한

가장 많은 관중이 관람하는 스포츠는 축구
와 크리켓이며 이 두 종목은 직접 즐기는
인구가 가장 많은 스포츠이다. 영국은 축
구뿐만 아니라 여러 가지 스포츠의 종주국
이다.

포수의 장갑

크리켓 공

크리켓 배트

　　잔디밭의 체스경기라는 별명을 가지고 있는 크리켓은 종종 영
국의 국기라고 불리는데, 이는 13세기까지 거슬러 올라가는 오랜
역사를 가지고 있기 때문이다. 부침을 거듭하면서도 꾸준히 명맥을
유지하다 1748년 공식적인 스포츠로 인정받았다. 야구와 비슷한 크
리켓은 독특한 경기규칙과 요란하지 않은 귀족적인 경기운영으로
관중에게 친근감을 준다. 스코틀랜드·호주·인도·남아공화국 등
영국연방국가에서 주로 즐기며 이들 나라를 중심으로 매해 정기적
인 국제시합이 열린다. 화창한 일요일 오후에 초원의 푸른 잔디 위
에서 하얀 플란넬바지를 입고 조용히 경기하는 선수들의 모습은 가
장 인상적인 영국의 스포츠 풍경이다. 버드나무로 만든 전통적인 크리켓 배트가 가죽
볼을 때리는 소리는 영국인에게 낯익은 여름 이미지중 하나이다.

　　크리켓 경기방식은 8인제 경기를 기준으로 7아웃 당할 때까지(11인제는 10아웃)
혹은 상대가 총 120개의 공을 던질 때(1이닝)까지 더 많은 점수를 내는 편이 승리하는
방식을 취한다. 20m 거리의 두 위켓을 양 타자(겸 주자)가 한 번 왔다갔다하면 1점이고
타구의 거리에 따라 2-6점까지 낼 수 있다. 파울 라인이 없어 200-300점의 대량 득점
이 나는 경우도 있다. 1이닝의 소요시간은 평균 3-4시간으로 긴 수비 시간 때문에 1이
닝에 오전시간이 지나가고 티타임을 가지기도 할 정도다. 한번 수비를 시작하면 3-4시
간을 버텨야 하고 한쪽 방향의 타구만 수비하는 야구와 달리 7명 또는 10명의 수비수
(필더)가 지름 90-150피트의 타원형 구장에서 360° 어디로 날아갈지 모르는 타구를 모

두 막아야하기 때문에 참
을성과 지구력이 필요한
경기이다. 그라운드 넓이
가 정해져 있지 않고, 너
비 10㎝ 정도의 편평한

투구 동작

나무판에 손잡이가 붙은 배트를 사용한다. 경기장 중앙에 나
뭇조각(베이루스)을 얹은 막대기(위켓)를 20㎝ 간격으로 마주
보게 세워놓고, 여기에 공을 맞혀 베이루스를 떨어뜨려야 타
자 아웃된다. 타자가 모두 아웃되면 공수가 교대된다. 2이닝
게임이다.

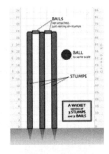

위켓

　　스누커는 영국의 스포츠로 자리잡았지만 원래는 1570년
에 인디아에서 영국 군인들이 주둔하면서 전해온 것이 오늘날
까지 발전되어왔다. 영국식 당구인 스누커는 영국문화권에서
대단히 인기 있는 스포츠로 2인조와 4인조 경기가 있다. 스누
커 경기는 영국식 당구대에서 행하는데, 영국식 당구대는 일반
적인 당구대보다 훨씬 크다. 일반 당구대가 가로 2m54㎝, 세
로 1m27㎝인 반면, 스누커 당구대는 가로 3m66㎝, 세로 1m83
㎝이다. 당구공의 크기는 포켓볼의 지름이 57.3㎜인 반면, 스
쿠커볼의 지름은 52.2㎜로 작다. 공의 개수는 포켓볼보다 8개
많은 22개이며, 포켓은 6개로 똑같다. 각 선수는 동일한 흰공
(큐볼)을 사용하며 21개의 표적구는 각 1점인 적색볼 15개와 6
개의 다른 색깔 공으로 구성된다. 황색은 2점, 초록색은 3점,
다갈색은 4점, 청색은 6점, 흑색은 7점의 점수를 갖고 있다. 스
트로크 득점은 적색과 컬러볼을 번갈아 포켓에 넣어서 적색볼

스누커 경기장면

스누커 테이블

윔블던 로고

이 모두 포켓에 들어갈 때까지 부여된다. 이때 적색 이외의 공은 점수가 낮은 것부터 높은 것의 순서로 넣는다.

영국에서 펼쳐지는 스포츠경기 중에서 국제적으로 가장 널리 알려진 것은 윔블던 테니스 경기일 것이다. 테니스 역시 영국이 그 발원지로, 윔블던은 1877년부터 세계 최초의 테니스 선수권대회를 개최한 유서 깊은 곳이다. 영국의 왕실은 스포츠에 지대한 관심을 쏟는 것으로 유명한데, 왕실의 스포츠팬 중 최소한 한 사람은 반드시 윔블던 테니스대회에 참여한다.

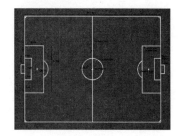
축구장

축구는 원래 이탈리아에서 시작되어 영국에 들어온 운동경기로 격렬하게 되기 쉽고 대중성을 띠고 있다. 1800년경부터 양편에 같은 수의 운동선수를 정하고 중학교에서 시작되었다. 특히 럭비학교에서 성행하였다. 오늘날의 럭비는 옛날의 난폭한 모습이 그대로 남아있는 것이고, 축구는 난폭성을 줄이기 위하여 여러 학교가 모여서 만든 규칙을 적용한 경기이다. 영국정부에서는 일반 국민의 건강을 생각하여 이 운동경기를 장려하기 위하여 풀이라는 제도를 인정하고 있다. 풀이란 국가가 민간업자와 공동경영하는 일종의 복권식 도박이다. 경기시즌이 되기 전에 예상 득점을 적어내는 종이를 사서 각 팀의 예상 득점을 적어 보내고 시즌이 끝난 후 그 예상 득점을 맞춘 사람에게 보상금을 주는 제도이다. 이 보상금 제도는 우리나라의 경마를 생각하면 된다.

보트경주는 1829년부터 성주간(부활절 전의 1주일간) 전의 토요일에 푸트니에서 모트레이크까지 약 7㎞의 코스를 사용하여 벌이는 옥스퍼드대학과 켐브리지 대학의 경기가 세계적으로 유명하다. 템즈강 상류의 헨리에서 거행되는 헨리 보트경주도 옥스퍼드와 켐브리지의 대항경기만큼은 못하지만 상당히 유명하다. 요트경주도 영국에서는 많이 하는 경기이다.

경마경기라기보다는 화려한 사교모임으로 더욱 알려진 로얄에스콧은 왕실이 후원하는 이름난 스포츠행사이다. 로얄에스콧의 경마코스가 여왕의 아름다운 시골 별장인 윈저성 안에 있을 정도로 경마는 왕실의 각별한 사랑을 받고 있다. 영국 경마경기의 총 결산이라고 할 수 있는 1년에 한 번 열리는 더비경주는 모든 사람들에게 대단한 사랑을 받고 있으며 영국인들은 이 경주에 대단한 자부심을 갖고 있다.

2. 레크리에이션

전통과 보수의 국가인 영국에서는 지리적, 경제적 여건으로 인하여 주로 야외활동 프로그램이 발달하였다. 축구, 테니스 등의 많은 스포츠 활동을 창조하여 전 세계적으로 전파함은 물론 1930년대를 전후하여 전국놀이장협회, 레크리에이션중앙위원회 등을 설립하여 놀이 또는 운동경기 시설 등의 여가시설과 교육에 주력하기도 하였다. 영국은 자격증 제도가 활성화되어 있어 50여 개의 전문대학에서 레크리에이션과 청소년교육, 관광 등의 분야에 대한 자격증을 취득할 수 있는 교육을 실시한다.

레크리에이션은 새로운 힘과 의욕을 일으켜 주는 활력소이다. 레크리에이션에는 독서, 서예, 미술, 음악, 연극, 무용, 게임, 스포츠, 등산, 수예, 공작 등과 같은 다양한 활동 종목들을 들 수 있다. 사람은 각자 용모와 성격 그리고 취미와 흥미가 다르듯이 레크리에이션에 있어서도 선호하는 것이 다르다. 어떤 사람은 앉아서 바둑이나 체스를 즐기는가 하면, 어떤 사람은 등산이나 낚시를 즐긴다.

각자가 즐기는 레크리에이션은 어떠한 활동

체스

에 대한 각자의 흥미와 욕구, 각자가 행하는 활동에서 느끼는 희열과 만족감, 자발성 등의 세 가지 요소에 따라서 결정된다. 흥미와 욕구가 없을 경우에는 그 레크리에이션을 할 마음이 내키지 않을 것이고, 레크리에이션 활동에서 희열과 만족감을 느끼지 못한다면, 그 활동은 노동과 다름없을 것이다. 또한 자발적이 아니라 타인의 강제와 권유에 따라서 한다면 그것도 역시 고된 활동에 불과할 것이기 때문이다. 따라서 이 세 가지 요소는 레크리에이션의 기준이 된다.

레크리에이션은 본질적으로 할 만한 가치가 있어야하며, 사회적으로 용납될 수 있어야하고, 여가시간에 행할 수 있으며, 만족을 느낄 수 있고, 자발적으로 행해야 한다. 레크리에이션은 각자가 선택한 활동에 스스로 참가하여 만족을 느낄 수 있으며 동시에 문화·사회적으로 받아들일 수 있는 건설적이며 창조적인 여가활동이라고 정의할 수 있다.

레크리에이션을 활동내용에 따라 분류하면 하이킹, 등산 등과 같은 자연을 대상으로 한 자연적인 것과 싸이클, 볼링, 스키와 같은 스포츠적인 것, 그리고 영화, 라디오 등 인위적 시설과 용구를 이용한 인위적인 것으로 나눌 수 있다. 제공자에 따라 분류하면 공공적, 상업적, 직업적, 개인적 레크리에이션 등으로 분류할 수 있다. 또한 참가자의 태도에 따라 분류하면 참가자가 자신이 한 행동에 의해 즐거움을 얻는 건설적, 적극적 레크리에이션과 참가자가 보고 듣는 것만으로 즐거움을 얻는 수동적 레크리에이션이 있다. 또한 사용하는 신체 기능에 따라 지적 레크리에이션, 신체적 레크리에이션 등으로 분류할 수 있다.

순수한 목적의 각종 운동경기는 영국의 레크리에이션으로 중요한 역할을 하고 있다. 전통적으로 운동경기와 게임, 놀이를 즐겼던 영국은 테니스를 비롯한 현대의 많은 운동경기의 기원이 되고 있다. 1880년대에 운동장을 비롯한, 수영장, 직업소년들을 위한 실내체육관 등을 설치하여 운동경기를 중심으로 한 레크리에이션 활동을 적극 장려하였다.

1925년에 발족된 전국놀이장협회는 각 지방에 수많은 놀이장 설치를 위한 재정적인 지원과 함께 일정한 시설기준을 마련하는 등 레크리에이션활동의 장소 보급에 주력하였다. 영국의 레크리에이션 보급운동에 기여한 또 다른 조직체로는 1935년에 창립된 비영리단체인 레크리에이션중앙위원회를 들 수 있다. 이 단체는 창설 초기에 특히 직장레크리에이션 프로그램 보급에 주력하였으며 신체단련, 각종 운동경기, 게임, 취미활동, 캠핑, 주말모임, 수영 등과 같은 레크리에이션 활동을 지도하고 보급하였다.

이 단체는 운동경기, 야외 레크리에이션, 교육, 건강, 그리고 청소년과 기타 사회봉사를 위한 수많은 단체들을 관리하였으며 레크리에이션센터를 운영했고 골프, 조정, 축구, 등산 등을 위한 실내외 시설들을 설치하였다. 청소년들의 레크리에이션 프로그램은 취미활동, 건축, 각종 운동경기, 캠핑, 자연관찰, 지역사회를 위한 봉사, 자금조달활동, 병원과 불구자들을 위한 봉사활동, 문화예술활동 등 그 종류가 매우 다양하다.

3. 여가생활정책

산업혁명의 여파로 도시환경의 변화를 제일 먼저 경험한 영국에서는 시민의 보건 향상을 위하여 법적 · 제도적 장치를 일찍이 마련하였다. 1906년에 공한지법을 제정하여 정원 및 야외 여가공간을 확보하기 시작하였으며, 1909년에는 도시계획법의 규정에 의하여 주요도시계획에 공한지의 개발을 포함시키도록 법제화하였다. 도시공원개발에 있어서는 개발지의 50%에 해당하는 공한지를 확보하도록 하였으며 이를 모든 공원개발에 적용하였다.

영국인들은 노동보다는 여가를 중요시하거나 노동과 여가 양자를 동등하게 중요시하는 경향이 있으며 일을 수단으로 인식하고 있다. 또한 여가에 대한 만족도가 노동

국립공원 위치

에 대한 만족도보다 더 높다. 영국에서 여가에 관한 행정이 본격화하기 시작한 시기는 1937년에 '휴식 및 레크리에이션에 관한 법'이 제정, 시행되면서부터이다. 당시의 여가정책은 주로 청소년을 중심으로 한 국민체육활동 진흥에 치중하였다.

이때 생긴 대표적인 조직은 신체레크리에이션중앙위원회로 이 위원회는 정부의 지원과 공채를 발행하여 사업을 시행하는 법인이다. 이 위원회의 이사회는 영국올림픽연맹, 중앙정부 및 지방의 레크리에이션 조직으로 구성되어 있다. 1949년에는 잉글랜드와 웨일즈 주에 지방위원회가 설립되었고 이 해에 전국토의 9%에 해당하는 10개의 지역을 국립공원으로 지정하여 중앙정부에서 계획, 관리하며 재정지원을 하도록 하였다. 현재 영국에는 14개의 국립공원이 있다.

영국의 중앙정부에서는 환경부의 스포츠위원회, 교육과학부, 국립공원위원회, 그리고 상무부 산하의 관광청 등에서 국민의 여가활동을 진흥하기 위한 시책을 추진하고 있다. 주요 여가자원의 개발대상은 국립공원, 산림공원, 지방공원, 장거리 하이킹 코스, 경승지, 자연보호구역, 야외센터 등이다. 또한 신체레크리에이션중앙위원회는 청소년과 노인층을 대상으로 한 각종 프로그램을 개발하여 이용을 촉진시키는 사회후생적 여가정책을 추진하고 있다. 한편, 중앙정부 못지 않게 지방정부도 여가 및 레크리에이션과 관련하여 계획을 수립하고 집행하는 여가공급 활동 영역은 매우 광범위하며, 이들 영역은 상호 밀접하게 관련되어 있다.

영국의 여가자원 개발의 특징은 네 가지로 요약된다. 첫째, 여가자원의 개발 및 관리를 위하여 중앙정부는 다양한 위원회를 두고 있다. 둘째, 중앙정부는 대규모 야외 여가공간을 확보하고 개발하는 데 치중하는 반면 지방정부는 소규모 여가시설의 개발과 지역주민의 여가생활을 장려할 수 있는 제반 서비스의 제공에 역점을 둔다. 셋째, 영국은 공업화에 의한 환경의 오염과 공해에 대처하기 위하여 일찍부터 공한지와 녹색

지대를 확보하며 공원의 개발 및 관리에 주력해왔다. 끝으로, 국립공원으로 지정된 면적이 국토의 10% 정도를 차지함에 따라 특히 국립공원위원회의 행정기능이 막중하다.

4. 여가활동

영국인들은 평일이나 주말에는 TV시청, 독서, 친구 또는 친척 방문, 원예, 정원손질, 요리 등 실내외 여가활동을 즐기며, 드라이브, 영화감상, 사회봉사 등에도 많은 관심을 보이고 있다.

영국인들의 주요 여가활동을 도표로 정리하면 다음과 같다.

구분 순위	1위	2위	3위	4위	5위
평일여가	TV시청	독서	친구, 친척 방문	음악감상	옥외 스포츠
주말여가	TV시청	친구, 친척 방문	독서	음악감상	원예, 정원손질
창작활동	원예, 정원손질	요리	일요목공	운동연습	양재
스포츠활동	드라이브	수영	피크닉	테니스	축구
문화활동	극장	음악회	도서관	박물관	미술관
여행	친구, 친척 방문	귀향	국내 관광	주말가족여행	피서
사회활동	사회봉사	종교	지역, 직장	선거운동	정치
레크레이션	TV시청	스포츠 관전	영화	실내게임	유원지, 동물원

많은 영국인들은 여가활동의 대부분을 친지와 친구를 방문하면서 보내는데, 이를 통해 그들이 매우 가정적이며 사교적인 사람들이라는 것을 알 수 있다. 또한 텔레비전을 보는 것은 가장 일반적인 오락 형태이며 라디오나 레코드도 즐겨 듣는다. 음악감상

또한 인기 있는 오락으로 팝음악과 록음악이 가장 인기 있는 음악 장르이다.

성인들이 자유시간에 집밖에서 가장 많이 즐기는 여가는 선술집에 가는 것이다. 또 연극무대나 영화관을 찾기도 한다. 영국 전역에는 1,500여 개의 영화관이 있으며 300여 개의 연극무대가 있다. 영국의 가장 인기 있는 극단 중 하나인 로얄셰익스피어컴퍼니는 셰익스피어 출생지인 스트랫포드 어폰 에이본과 런던에서 공연을 갖는다. 가장 인기 있는 스포츠는 걷기로 남녀노소 모두가 즐긴다. 남성들은 보통 골프나 당구 같은 스포츠를 즐기는 반면, 여성들은 수영, 몸매가꾸기나 요가를 선호한다.

5. 꽃의 정원

영국인들은 정원을 아끼고 꽃을 사랑하는 것으로 유명하다. 런던에는 큐가든과 첼시피직가든과 같은 유명한 정원이 있다. 도시 중심에 가까운 세인트제임스파크에는 계절마다 변하는 구근류와 식물들이 빽빽하게 자란다. 하이드파크에서는 매년 봄에 수선화와 크로커스의 화려한 쇼가 펼쳐지고, 리젠트파크에 있는 퀸메리스는 런던 최고의 장미정원이다. 켄싱턴가든의 꽃길은 전형적인 영국의 꽃길을 보여준다. 정원사박물관에는 예쁘고 작은 17세기의 정원이 있으며 배터시파크에도 매력적인 꽃의 정원이 있다. 바비컨센터와 같은 온실도 많은 식물로 유명하다.

6. 휴가지

영국인들이 여름 휴가로 가장 많이 가는 곳은 서부인 스코틀랜드와 웨일즈이고, 8월에 가장 많이 휴가를 떠난다. 해변휴양지로 가장 인기 있는 장소로는 영국 북서부의 랭커셔에 있는 블랙풀플레저비치, 영국해협에 면한 도시 브라이튼에 있는 피어궁, 그레이트 야머스에 있는 플레저비치 등이다. 영국인들에게 가장 인기 있는 해외휴양지는 프랑스, 스페인, 미국이다.

7. 낚시

레저·스포츠로서의 낚시는 호수·강·바다 등에서 즐기는 취미활동으로서, 생활수준이 향상됨에 따라 참여인구도 크게 증가하고 있다. 낚시는 남녀노소 누구나 즐길 수 있는 정적인 야외활동으로, 잡념을 버리고 정신을 수양할 수 있도록 해주며, 정신적 안정과 함께 심신의 피로를 해소하는 데 도움을 준다. 장소에 따라 민물낚시와 바다낚시로 나눌 수 있으며, 방법에 따라 대낚시, 릴낚시, 견지낚시, 루어낚시 등으로 구분할 수 있다. 민물낚시는 계곡, 강, 호수, 저수지 등에서 민물고기를 목표로 하는 낚시이고, 바다낚시는 해안가의 모래밭, 갯바위, 방파제 위에서 또는 배나 보트 등을 타고 바다로 나가서 하는, 바닷고기를 목표로 하는 낚시이다.

16

관습

1. 국민성

영국인은 대체로 과거를 존중하며 보수적이고 역사에 대한 적응력도 강하다. 세계 최초로 제트기를 날리고 어느 나라보다 앞서서 원자력의 평화적 이용을 달성했으며, 펑크와 미니스커트가 처음 등장한 것도 영국이었다. 또한 영국인은 어려운 일에 부딪쳤을 때 침착하게 대응하는 냉정함을 유지한다. 영국인의 냉정함을 보여주는 유머로 라틴 민족은 뛰고 난 뒤 생각하고, 독일인은 뛰기 전에 생각하고, 영국인은 뛸 생각도 않고 천천히 걸어가면서 생각한다는 말이 있을 정도이다. 또 영국인과 유럽인의 기질을 비교하여 독일인은 맥주거품처럼 끓어오르는 정열을 갖고 있으며, 프랑스인은 포도주처럼 달콤한 감성을 갖고 있고, 영국인은 위스키처럼 투명한 지성을 갖고 있다는 유머가 있다. 이 두 가지 유머는 모두 영국인의 침착함과 냉철함을 보여준다.

영국인이 전통을 사랑하고 변화를 싫어하며 매우 보수적이라
는 것은 사실이다. 지금도 왕실의 일상사가 국민 전체의 관심을 끄는
것과 같이 귀족제도를 고수한다. 또한 술집과 같은 장소에 들어갈 때
에도 중류계급과 노동자가 서로 다른 출입구를 사용할 정도로 고전
적인 계급의식이 남아 있다. 런던의 직장인들은 중산모자를 애용하

판사

고 검은색 옷을 주로 입으며, 항상 우산을 가지고 다니는 모습을 볼 수 있다. 재판에
임하는 판사는 오랜 전통에 따라 여전히 가발을 쓴다. 교통에 있어서도 전 세계의 많은
나라들이 자동차의 우측통행을 실시하고 있지만, 영국인들은 좌측통행을 고수한다.

주택도 수백 년 된 집들이 수두룩하고 가정에서는 오랜 조상들이 사용하던 물건
들을 물려가며 사용하고 있다. 옛날의 건축물인 술집이나 교회와 같은 일종의 공공장
소를 보존하기 위해 도로공사를 중지하는 일도 자주 발생한다. 그렇지만 예전의 사물
들만 보존하고 현대적으로 개선하지 않는 것은 아니다. 전통을 보존하면서 새로운 기
술을 도입하는 데에도 열심이기 때문에 옛것과 현대적인 것이 영국만큼 조화를 이루는
나라도 없다. 과거를 존중하는 국민성은 골동품을 좋아하는 습성으로 발현되고 이는
박물관의 발달로 이어진다. 세계적으로 유명한 런던의 소더비나 크리스티경매장은 골
동품 거래의 메카로 자리잡고 있다.

영국인은 철저한 개인주의자이면서도 사교와 사회생활의 명수이다. 계급 질서에
유순하게 따르면서도 중앙과 지방의 정치에 매우 많은 관심을 가지고 있다. 또한 애국
심에 있어서는 어느 국가의 국민 못지 않다. 이와 같은 생활태도는 여러 세기의 경험을
통해 터득한 경험주의적, 현실주의적인 생활의 산물이다.

영국인들은 자기와 직접적인 관련이 없는 한 타인의 행동에 간섭하지 않고 또한
타인에게 불편을 끼치지 않도록 각별히 신경을 쓴다. 사람들이 많이 모인 가운데서 큰
소리를 내지 않는다든가 좁은 도로를 가로로 나란히 걷지 않으며 에스컬레이터에서는
급한 사람이 좌측으로 빨리 갈 수 있도록 우측에 서 있는 것 등과 같이 타인을 의식하

는 생활이 몸에 배어있다.

영국인은 매사에 침착하고 실리적이며 정확하고 확실한 업무처리가 몸에 배어 있는 국민이다. 어떤 일이 그 자리에서 즉각 처리되는 경우는 거의 없다. 항상 신청을 하고 자기 차례를 기다려야 한다. 비록 기다리는 시간이 길게 될지라도 신청된 것이 무시되는 일은 거의 없고 자기 순서가 되면 완벽하게 일 처리를 받게 된다.

영국사회의 가장 큰 특징 중의 하나는 서로 믿고 사는 사회라는 것이다. 어떤 일이든 상대방의 이야기를 일단 믿고 시작한다고 보면 된다. 국민은 정부의 행정을 믿고 관공서는 개인을 믿는다. 대부분의 상거래는 신용거래이며 개인의 상거래도 90% 이상이 개인수표나 신용카드로 결제된다.

영국인은 질서의식이 대단히 강하며 사전에 시간약속을 하고 예약하는 일이 보편화되어 있고 또한 줄서기 관행이 뿌리깊다. 공중전화나 관공서 등에서 줄을 서서 기다리는 것은 기본이고 앞사람 용건이 아무리 길더라도 뒤에서 불평하거나 새치기하는 경우가 없다. 또한 교통질서도 양보운전을 기본으로 자동차 주행시 차선을 바꾸거나 추월을 하지 않는 것이 일반적이다. 대표적인 예로 영국의 독특한 교통시스템인 라운드 어바우트를 들 수 있다. 라운드 어바우트는 3-5개의 길이 합쳐지는 교차로에 신호등 대신 원형 광장을 설치하여 이루어진다. 이 원형 광장을 돌며 자기가 가야 할 방향의 길로 나가게 되는데, 거기에는 일정한 규칙이 있다. 먼저 진입한 차나 오른쪽에 있는 차가 절대우선이다. 신호등도 없지만, 영국인들은 이 규칙을 잘 지켜 차량의 소통이 원활하다.

연령층을 막론하고 영국인들은 수입의 일부분을 저축하여 해외여행 경비로 충당하고, 1년 내내 휴가계획을 수립한다고 해도 과언이 아닐 정도로 여행을 좋아한다. 매년 2,100만 명 이상의 국민이 외국으로 휴가여행을 가며 주로 이

라운드 어바우트

탈리아, 스페인 등 태양열이 강렬한 지중해를 찾아간다.

영국인은 일반적으로 잘 참으며 이성적으로 생각하기 때문에 라틴계통 민족(프랑스, 스페인)보다 덜 정열적이며 감정을 억제하는 경향이 있다. 영국인은 항상 조용히 침착하게 대응하는 냉정함이 있다. 서너 명이 모이면 영국인은 클럽을 만들고 프랑스인은 혁명을 일으키고 독일인은 조직을 만든다고 한다. 예술면에서 영국은 시, 독일은 음악, 프랑스는 미술, 이탈리아는 가곡, 러시아는 소설의 나라라고 한다. 이는 국민성이 예술에 영향을 크게 끼치고 있음을 보여준다.

영국인의 집은 성이라는 속담이 있을 정도로 자신의 집에 대한 영국인의 정성과 애정은 각별하다. 대체적으로 영국인은 자신의 집으로의 방문을 쉽게 허용하지 않으며 폐쇄적이고 배타적인 듯 하지만, 마음을 열면 매우 친밀한 관계로 발전한다.

2. 예절

예절은 지역마다 다르기 때문에 일률적으로 규정할 수 없다. 식사나 사업상의 관계에서 일반적으로 지켜지는 예절을 지키지 않으면 타인에게 불쾌감을 주는 것은 물론, 사업상 불이익을 받을 수도 있다. 식당에서의 예절이 우리나라의 예절과 다른 경우가 많이 있다. 식사할 때의 집기 사용순서는 14장에서 설명하였으므로 여기서는 일반적으로 식당에서 지켜야 하는 예절을 설명한다.

사업상 상대방을 호칭할 때는 반드시 **Mr. Miss. Mrs.** 등의 존칭을 쓰도록 한다. 왕실로부터 특별한 공로가 있어 수여되는 직책에 대해서는 상당히 자랑스럽게 생각하므로 기사 작위 이상의 귀족에게는 **Sir** 뒤에 이름을 부르도록 한다. 저녁식사에 초대받았을 경우에는 착용해야 할 복장에 대하여 미리 알아두도록 한다. 어떠한 복장을 하는 것이 바람직한지 자신이 없거나 궁금할 때 초대한 상대방에게 복장에 대하여 물어보는 것은 실례가 되지 않는다. 초대자가 예복 착용을 원하면 남성은 디너자켓, 여성은 이브닝드레스를 착용하도록 한다. 복장에 대한 특별한 요구가 없을 때 남성은 정장을, 여성은 스커트를 착용하는 것이 좋다. 영국인은 격식을 따지는 경우가 많으므로 호텔식당과 같은 고급식당을 출입할 때는 정장을 착용한다.

식사중 음식물 씹는 소리를 요란하게 낸다거나 수프나 커피 같이 뜨거운 것을 소리내어 먹거나 상대방 앞에서 트림을 하는 것은 피하도록 한다. 그러나 손수건으로 시끄럽게 코를 푼다거나 큰소리로 웃는 일들에 대해서는 비교적 관대하게 이해한다.

저녁식사 시간에 일반적으로 하는 대화의 소재는 일상적인 것, 스포츠 · 문화 등에 관한 것이 무난하고, 종교 · 정치 · 왕실에 대한 비판이나 사업에 관한 내용은 가능하면 피하도록 한다.

영국인들은 주로 식사초대나 선술집 같은 곳에서 술을 마시면서 대화를 나누거나 운동경기관람, 음악회초대 등을 이용하여 사교생활을 한다. 초대를 받으면 응하는 것이 좋지만 부득이한 경우에는 납득이 가도록 제대로 설명하는 것이 좋고, 동일인에게 같은 핑계를 반복해서 사용하면 치명적이므로 조심해야 한다.

집에 초대를 받았을 경우에는 와인이나 초콜릿 그리고 꽃다발 같은 것을 들고 가는 것이 무난하다. 그러나 죽음을 상징하는 백합과 부담을 줄 수 있는 고가품은 피하도록 한다.

3. 공휴일

익히 알려져 있다시피 영국은 잉글랜드, 웨일즈, 스코틀랜드, 그리고 북아일랜드로 구성되어 있다. 각 지역마다 공휴일이 조금씩 다르다. 잉글랜드와 웨일즈는 공식적인 공휴일이 일년에 8일이고, 스코틀랜드와 북아일랜드는 조금 다르다.

〈1〉 국경일

영국인들은 국경일을 프랑스나 미국의 국경일과 같은 형태로 경축하지 않는다. 각 지역마다 가장 중요시하는 국경일이 다르다. 스코틀랜드의 가장 큰 국경일인 성앤드루데이는 11월 30일이다. 예수의 열두 제자 중 한 명인 앤드루는 스코틀랜드의 수호성인이다. 기원 후 4세기 파이페에 소재한 지금의 성앤드루성당에 앤드류의 유골 일부가 옮겨졌다는 설이 있다. 성앤드루가 짊어졌다고 여겨지는 X형의 십자가는 중세 이후로 스코틀랜드의 상징이 되어 왔다.

웨일즈의 국경일은 성데이빗데이(3월 1일)이다. 웨일즈 수호성인 성데이빗(500-589)은 남웨일즈 다이페드에 소재한 현재 세인트데이빗이라 불리는 수도원의 설립자이며 초대 대수도원장 겸 주교를 역임했다. 시

용을 죽이는 성조지

민들은 이 날 웨일즈의 상징인 수선화나 부추를 몸에 달고 다닌다.

잉글랜드의 국경일은 성조지데이(4월 23일)이다. 잉글랜드의 수호성인 성조지의 설화는 성조지가 한 불쌍한 소녀를 불을 토하는 용으로부터 구출한다는 내용으로 기원 후 6세기 경부터 나타난다. 백년전쟁(1338-1453) 기간 중 잉글랜드의 기사들은 성조지의 적십자 깃발을 들고 전투에 참가했다.

성패트릭데이(3월 17일)는 북아일랜드의

성앤드루   성데이빗

샘록

성패트릭

성패트릭의 날: 아일랜드, 2004

공식 공휴일이다. 성패트릭(389-461)은 아일랜드에 기독교를 전파하는데 상당히 중요한 역할을 했다. 브리튼 태생인 그는 해적에게 납치됐으나 탈출한 후 선교사 교육을 받기 전까지 6년 간 노예생활을 하며 목동으로 지냈다. 이 날을 기념하여 북아일랜드와 아일랜드에서는 우리나라의 클로버와 비슷한 샴록이라는 아일랜드 클로버를 달고 다닌다.

〈2〉 공휴일

원래 영국의 공휴일은 40일이 넘었다. 그 이유는 성탄절, 부활절을 비롯해 영국의 수호성인인 성조지의 날이나 바느질의 수호성인인 성녀캐서린의 날처럼 대개 성인의 날이 휴일이었기 때문이다. 일년 365일 가운데 40여 일의 공휴일과 52일의 일요일을 합하면 일년의 1/4이 휴일이 된다. 근면과 성실을 미덕으로 알던 빅토리아시대의 사람들에게는 공휴일이 이처럼 많은 것이 못마땅했던 것 같다. 그래서 빅토리아시대엔 이 휴일을 몽땅 없애 버리고 부지런히 일만 했다. 점차 몇 개의 공휴일이 부활하고, 휴가라는 것도 생겨서 현대 영국인들의 휴일로 자리잡았다.

이 몇 개의 공휴일이라는 것이 바로 은행휴일이다. 원래는 종교적인 배경에서 생겨났던 공휴일이 '은행이 쉬는 날'로 바뀐 데에는 사연이 있다. 런던에는 '시티'라 불리는 중심부가 있다. 이곳은 영국금융의 중심지일 뿐만 아니라 세계금융의 중심지로,

런던에서 가장 많은 경찰들이 경계하고 있는 곳이다. 이곳은 북아일랜드 분리주의자들인 IRA의 폭탄테러 가능성이 가장 높은 곳으로 경찰들의 검문 검색이 가장 철저한 곳이기도 하다. 이 '시티'에 영국 중앙은행이 자리잡고 있다. 1830년대까지만 해도 이 중앙은행도 40일의 공휴일을 모두 쉬었다. 그러나 시대가 바뀌고 빅토리아시대 윤리가 생기면서 비효율적이라고 생각되는 공휴일이 모두 없어졌고 은행이 문을 닫는 휴일이 없었다. 그 후 1871년에 존 루복이 며칠을 휴일로 정해 은행문을 닫고 쉬기로 했다. 그래서 은행이 쉬면 영국인들도 쉬는 '은행휴일'이 생겨났다.

오늘날 영국에는 대략 8일간의 은행휴일이 있다. 순서대로 적어 보면 새해 첫날, 부활절 금요일과 부활절 월요일, 5월 첫 주와 마지막 주의 월요일, 여름을 마감하는 8월 마지막 주 월요일 그리고 크리스마스와 그 다음 날인 복싱데이이다. 이 은행휴일은 주말과 이어지는 월요일이 많다. 이왕이면 연휴로 더욱 여유 있고 즐거운 시간이 되도록 배려한 것이다. 이 연휴에는 연휴를 마음껏 즐기려는 사람들로 온 영국이 몸살을 앓는다.

이러한 은행휴일 중에서 가장 큰 휴일이 크리스마스이다. 영국인들은 크리스마스를 보통 가족과 함께 집에서 보낸다. 크리스마스 준비는 크리스마스카드 발송과 트리 장식으로부터 시작된다. 지금은 확고한 전통으로 자리잡았지만 크리스마스트리는 빅토리아여왕의 부군인 앨버트공이 1840년에 고향인 독일의 관습을 전함으로서 최초로 영국에 소개되었다.

앨버트공

상록수에 장식을 달거나, 현관문에 호랑가시나무관을 장식하기도 하고 집안에 호랑가시나무, 아이비, 전나무를 놓고 장식하기도 한다. 전통적인 크리스마스 음식은 달콤한 민스 파이, 진한 맛의 크리스마스 케이크 및 크리스마스 푸딩이다. 크리스마스 선물은 보통 포장해서 트리 아래에 두었다가 크리스마스 이브에 개봉한다.

크리스마스 다음 날인 복싱데이(12월 26일)는 상인들이 종업원들에게 일년 내내 열심히 일한 것에 대한 감사의 표시로 약간의 돈이 든 '크리스마스 박스'를 주는 것에서 유래되었다. 전통적으로 가족들과 친구들을 방문하거나 성찬을 즐기는 날이다. 복싱데이에는 보통 축구시합이나 다른 스포츠경기를 많이 한다.

새해 런던퍼레이드

　영국의 새해는 보통 가족이나 친구들과 집에서 또는 술집에서 파티를 하면서 시작된다. 파티 분위기는 연말에 시작해서 자정이 되면 정점에 달한다. 자정을 알리는 종소리가 울리면 사람들은 환호성 치고, 휘파람을 불고, 키스하며 건배한다. 새해 첫날에는 런던퍼레이드가 실시되어 축제 분위기를 북돋운다. 런던퍼레이드는 빅벤이 정오를 알리는 종을 칠 때 웨스터민스터에서 출발하여 버클리광장까지 약 3.5㎞를 수천 명의 참가자들이 행진하며 자신들의 공연을 보여주는 축제이다.

　할로윈데이(10월 31일)는 켈트족의 섣달 그믐날에서부터 유래한다. 어린이들이 귀신모양의 의상을 입고 한 면에 귀신모양을 조각한 호박에 초를 넣은 할로윈랜턴을 들고 거리를 배회한다. 이 모습은 영국 전역에서 아직까지도 마녀들과 신의 존재가 기억된다는 것을 보여준다.

　부활절은 원래 춘분에 향연을 벌이는 색슨족의 봄의 여신인 에오스터의 이름을 따서 붙여진 것이다. 그러나 지금은 예수의 부활을 기념하는 기독교의 봄철 절기가 되었다. 부활절은 교회력에 따라 3월 22일부터 4월 25일 사이에 들어 있다. 전통적으로 염색하거나 장식한 달걀 또는 초콜릿으로 만든 부활절 달걀은 새로운 생명과 봄이 오는 것을 상징한다.

4. 휴양지

휴가가 지금처럼 평범한 말이 된 것은 18, 19세기의 일이다. 그 이전만 해도 휴가를 가서 놀고 쉴 수 있는 사람은 대부분 상류계층일 만큼 휴가는 여유 있는 계층의 전유물이었다. 그래서인지 휴가도 온천휴양처럼 아픈 사람의 병 치료를 위한 요양이 대부분이었고 사교계인사들이 런던을 떠나 잠시 쉬어보는데 지나지 않았다. 배쓰가 영국에서 가장 대표적인 온천휴양도시이다. 18, 19세기에 이르러 중산계층도 점차 부를 소유하고 값싼 대중교통수단이 발달하면서 바닷가에서의 휴가가 유행되었다.

섬나라인 영국이 세계로 나가기 위해서 우선 바다를 정복해야 하기 때문인지 아니면 다른 나라들이 영국을 침략하지 못하는 것은 바다가 가로막아서라고 믿는 때문인지 모르지만 영국인들은 바다를 매우 사랑한다. 하지만 영국사람들은 영국의 바다에 들어가지 않는다. 사실 들어가고는 싶어하지만 들어가지 못한다. 해변의 휴양지로 유명한 블랙풀이 오염된 바다로 유럽연합에서 몇 번씩 지적을 받자 수상이 그렇지 않다고 자기 바다의 깨끗함을 선전하고 다닐 정도로 바다가 오염되어 있다.

바다가 더럽기도 하지만 날씨 때문에 영국사람들은 자기 나라의 바다에 못 들어간다. 여름이라고 해도 수영복을 입고 바다에 들어 갈 수 있는 사람은 물만 보면 신나는 몇몇 어린아이들과 대담한 아저씨들뿐이다. 대부분 바닷가 벤치에 앉아 아이스크림을 먹으며 바다를 바라보는 것으로 만족한다. 여름이라도 아이스크림을 먹다 보면 입술이 새파랗게될 만큼 춥기 때문이다. 영국의 바닷가엔 수영객을 위한 샤워장보다는 오락게임기나 롤러코스터 같은 놀이 시설이 발달되어 있다. 롤러코스터가 설치되어 있는 공원이 수십 곳에 이른다.

제2차 세계대전 이후 외국여행이 보편화되자 영국사람들은 프랑스 남부나 스페인, 그리스, 터키 해변으로 발길을 돌렸다. 경제력이 뒷받침되기 때문에 여름에는 그리스나 터키같은 날씨가 좋은 해변휴양지로 많이 떠난다. 영국사람들은 대체로 휴가 기

간을 2주 정도씩 길게 잡고 주로 해변이나 숲 속에서 충분한 휴식을 취하는 것을 좋아
한다. 휴가는 여름에 떠나지만 계획은 가을부터 세운다. 여름휴가를 끝내고 집에 도착
하는 순간, 다시 내년 휴가를 생각하는 것이다. 그리고 가장 큰 명절인 크리스마스시즌
이 지나고 새해가 시작되면 각 여행사에서 여름휴가상품을 예약하기 시작한다. 영국사
람들이 일 년간 모은 돈을 쓰는 일은 여름휴가와 크리스마스라고 한다.

5. 축제

영국에는 사계절이 있는데, 우리나라와 같이 계절의 구분이 뚜렷하지는 않지만, 계절
마다 특징이 있다. 겨울은 춥고 흐린 날이 많으며, 봄에는 꽃들이 피어나고 여름에는
더위가 찾아오며 가을에는 단풍이 든다. 그러나 우리나라에서와 같이 화려한 색깔의
단풍은 없고, 칙칙한 색깔의 단풍이 보편적이다. 봄에는 수선화와 블루벨이 많이 피고,
여름에는 장미가 많이 핀다. 영국의 각 지역에서 매년 개최되는 각종 행사와 기념식들
은 오래 된 전통을 지닌 것이 많고 계절의 특징을 반영한다. 계절별로 개최되는 중요한
행사를 살펴보면 다음과 같다.

〈1〉 봄

낮이 길어지고 따뜻해지면서 전원은 생기를 되찾는다. 부활절에는 많은 대저택과 정원
이 최초로 방문객들을 맞는다. 성령강림제 주중이나 당일(부활절 후의 일곱 번째 일요
일)에는 첼시꽃전시회가 열린다. 이것은 영국에서 개최되는 원예행사 중 가장 주목을
많이 받는 전시회이다. 봄에는 도처에서 음악과 미술축제가 개최된다.
3월에는 둘째 주에 런던백작의 정원에서 가정을 위한 새로운 상품과 아이디어를

전시하는 이상적인 가정전시회와 버밍햄의 국가전시센터에서 개최되는 크러프츠 개 전시회가 열린다. 셋째 주에는 런던의 올림피아에서 국제도서박람회가 열린다. 또한 17일에 음악행사를 개최하는 아일랜드의 수호성인인 성패트릭의 날 행사가 영국의 주요 도시에서 개최된다.

4월에는 부활절 전 목요일에 여왕이 연금 수령자에게 연금을 수여하는 목요일의 세족식 행사가 열리고, 23일에는 영국의 수호성인인 성조지를 기리는 행사가 개최된다. 마지막 주에는 버밍햄의 국가전시센터에서 골동품전람회가 개최된다.

5월에는 콘월의 헬스톤에서 8일에 개최되는 퍼리댄싱축제, 중순에 런던의 왕립병원에서 개최되는 첼시꽃전시회, 부활절부터 40일째 되는 예수승천일에 더비셔의 티싱턴에서 열리는 의상축제, 마지막 3주 동안 각종 공연예술이 펼쳐지는 브라이터축제, 마지막 주말에 스코틀랜드의 블레어 애설에서 개최되는 국제하이랜드게임이 있다. 또한 글린드번 축제 오페라시즌도 5월 중순에 시작되어 8월 말까지 이스트 서섹스의 루이스 근방의 글린드번에서 오페라가 공연된다.

〈2〉 여름

여름철에는 야외활동이 많아진다. 카페와 레스토랑들은 테이블을 거리에 내놓고 술집 손님들은 바깥에서 술을 마신다. 여왕은 버킹검궁에서 특별한 손님들에게 정원 파티를 열어주며, 수수한 사육제와 거리의 파티가 혼합된 마을 축제가 곳곳에서 열린다. 해안과 수영장은 붐비기 시작하고 회사원들은 점심시간에 도시의 공원에서 햇빛을 즐긴다. 영국의 국화인 장미가 수백만의 정원에 피어난다. 문화행사로서 야외극장공연, 야외음악회, 런던의 무도회, 웨일즈의 시인과 음악가 대회, 글린드번의 오페라축제, 에든버러의 공연예

버킹검궁

술축제 등 다양한 축제와 공연이 개최된다.

버킹검궁 근위병 행진

6월에는 전시회와 축제가 가장 많이 개최된다. 왕립아카데미 여름전시회가 가장 대표적이다. 이 전시회는 대규모의 다양한 전시회로 6월부터 8월 사이에 많은 예술가들의 새로운 작품을 전시하기 위해 런던에서 열린다. 온천 휴양지인 배쓰에서는 많은 모임과 예술행사가 5월 19일부터 6월 4일 사이에 배쓰국제축제라는 이름으로 개최된다. 5월 27일부터 6월 4일 사이에 열리는 수공예품전시회인 뷰매리스축제, 서머셋에서 23일부터 25일에 개최되는 글래드스턴베리축제, 서퍽에

햄프턴궁

서 둘째, 셋째 일요일에 개최되는 음악회와 오페라로 이루어진 앨드버러축제 등 다양한 축제와 전시회가 개최된다.

7월에도 수많은 축제와 전시회가 개최되는데, 몇 가지만 예를 들어보면 워릭셔의 케닐워스에서 개최되는 농산품 전시회인 로얄쇼, 서레이의 햄프턴왕실궁전에서 7월 초에 개최되는 햄프턴궁중화훼전시회, 웨일즈의 빌스 웰스에서 마지막 주말에 개최되는 농업전시회인 로얄웰쉬쇼가 있다. 이외에도 북부 웨일즈의 랭고렌에서 국제음악 및 무용경연대회가 첫째 주에 개최되고, 월셔의 스투어헤드에서 셋째 주말에 하계음악축제가 개최된다. 최고의 국제적 예술가들이 참가하는 음악축제인 쳄브리지퍽축제는 마지막 주말에 개최된다.

8월에는 음악축제가 많이 개최된다. 전통 예술경연 대회인 로얄내셔널에이스테드보드가 웰스에서 열리고, 헨리우드무도 음악회가 런던의 로얄앨버트홀에서 7월 중순부터 9월 중순에 개최된다. 세계 최대의 연극, 댄스, 음악 축제인 에든버러국제축제는 8월 중순부터 9월 중순에 개최된다. 웨일즈의 브레콘에서 재즈축제가 개최되고, 리버

풀에서는 마지막 주말에 비틀즈와 관련된 음악과 오락축제인 비틀스축제가 개최된다. 또한 마지막 주말에는 꽃수레와 밴드가 있는 서부 인디언들의 거리사육제인 노팅힐사육제가 런던에서 열린다.

노팅힐사육제 관광객

〈3〉 가을

옥수수 밭은 황금색으로 물들고 나뭇잎은 단풍이 들며 과수원에는 사과와 다른 가을 과일들이 넘친다. 전국적으로 교회마다 추수감사절 축제가 열리고 상점들은 일년 중 가장 바쁜 때인 성탄절을 대비하여 상품들을 쌓아 놓는다. 11월5일이 되면 전국에 걸쳐 모닥불이 타오르고 1605년에 가이 포크스와 그의 추종자들이 의회를 폭발시켜 없애려던 시도를 중단시킨 기념으로 불꽃놀이가 열린다.

9월 초부터 10월 말에 8㎞에 걸친 블랙풀의 해안을 따라 조명의 장관이 연출되는 블랙풀조명쇼 및 요크의 해로게이크에서 셋째 주말에 묘목업자와 전국화훼협회에서 주관하는 전시회인 가을화훼대축제가 열린다. 로얄하이랜드모임이 스코틀랜드의 블랙머에서 첫 토요일에 열린다. 전국에서 모여든 퀼트치마를 입은 같은 문중 사람들이 막대기던지기놀이, 퍼트치기, 춤과 백파이프불기 등을 한다.

10월에는 영국 전역의 농업지역에서 추수 축제가 열리고, 영국 최고의 전통적인 전시회인 노팅검거위전시회가 둘째 주말에 열린다. 캔터베리에서는 음악, 연극과 미술축제가 둘째 주와 셋째 주에 열린다. 앨드버러브리튼축제라는 이름의 축제가 셋째 주말에 개최되고, 31일에는 할로윈 행사가 전국적으로 개최된다.

블랙풀조명쇼

11월에 여왕이 버킹검궁에서 새로운 의회회기를 개회하기 위해 마차에 타고 웨스트민스터로 가는 광경도 볼거리이고, 둘째 토요일에 개최되는 런던시장의 퍼레이드도 매우 화려하다. 런던과 영국 전역에서 둘째 일요일에 퍼레이드를 벌이는 휴전기념일 행사가 있다. 런던 브라이튼 간 자동차 경주는 첫째 일요일에 개최되고, 5일에는 가이 포크스의 밤이라는 불꽃놀이와 모닥불 놀이로 뒤덮는 행사가 전국적으로 진행된다.

〈4〉 겨울

선물을 사기 위한 쇼핑객들이 모여들 때면 영국의 주요 쇼핑가를 밝게 빛나는 장식전구와 크리스마스트리가 장식한다. 전국적으로 교회에서는 캐롤예배가 열리고 무언극과 전통적인 오락이 마을의 극장을 채운다. 성탄절과 신년휴일에는 많은 사무실이 문을 닫는다. 상점들은 연중 최대의 매상을 올리는 크리스마스를 보내고 남은 물품의 세일을 위해 12월 27일에 다시 문을 연다.

12월 첫째 목요일에 점화되는 트라팔가광장의 성탄트리는 노르웨이에서 트리용 나무가 기증되고 오슬로 시장이 점등한다. 이때 캐롤이 울리고 이후 영국전역에서 1개월 동안 캐롤음악회가 계속된다. 또한 산타클로스 신화를 기념하는 성탄대행진이 12월 초 런던에서 개최된다.

1월에는 신년기념식이 열리며 스코틀랜드 전역에서 그 지역의 시인인 로버트 번스의 생일을 시와 축제로 축하하는 행사가 1월 14일에 열린다.

2월에는 런던의 차이나타운에서 사자춤, 폭죽과 행렬이 음력 정월 초하루에 열린다.

6. 아일랜드인의 국민성과 생활방식

〈1〉 국민성

아일랜드인들의 호의적인 태도는 전 세계적으로 정평이 나있다. 아일랜드인은 호의적인 태도와 기꺼이 남을 도와주려는 마음가짐, 그리고 낯선 사람과 대화 나누기를 주저하지 않는 태도를 지니고 있다. 아일랜드인들은 열린 마음으로 EU(유럽 연합)에 동참하게 된 것에 대하여 대단한 자부심을 느낀다.

1840년대 후반의 감자기근과 1930년대의 대공황 그리고 1970년대와 1980년대의 경제 침체기까지 근 2세기에 걸친 이주의 역사로 인하여, 아일랜드인들은 세계무대에서 국제적인 문제에 영향력을 행사할 수 있는 진정한 세계인이라는 의식을 견지하고 있다.

로마가톨릭의 위세는 일상생활의 영역에서 점차 약화되고 있다. 교회 참석률은 1990년의 85%에서 2005년에는 50% 이하로 꾸준히 감소했으며, 사제의 수도 부족하다. 그 한 예로, 2004년에는 아일랜드 전역에서 단지 여섯 명의 사제만이 서품을 받았다. 그럼에도 불구하고 아일랜드인들의 법과 태도는 여전히 보수적인 경향이 있다.

1995년 국민투표에서 이혼에 대한 법안이 간발의 차로 통과되고 나서야 비로소 이혼이 법률적으로 용인되었다. 그러나 낙태는 아기 엄마의 생명을 구하기 위해서 필요한 경우가 아니라면 여전히 불법적인 것으로 간주된다. 가톨릭의 영향 또한 아일랜드인들의 골수에까지 깊숙이 스며 있어서 아일랜드인들은 이웃과 못사는 이들에 대한 책임의식이 투철하다. 이러한 사회적 책임의식 때문에 아일랜드인들은 세계의 다른 어떤 민족들보다 남에게 자선을 베푸는데 있어서 관대하다.

아일랜드인들은 약속을 지키거나 제 시간에 일을 끝내는 경우가 거의 없다. 일을 다음으로 미루거나 약속을 지키지 않는 경우가 허다하다. 이는 농경사회의 유물로, 과거 영국의 식민통치를 받던 소작농시절, 일을 열심히 해봤자 모두 소작료로 빼앗겼던 그들의 뼈아픈 비극적인 역사와 관련이 있다.

알코올 소비가 아일랜드에서 새로운 문제로 대두되고 있다. 정부는 2003년에 법을 제정하여 규제를 시작했지만, 술을 마시는 것이 유일한 오락이자 위스키가 주요 수출품목 중의 하나인 이 나라에서 알코올 소비량을 줄인다는 것은 요원한 일인지도 모른다. 오늘날에는 비교적 잠잠했던 시골지역에서도 청소년들이 도시의 유행을 본 따서 술과 마약에 탐닉함으로써 새로운 사회문제를 야기시키고 있다.

〈2〉 생활방식

10여 년 전만 해도 무려 십여 명의 자식을 둔 대가족이 일반적이었다. 하지만 지금은 2, 3명을 둔 핵가족이 보편화되어 있고, 부모가 모두 가계에 도움을 주기 위해 일을 한다. 1980년대 초 이래로 동성애자들에 대한 태도도 변하고 있다. 아일랜드 국영 TV 방송에서조차 황금시간대에 이성의 복장을 한 성도착자가 프로그램을 진행한다. 이는 80년대 초에는 감히 상상할 수도 없던 일이었다.

아일랜드 사람들은 매우 동질적인 민족이어서 과거에는 떠돌이 집단이 인종차별의 대상이 되곤 했다. 하지만 이 소수집단은 지금 상이한 피부색을 가진 다양한 인종들로 대체되었다. 더블린과 벨파스트에서 오늘날에도 인종차별적인 언어폭력이 심심찮게 자행되고 있다. 반면에 시골지역에서는 전국적으로 흩어져 있는 다양한 국적을 가진 난민이나 집시들을 따듯하게 포용하고 있다.

1 7

복지제도

1. 개관

영국의 발달된 사회보장은 법률적으로는 16세기 이래의 구빈법, 사회적으로는 기독교 또는 인도주의에 입각한 자발적 자선의 전통을 배경으로 하고 있으며, 1908년의 무상 노인연금제와 실업보험 및 의무건강보험을 포함한 국민건강보험법이 발전된 것이다. 1909년에 왕립 구빈법위원회의 소수위원보고서를 기초한 비아트리스 웹 부인과, 1911

  년의 입법과 관련된 로이드 조지 재무장관이 사회보장의 발전에 혁혁한 기여를 했다. 그러나 본격적인 사회보장제도가 채택된 것은 제2차 세계대전 후의 노동당정부 때였으며, 그 기초이념을 제공한 것은 1942년의 비버리지보고서였다.

웹   조지

1948년에 완성된 사회보장체계는 가족수당법, 국민보험법, 국민부조법 및 아동법 등의 소득보장제도와 국민보험사업법을 중심으로 한 의료보장제도로 이루어져 있다. 영국에서는 출산, 질병, 노동재해, 실업, 노령, 사망 등 이른바 '요람에서 무덤까지'의 사회보장이 제공된다. 특히 획기적인 것은 일반의사 진료, 전문의 치료, 입원요양, 질병예방, 병후보호 등 모든 의료서비스를 전 국민이 평등하게 무료로 받을 수 있도록 한 의료보장제도이다. 이에 따라 대부분의 병원은 공영화되었으며, 일반 개업의사도 일부를 제외하고는 모두 보험의사로 되었다. 영국의 복지제도는 모든 국민을 대상으로 노령, 질병, 장애, 실업, 배우자사망, 자녀양육문제 등 인간생활에서 발생되는 거의 대부분의 사회적 불안전에 대비하여, 세심한 안전망을 이루고 있다.

1951년에 보수당 정부는 사회보장비의 국고부담을 줄이기 위하여 약제 처방 1개 항목 당 2실링을 자기부담으로 하는 등 일부를 수정하였다. 그 후 정권의 교체와 물가상승에 따라 사회보험제도의 내용과 금액에 변경이 가해지면서 오늘에 이르렀다.

역사적으로 자본주의의 최선진국이었던 영국은 사회문제에 대한 국가의 개입도 그만큼 일렀다. 이미 400여 년 전의 빈민법(1601)은 빈곤에 대한 국가의 책임을 처음으로 천명하였다. 대부분의 국민을 직간접으로 전쟁에 동원했던 제2차 세계대전의 총력전적 성격은 국민들의 건강과 복지에 관한 관심을 증대시켰고, 동원에 대한 반대급부로서 복지에 대한 기대와 평등주의적 심리를 확산시켰다. 이에 따라 케인즈와 비버리지의 결합으로 표현되는 복지정책은 전쟁중에 그 골격이 마련되었다. 1945년에 집권한 노동당정부는 비버리지의 국민보험계획을 법제화하였고, 1948년에 무상의 국가보건서비스 계획이 입법화되어 영국의 복지제도는 완성되었다. 이로써 영국은 세계 최초의 근대적 복지국가가 되었다. 영국은 복지국가라는 이름을 탄생시킨 나라일 뿐만 아니라, 복지를 사회적 시민권의 하나로 확립했다는 보다 중요한 의미에서 복지

케인즈   비버리지

국가의 모델이 되었다.

영국에서 사회보장이라 하면 사회보장부가 제공하는 각종 현금급여프로그램을 의미한다. 혼동을 피하기 위하여 여기서는 흔히 사용하는 포괄적 의미의 사회보장제도를 복지제도라고 표현한다. 복지제도는 국가보건서비스, 사회복지서비스 및 사회보장 급여의 세 축으로 이루어져 있다. 중앙정부예산의 43%가 복지재정으로 지출되며, 이러한 재정지출을 모든 영국국민이 부담하고 있다. 그러나 국제적으로 볼 때, 영국의 복지지출이 결코 높은 편은 아니다. 세계노동기구가 발표한 각국의 국민총생산 대 사회보장지출을 보면, 1989년을 기준으로 할 때 영국은 17.3%로 일본(11.8%)과 미국(12.2%)보다는 약간 높은 비율을 보이고 있으나, 스웨덴(35.9%), 프랑스(27.1%), 이탈리아(23.4%), 독일(22.7%) 등의 서유럽국가보다는 낮은 비율이다.

1601년에 제정된 빈민법은 빈곤에 대한 국가의 책임을 처음으로 천명하였다는 데 상당한 의의가 있다. 엘리자베스빈민법으로 일컬어지는 이 법은 빈민을 노동능력이 있는 빈민, 노동능력이 없는 빈민 및 빈곤아동 등 세 계층으로 구분하였다. 이후 1834년에 신빈민법이 탄생하였다. 이 법에서는 구제를 받는 개인의 생활상황이 실제적으로나 외견상으로나 국가의 구제를 받지 않고 살아가는 최하수준 노동자의 생활상황보다 열악해야 한다는 원칙이 적용되었다.

제2차 세계대전 종결이후 1945년부터 1975년까지는 영국 복지국가 발전의 황금기이다. 이 시기는 비버리지보고서가 채택되고 영국 복지국가체제의 기초가 된 케인즈-비버리지 모형의 제도적 접근이 이루어진 시기이다. 그러나 이미 20세기 초부터 빈곤예방이 강조되면서 사회보험의 체계와 기능이 도입되었다. 1908년에 노령연금제도가 시행되었고, 1911년에는 국민보험, 국민건강보험과 실업보험이 시행되었다. 제1차 세계대전은 국민생활에 국가가 개입하는 획기적인 계기가 되었고, 1925년에는 미망인, 고아, 노령기여연금법이 시행되었다. 제2차 세계대전은 경제에 대한 국가의 개입을 정당화하였고, 국민들의 복지에 대한 기대와 평등주의적 심리를 확산시켰다. 1942년의 비버리지보고서는 보편적 국민보험체계를 의회에 건의하였고, 1944년에 처칠의 전시연립정부는 케인즈의 완전고용에 관한 백서를 기초로 완전고용 유지를 천명했다.

애틀리   처칠

1945년에 집권 노동당인 애틀리정부는 이와 같은 전시개혁을 연장·확대하여, 진보적 의미의 복지국가를 표방하였다. 이때 복지제도의 포괄성, 전국민을 대상으로 하는 복지수혜범위의 보편성, 복지급여의 적절성 원칙이 충족되는 제도를 확립하였다. 이러한 복지개혁은 이를 뒷받침할 경제적 기반과 사회세력간의 관계가 확립되었음을 보여준다. 이는 노동자계급의 힘이 증대되고, 이들과 중간계급간의 복지연맹이 형성되었으며 자본가들이 복지국가를 암묵적으로 인정했음을 보여준다. 모든 사람들에게 불확실성의 위험을 안겨주었던 전쟁은 특히 중간계급의 태도를 변화시켜 복지국가의 위험분담 논리에 공감하게 함으로써 국가의 복지개입 확대를 받아들이도록 하였다.

1960년대 말부터 선진자본주의 국가의 경제성장이 둔화되기 시작하였다. 이에 더하여 1973-74년의 석유파동은 서구경제에 치명적인 타격을 가하였다. 물가는 치솟고 구매력은 감소했으며, 투자와 고용도 감소되었다. 이러한 결과는 성장둔화로 나타났다. 생산성의 저하와 이윤율의 하락은 세수감소와 실업증대를 가져왔고, 실업증대에 따른 복지지출의 증대는 세수감소와 맞물려 공공적자를 크게 증대시켰다. 이런 상황은 공공지출의 가장 큰 부분을 차지하는 복지지출을 삭감하도록 압력을 가했다. 이와 같이 경제위기는 재정위기를 초래함으로써 복지국가를 위기에 빠뜨렸다.

복지국가의 정당성이 약화되고 국민들의 탈세와 조세저항이 심화되면서 정부개입에 대한 신뢰가 저하되고, 복지제도의 효율성과 민주성에 대한 의문이 높아졌다. 복지국가의 구조적 위기는 모든 선진 자본주의국가에서 나타났고 영국은 대처리즘으로 대응하였다.

1979년 이후 대처의 보수당정부에서 주도한 정책전환은 영
국 복지정책의 역사에서 19세기의 구빈법 개혁, 제2차 세계대전
이후 노동당정부의 개혁에 이어 세 번째 개혁으로 일컬어진다. 대
처리즘의 핵심은 자유경제와 강한 국가의 구축이므로, 이의 실현
에 걸림돌이 되는 케인즈-비버리지적 요소로부터는 이탈하게 되

대처

었다. 대처의 보수당정부는 공공지출의 삭감, 민영화와 규제완화 및 감세의 형태로 케
인즈적 요소에서 벗어났으며, 전국민의 복지에 대한 국가의 책임이라는 비버리지의 보
편주의 원칙을 포기하는 정책기조를 채택하였다.

대처의 보수당정부에서 추진한 신보수주의 복지정책의 원칙은 다음의 세 가지이
다. 첫째 자조와 개인책임의 원칙이다. 이는 복지에 관한 국가의 책임이라는 원칙에서
후퇴하여, 시민권으로 주어지는 국가복지의 의존이 아니라 시장과 개인에의 의존을 강
조한다.

둘째 비버리지의 보편주의 원칙에서 후퇴한 선별주의 원칙이다. 선별주의는 엄
격한 자산조사를 통하여 꼭 필요로 하는 사람에게만 복지혜택을 제공한다. 자산조사를
통하여 국가복지 수혜자에게 모욕감을 느끼게 하고, 이들이 모욕감에서 벗어나기 위하
여 노동시장으로 진입하도록 유도한다.

셋째 국가복지를 통한 전 국민의 최저생활유지라는 원칙에서 한 걸음 후퇴한 열
등처우의 원칙이다. 이는 선별주의 원칙과 결합하여 근로자들을 노동시장으로 유인하
고 근로의욕을 고취시키려는 조치이다.

신보수주의 복지원칙은 노동력을 다시 상품화시킴으로써 노동으로의 유인을 제
고하는 것이다. 이러한 복지원칙을 실현하는 구체적 수단은 사회복지지출의 삭감, 보
편적 서비스의 축소와 민영화 및 분권화였다. 대처의 보수주의 정권은 공공지출의 상
당부문을 차지하는 복지지출을 획기적으로 축소하고 재정적자의 해소를 추구하였다.
또한 보편적 서비스를 축소하고, 공공부문의 복지서비스 제공과 재원부담을 민간에게

로 이전하는 민영화를 추진하였다. 사회복지에서 국가의 역할을 가족과 민간단체에 이양하며 시장기능에 맡겨 공공과 민간의 역할분담을 통한 복지혼합 또는 복지다원주의를 추구하였다.

2. 복지행정개혁

영국 재무부의 한 부서는 1988년에 '정부관리방식의 개선'이라는 보고서를 제출하였다. 여기에서 지적된 내용은 대부분의 대민서비스가 행정부에 의해 행해지며, 그 관리책임은 서비스 전달경험이 거의 없는 정책입안 전문가들에 의하여 이루어진다는 것이다. 또한 장관의 업무가 과중하며, 업무결과와 업적의 평가가 강조되지 않고, 행정부가 단일조직으로 관장하기에는 대민서비스의 내용이 너무 많고 또 복잡하다는 점이다. 이러한 지적사항을 통하여 이 보고서는 행정부의 정책기능과 집행기능의 분리를 건의하였고, 정부는 이러한 개선책을 수용하게 되었다. 행정부의 집행기능은 중앙정부로부터 분리되어, 독자적인 예산과 인사권을 가지고 별도 운영되는 기관으로 이관되었다. 독립적인 정부기관 전략에 따라 이 기관은 정부가 정한 목표달성의 책임을 지면서 반 자율적으로 운영된다.

　　1989년에 행정개혁이 이루어짐에 따라, 소득보장을 관장하는 사회보장부는 정책을 입안하는 본부(런던)와 실무를 집행하는 6개의 독립된 기관을 지방도시에 두었다. 현재는 다섯 개의 부속기관체제로 운영되고 있다. 총 9만 5천명에 달하는 사회보장부의 공무원 중에서 약 3% 정도가 본부에 근무하고, 나머지 97%는 5개의 부속기관에 근무하고 있다. 그러나 소요예산이나 인력규모에서 가장 거대한 정부부처로서 행정개혁 대상 1호이다.

영국정부는 1991년에 시민헌장을 제정하여, 사회복지 등의 공공서비스를 공급자인 국가 중심으로 제공하는 것이 아니라, 수혜자인 국민의 입장에서 다루어야 한다고 선언하는 발전적 계기를 마련하였다. 이 헌장은 모든 공공서비스의 질 개선을 위하여 노력하고, 국민들이 더 많은 선택권을 행사하도록 하며, 개개인이 받을 수 있는 서비스 종류를 정확히 알리고, 잘못되었을 때의 행동요령을 알 수 있도록 하자는 취지에서 마련되었다.

사회보장부문에서 시민헌장이 적용된 사례는 무수히 많다. 가장 특징적인 것을 예로 들면 각종 사회보장급여에 대한 국민의 의문에 투명한 절차로 대응하고, 지역급여사무소의 업무시간을 유연하게 조정하며, 급여정보에 관한 전화도우미를 운영하는 것 등이다. 급여관리청에서 운영하는 전화도우미는 영국전역에서 단일전화번호로 서비스된다. 영국국민은 어디에서나 이 전화번호로 노령연금 등의 각종 급여에 관하여 문의하고, 자신의 정보변동사항을 신고할 수 있다.

국가보건서비스에서도 환자헌장을 제정하여, 경직되고 비효율적인 공공의료조직에서 민간부문과 같이 고객위주의 서비스를 제공하기 시작하였다. 국가보건서비스는 의료이용에 관해 소비자의 선택 폭을 넓히면서, 소비자의 요구에 부응하는 다양한 서비스를 개발하였다. 개인이 주치의를 바꿀 수 있는 권리를 보장하고, 외래진료시 예약시간보다 30분 이상 늦어지지 않도록 하며, 의료진이 이름표를 다는 것 등의 서비스가 그것이다.

영국에서는 하루에 약 70만 명이 의사의 1차 진료를 받고, 10만 명이 치과의사의 검진이나 치료를 받고, 150만 건의 처방전이 발행된다. 또한 9만 명이 병원에서 외래진료를 받고, 54만 가구가 방문보건서비스를 받는다. 이러한 모든 서비스를 무료로 제공하면서 국민건강증진을 도모해야 할 책임이 국가보건서비스에 있다. 이를 위하여 국가보건서비스는 연간 410억 파운드의 국가예산을 사용하며, 100만 명의 보건의료인력을 고용하고 있다.

영국의 보건정책은 1946년에 제정된 국가보건서비스법이 중심이 된다. 이 법에 따라 보건부는 영국인의 신체적, 정신적 건강증진과 질병의 예방, 진단, 치료에 대한 책임을 맡는다. 무상 보건의료제도인 국가보건서비스는 1948년 7월부터 시행되었다. 50년의 역사를 자랑하는 국가보건서비스는 주로 일반조세로 운영된다. 평등과 공평의 원칙 및 국민의 의료욕구 충족이라는 국가보건서비스 발족 당시의 기본원칙은 국민의 강한 지지를 얻어 왔다. 설립 당시의 보건부장관 베반은 영국에서 국영의료제도의 시행은 문명사회가 이룩한 큰 공헌이며, 어떠한 정당도 이를 파괴시킬 수 없고 이를 파괴하려는 정부는 결코 국민의 지지를 얻지 못하리라고 하였다. 전 국민이 공평하게 의료 혜택을 받으며, 더구나 무료진료라는 것은 대단한 발상의 전환이었으며 인도주의적인 입장에서 획기적인 발전이었다. 대처수상도 집권 초기인 1982년에 국가보건서비스는 보수당정권 하에서 안전하다고 말한 바 있다.

국가보건서비스는 관리의 경직화, 의사의 진료태만, 선택권 없는 서비스에 대한 환자의 무관심, 연구개발과 효율향상에 관한 자극결핍, 공적재원에 대한 지나친 의존 등 많은 문제점이 있었다. 특히 1980년대 국가보건서비스의 재정은 증대하는 의료수요를 충족하기에 부족하여 위기 국면을 맞았다. 보수당정권은 1980년대에 국가보건서비스를 포함한 모든 공공부문에서의 지출억제방침을 고수하였다. 그리하여 1987년의 총선에서는 국가보건서비스의 재원확보가 최대의 정치적 쟁점이 되었을 정도이다.

무어장관은 1987년 10월에 개최된 보수당 전당대회에서 국가보건서비스의 근본이념과 서비스 개혁의 필요성을 강조하였다. 그는 보건의료의 향상을 위하여 성역화된 국가보건서비스를 재검토하고 이성적으로 논의할 것을 촉구하였다. 그러나 당시 여론에서는 국가보건서비스의 현상유지를 지지하고 있었다. 그렇기 때문에 대처수상도 그 당시에 근본적인 개혁을 실시할 수 없었다.

국가보건서비스의 개혁은 1980년대 후반에 들어 실시되기 시작했다. 1987년부터 1988년까지 계속된 간호사들의 파업은 국가보건서비스의 개혁을 촉발하는 계기가

되었고, 1990년 6월에 여왕이 국가보건서비스 및 지역
사회보호법을 재가함으로써, 국가보건서비스 개혁은 실
행의 법적 근거를 얻었다.

국가보건서비스의 개혁방안은 보건예산을 더 확
보하는 문제가 아니라 예산의 적절한 분배에 중점을 두

었다. 정부는 국가보건서비스가 지닌 본질적 문제가 재
원부족이 아니라, 비효율적인 예산사용과 책임소재의 불분명이라고 진단했다. 영국정
부는 진료가 이루어지는 최일선 조직인 지역병원과 일반의에게 책임을 대폭 이양하는
것이 의료서비스의 효율증진에 최선이라고 판단하고 국가보건서비스의 개혁을 단행하
였다.

종래에는 보건당국이 직원을 고용하여 의료서비스의 공급과 관리를 관장하였다.
국가보건서비스에는 서비스 공급자간의 경쟁이라는 자극이 결여되어 있었다. 보건당
국은 피고용자인 병원과 의사들에 의하여 지배되었고, 관리자와 의사는 자원을 효율적
으로 활용하려는 동기를 갖지 못하였다. 개혁은 국가보건서비스의 기구 안에 시장구조
를 도입하여, 의료서비스의 구매측과 공급측의 기능을 분리함으로써 서비스 공급의 효
율성을 제고하는데 역점을 두었다. 먼저, 정부는 1993년 10월에 보건부에 국가보건서
비스 운영부라는 새로운 조직을 만들었다. 1994년 4월에는 기존의 14개 지역보건당국
이 8개의 국가보건서비스 운영 지역사무소로 개편되었다. 이 조치를 통하여 관리운영
비가 축소되고 환자진료비가 증대되었다. 구조가 이렇게 개편되면서 지역보건당국이
나 예산보유 일반의는 의료서비스 구매자가 되며, 국가보건서비스 재단병원이나 일반
의는 의료서비스 공급자가 되었다.

지역의 주민을 대신하여 의료서비스를 구입하는 입장에 서게 된 지역보건당국은
각 지역의 보건서비스를 계획·관리한다. 특히 사회복지·환경보건 및 가족보건서비
스를 관장하는 지역사무소와 긴밀하게 업무협조를 한다. 지역보건위원회는 그 지역에

서 제공되는 보건서비스에 대한 주민의견을 대변하고 있다. 지역보건당국은 지역주민들이 어느 정도의 의료요구가 있는지를 평가하고, 이를 충족시키기에 적절한 의료서비스를 구매하게 된다. 지역보건당국뿐만 아니라, 일반의도 자신이 예산을 가지고 의료서비스를 구매할 수 있다. 이러한 의사를 예산보유 일반의라고 한다.

예산을 확보한 지역보건당국이나 예산보유 일반의는 의료서비스를 제공하겠다는 병원, 특수보건당국 또는 일반의를 대상으로 환자의 수와 조건에 따라 진료계약을 체결한다. 이렇게 하여 자금을 확보한 의료기관은 자치적으로 운영된다. 지역보건당국으로부터 독립된 이러한 병원을 국가보건서비스 재단병원이라 한다. 국가보건서비스 재단병원은 구매자와 계약된 환자뿐만 아니라 민간의료보험 환자도 받을 수 있다.

대처정부는 국가보건서비스와 민간의료기관 간의 효과적인 연계를 추진하였다. 이 정책은 환자, 일반의 및 의료서비스 관리자들에게 더 많은 선택권을 부여함으로써 이용 가능한 의료자원을 효율적으로 사용하도록 하였다. 영국에서는 대부분의 국민이 국가보건서비스를 통해 의료서비스를 받지만 입원을 할 때는 지나치게 오래 (2년 이상) 기다려야 하는 불편함이 있었다. 경제적 능력이 있는 사람들은 단기입원진료와 같은 보다 나은 의료서비스를 받을 수 있는 민간의료보험에 가입한다. 정부는 민간의료보험 가입을 권장하여 60세 이상의 국민이 가입하는 경우 세금을 감면해주는 정책을 펴고 있다.

3. 사회서비스의 개혁과 현황

노인, 아동, 가족, 정신질환자, 장애인 등을 대상으로 하는 사회서비스는 각 지역의 사회서비스당국에 의해 이루어진다. 사회서비스는 주거서비스, 주간보호, 재택서비스 및 각종 사회사업서비스를 포함한다. 사회서비스는 지역사회당국과 보건 및 복지부문의 각종 서비스 제공 주체가 긴밀한 연계를 이루어 제공된다. 노인과 장애인을 위한 대부분의 서비스는 지역사회 내에서 가족, 자조조직 및 자원봉사기관에 의하여 이루어지며, 공공기관은 특별한 서비스를 제공할 때 요구되는 기술적인 지원을 담당한다.

영국의 65세 이상의 노인 중 약 5% 정도가 복지시설에 입소해 있다. 자기 집에 거주하는 대부분의 노인들을 위해서는 공공기관과 민간기관이 필요한 서비스를 지원하고 있다. 이러한 서비스들은 사회복지사의 상담, 식사배달, 함께 지내기, 세탁서비스, 주간방문센터운영, 점심클럽 및 각종 오락시설운영을 포함한다. 또한 노인을 위한 경보제도도 운영되고 있다. 많은 지역에서 노인과 건강취약자를 위한 재택서비스를 제공한다. 공공주택 공급에 대한 책임의 일환으로 지역당국은 노인을 위한 주택을 제공하기도 하며, 주택협회와 민간 건축업자들도 이러한 사업에 동참한다.

사회서비스당국은 장애인들의 재활과 사회적응을 위한 사회서비스를 관장하고 주간센터나 적절한 장소에서 취업, 교육, 오락을 위한 시설을 운영한다. 당국은 가정에서의 생활적응훈련, 식사배달 등과 같은 재택 장애인을 위한 서비스도 제공한다. 장애가 심한 사람들에게는 주거서비스나 일시적인 시설서비스를 제공한다.

많은 지역에서 장애인의 대중교통 이용을 무료 또는 할인하고 있다. 또한 장애인법을 제정하여 장애인에 대한 차별대우를 방지한다. 장애인법은 고용주가 장애인을 부당하게 차별하지 못하도록 규정하고, 국가장애위원회를 설립하여 차별제거를 위한 조치를 정부에 건의하도록 하고 있다. 사회서비스 당국은 중증장애인들이 가정에서 살아갈 수 있도록 재정지원을 하고, 생산연령에 달한 중증장애인들이 지역사회에서 독립적으로 살아갈 수 있도록 지원하고 있다.

사회서비스당국은 정신보건을 위한 예방적 조치를 취하기도 하고 주간센터, 사회센터, 거주보호 등 정신질환자를 위한 서비스를 제공하기도 한다. 사회복지사는 정신질환자와 이들의 가족을 위한 상담서비스를 제공한다. 또한 필요에 따라 정신질환자를 병원에 입원시키기도 한다.

지역보건당국은 정신병원에서 퇴원하는 모든 정신질환자에 대한 개인건강관리 프로그램을 설계한다. 지역사회관리를 강화하는 이러한 일련의 조치들은 특별관리가 필요한 퇴원환자에 대한 감독, 위험한 환자에 대한 감시등록제 도입 등으로 제도화되어 있다. 지역보건당국은 적응장애자를 위해서도 보건, 사회서비스를 제공하고 있다.

영국정부는 안정된 가족생활을 위한 지원프로그램을 제공하고 있다. 사회서비스당국은 사회복지사를 고용하여 편부모 가정이나 어려움에 처한 가족을 지원한다. 위험에 처해 있거나 가족이 돌보지 않는 아동과 노인을 돌보는 가족 등을 그 대상으로 한다. 지역당국이나 자원봉사조직은 부양자녀가 있거나 주택여건이 열악한 여성을 위한 쉼터도 운영하고 있다. 쉼터는 이들을 일시적으로 보호하면서 당면문제의 해결을 위해 지원을 아끼지 않는다.

지역당국이나 민간조직은 5세 미만의 유아를 위한 탁아시설을 운영한다. 1993년부터 5세 이상의 아동이 방과후나 휴일에 이용할 수 있는 보호시설이 운영되고 있다. 부모가 없는 17세 이하의 어린이는 지역당국이 보호한다.

효율적인 사회서비스는 사회복지사의 자질에 따라 전문적으로 제공될 수 있다. 영국정부는 사회복지사 교육훈련위원회를 설립하여 사회복지사업에 종사하려는 사람들을 교육, 훈련시킨다. 훈련을 마친 후 일정한 자격을 취득한 사회복지사는 주로 사회서비스당국에 채용되어 근무한다.

영국에서 자원봉사활동은 오랜 전통을 갖고 있다. 영국정부는 공공과 민간의 동반자 관계를 권장한다. 현재 영국에는 17만개 이상의 자원봉사조직이 등록되어 있으며, 영국 성인의 1/3이 자원봉사활동에 참여하고 있다. 자원봉사조직은 민간기부, 지방자치단체의 기금, 상업활동 및 투자수익 등을 통하여 기금을 조성하고 있다. 또한 계약을 통하여 이루어진 서비스에 대해서는 정부로부터 보조금 내지는 수수료를 받는다.

18

정치와 정부

1. 개관

영국은 단일국가이지만 그 구성은 상당히 복잡하다. 영국의 공식 명칭은 대영제국이라고 하는데 이는 잉글랜드, 웨일즈, 스코틀랜드가 있는 그레이트브리튼섬과 북아일랜드 및 부속도서를 포함한다. 영국의 공식명칭을 영어로 쓰면 그레이트브리튼과 북아일랜드연합왕국이라고 한다.

영국은 입헌군주국으로 왕권이 자손에게 혈통을 중심으로 계승되었지만 국민들의 권리는 '대헌장'에서 보장된 이래 지금까지 계속 보장되고 있다. 대헌장은 1215년 6월 15일에 당시의 국왕인 존이 승인한 국민의 자유를 보장하는 특허장으로 영국헌법의 기초가 되었다. 영국인들은 국왕과 왕가에 대한 충성심을 지니고 있다. 황족(왕의 친인척)뿐만 아니라 공작, 후작, 백작, 자작, 남작과 같은 귀족들도 작위를 계승한다.

귀족과 평민들 사이에 젠틀맨계급이 있는데 이들이 처음 등장하는 11세기에는 지주계급을 가리켰다. 1278년에 일정한 규모 이상의 수입이 있는 지주계급의 사람들은 기사라는 호칭을 부여받았다. 이는 일종의 훈장과 같은 것으로 현재에도 영국에는 일정한 수의 기사가 있다.

스틸이 주간한 잡지 『태틀러』에서 1714년에 젠틀맨을 신분이나 지위를 말하는 것이 아니라 행실, 행위에 관한 것이라고 규정한 이후 젠틀맨이라는 말은 넓은 의미로 해석되어 귀족, 상류계급 또는 교양 있는 사람이라는 뜻으로 사용되었다. 또한 명장이라는 말도 예전에는 젠틀맨에게만 사용하였으나 지금은 미스터라는 뜻으로 사용된다.

영국의 정치는 국왕의 고위관리들로 조직된 추밀원에 의하여 이루어졌었지만, 여기에서 사법권을 가진 법원이 독립하고, 소수의 추밀위원회가 조직되어 근대의 내각의 근원이 되었다. 내각이 1688년 이후 중앙정부의 실권을 차지함으로써 추밀원은 실권없는 기관이 되었다.

영국의 정당은 왕권을 지지하는 보수파 토리당과 시민의 권리를 주장하는 개혁파 휘그당에서 출발하였다. 양당의 출현은 내란(1642-49의 찰스 1세와 국회와의 싸움) 때 국왕을 지지하는 왕당파와 그에 대립하던 국회파에서 비롯하였다. 1688년 혁명 때 왕당파는 혁명을 반대하고, 국회파는 혁명을 찬성하였다. 또한 1832년 선거법개정안이 국회파에 의해 의회에 제출되었을 때 왕당파는 이것을 반대했다. 이후 왕당파는 보수당으로, 국회파는 자유당으로 불렸다. 이 두 정당이 계속 정권을 다투다가 19세기 말부터 제 3당인 노동당이 세력을 얻어 1924년과 1929년에 노동당 내각이 수립되었고, 1931년에는 거국일치내각이 수립되기도 했다. 이후 여러 번의 정권교체가 있었고, 최근에는 보수당과 노동당이 가장 큰 정당으로 활동하고 자

웨스트민스터궁과 빅벤

유당은 세력을 상실했다.

국회의사당(웨스트민스터궁)에는
하원과 상원의 회의실이 있다. 하원의
구조는 정면에 의장이 자리잡고 그를
향하여 왼쪽이 여당으로 맨 앞줄에 내
각의 각료들이 앉고, 의장을 향하여 오

상원 회의실 　　　　　　 하원 회의실

른쪽에 야당이 위치한다. 야당의 맨 앞줄에는 그들이 정권을 갖으면 각료가 될 사람들
이 앉아 있는데 이들을 그림자내각이라고 한다. 이 두 정당이 책상이 없는 긴 의자에
서로 마주보고 앉아 정책에 대하여 토론을 한다. 여당과 야당 사이에는 긴 책상이 놓여
있고 그 위에는 성경과 의장의 지휘봉이 있다. 제 3당 등의 소수당은 의장의 정면에 자
리잡고 앉는다. 상원은 국회의사당 내에 호화롭게 꾸며진 회의장을 사용한다. 정면에
는 국왕과 여왕의 좌석이 있으며, 그 앞에 의장의 자리가 있다. 상원의장은 법조계의
일인자이며, 국새봉지관을 겸한다. 하원은 국민의 선거로 선출되는 국회의원들로 구성
되고, 상원은 황족과 영국의 귀족 전부, 스코틀랜드와 북아일랜드 귀족의 일부 및 영국
국교회의 고위사제인 성직 상원의원으로 구성된다. 예전에는 하원에서 가결된 법안이
상원에서 부결되는 경우도 있었다. 상원은 1999년에 해산되어 이제 역사적 유물이 되
었다.

지방행정조직은 1888년에 군으로 개편되었다. 이것은 시골지구와 도시지구로 나
누어진다. 시골지역은 우리나라의 면 정도, 도시지역은 읍이나 도시의 구 정도 크기이
다. 군 안에 여러 지구가
있고, 그 지구는 교회를
중심으로 하는 교구라는
단위로 나누어진다. 교구
에는 교구교회가 있어 일

성로런스 교구교회 　　　　　　 콤 마틴 교구교회

종의 동사무소 역할을 한다. 교구교회는 호적, 세례, 결혼, 사망과 같은 사실들을 기록하고 있으므로 우리나라의 동사무소와 같은 역할을 한다. 오늘날에는 인구단위로 교구를 조정하여 교구보다 좀더 큰 시민교구를 설치하여 일반행정을 담당하도록 하고 있다. 군과 지구에는 일종의 의회가 있고, 군의 행정책임자는 명예직으로 주지사와 주장관이라는 집행관이다. 1835년에 우리나라의 읍과 같은 자치도시가 생겨났다. 자치도시는 시장과 부시장, 시의회 의원들로 구성된 시 위원회에 의하여 운영된다. 대도시에 설치된 자치도시는 그것이 위치한 군과는 다른 별개의 행정조직으로 운영된다. 런던은 여러 개의 군이 합하여 이루어진 것으로 그 중심은 독립된 자치도시인 런던시이다.

정부의 정책은 정치적 중립을 유지하며, 정부부서와 행정기관에 의해 집행된다. 영국정부는 입헌군주제와 의원내각제를 채택하고 있어 형식상 및 의전상의 국가원수는 왕(현재는 엘리자베스 2세 여왕)이다. 실제 국정운영은 국회다수당의 당수인 수상이 이끄는 내각이 담당하며 내각을 구성하는 20명의 각 부의 장관들은 국회의원 중에서 수상이 임명한다. 장관들은 각종 국가 사안들을 책임진다. 대부분의 장관들은 하원 소속이다. 총리는 내각의 수반이며, 장관을 임명하고 면직하는 권한이 있다. 내각에는 부처 없이 특별 임무를 수행하는 장관들도 있다. 각료회의는 비공개로 진행되며, 회의록 또한 비밀로 분류된다. 수상 관저를 포함한 정부 중앙부처는 런던시내 국회의사당 인근의 화이트 홀에 밀집해 있어 흔히 영국 중앙정부를 일컬을 때 '화이트 홀'이라고 부르기도 한다.

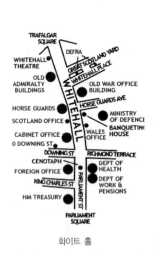

화이트 홀

2. 군주제

영국의 국왕은 19세기 초 조지 3세가 정신질환을 일으킬 때까지 정치를 주도하였고, 영국은 제한적이기는 하지만 여전히 왕국이며 왕정이었다. 19세기에 들어서야 "군림하지만 통치하지 않는다"는 왕권의 개념이 확실해졌다.

21세기에 왕정은 시대착오적인 것으로 보일 수 있지만, 영국에서는 대중민주주의의 도래와 더불어 왕실의 역할이 오히려 더 강조되었다. 영국의 국왕들이 국민의 사랑을 받는 경우는 드물었다. 엘리자베스 1세에 대한 국민의 열광적인 사랑이 스튜어트와 하노버왕조에서는 재생되지 않았다. 빅토리아여왕(1837-1901)은 처음에는 인기가 있었으나, 1861년에 남편 앨버트공이 죽은 후 인기가 식었다.

오늘날 왕실은 국민적 통일의 상징이다. 국왕은 실질적 권력은 거의 지니지 않고 있지만 상징적 의미는 오히려 더 강화되었다. 영국왕실이 이러한 상징적 의미를 가지게 된 것은 의도적인 이미지 구축의 결과였다. 영국왕실의 이미지 형성 작업은 18세기 말부터 시작되었다. 18세기 말 미국 독립전쟁에서의 패배와 프랑스혁명, 나폴레옹전쟁 등에 직면하여 대중을 규합하고 단결을 확립할 절대적 필요성이 생기자 국가적 차원에서 왕실의 고양과 의식화가 조지3세와 대신들에 의해서 시작되었다.

엘리자베스 2세

나폴레옹전쟁 후 1870년대까지 조지 3세(1760-1820), 조지 4세(1820-1829), 윌리엄 4세(1830-37) 및 빅토리아여왕(1837-1901)으로 이어지면서 점차 왕권이 강화되었다. 1914년 이후 엘리자베스 2세의 즉위(1953)까지의 시기는 전쟁과 혁명으로 인해서 유럽 강대국들의 왕정이 전부 폐지되었다. 이러한 과정에서 영국만이 유일하게 왕정을 유지한 것은 영국왕실을 특별한 것으로 만들었다. 입헌군주로서의 국왕의 지위가 더욱 확고해진 반면 국

조지 4세

왕에 대한 존경은 하층대중만이 아니라 도시의 중산계급과 지방호족에까지 확대되었다.

현재의 영국여왕은 실질적인 권한은 없지만 국가의 원수일 뿐만 아니라 국가의 단결을 의미하는 중요한 상징이다. 영국에서 군주제는 1,100여 년 전에 시작되었다. 현재의 여왕은 829년 잉글랜드를 통일한 에그버트왕의 직계 후손이다. 초기 군주들은 절대권력을 행사했지만 의회와 사법부의 발달과 함께 권력이 축소되었다. 왕과 의회의 권력투쟁의 결과 1689년에 제한적인 입헌군주제가 확립되었다.

입헌군주국의 바탕이 된 권리장전의 작성과정과 내용은 다음과 같다. 1688년에 국회가 권리청원을 제출해서 윌리엄 3세가 승인하고, 이듬해인 1689년에 정식으로 선포되었다. 이로써 영국은 왕을 섬기지만 법에 따라 국가의 일이 결정되는 입헌군주국의 바탕을 굳히게 된다. 권리장전은 국왕의 통치력을 억제하는 수단으로 마련된 것이므로 국회의 힘을 강하게 하는 다음과 같은 조항들을 포함하고 있다.

① 국회의 승인없이 법을 만들지도 없애지도 못한다.
② 국회의 승인없이 세금을 거두지 못한다.
③ 국회의 승인없이 군대를 키우거나 늘리지 못한다.
④ 국회가 나라 일로 왕에게 간섭하는 것은 합법이다.
⑤ 국회의원 선거는 자유로이 실시한다.
⑥ 국회는 무슨 말이건 마음대로 할 수 있는 언론 자유를 갖는다.
⑦ 국회는 자주 정기적으로 열리며 일정기간이 지나기 전에 해산시킬 수 없다.

영국에서 입헌군주제는 명예혁명(1688) 때 국왕·귀족·서민의 3자가 나라의 질서를 구성한 이후부터 실시되고 있다. 영국은 국왕을 국가 원수로 모시는 의회 민주주의 국가이다. 영국의 국왕은 군림하되 지배하지 않는 상징적 권위를 갖고 있으며, 정치의 실권은 수상이 행사한다. 국왕은 의회의 승인 없이는 정치를 행할 수 없도록 의회 정치의 방향을 확고히 했고 몇 차례 선거제도의 개정이 있었으며 의회에는 보수당과 자유당이 생겼다. 빅토리아여왕시대에 이르러 소시민과 노동자에게도 선거권이 주어 졌다. 의회는 상원과 하원의 이원제이고 귀족들의 의회인 상원은 정원이 없지만 국민 들이 선출한 국회의원들의 의회인 하원은 정원 650명에 임기 5년이다.

영국여왕은 국가를 상징한다. 현재 여왕은 국가의 중립적 수반의 역할을 한다. 법적으로 여왕은 행정부와 사법부의 수반, 전군최고사령관, 영국국교의 '수장'이다. 여왕은 상징적 중요성을 지닌 몇 가지 역할을 수행하고 있다. 여왕은 의회를 소집, 해산하며 법안을 재가한다. 또 총리, 법관, 군대의 요직, 총독, 외교관, 영국국교의 고위 성직자 등 많은 주요 공직자들을 공식 임명한다.

전통적 의식은 아직도 중요한 일부이다. 왕실의 결혼식과 장례식은 국가 행사이 다. 6월에 공식적으로 열리는 여왕탄신기념식 때 여왕근위병의 열병식인 군기분열식이 행해진다.

3. 국회

1215년 7월 15일 영국의 존왕이 분노에 떨며 서명하여, 영국 최초의 헌법이자 오늘날 민주주의의 주춧돌이 된 『대헌장』의 내용은 첫째, 대표가 없는 곳에 세금은 없다. 왕이 세금을 거두려면 세금을 내는 자, 즉 귀족과 신하의 동의를 얻어야 한다. 둘째, 자유민의 체포와 처벌은 법에 따라 행해져야 한다. 왕에게서 세금거둘 권리를 크게 제한한 이 대헌장으로 인하여 영국의 왕은 큰 권력을 휘두를 길이 막혀 버리고, 사실상의 권력은 세금을 내는 대표자회의(납세자 대표회)로 넘어가게 되는데 이로써 영국에는 이른바 국회가 탄생할 기틀이 마련되었다. 대헌장의 서명이 뜻하는
또 다른 의미는 '왕의 명령이 곧 법'인 전제정치로부터 법에
따른 정치, 즉 법치주의로의 길이 열리게 된 것이다. 이후 대
헌장을 어기고 마음대로 권력을 휘두르는 헨리 3세에 맞서
반란을 일으킨 시몽 드 몽포르에 의해 1265년에 영국 역사상
처음으로 각주, 지방대표들이 모인 의회가 열리게 되었는데

헨리 3세

이것이 영국국회의 탄생이었으며 오늘날 세계 모든 민주주의 나라들이 뒤따르고 있는
의회제도의 첫 출발이다. 영국의 국회는 1341년에 둘로 갈라져 귀족과 승려 등 고귀한
신분을 가진 사람들로 이루어진 상원과 농장주인, 돈 많은 상인, 학식 있는 평민 등 국
민의 대표들로 이루어진 하원의 양원제 국회로 발달
하게 된다.

　　국왕은 국회를 누르고 자기 권리를 지키려고
온갖 수단과 방법을 가리지 않았으며, 이에 맞서 국
회는 자신의 권리를 실력으로 지켜왔고 차츰차츰 그
들의 권리를 넓혀 드디어 나라의 대권을 왕에게서
완전히 빼앗아 오기까지 이른 것이다. 영국사람들은
하루아침에 모든 것을 뒤엎고 새 세계를 만들려 했
던 것이 아니고 그들이 왕으로부터 약속받은 권리를
계속 확인하면서 조금씩 새 권리를 주장해 왔다. 과
거를 존중하고, 그 위에 새로이 발전을 꾀하는 전통
을 존중하는 영국인의 습성은 이처럼 깊은 뿌리를
갖고 있다. 이러한 국민성 때문에 영국에서는 한꺼번
에 뒤집는 혁명이 없이 조용한 가운데 끊임없는 개
혁이 이루어져 왔다.

영국국회: 1300년경

국회는 여왕과 상·하원으로 구성되고 상원은 세습 및 종신귀족과 교회의 주교 등 약 1,000명으로 구성된다. 상원은 1999년에 해산되어 이제는 더 이상 존재하지 않는다. 하원은 각 지역구를 대표하는 650여 명으로 구성되어 있다. 수상은 하원의원으로부터 나오며 여왕에게 행정부의 일반 업무를 보고하고 내각을 구성한다. 런던 중심에 위치한 장관들의 거주지인 다우닝가 10번지에 수상의 집무실이 있다. 내각은 수상이 지명한 약 20여 명의 장관들로 구성되어 있다. 영국은 지방정부가 발달하여 민주적으로 선출된 각 주의 공무원들이 자치적으로 일을 수행한다.

4. 사법체계

영국법은 성문법, 관습법, 구주공동체법, 판례법, 기타 법률(예: 국제법, 의회법) 등으로 다양하게 구성되어 있다. 또한 잉글랜드, 웨일즈, 스코틀랜드, 북아일랜드가 제각기 상이한 법체계와 법정을 운영한다. 근래에 제정되는 성문법은 영국전체에 적용되는 경우가 많다. 성문법은 의회제정법, 부령 및 지방자치 조례로 구분된다.

대법원

    일반사건은 보통 3심제로 운영(형사지방법원, 지방법원, 고등법원)되는데, 극히 경미한 범죄사건은 치안재판소에서 재판하며, 재판판례가 극히 중요한 사항이라고 법정이 인정할 때는 대법원에서 최종적으로 판정, 확정한다. 수사와 기소는 각각 경찰과 검찰에 의해 이루어진다. 경찰은 검찰의 지휘를 받지 않고 수사하며, 검찰은 경찰의 수사결과에 기초하여 기소 여부를 판단하고 기소절차를 담당한다.

5. 행정부

행정부는 추밀원 및 내각으로 구성되며, 내각수반은 수상이다. 수상은 하원의 다수당 지도자중에서 국왕이 임명하는데 정부업무 전반에 걸쳐 국왕에게 보고하고, 장관 등 고위공직자 임명을 건의하며, 각의를 주재하고 각료들의 업무를 분장시키는 책임을 진다. 내각은 각 부처장관 및 무임소장관 등 약 20여 명의 정부각료들로 구성되며, 실질적인 행정권을 행사한다.

중앙정부의 각 부처는 런던의 중앙관청가에 소재하고 있으며, 전국적으로 주요 읍과 시에 지역 또는 지방사무소를 두고 있다. 각 부의 최고 책임자는 장관이며, 장관을 자문하는 사무차관에서부터 지역사회에서 법과 규제의 수행을 보조하는 보조사무원에 이르는 계층적 구조를 통해 장관에게 직접적 책임을 지는 공무원이 있다.

추밀원은 현재까지 기능하고 있는 가장 오래된 형태의 입법기구로 그 기원은 노르만왕조시대 왕의 사적인 조언기구에서 비롯되었다. 17세기까지는 왕과 왕의 참모조직인 추밀원이 정부였으며 의회의 역할은 재정부담을 승인하는 데 한정되었다. 오늘날의 추밀원은 제한되고 형식적인 집행기능을 보유하고 있다. 여왕은 추밀원의 조언을 듣고 '긴급칙령'을 공식적으로 발표할 수 있다. 이 긴급칙령은 의회에서 제정되는 법령에 의해 집행된다. 여왕은 또한 추밀원의 자문을 듣고 각종 포고를 공식적으로 승인한다. 추밀원은 또한 제한된 사법적 기능도 수행한다. 추밀원 위원은 수상의 추천에 따라 국왕이 임명하며, 현재 추밀원 위원 수는 약 400명인데 내각의 전 구성원과 다수의 차관급 관료, 상하양원의 야당원내총무들 및 원로급 판사들과 영연방의 중요인사 중 선임된 자들로 이루어진다. 추밀원총회는 국왕의 사망 또는 결혼의사 발표 시에만 개최된다. 수상과 각료 및 모든 공무원은 여왕의 이름으로 임명된다.

수상은 전통에 따라 하원 다수당 지도자를 국왕이 임명하며 재무부 수석장관과 공무원장관을 겸직한다. 수상은 정부업무 전반을 국왕에게 보고하며 각의를 주재하고 각료들의 업무를 분장시키는 책임을 지고 있으며, 일상 행정업무 이외에 하원 내 다수 당의 지도자로서 하원에 정기적(블레어수상 취임 이후 화 · 목 15분씩 주 2회에서 수요일 30분 주 1회로 축소)으로 출석하여 의원들의 질의에 답한다.

내각은 각종 국가 사안들을 책임지는 장관들로 구성되어 있다. 대부분의 장관들은 하원 소속이다. 총리는 내각의 수장이며, 장관의 임명 및 면직 권한을 갖고 있다.

6. 정당체제

영국의 정당체제에도 지속성이 강하게 남아 있다. 오늘날의 정당체제는 1670년대 왕정복고기에 기원을 두고 있는데, 이때 붙여진 토리라는 이름이 여전히 통용되고 있는 사실은 영국 정당제도의 지속성을 잘 반영한다. 18세기 전반기에는 양당체제가 거의 작용하지 못하다가 조지 3세가 왕의 특권을 회복하면서 정당정치가 활성화되었다. 영국의 정당체제는 비록 그 내용은 토리와 휘그, 보수당과 자유당 그리고 보수당과 노동당으로 변화하였지만, 거의 지속적으로 양당체제를 유지하여 왔다. 20세기 전반기와 1980년대 이후 양당체제가 흔들린 시기도 있었다.

토리와 휘그의 구분은 스튜어트왕조 후기에 왕위계승을 둘러싼 갈등을 겪으면서 나타났다. 제임스 2세의 후계자 문제를 놓고 스튜어트왕조의 혈통에 의한 계승을 주장한 토리당과 가톨릭교도의 왕위계승을 배제하고자 한 휘그당이 갈등을 벌였다. 결국 휘그당의 명분론이 승리하여 하노버 왕조가 시작되었고 이후 휘그당의 독점이 계속되었다. 그러나 조지 3세의 즉위와 더불어 정당간의 경쟁이 다시 시작되었다. 이때의 양상은 토리당과 휘그당이라기보다는 궁정파와 반궁정파로 구분될 수 있

제임스 2세

었지만, 곧 다시 토리당과 휘그당으로 정리되었다. 19세기 초 의회 개혁의 문제, 산업자본가들의 대두와 대중의 독립적 정치활동의 시작이 토리-휘그 양분체제에 새로운 중요성을 부여함으로써 양당 체제는 1832년의 선거법개정을 계기로 보수당과 자유당으로 변모 하였다. 이때 휘그당은 새로 부상하는 중간계급을 흡수하고 경제 성장과 자유시장을 핵심가치로 받아들였다.

필

보수당의 주된 지지층은 왕실, 국교회, 지주층이었다. 그러 나 지주층의 이익을 지탱해주던 곡물법이 토리당의 로버트 필 수 상에 의해서 폐지되자 토리당은 분열되었다. 토리당에서 갈라져 나온 사람들이 자유당으로 결집하는 과정을 거쳐 1850년대에 보

밀

수당과 자유당으로 정리되었다. 자유당이라는 정식 명칭은 1859년부터 사용되었다. 보 수당이 비교적 동질적인 지주층과 재산소유자로 구성된 데 반해, 자유당은 휘그당의 사람들, 토리당으로부터 갈라져 나온 필의 추종자들, 존 스튜어트 밀과 같은 급진주의 적 지식인 그리고 중간계급 상인과 산업자본가들로 구성되었다. 따라서 매우 극단적인 반대성향을 보이는 두 집단의 공존은 항상 폭발할 가능성을 지니고 있었다. 그럼에도 불구하고 1850년대에 이들 모두는 자유무역에 대한 신념을 공유하였다.

보수당과 자유당은 엄격한 의미에서 계급정당이 아니었다. 양당은 모두 귀족과 중간계급을 포함하였다. 자유당이 중산계급의 이익을 더 많이 반영하는 정책을 유지하 였지만, 양당을 구분하는 주된 기준은 계급보다는 종교와 이념이었다. 보수당이 확고 한 국교회주의자들로 구성된 반면 자유당은 비국교도들을 포용하였고 종교적 관용을 지지하였다. 자유당은 또한 스코틀랜드와 웨일즈, 아일랜드 등 비교적 소외된 지역을 대변하였으며, 노동계급이 대두하면서 이들도 포섭하였다.

1900년에 노동당이 창당되어 양당체제가 흔들리게 되었고, 세 당이 서로 번갈아 정권을 잡는 상황이 1945년까지 계속되었다. 보수당은 1916-45년 사이에 3년 정도만

제외하고는 연립내각을 포함해서 집권당의 자리를 유지했다. 자유당이 쇠퇴하고 노동당이 아직 안정되지 않은 상태에서 보수당의 지배가 가능했던 것이다. 1945년 이후에는 다시 보수당과 노동당이라는 양당체제로 되어, 1970년대까지 양당은 98% 이상의 득표율을 획득하였다. 이러한 상황은 1981년에 노동당으로부터 분리되어 결성된 보다 온건한 중도파인 사회민주당과 자유당의 약진으로 달라졌다. 그 결과 1989년에 보수당과 노동당은 국민의 절반 정도의 지지를 얻었다. 그러나 영국의 선거제도는 소선거구제이기 때문에 양당은 이 정도의 득표율로도 의회에서 압도적 과반수 의석을 차지할 수 있었다. 보수당과 노동당이 압도적 과반수를 차지할 수 있었던 데에는 군소정당이 많이 출현했기 때문이다. 당시에 부침했던 군소정당으로는 자유당, 사회민주당, 스코틀랜드민족당, 웨일즈민주당, 얼스터연합당, 사회민주노동당 및 얼스터민중연합 등과 북아일랜드의 군소 정파가 있었다.

1940년대 이래 대부분의 하원 의원들은 보수당이나 노동당에 속했다. 각 정당은 전국적인 조직을 보유하고 있다. 정당들의 활동 중 기금 모금 활동이 중요한 부분을 차지한다. 주요 정당들은 각종 연회, 바자, 경품추첨, 기부금 등을 비롯한 갖가지 방법으로 기금을 모금한다. 노동당은 노동조합으로부터 기금의 대부분을 조달받고 있지만 그 비율은 점차 감소하고 있다. 보수당은 전통적으로 민간기업으로부터 재정 지원을 받고 있지만 민간기업들은 모든 정당들에 기부를 할 수 있고 또 실제로 하고 있다.

하원 의장은 '스피커'라고 하는데 1377년 이래 계속 존재한 직책이다. 새로운 의회가 구성된 직후 여당은 야당과의 협의 하에 후보를 내세워 하원에서 선출한다. 의장의 가장 중요한 자질은 불편부당성이며, 소수파의 권한을 보호하는 의무가 가장 중요한 임무 중의 하나이다. 상원의장과는 달리 내각

하원 토론회에 참석한 블레어 총리

의 일원이 아니며 표결에도 참가하지 않는다. 그러나 가부동수인
경우에는 그 사안에 대해서 자신의 의견을 표명하지 않는다는 전
제 하에 캐스팅보트를 행사한다. 일단 의장에 선출되면 차기 회의
에서도 계속 의장으로 선출되는 것이 관례화되어 있으므로 본인
이 은퇴(또는 사망)할 때까지 평생 의장직을 맡는다.

마틴

　　노동당 출신의 베티 부쓰로이드는 700년 영국 의회 사상 최초의 여성 하원의장
이며, 제 2차 세계대전 이후 최초의 야당출신 하원의장으로 1992년에 선출되어 2000
년에 은퇴할 때까지 의장직을 수행했다. 2001년부터는 현재까지 마이클 마틴이 하원
의장이다.

7. 공무원

영국에서 공무원이라 하면 통상적으로 중앙정부와 책임운영기관에 속해 있는 공무원
만을 지칭한다. 공무원은 국회에 출석하여 발언할 수도 없고, 국왕의 신하로서의 지위
를 가지며 철저한 정치적 중립을 지킨다. 그렇기 때문에 잦은 정권교체에도 불구하고
국가정책의 지속성이 유지된다. 공무원의 인사기능은 각 부처와 책임운영기관에 이양
되어 기관별로 자율적으로 결정되고 운영된다. 이와 같은 지나친 분권화로 인한 기관
간의 이기주의를 극복하고 고위공무원의 역량을 강화하기 위해 1996년부터 약 3,000
여 명의 고급공무원단은 중앙정부 차원의 통일된 인사관리를 받고 있다.

　　지방행정조직은 지방자치단체의 유급직원으로 구성된 지방공무원에 의해 운영
된다. 공무원은 효율성과 공정성을 기준으로 한 평가 실적에 따라 임명되고 승진되며,
지방의회가 승인한 정책과 절차규정에 따라 업무를 수행한다.

지방공무원은 국가공무원과 달리 통일된 단일기관에 의해 충원, 관리되지 않는다. 또한 국가공무원처럼 다른 지역으로 전보, 배치될 수도 없다. 그렇지만 지방공무원의 보수와 근무조건은 노동조합과 지방자치연수원, 전국협상기구를 통해 전국적으로 거의 표준화되어 있다.

지방자치단체는 1944년 이후 지방공무원전국합동평의회라고 하는 전국적 협상기구를 발전시켜 왔다. 이는 소방원, 청년지도자, 육체노동자, 기능공, 교사 등과 같은 직업군을 포함한 약 40여 개의 많은 위원회로 구성되어 있으며 지방공무원의 봉급수준과 업무조건을 협상하는 기능을 수행한다.

8. 지방정부

영국에서 주민자치 제도가 실행되어 전 주민이 자치에 참가할 수 있게 된 것은 다른 정치적 참여와는 달리 오랜 역사를 갖고 있지 않다. 1835년에 도시단체법이 제정되어 도시지역에서는 전 주민이 자치에 참가할 수 있게 되었다. 읍 · 면 정도 크기의 자치단체에서는 1888년에 제정된 지방자치법에 의해 주민자치가 행해졌다. 그 이전에는 국왕이 임명한 치안판사가 통치했다. 영국 지방자치의 가장 큰 특징 중의 하나는 '법률에 의해 권한이 주어지기 전에 지방자치단체는 어떤 것이든 행할 수 없다'는 원칙에 따르는 것이다. 일단 법률에 의해 권한을 갖게 되면 매우 폭넓은 활동을 할 수가 있다. 따라서 지방자치에 관한 법률이 생길 때마다 지방자치단체의 권한은 확장되어 왔다. 영국의 지방자치단체는 군 · 특별시 · 시 · 읍 · 면 · 교구 및 특별지방공공단체 등이 있다. 특별시는 군과 동격이지만 실제 권한은 군 이상으로 크며, 시 · 읍 · 면은 군을 세분화한 지방자치단체이고 교구라는 지방자치단체는 마을을 세분한 단체로서 시골지방에만 있다. 특별지방공공단체는 단일 목적단체로 특정의 일을 행하기 위하여 설치된 지방자치단체이다.

지방자치단체의 종류에 따라 그들이 갖고 있는 권한의 차이가 매우 크다는 점이 영국 지방자치단체의 특징이다. 특별시·군·시·읍·마을의 순서로 지방자치활동의 넓이가 다르며, 특별시는 폭 넓은 자치권을 갖고 있다. 자치단체에서는 지방의회가 의결기관인 동시에 집행기관이다. 의회에서 선출되는 장이 지방자치단체의 의장이 된다. 자치단체의 장을 포함한 모든 지방의회 의원은 명예직으로 실비변상 이외의 보수를 받지 않는다. 많은 사람들이 정치경험을 가질 수 있도록 의원수가 많은 것도 영국의 전통이다.

영국의 중앙정부와 지방정부는 기능을 분담하여 활동하고 있으나 지방정부의 재정자립도가 극히 낮아 중앙정부에 과도하게 의존하고 있다. 중앙정부는 국방, 외교, 통화관리, 보건, 사회보장(연금 등), 산업, 교통, 국가적 치안, 사법, 해외원조, 지방정부 재정지원 및 이에 따른 감사 등을 책임지고 있다. 이에 반해 지방정부는 교육, 주택, 사회복지, 환경(쓰레기 등), 경찰, 소방 등과 같은 주민생활과 밀접한 공공서비스를 제공한다. 최근에 정부개혁으로 학교운영도 중앙정부가 할 수 있도록 하였고, 많은 서비스 기능을 민간에 이양하도록 하여 지방정부의 기능이 축소되었다.

영국의 지방자치단체는 외관상 직접 선출된 자치제의 유형으로만 구성되어 있는 것처럼 보인다. 그러나 지방자치단체는 지방서비스를 공급하고 관리하는 것을 보조하는 조직과 기관의 다양성 때문에 매우 복잡하다. 지방서비스를 제공하는 기관들은 중앙부처의 지방사무소, 보건과 상하수도와 같은 특수한 기능을 수행하기 위한 공공기관, 공기업의 분산된 단위조직, 자치적 또는 반자치적 조직, 선출된 의원들로 구성된 지방자치단체 등의 복잡한 구조로 되어 있다. 또한 정당과 지방압력단체 및 직능단체 등과 같은 지방에서 활동하는 비정부기관도 많이 있다.

지방자치구역은 잉글랜드, 웨일즈, 스코틀랜드, 북아일랜드 등 4개의 구역으로 나누어져 있으며 정치적, 행정적, 문화적, 경제적, 사회적 행위가 제각기 이루어지고 있다. 잉글랜드 자치행정구역 면적은 130,439㎢로서 가장 넓으며 광역자치단체인 군이 38개이다. 웨일즈의 자치행정구역 면적은 20,766㎢이고 8개의 군으로 이루어져 있다. 가장 위쪽에 위치한 스코틀랜드의 자치행정구역 면적은 77,080㎢이고 12개의 군이 있다. 북아일랜드는 아일랜드 공화국 위쪽에 위치하고 있으며, 자치행정구역의 면적은 14,147㎢로서 가장 좁다.

런던의 지방자치단체는 국가수도로서의 중요성과 함께 규모가 상당히 커서 다른 지역의 지방자치단체와는 여러 가지로 구별되는 특징을 지니고 있다. 런던인구가 약 750만으로 영국 전체인구의 1/7을 차지하기 때문에 다른 군과는 다른 조직을 가질 수밖에 없다. 1985년에 지방자치법에 따라 광역런던의회가 폐지되고 런던시와 32개의 런던구라는 지방정부가 만들어졌다.

역사상 중요한 사건

■ 양모산업의 발달

정복자 윌리엄 때문에 앵글로색슨족은 자유를 박탈당하고 농노가 되었다. 농노화된 농민의 지위는 14세기부터 점차 향상되고 농민의 계층분화가 진행되었다. 특히 1348-49년에 영국을 휩쓴 흑사병은 영국 인구의 1/4 이상을 줄였다. 그 결과 노동력이 부족하게 되어 농민의 지위가 높아지게 되었다. 영주계급은 농업노동력을 확보하기 위해 농민을 보다 더 억압하려 했고, 이에 반발하는 농민들은 세력을 결집하기에 이르렀다. 와트 타일러 등의 농민봉기가 발생했다. 농민들의 산발적인 봉기는 실패했지만 부역이 폐지되고 지대가 인하되었으며, 결국은 장원이 붕괴하게 되었다.

이는 농업형태를 바꾸었고 결과적으로 목축업의 발전을 가져왔다. 대규모 농장이 발달하여 양을 대규모로 사육하고 그 결과 양모산업이 발전하게 되었다. 14세기에 영국의 무역은 양모를 중심으로 발전하였으며, 머천트 스테이플러스가 일종의 상인 길드로서 무역독점권을 가지고 왕실 재정의 한 기둥이 되었다. 그러자 머천트 스테이플러스의 규제에서 벗어난 모험상인들이 등장하였고, 15세기에는 모험상인회사가 등장하여 이들이 모직물 무역의 독점권을 가지게 되었다.

와트 타일러의 죽음

■ 절대왕정확립

장미전쟁으로 귀족세력이 쇠퇴하자 헨리 7세는 절대주의 정권의 기초를 확립하였다. 그는 귀족이 가신단을 거느리는 권리와 재판권을 박탈하고 시민을 추밀원에 기용하였으며, 해운법을 제정하여 상인을 규제하고 왕실재정을 튼튼히 하였다. 헨리 7세의 뒤를 이어 왕위에 오른 헨리 8세는 이혼문제를 계기로 1534년에 수장령을 내리고 자신이 직접 교회의 수장이 되었다. 로마교황청과 완전히 분리된 영국성공회를 국교로 정하고 이에 복종하지 않는 수도원을 해산시키고 그 영지를 몰수하였다.

왕위를 계승한 헨리 8세의 아들 에드워드 6세의 통치 하에서 서머싯공과 워릭백작은 가톨릭에 따르던 교지내용마저 신교화함으로써 헨리 8세의 사업을 철저히 하였다. 에드워드 6세의 뒤를 이은 여왕 메리는 로마의 교황과 화해하여 가톨릭으로 돌아갔으며 수장령을 폐지하고 신교도를 박해하였다.

메리의 뒤를 이은 여동생 엘리자베스 1세는 가톨릭과 신교의 반목 때문에 정치가 흔들리는 점을 바로잡았다. 여왕은 몰수되었던 수도원의 영지를 차지하고 신흥계급을 통제하기 위해 에드워드 6세의 정책을 부활시켰으며, 수장령과 통일령을 새로 제정하고(1559) 영국성공회를 국교로 명실공히 확립하였다. 여왕은 가신단을 해체하고 수도원의 영지를 몰수하였다. 또한 인클로저운동 등으로 생긴 빈민을 구제하기 위한 대책으로 구빈법을 제정하고, 도제조례를 제정하는 등 국내정책을 충실히 수행하였다. 한편 여왕은 식민사업도 활발히 추진하여 러시아회사, 레반트회사, 동인도회사의 독점권을 인정하는 등 중상주의 정책을 실시하였다. 또한 군사력을 강화하여 무적함대로 알려진 스페인의 함대를 격파하여 제해권을 장악하였다. 미혼의 엘리자베스여왕은 국내외적으로 훌륭한 정책을 펼쳐 국가를 융성하게 하였으며, 절대왕정을 완성하였다. 영국의 절대왕정은 엘리자베스시대에 정점에 달했다.

■ 시민권의 향상

1558년부터 1603년까지 영국을 통치한 엘리자베스 1세는 독신으로 자식이 없었다. 그녀의 사후 영국의 왕권은 스튜어트왕조로 넘어갔다. 혈연에 따라 스코틀랜드의 왕 제임스가 잉글랜드의 왕을 겸하여 제임스 1세가 됨으로써 스튜어트왕조가 시작되었다. 그는 1605년의 가이 포크스가 주동한 가톨릭교회의 화약음모사건을 계기로 가톨릭을 탄압하고 칼빈파 청교도를 박해하였다.

청교도가 많은 의회와 왕권신수설을 주장하는 국왕의 대립은 제임스 1세의 뒤를 이은 찰스 1세시대에 이르러 더욱 첨예하게 되었다. 공채나 조세는 의회의 찬성을 필요로 하고, 백성을 함부로 체포하거나 투옥하지 못한다는 것 등을 주요내용으로 한 권리청원을 의회가 1628년에 통과시키자 찰스 1세는 의회를 해산시켰다. 찰스 1세는 정부의 재원을 조달하기 위해 1640년에 의회를 소집하였으나 청교도가 지배권을 갖고 있는 의회는 국왕의 요구를 반대하였고, 국왕은 의회를 해산했다. 이 의회를 단기의회라 한다.

같은 해에 다시 소집된 의회를 장기의회라 하는데 이 의회에서 국왕과 의회의 반목이 더욱 격화되었다. 1642년에 의회파와 왕당파 사이에 내전이 일어났다. 1647년까지 계속된 이 내전은 의회군의 승리로 돌아갔지만 청교도는 온건주의 장로파와 급진주의 독립파 및 평등파로 분열되었다. 국왕은 스코틀랜드의 장로파와 결탁하고 각지의 왕당파의 지지를 얻어 다시 내전을 일으켰다. 이 내전은 독립파와 평등파가 승리하여 찰스 1세는 1649년 단두대에서 처형되고 올리버 크롬웰을 지도자로 하는 공화정부가 설립되었다. 이것을 청교도 혁명이라 칭한다.

청교도 혁명 이후 상원은 폐지되고 장로파와 토지배분을 요구하는 농민과 군인 등 평등파도 탄압받았다. 크롬웰의 공화정부는 스코틀랜드와 아일랜드를 원정하여 평정하고, 제해권에 대한 네덜란드의 도전을 물리치고 스페인 함대를 격파하는 등 대외정책에서 성공하였다. 그렇지만 국내에서는 엄격한 종교정책과 군사독재로 국민의 불만이 팽배해졌다.

독재자 크롬웰이 죽자 의회는 1660년에 신교의 자유를 인정하고 대헌장과 권리청원을 존중할 것을 맹세한 찰스 2세(찰스 1세의 아들)를 망명해 있던 네덜란드에서 귀환시켜 맞아들이고 왕정을 부활시켰다. 새로 구성된 의회는 소수의 장로파와 다수의 왕당파로 이루어졌으며, 왕당파는 영국성공회 신자만 국왕이 될 수 있다는 심사율을 제정하고 국교주의의 재건에 주력하였다. 그러나 가톨릭으로 개종하고 프랑스의 루이 14세와 밀약을 맺은 찰스 2세와 의회의 대립이 점차 표면화하였다.

의회는 가톨릭교도인 제임스 2세(찰스 2세의 동생)의 왕위계승을 둘러싸고 휘그당과 토리당으로 분열되었다. 이 두 당파는 계속하여 다투었는데 찰스 2세의 사후 제임스 2세는 가톨릭과 절대주의의 부활을 꾀하여 휘그당뿐만 아니라 토리당과도 적대적으로 되었다. 두 당파는 타협하여 1688년에 제임스의 딸 메리와 그 남편 윌리엄을 네덜란드에서 맞아들여 메리 여왕과 윌리엄 3세로 추대하고 제임스 2세를 축출하였다. 제임스 2세는 프랑스로 망명하였으며, 이를 명예혁명이라 칭한다. 왕은 의회의 승인 없이 법의 정지시키거나 면제하지 못하고, 금전을 징수하지 못하며, 상비군을 유지하지 못한다는 것을 주요내용으로 한 권리장전이 이듬해인 1689년에 의회를 통과하였다. 이후 대헌장·권리청원·권리장전은 영국헌법의 근간이 되었다.

■ 식민지 확장

정치적 격동기가 지난 후 제임스 2세가 프랑스의 지원을 받아 복위를 꾀하자 윌리엄 3세는 1690년에 네덜란드, 독일, 스페인과 1697년의 강화 때까지 싸웠다. 전비를 조달하기 위해 1692년에 국채발행제도가 시작되었고 1694년에 잉글랜드은행이 설립되었다. 또한 전쟁비용의 재원확보, 화폐제도의 개혁, 무역거래의 차액, 법정이자율 등의 문제에 대하여 중상주의 논객들의 논의가 활발하게 전개되었다.

윌리엄 3세의 치세가 끝나가던 1702년부터 앤여왕의 치세인 1714년까지 계속된 스페인전쟁의 결과로 영국은 스페인과 프랑스로부터 뉴펀들랜드, 노바스코샤, 허드슨만 지방, 지브롤터, 미노르카지역 등을 획득하였다. 영국은 식민지체제를 확립했으며 국내 상공업자의 이익이 증진되었다. 또한 그동안 느슨하게 연합되어 있던 스코틀랜드와 굳게 결합하여 그레이트브리튼왕국이 되었다.

윌리엄 3세와 앤여왕시대에 휘그당과 토리당은 교대로 정권을 잡았다. 앤여왕이 죽은 뒤 독일의 하노버가 출신의 조지 1세와 그의 아들 조지 2세의 치세는 휘그당의 전성기였다. 특히 1721-42년의 월폴정권과 1756-62년의 윌리엄 피트정권은 그 대표이다. 월폴은 책임내각제를 확립하였으며 토리당과도 협조하여 경제재건에 성공하였다. 피트는 프랑스의 식민지를 공격하였으며 1763년에 강화조약을 맺어 캐나다와 미시시피 동쪽을 경계로 하는 미국을 식민지로 확보하여 대영제국의 길을 열었다.

■ 산업혁명

조지 3세의 재위기간(1760-1820)에는 토리정권이 계속되었고 산업혁명으로 인해 영국의 산업자본주의가 성립했다. 18세기 후반부터 19세기 전반에 걸쳐 산업의 전 분야가 크게 변화했다. 하그리브스의 제니방적기, 아크라이트의 수력방적기, 크롬프턴의 뮬방적기, 카트라이트의 역직기 등이 잇따라 발명되어 직물산업이 크게 발전했다. 또한 와트의 개량 증기기관은 면직공업을 비약적으로 발전시켰다.

새로운 기술은 제철 및 채탄 분야에도 파급되었고 후에는 철도부설에도 적용되

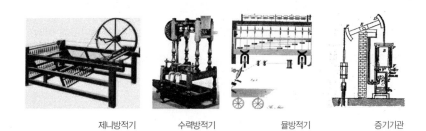

제니방적기   수력방적기   뮬방적기   증기기관

었다. 농촌에서도 제2차 인클로저운동이 일어났고 비료개량과 탈곡기의 보급으로 생산량이 비약적으로 늘어났다. 사회과학면에서도 벤담의 정치학, 스미스 등 자유주의 사상이 중상주의를 대신하였다.

1832년의 선거법 개정, 1846년의 곡물법 폐지, 1849년의 해운법 폐지 등은 모두 산업자본가의 이익을 극대화하는데 기여했다. 산업자본가의 부의 축적과 발전은 노동자의 희생을 전제로 했기 때문에 노동자들은 단결하였다. 1799년의 단결금지법, 1819년의 피털루사건 후에 제정된 탄압입법 등이 시대의 흐름을 막을 수는 없었다. 결국 1937년에 공장법이 제정되고 1947년에 10시간 노동법 등 보호입법이 제정되었다.

노동조합의 결성도 진행되어 1834년에는 전국노동조합대연합이 만들어졌다. 1830년대와 1840년대에 걸쳐 일어난 매년선거, 비밀투표, 보통선거 등을 주장하는 차티스트운동의 결과로 선거법이 개정되었다. 1867년과 1884년에 개정된 선거법은 소시민과 노동자에게도 참정권을 부여했다.

조지 3세시대부터 시작된 영국의 발전은 조지 4세, 윌리엄 4세시대를 거쳐 1837-1901년에 이르는 빅토리아여왕시대에 절정에 달하였다. 국내적으로는 글래스턴의 자유당과 디즈레일리의 보수당이 평화적으로 정권을 교체하며 전형적인 의회정치가 행해졌다. 또한 선거법개정과 1871년의 노동조합법제정 이외에 교육제도 및 사법제도를 개선하는 등 근대화정책이 추진되었다. 대외적으로는 캐나다와 오스트레일

조지 4세

리아 등의 식민지를 자치령으로 만들고, 인도를 식민지화하였다. 또한 아편전쟁과 애로호사건을 계기로 중국시장에도 진출하였으며, 수에즈운하를 매입하고 이집트를 보호령으로 만들었다. 이러한 식민화과정을 통하여 영국은 제국주의가 되었다.

■ 대영제국의 붕괴

주변여건은 영국이 제국주의로 발전하는데 호의적이지 않았다. 독일과 미국 등 후진국이 세계시장으로 진출하였고, 1873년에 공황과 불황이 잇따라 일어났으며, 이에 따라 수출은 감소하고 실업은 증대하였다. 숙련된 노동자 중심의 직업별 노동조합이 제대로 운영되지 않아서 비숙련 노동자들이 조직화되었으며 사회주의운동이 고개를 들었다. 1884년에 버나드 쇼와 비아트리스 웹 등의 페비언협회, 모리스와 하이드맨 등의 사회민주연맹이 결성되었으며, 1893년에는 번즈와 하디 등의 독립노동당이 형성되었다.

1900년에는 노동조합과 사회주의 단체의 대표들에 의한 노동자선거위원회가 구성되어 1906년에 노동당이라 개칭하였으며, 그 해 선거에서 29명의 의원을 당선시켰다. 자유당 내각은 이에 대응하기 위하여 노동쟁의법, 노인연금법, 국민보험법 등의 사회정책관련 입법을 하였다. 1908년의 재무장관 로이드 조지의 예산안은 대토지 소유에 대한 중과세를 사회정책의 재원으로 삼았기 때문에 지배계급에 충격을 주었다. 이 법안은 하원을 통과한 후 상원에서 부결되었으며 그 후 자유당정부는 상원의 권한을 크게 제한하는 국회법을 제정하였다.

독일의 확장정책에 대비하여 영국은 프랑스 및 러시아와 손잡고 대항하였으나 1914년에 제1차 세계대전이 발발했다. 1917년에 독일의 잠수함작전과 러시아혁명으로 인해 러시아가 연합국에서 이탈했기 때문에 영국은 한때 궁지에 몰렸으나 뒤늦게 참전한 미국과 협력하여 1918년에 독일에 승리를 거두었다.

이 전쟁으로 미국 및 영국 자치령의 지위가 향상되고, 영국의 지위가 저하되었다. 이때부터 대영제국은 사실상 붕괴의 길을 걷게 되었다. 노동당은 전후의 불황을 배경으로 점차 세력을 확보하여 1922년의 선거에서는 142명의 당선자를 내어 보수당과 자유당이라는 양당구조를 무너뜨렸다. 노동당은 1923년에는 191명의 의원을 확보하였고, 1924년에는 처음으로 노동당 단독내각을 구성하였다. 1926년에 보수당 정부하에서 노동자 총파업은 불법화되었으나 1928년에는 여성참정권이 확대되어 여성이 남성과 대등한 정치적 권리를 가졌다. 1929년에는 노동당이 제1당이 되어 제2차 노동당 내각이 탄생하였다. 1929년에 발생한 세계공황은 세계정세를 변화시켰다. 미국은 사회자본의 증가로 공황을 극복하였고 영국은 연방제국과 경제블록을 결성하여 이를 타개하였다.

이 공황으로 독일, 이탈리아, 일본 등의 군국주의 경향이 두드러졌으며, 1930년대 독일에는 나치정권이 대두하여 확장정책을 폈다. 보수당정부의 챔벌레인 총리는 독일에 대한 융화정책을 계속하고 전쟁 회피에 주력하였으나, 1939년에 독일군이 폴란드를 침략하자 프랑스와 함께 대독전쟁에 돌입하였다. 1940년에 처칠총리가 거국일치내각을 구성했으나 프랑스가 독일에 항복한 후 전황은 점차 불리해졌다. 그러나 1941년에 독일과 소련 사이에 전쟁이 발발하고 미국의 참전으로 전황은 연합군에 유리하게 돌아갔으며, 1943년에 이탈리아가, 1945년에 독일과 일본이 항복했다.

노동당은 독일항복 후의 선거에서 처음으로 절대다수의 의석을 얻었으며, 포츠담회담에 노동당의 애틀리가 참석하였다. 노동당정부는 은행, 민간항공, 철도, 탄광, 철강업 등을 국유화하고, 국민건강보험제도를 철저히 함으로써 복지국가정책을 취하였다. 그러나 전쟁에 따른 경제적 곤란과 식민지의 연이은 독립 및 미·소 양 진영의 긴장으로 인한 재정비용 증대 등의 원인 때문에 정권을 잃었다. 1951년의 처칠정부 하에서 사회보장제도가 완화되고 국유화정책도 역전되었다. 1955년에 처칠이 은퇴하고 그 뒤를 이은 이든 정부는 1956년에 수에즈사건으로 국위를 손상시켰다. 뒤를 이어 등장한 맥밀런, 흄의 두 보수당 정부도 영국의 국제적 지위를 향상시키고 경제발전을 이룩할 수 없었다. 1964년에는 노동당이 정권을 잡아 윌슨 내각이 수립되었다. 또한 프랑스를 중심으로 한 유럽공동시장의 발전으로 영국의 유럽 내의 지위가 상대적으로 내려갔다.

역대 수상

▣ 18세기

18세기의 수상은 1707년 연방법에 따라 구성된 대영왕국(the Kingdom of Great Britain)인 잉글랜드, 웨일즈, 스코틀랜드의 수상이었다.

이름	사진	취임	퇴임	소속정당	주요사건
로버트 월폴 경 (1742년에 옥스퍼드 백작으로 임명됨)		1721.4.4.	1742.1.11.	휘그당	현대적 의미의 최초의 수상. 남해회사의 거품논란. 젠킨스의 귀 전쟁에서 대영제국의 적절치 못한 대처로 비판받음.
윌링턴 백작		1742.2.16.	1743.7.2.	휘그당	주류세 인상. 건강이 좋지 않아 존 카터렛이 많은 시간을 대행함
헨리 펠함		1743.8.27.	1754.3.6.	휘그당	해군의 재정비. 그레고리력 채택. 결혼법(1753). 오스트리아 왕위 계승 전쟁을 종결짓도록 도움.
뉴캐슬 공작 (초임)		1754.3.16.	1756.11.16.	휘그당	북미대륙에서 프랑스와의 7년 전쟁 돌입.

이름	사진	취임	퇴임	소속정당	주요사건
데본셔 공작		1756.11.16.	1757.6.25	휘그당	정국을 윌리엄 피트가 주로 이끎.
뉴캐슬 공작 (재임)		1757.7. 2.	1762.5.26.	휘그당	7년 전쟁에서 영국이 보다 큰 영향력을 행사함. 전쟁은 국무총리 윌리엄 피트가 주로 수행함.
부트 백작		1762. 5.26.	1763.4.16.	토리당	휘그당의 지배와 7년 전쟁이 끝남.
조지 그렌빌		1763.4.16.	1765.7.13.	휘그당	식민지에 대한 내국세 인하. 우표법도입(1765). 우표법은 궁극적으로 미국의 혁명을 불러옴.
로킹햄 후작 (초임)		1765.7.13.	1766.7.30.	휘그당	우표법 폐지.
차탐 백작 윌리엄 피트		1766.7.30.	1768.10.14.	휘그당	최초의 진정한 제국주의자. 대영제국의 탄생. 캐나다에서 영국군이 패배함으로써 프랑스 혁명에 간접적인 책임이 있음.
그래프턴 공작		1768.10.14.	1770.1.28.	휘그당	미국식민지와 화해 시도.
노쓰 경		1770.1.28.	1782.3.22.	토리당	많은 전략적 실수로 인해 미국혁명을 촉발시킴. 고든 폭동. 불신임 결의에 따라 사퇴.

이름	사진	취임	퇴임	소속정당	주요사건
로킹햄 후작 (재임)		1782.3.27.	1782.7.1.	휘그당	미국 독립 인정. 정치개혁 시작.
셸번 백작		1782.7.4.	1783.4.2.	휘그당	정치개혁을 계획함. 미국, 프랑스, 스페인과의 평화를 확보함.
포틀랜드 공작 (초임)		1783.4.2.	1783.12.19.	휘그당	폭스 노스 연합의 명의상 수장. 동인도 회사의 개혁을 시도했으나 조시 3세에 의해 좌절됨.
윌리엄 피트 (초임)		1783.12.19.	1801.3.14.	토리당	인디아 법(1784). 부패선거구 척결을 시도. 노예무역에 개인적으로 반대. 북미 식민지의 반란으로 생긴 국가부채 축소. 삼각동맹 형성. 헌법(1791). 프랑스와 전쟁 시작(1793). 소득세 도입. 연방법(1800).

■ 19세기

연방법(대영왕국과 아일랜드 왕국을 합병하여 1801년 1월 1일부로 대영제국과 아일랜드 연합왕국을 형성한 법, 1800)에 따라 19세기의 수상은 잉글랜드, 웨일즈, 스코틀랜드 및 아일랜드의 수상이었다.

이름	사진	취임	퇴임	소속정당	주요사항
헨리 애딩턴		1801.3.17.	1804.5.10.	토리당	프랑스와 아미엔스 조약을 협상함 (1802)

이름	사진	취임	퇴임	소속정당	주요사항
윌리엄 피트 (재임)		1804.5.10.	1806.1.23.	토리당	프랑스에 대항하여 러시아, 오스트리아, 스웨덴과 동맹체결(3차 제휴). 트라팔가 전투. 울름 전투, 오스털리츠 전투.
그랜빌 경		1806.2.11.	1807.3.31.	휘그당	노예무역 폐지.
포틀랜드 공작 (재임)		1807.3.31.	1809.10.4.	토리당	토리정부를 이끎. 노령과 질병 때문에 내각을 방기함(스펜스 퍼시발이 주로 내각을 이끎).
스펜서 퍼시발		1809.10.4.	1812.5.11.	토리당	산업혁명. 조지 3세의 정신병. 원로정치가가 없어서 퍼시발이 재무장관을 겸직. 나폴레옹전쟁의 일부인 반도전쟁. 영국 역사상 암살 당한 유일한 수상임.
리버풀 백작		1812.6.8.	1827.4.9.	토리당	나폴레옹전쟁에서 대영제국의 승리. 비엔나 국회. 1817년 경제 후퇴. 영국에서 미국과의 전쟁(1812-15). 페털루 대학살(1819). 리버풀을 암살하려는 카토 가 공모. 황금률로의 복귀(1819).
조지 캐닝		1827.4.10.	1827.8.8.	토리당	취임 후 곧 사망.
고데릭 자작		1827.8.31.	1828.1.21.	토리당	동료의 지지를 받지 못해 사임함.
웰링턴 공작 (초임)		1828.1.22.	1830.11.16.	토리당	가톨릭 해방법

이름	사진	취임	퇴임	소속정당	주요사항
그레이 백작		1830.11.22.	1834.7.9.	휘그당	개혁법(1832). 어린이 고용 금지. 대영제국 전역에 노예 폐지.
멜버른 자작 (초임)		1834.7.16.	1834.11.14.	휘그당	윌리엄 4세의 반대로 사임함.
웰링턴 공작 (재임)		1834.11.14.	1834.12.10.	토리당	로버트 필 경의 귀환까지의 관리 정부.
로버트 필 경 (초임)		1834.12.10.	1835.4.8.	보수당	국회에서 다수당을 이루지 못해 사임.
멜버른 자작 (재임)		1835.4.18.	1841.8.30.	휘그당	시 지자체법(1835)
로버트 필 경 (재임)		1841.8.30.	1846.6.29.	보수당	광산법(1842). 공장법(1844). 곡물법 폐지.
존 러셀 경 (초임, 후에 러셀백작으로 임명됨)		1846.6.30.	1852.2.21.	휘그당	교육법(1847). 오스트레일리아식민지법(1850). 빈민법 개정.
더비 백작 (초임)		1852.2.23.	1852.12.17.	보수당	예산안이 부결되자 정권이 붕괴됨.

이름	사진	취임	퇴임	소속정당	주요사항
애버딘 백작		1852.12.19.	1855.1.30.	필라이트(보수당의 한 분파)	크리미아 전쟁.
파커스턴 자작 (초임)		1855.2.6.	1858.2.19.	휘그당	인디아법 도입(1858).
더비 백작 (재임)		1858.2.20.	1859.6.11.	보수당	인디아법(1858). 동인도회사를 국왕 소유로 바꿈. 유대인 구조법
파커스턴 자작 (재임)		1859.6.12.	1865.10.18.	자유당	노동당 설립. 재임중 사망.
러셀 백작 (재임)		1865.10.29.	1866.6.26.	자유당	개혁법안 추진 시도.
더비 백작(3임)		1866.6.28.	1868.2.25.	보수당	개혁법(1867). 현대 보수당의 아버지로 간주됨.
벤자민 디즈레일리(초임)		1868.2.27.	1868.12.1.	보수당	현재까지 유일한 유대계 영국 수상. 국회 해산.
윌리엄 에워트 글래드스턴(초임)		1868.12.3.	1874.2.17.	자유당	영국군 · 공무원 · 지방정부 개혁 시도 무기명 투표법(1872).

이름	사진	취임	퇴임	소속정당	주요사항
벤자민 디즈레일리(재임, 1876년 비콘스 필드의 백작으로 임명됨)		1874.2.20.	1880.4.21.	보수당	등산소년법(1875), 공공건강법(1875), 고용주와 노동자 법(1878) 등 다양한 개혁. 베를린 국회, 3황제의 동맹 붕괴, 줄루전쟁.
윌리엄 에워트 글래드스턴 (재임)		1880.4.23.	1885.6.9.	자유당	제1차 보아전쟁. 아일랜드 강제법. 의석 재배치법(1885). 개혁법(1884).
솔즈베리 후작 (초임)		1885.6.23.	1886.1.28.	보수당	노동자계급에 주택을 공급하는 법안 입법.
윌리엄 에워트 글래드스턴 (3임)		1886.2.1.	1886.7.20.	자유당	아일랜드를 위한 자치법안 최초 도입. 이 법안으로 노동당이 분리되고, 글래드스턴 정권이 붕괴됨.
솔즈베리 후작 (재임)		1886.7.25.	1892.8.11.	보수당	아일랜드자치법 반대. 지방정부법(1888). 아프리카 분할. 무상교육법(1891).
윌리엄 에워트 글래드스턴 (4임)		1892.8.15.	1894.3.2.	자유당	자치법 재도입. 이 법안은 하원은 통과하였으나 상원에서 부결되어 글래드스턴의 사임을 가져옴.
로즈베리 백작		1894.3.5.	1895.6.22.	자유당	제국주의자. 해군 증강계획이 노동당의 분열을 가져옴.
솔즈베리 후작 (3임)		1895.6.25.	1902.7.11.	보수당	노동자 보상법(1897). 제2차 보아전쟁. 영일 동맹.

■ 20세기

1922년까지는 영국 국회의 관할 구역에 변동이 없었다. 1919년 1월부터 1921년 7월까지 계속된 영국과 아일랜드의 전쟁이 끝난 후 1922년에 아일랜드의 26개 군이 연합왕국으로부터 분리되어 아일랜드 자유주를 형성했다. 아일랜드의 북동부에 있는 다른 6개 군은 연합왕국에 존속하여 북아일랜드가 되었다. 연합왕국의 공식 명칭이 대영제국과 북아일랜드 연합왕국으로 변경되었다.

이름	사진	취임	퇴임	소속정당	주요사항
아써 발포르		1902.7.11.	1905.12.5.	보수당	에드워드 7세와 관계가 좋지 않음. 제국방위위원회 설립. 영불협상.
헨리 캠벨 경		1905.12.5.	1908.4.3.	자유당	트랜스발과 오렌지 자유주 자치 회복. 영소친화 협상.
H. H. 아스퀴쓰		1908.4.5.	1916.12.5.	자유당	자유복지개혁. 국회법(1911). 전국보험과 연금. 자치법(1914). 제1차 세계대전.
데이비드 로이드 조지		1916.12.6.	1922.10.19.	자유당	제1차 세계대전 종전. 파리평화회의. 31세 이상의 여성에게 투표권 부여. 아일랜드 자유주 설립. 현재까지 영어가 모국어가 아닌 유일한 영국 수상.
앤드루 보나 로		1922.10.23.	1923.5.20.	보수당	건강악화로 사임. 사임 6개월 후에 사망.

이름	사진	취임	퇴임	소속정당	주요사항
스탠리 볼드윈 (초임)		1923.5.23.	1924.1.16.	보수당	보호관세 명령을 획득하기 위한 총선에서 다수표를 얻지 못함. 신임 투표에서 패배후 사임.
램지 맥도널드 (초임)		1924.1.22.	1924.11.4.	노동당	최초의 노동당 수상. 제1차 세계대전 후 독일과 배상금 문제 해결.
스탠리 볼드윈 (재임)		1924.11.4.	1929.6.5.	보수당	로카르노조약. 켈로그 브라이언트 협약. 연금법. 21세 이상의 여성에게 투표권 부여. 영국 전국파업 (1926).
램지 맥도널드 (재임)		1929.6.5.	1931.8.24.	노동당	최초의 여성 각료 마가렛 본드필드 임명. 1929년 월 가 붕괴 후 경제 위기.
램지 맥도널드 (3임)		1931.8.24.	1935.6.7.	전국노동당	노동당의 지지를 받지 못해 공식적으로 사임하고 보수당 및 자유당과 전국정권을 형성하여 다시 임명됨. 노동당에서 축출됨.
스탠리 볼드윈 (3임)		1935.6.7.	1937.5.28.	보수당	에드워드 8세의 퇴위 위기를 잘 넘김. 재무장 시작. 히틀러가 베르사이유조약을 깨자 좀더 무장하지 못한 것에 대해 비난받음.
네빌 챔벌레인		1937.5.28.	1940.5.10.	보수당	제2차 세계대전의 방지를 위해 노력함. 연립정부를 수립하지 못하자 사임.
윈스턴 처칠 (초임)		1940.5.10.	1945.7.27.	보수당	2차 세계대전. 연립정부 구성. 국제연합 설립. 유럽통합에 반대.

이름	사진	취임	퇴임	소속정당	주요사항
클레멘트 애틀리		1945.7.27.	1951.10.26.	노동당	전후 컨센서스 시작. 국립 건강 서비스 설립. 전국보험계획으로 확대. 인도 독립. 팔레스타인에 대한 영국의 영향력 없어짐. NATO 설립.
윈스턴 처칠 (재임)		1951.10.26.	1955.4.7.	보수당	해외분쟁으로 인해 국내정책이 중단됨.(에이잭스작전, 마우마우폭동, 말레이시태 등)
앤쏘니 에든 경		1955.4.7.	1957.1.9.	보수당	이집트의 수에즈 운하 국유화를 방지하지 못함. 이집트를 침공하여 수에즈 위기를 가져옴.
해롤드 맥밀란		1957.1.11.	1963.10.19.	보수당	유럽경제공동체 가입신청. 보수당이 분열됨. 프랑스 대통령 찰스 드골에 의해 공동체 가입이 거부됨.
홈 백작(1963년에 알렉 더글러스 홈 경이 됨)		1963.10.19.	1964.10.16.	보수당	수상 즉위시 백작이 됨.
해롤드 윌슨 (초임)		1964.10.16.	1970.6.19.	노동당	낙태, 동성애 차별금지법 등 사회개혁. 파운드화의 평가절하. 개방대학 설립.
에드워드 히쓰		1970.6.19.	1974.3.4.	보수당	유럽경제공동체 가입을 위한 협상. 북아일랜드 분쟁의 폭력이 정점에 달함. 서닝데일조약 체결. 광부파업에 대처하기 위해 조기총선 요구.

이름	사진	취임	퇴임	소속정당	주요사항
해롤드 윌슨 (재임)		1974.3.4.	1976.4.5.	노동당	광부파업 해결. 무역노조와 사회계약 체결. 노동건강안전법. 유럽경제공동체 가입 조건 재협상. 1975년 국민투표로 가입 결정. 북해 오일 발견.
제임스 캘러한		1976.4.5.	1979.5.4.	노동당	파운드화를 지탱하기 위해 국제금융기금(IMF)에서 대출 받음. 립랩협약.
마가렛 대처		1979.5.4.	1990.11.28.	보수당	최초의 여성 영국 수상. 포클랜드전쟁. 광부파업(1984-5). 국가기간산업의 사유화 실시. 무역노조의 세력 약화. 영국 아일랜드 협정. 베를린장벽 붕괴. 인두세.
존 메이저		1990.11.28.	1997.5.2.	보수당	걸프전쟁. 마스트리히트조약 비준. 시민헌장.
토니 블레어		1997.5.2.	2007.6.27	노동당	영국 중앙은행 독립. 벨파스트협약. 인권법. 상원 개혁. 최저임금제. 코소보전쟁. 아프가니스탄전쟁. 이라크전쟁.
고든 브라운		2007.6.27	현재	노동당	전 재무장관

인명 찾아보기

작품 찾아보기

최희섭　전주대학교 교수

고려대학교 대학원에서 T.S. 엘리엇 시를 연구하여 문학석사, 문학박사 학위 받음

미국 Waynesburg College 초빙교수 역임

한국동서비교문학학회 회장, 한국예이츠학회 부회장, 한국영어어문교육학회 부회장, 한국현대영미시학회 편집위원장 역임

현재, 한국동서비교문학학회 고문, 한국번역학회 편집위원장

저서로는 『번역첫걸음 내딛기』, 『영작문 기초부터 다지기』, 『영시개론』 외 다수

역서로는 『영시감상의 첫걸음』 등

논문으로는 「『쿠퍼의 언덕』과 『윈저 숲』에 나타난 정치적 자연풍경」 외 다수

한일동　용인대학교 영어과 교수

연세대학교, 단국대학교 대학원에서 W. B. 예이츠 시를 연구하여 문학석사, 문학박사 학위 받음

아일랜드 Trinity College Dublin 객원교수 역임

한국예이츠학회 회장, 한국번역학회 부회장, 한국동서비교문학학회 부회장 등 다수 학회 임원 역임

용인대학교 교육방송국 주간, 대학신문사 주간, 입학관리부장, 교양과정부장, 국제교육원장 역임

현재, 한국동서비교문학학회 회장, 한국현대영미어문학회 부회장

저서로는 『영미 노벨문학 수상작가론』 외 다수

역서로는 『행복한 삶을 위한 명상』 등

논문으로는 「예이츠의 문학적 이상」 등 다수

영국문화 바로 알기

초판 4쇄 발행일 • 2018년 8월 20일

지은이 • 최희섭 · 한일동 / 발행인 • 이성모 / 발행처 • 도서출판 동인

서울시 종로구 혜화로3길 5 118호 / 등록 • 제1-1599호

TEL • (02) 765-7145, 55 / FAX • (02) 765-7165 / E-mail • dongin60@chol.com

ISBN　978-89-5506-329-5

정가　12,000원

* 잘못 만들어진 책은 교환해드립니다.